甘地书信选集

[印] 甘地 著
[印] 什里曼·纳拉扬 编
宋晓堃 尚劝余 译

生活·讀書·新知 三联书店

Simplified Chinese Copyright © 2020 by SDX Joint Publishing Company.
All Rights Reserved.

本作品中文简体版权由生活·读书·新知三联书店所有。
未经许可，不得翻印。

图书在版编目（CIP）数据

甘地书信选集／（印）甘地著；（印）什里曼·纳拉扬编；宋晓堃，
尚劝余译．—北京：生活·读书·新知三联书店，2020.3
ISBN 978-7-108-06691-6

Ⅰ．①甘…　Ⅱ．①甘…②什…③宋…④尚…　Ⅲ．①书信集–印度–现代
Ⅳ．① I351.65

中国版本图书馆 CIP 数据核字（2019）第 181874 号

责任编辑	胡群英	
装帧设计	康　健	
责任校对	龚黔兰	
责任印制	宋　家	

出版发行　生活·讀書·新知三联书店
　　　　　（北京市东城区美术馆东街 22 号 100010）
网　　址　www.sdxjpc.com
经　　销　新华书店
印　　刷　北京新华印刷有限公司
版　　次　2020 年 3 月北京第 1 版
　　　　　2020 年 3 月北京第 1 次印刷
开　　本　880 毫米 × 1230 毫米　1/32　印张 12.5
字　　数　325 千字
印　　数　0,001-5,000 册
定　　价　49.00 元

（印装查询：01064002715；邮购查询：01084010542）

目　录

前言（什里曼·纳拉扬）...... 1

第一部分　书　信

致达达拜·瑙罗吉 3
致戈帕尔·克里希纳·戈克利（二封）...... 5
致列夫·托尔斯泰（四封）...... 9
致马甘拉尔·甘地（二封）...... 21
致纳哈尔·沙姆布罗·巴维 27
致马菲先生（总督的私人秘书）...... 28
致海科克 30
就萨提亚格拉哈问题致商卡拉尔 33
致维奴巴·巴维 37
致查尔斯·弗瑞尔·安德鲁斯（三封）...... 39
致嘉斯杜白·甘地 48
致基索雷拉·马苏鲁瓦拉 50
致沙罗珍妮·奈杜 52

致斯里尼瓦沙·萨斯崔（二封）	53
致罗宾德拉纳特·泰戈尔（十封）	57
致乔治·西德尼·阿伦戴尔	72
致在印全体英国人的公开信	77
致总督的公开信	81
致贾瓦哈拉尔·尼赫鲁（五封）	85
致孔达·温卡塔帕亚	100
致谭·普拉卡萨姆	104
致哈钦·阿兹玛尔·汗	106
致贾姆纳拉·巴贾杰	110
致莫提拉尔·尼赫鲁（二封）	112
致查·拉贾戈巴拉查理（二封）	115
致卡卡萨伊布·卡利尔卡	119
致一位朋友	121
致玛德琳·斯莱德	123
致罗曼·罗兰（二封）	126
致商卡兰先生	129
致赫尔曼·卡伦巴赫	130
致古尔扎里拉尔·南达	132
致凯拉斯·纳特·卡特朱博士	135
致德罕·戈帕尔·穆克吉	137
致亨利·索尔特	138
致总督欧文勋爵（二封）	140

致雷金纳德·雷诺兹	151
致理查德·巴·葛瑞格	153
致塞缪尔·霍尔爵士	155
致拉姆齐·麦克唐纳德	159
致潘迪特·马拉维亚吉	161
致孟买政府（内政部）秘书办，浦那	163
致泰杰·巴哈杜尔·萨普鲁爵士	167
致卡尔·希思（三封）	169
致穆罕默德·阿里·真纳（五封）	178
致苏巴斯·钱德拉·鲍斯	187
致希特勒先生	192
致全体英国人（二封）	193
致蒋介石委员长	199
致全体日本人	203
致美国朋友	207
致林利思戈勋爵（五封）	210
致阿加莎·哈里森	230
致温斯顿·丘吉尔	232
致什里曼·纳拉扬	233
致派屈克·劳伦斯勋爵	235
致萨达尔·瓦拉巴依·帕帖尔	237
致总督（二封）	241
致阿卜杜拉·贾法尔·汗	248

致一位朋友 ………………………………………… 251

致埃德蒙·普里瓦夫人 ………………………… 252

致古吉拉特邦人民 ……………………………… 255

附录一　何人堪任各邦总督？ ………………… 258

附录二　一个心理学解释 ……………………… 260

附录三　《甘地式自由印度宪法》序 ………… 263

第二部分　书信节选

对神之信仰 ……………………………………… 267

宗教与经书 ……………………………………… 278

祈祷的价值 ……………………………………… 288

真理和非暴力 …………………………………… 295

萨提亚格拉哈之道 ……………………………… 300

萨提亚格拉哈绝食之法 ………………………… 309

"致后来者" ……………………………………… 311

印度土布和农村产业 …………………………… 313

东方和西方 ……………………………………… 320

印度教徒与穆斯林大团结 ……………………… 323

提升女性地位 …………………………………… 325

万民之福 ………………………………………… 329

印度的自由 ……………………………………… 333

教育 ……………………………………………… 336

种姓制和贱民制⋯⋯⋯⋯⋯⋯⋯⋯⋯⋯⋯⋯⋯⋯⋯⋯ 338

节制⋯⋯⋯⋯⋯⋯⋯⋯⋯⋯⋯⋯⋯⋯⋯⋯⋯⋯⋯⋯⋯ 341

大无畏⋯⋯⋯⋯⋯⋯⋯⋯⋯⋯⋯⋯⋯⋯⋯⋯⋯⋯⋯⋯ 346

健康和保健⋯⋯⋯⋯⋯⋯⋯⋯⋯⋯⋯⋯⋯⋯⋯⋯⋯⋯ 352

自制⋯⋯⋯⋯⋯⋯⋯⋯⋯⋯⋯⋯⋯⋯⋯⋯⋯⋯⋯⋯⋯ 357

自我发展⋯⋯⋯⋯⋯⋯⋯⋯⋯⋯⋯⋯⋯⋯⋯⋯⋯⋯⋯ 360

无私奉献⋯⋯⋯⋯⋯⋯⋯⋯⋯⋯⋯⋯⋯⋯⋯⋯⋯⋯⋯ 375

自甘守贫⋯⋯⋯⋯⋯⋯⋯⋯⋯⋯⋯⋯⋯⋯⋯⋯⋯⋯⋯ 383

参考文献⋯⋯⋯⋯⋯⋯⋯⋯⋯⋯⋯⋯⋯⋯⋯⋯⋯⋯⋯ 385

译后记⋯⋯⋯⋯⋯⋯⋯⋯⋯⋯⋯⋯⋯⋯⋯⋯⋯⋯⋯⋯ 388

前　言

　　本书收录了甘地于不同时期所写的多封信件，大多数在甘地生前从未发表过。甘地辞世之后，诸位友人及同事方开始系统整理他的信件。经过筛选，我们将部分收录入本书，并试着对书信中重要的甘地思想进行梳理。

　　本书第一部分收录了近百封完整的信件，大多数写于有纪念意义的时刻。相信这些信件能让读者们对甘地丰富而又多元的人格有所了解。

　　本书第二部分为甘地思想，由甘地给众多同事及公众人物所写信件梳理而得。这些思想大多具有普世性意义，必能引起世界各地读者的关注。

什里曼·纳拉扬（Shriman Narayan）
1968 年 10 月 16 日
艾哈迈达巴德
拉吉巴万[1]

---

[1] 拉吉巴万（Raj Bhavan）：印地语，意为"政府官邸"（Government House），一般指邦长或省督官邸（Governor's House）。本选集主编什里曼·纳拉扬（1912—1978）是甘地思想的拥护者和践行者，在本选集出版时任古吉拉特邦邦长（1967—1973）。1960 年至 20 世纪 70 年代末，艾哈迈达巴德是古吉拉特邦的首府。——本书注释若非特殊说明，均为译者所加。

第一部分　书　信

致达达拜·瑙罗吉[1]

[在甘地写给达达拜·瑙罗吉的多封信件中,这应是最早的一封。瑙罗吉熟悉南非印度侨民问题,所以当地侨民早在1891年就联系过他,请他代向英国政府提交请愿书。此信仅存残篇,以下节选部分出自R. P. 马萨尼的著作《达达拜·瑙罗吉:伟大的印度长者》第468—469页。]

德班
1894 年 7 月 5 日

责任代议制政府[2]领导下的首届纳塔尔[3]议会明显针对印度人。议会主要忙着制定不利于印度人的法律[4]。总督在立法委员会和立法大会开幕式上两度明言,尽管纳塔尔地区印度侨民之前在印度从未

---

[1] 达达拜·瑙罗吉(Dadabhai Naoroji,1825—1917),印度政治领袖,被誉为"伟大的印度长者";1886年、1893年、1906年出任印度国大党主席;他率先提出国大党的斗争目标为斯瓦拉吉(Swaraj,即政治上"自治")。1893年当选印度议会人民院议员。——原注

[2] 责任代议制政府(Responsible Government),又称"问责政府""责任内阁",建立在英国西敏制议会民主政治体制基础之上的政治制度。在西敏制体制中,政府(通常是内阁)对议会,而不是对君主负责;沿用至大英殖民地,当地政府对当地议会,而不是对宗主国政府负责。

[3] 此处指1843—1919年间非洲东南部的英属纳塔尔殖民地(Natal colony)。

[4] 1894年,纳塔尔立法会通过第一部种族歧视性立法,剥夺当地全体亚裔人的选举权。该立法遭到印度侨民抵制。

行使选举权,但部长们会处理他们的选举权问题。对先前剥夺印度侨民选举权的雷霆之举,政府所给的理由如下:一则是侨民们从未行使过选举权,二则是他们还不符合条件。

  看来印度侨民的请愿活动充分回应了这一官方说辞。所以政府现在改口,才暴露出今次立法的真实意图,简单地说就是:"我们不希望印度人再待在这里。我们要的是苦力。印度人只能作为奴隶待在此地;一旦获得自由,就得返回印度。"我迫切地恳请您全力关注印度侨民事业,恳请您始终如一地代表各地印侨,发挥您的影响力。印度人敬您如父。我对您的情感亦然。

  简单交代一下我自己,以及我都做了些什么。我只是个阅历不深的年轻人,所以难免会做错事。我所承担的责任远远超出了自己的能力。之前约略提过,我是义务做这项工作的,所以您晓得,我不自量力担此重任,绝非是打着印侨的旗号为自己谋取私利。只不过我刚好是唯一有空处理这个问题的人而已。因此还请您不吝赐教,像慈父对待孩子一样地指引我、教导我,给我必要的忠告。

出自《圣雄甘地全集》,第一卷,第 105—106 页

致戈帕尔·克里希纳·戈克利[1]

一

法院第 21—24 室
瑞斯克街与安德森街街角
6522 信箱
约翰内斯堡
1905 年 1 月 13 日

致
尊敬的戈克利教授，
浦那

亲爱的戈克利教授：

您是知道《印度舆论》这份周报的。现在周报进入了一个全新阶段，我认为或可请您鼎力相助。您很了解我，所以我就实话实说了。我知道马丹吉特先生（Mr. Madanjit）办这份刊物是出于拳拳爱国之心，所以当我发现他需要资助才能继续办刊时，就把自己大部

---

[1] 戈帕尔·克里希纳·戈克利（Gopal Krishna Gokhale, 1866—1915），政治家、教育家；印度国民大会早期领导人，1905 年国大党贝拿勒斯大会主席；浦那印度公仆社创始人；1912 年应甘地邀请访问南非。——原注

分存款交给了他,任由支配。只是光出钱资助还不够,所以三个月前,我全面接手了周报的责编和管理工作。不过在名义上杂志社业主和发行人还是马丹吉特先生,因为我认为他为侨团贡献良多。目前我的律师事务所为《印度舆论》效力,我也提供了近三千五百英镑的经费。附件为办刊方案简介,我已发给一些和我私交甚笃的英国朋友,他们都很感兴趣。眼下此方案正在全面落实中。虽然就自我牺牲的程度而言,我们怎么也比不上浦那弗格森学院[1]的创办者,但我斗胆自认我们仿效得也算差强人意。英国朋友的积极响应令我备感欣喜。他们虽非饱学之士,但全都脚踏实地,诚实独立。这些朋友有的经商,有的是雇员,原本都各有所成,但全都毫不犹豫地接受来报社工作,月薪只有三英镑,仅够糊口,日后也发不了财。

如果能挣到钱,我还希望在当地办一所学校,办南非第一所面向印度儿童的学校,学生以住校为主,也有本地的走读生。要办学,同样需要志愿者。虽然我们能说服当地一两位英国人士为此事业奉献终生,但一定要有印度老师。您能否举荐几名毕业生?人选需具备教学能力,品行端正,而且不计较低薪报酬。愿意来这里工作的人肯定都是经得起考验的一流人才。我们至少需要两到三名志愿者,能再多上几名,自是无任欢迎,因为学校开班办学后,我还打算增设一所治疗条件符合卫生标准的户外疗养院。不过,眼下我关心的是《印度舆论》。您要是赞同我的办刊方案,能否写一封鼓励信,让本刊编辑予以刊登发表?我还想拜托您日后抽空给我们写些文章,篇幅长短不计。我还急需一批义务或收报酬的报刊通讯员,用英语、古吉拉特语、印度语和泰米尔语撰写每周简报。如果报酬费用太高,我可能就只请一位英语通讯员写简报,然后再译成

---

[1] 弗格森学院(Fergusson College),1885年德干教育协会于印度西部浦那市创办的印度首家私立学院。这所由多名印度民族社会运动先驱创办的学院对印度政治发展贡献甚巨。创办伊始,该校先后培养出两名印度首相、多名部长及议员。

三种印度语言。您能推荐一名或数名这样的通讯员吗？简报内容包括您那边印度问题的动态，报刊上涉及印度问题的内容摘录，以及其他南非印侨感兴趣的话题。为把事情办好，您可酌情决定全部或部分公开我这封信的内容。

祝您身体健康！

永远是您忠实的朋友，
莫·卡·甘地

出自《圣雄甘地全集》，第四卷，第332—333页

二

开普敦
1914年2月27日

亲爱的戈克利先生：

目前我正在开普敦关注事态发展。在此，我尽量简洁扼要，不向您赘述此次斗争的相关报道。

安德鲁斯先生[1]和皮尔森先生[2]真是好人，大家都很喜欢他们。但本杰明爵士[3]却让我们大失所望。他好事没做几件，反倒会造成不少危害。他不仅为人软弱，而且一点儿也不真诚。到现在他还搞不清有关细节。而且他确实是有意无意地在我们中制造分裂。安德

---

[1] 查尔斯·弗瑞尔·安德鲁斯（Charles Freer Andrews，1871—1940），英国圣公会牧师、教育家、社会改革者。在印度传教期间成为甘地挚友，支持印度独立运动。

[2] 威廉姆·温斯坦利·皮尔森（William Winstanley Pearson，1881—1923），英国牧师、教育家，自1916年起任泰戈尔秘书。

[3] 本杰明·罗伯森爵士（Sir Benjamin Robertson），时任帝国中部地区各省委员长（Chief Commissioner of the Central Provinces）。

鲁斯先生会向您汇报他的全部情况。我就是觉得应该告诉您我对他的印象。

如果3月份能达成和解，我打算4月回印度。同行另有20人，有男有女，也有小孩，他们会和我一起住。学校有几个孩子可能也想一起去。不知您打算如何安排，是否仍打算安排我们入住浦那的印度公仆小区呢？如是，我回家探亲后就马上到位。入住人数可能还不止这些，因为我有几个亲戚希望体验我的生活和工作。您千万别觉得自己非得安排印度公仆小区招待我。一切悉听尊便。我只想在您左近学习，吸取必要的经验。我们住的地方归不归您管，我都将严格遵守我们的约定：我在回印度的一年期间谨守缄默。不过我理解的是，这个缄默约定不包括南非问题。另外，如果您希望推动某个项目，而我们观点一致，我也可以打破缄默表态。

我现在的追求您是知道的。我只希望在您身旁，看护您，追随您。我希望认真地听从自己敬爱敬仰的人，听从您的教诲。我知道您出访南非期间我这个秘书当得并不称职。要再有一次机会，希望我在国内能表现得好些。

南亚大陆换季，降温了，希望于您的健康有益。

估计您3月中旬能收到此信。如果您对我的行程安排有什么吩咐，可以给我发电报。此外，您可能希望我等您返回浦那之后才过去吧。如果您希望我去，我必欣然前往。

要是4月能动身回印度，我打算用您给我们寄来的路费买船票。我们只买得起甲板票，因为我自己已身无分文，而凤凰村也提供不了什么资助。[1]经费都用完了。

永远是您真诚的朋友，
莫·卡·甘地

出自《圣雄甘地全集》，第七卷，第360—361页

---

[1] 1904年甘地建立凤凰村，以图自力更生办好《印度舆论》周报。

致列夫·托尔斯泰

一

威斯敏斯特宫酒店
维多利亚街4号
伦敦，西北区
1909年10月1日

先生：

我冒昧地请您关注（南非）德兰士瓦省[1]近三年来的状况。

这块殖民地上生活着近一万三千名英属印度侨民。数年来，这些印度侨民在种种不利的法律限制下辛苦劳作。此地极度歧视有色人种，某些方面对亚裔人的歧视尤为强烈。对亚裔人的歧视主要源于贸易上的嫉妒。三年前，政府通过了一项法案，极端歧视亚裔人。[2]我和其他许多人都认为，这部法案蓄意打压有色人种，有辱人格。我觉得遵守这样的法律有违真正的宗教精神。针对邪恶，我

---

[1] 德兰士瓦（Transvaal，南非语，意为"越过瓦尔河"），当时为英属殖民地，1910—1994年间为南非联邦及南非共和国的一个省，现已不存在。

[2] 1906年8月22日，德兰士瓦政府公布《亚细亚法》草案，其中印度侨民管理法规定所有年满八岁的印度人必须在警察局户籍簿上注册登记，并领取带有个人手印的特制身份证，随时接受检查，否则要被处以重罚或驱逐出境。

和一些朋友一贯信奉不抵抗主义。我曾有幸拜读您的大作，印象深刻。我们向英属印度人民充分说明了不抵抗立场，他们采纳了我们的建议，宁愿承受牢狱之苦，承受抵制这项法案可能带来的各种惩处，也决不屈服。最后，将近一半的印度人受不了斗争的激烈，也挨不住牢狱的苦楚，离开了德兰士瓦。他们宁愿离开也不愿屈服于这部侮辱他们人格的法案。留下来的另一半人中，将近两千五百人为了捍卫良知而欣然入狱，有的先后入狱五次之多。监禁期限从四天到半年不等，大多数人被判服苦役监禁。很多人都在经济上被拖垮了。目前德兰士瓦监狱还关着上百名消极抵抗者，其中有些本就是赤贫户，靠的是男人每天挣钱养家，现在男人都入狱了，家人只能靠其他消极抵抗者筹集的捐款维持生计。英属印度人虽然不堪重负，可我看到，他们还是勇敢地迎难而上。斗争仍将继续，不知何时方能结束。不过至少我们中一些人已清楚地认识到，非暴力消极抵抗必将胜利，暴力必将失败。我们也发现，抗争一直久拖不决，主要是因为我们软弱，因为政府认为我们会撑不住，觉得我们会受不了一直吃苦受罪。

　　我和一位朋友一起来到伦敦，面见帝国当局，递交我们的提案，希望谋求解决办法。尽管消极抵抗者一致认为，决不向政府请愿，但部分侨团成员不够坚定，所以应他们之请，代表团还是来了伦敦。因此我们代表的是侨团的弱势，而非他们的实力。不过通过这段时间的观察，我觉得，如果我们面向社会，发起题为《论消极抵抗之伦理观及有效性》的征稿活动，就能为我们的运动做宣传，引发人们思考。有位朋友质疑这个征稿活动提议的道德性。他认为这么做等于花钱收买民心，不符合消极抵抗的真谛。能否请您对此道德问题表态，公开支持我？如果您认为征稿没什么不对，能否给我提供一些人名，我将专门联系这些人，向他们约稿。

　　另有一事也需占用您的时间。您曾就目前印度动荡的局面给一位印度教徒写过一封信[1]，我从一位朋友那里拿到了此信的复印件。单就字面判断，此信表明的是您的观点。我的那位朋友希望自费印刷此信，分发两万份，同时也请人译成英文和印度语。但是我们找不到此信原件，也不能就这样将手头的复印件付梓印刷；我们需要确认复印件与原件的内容一致，也要确定此信确实出自您手。我冒昧地附上此复印件副本一份，还请告知此信是否出自您手，复印件内容是否准确无误，以及您是否同意我们印刷分发。如果您想有所补充，悉听尊便。我还要冒昧提一个建议。在这封信的最后一段，您似乎想劝诫读者不要相信轮回。我不知道您是否专门研究过轮回（希望我这么说不会太失礼），但印度有数百万人笃信转世轮回，在中国也是如此。对很多人而言，轮回甚至是一种真实的经历，而不是纯理性的认同。轮回之说为生命的诸多奥秘提供了合理的解释。一些饱受德兰士瓦牢狱之苦的消极抵抗者也从中获得很多慰藉。我写这些不是让您相信轮回之说，只是想请您从劝诫读者的栏目中把轮回这一条删除掉。在信中，您主要援引克里希纳[2]的原话，并说明出自哪个章节。如能告知这些引文的出处，我将不胜感激。

　　如此修书一封，多有叨扰。我知道，敬仰者和追随者无权占用您的时间，本当尽量不麻烦您。你我素昧平生，我冒昧去信，为的只是追求真理。还望您能就您毕生致力解决的种种问题不吝赐教。

　　此致
敬礼！

永远是您忠实的仆人，
莫·卡·甘地

出自《托尔斯泰与甘地》，第59—62页

---

[1] 即托尔斯泰所写的《致一位印度教徒的信》，收信人为温哥华一名激进的杂志编辑达罗克纳特·达斯，其主编杂志名为《自由印度斯坦》。

[2] 克里希纳（Krishna，又译为"黑天"），印度教崇拜的三大神之一，毗湿奴的第八个化身。

附：列夫·托尔斯泰的回信

亚斯纳亚波利亚纳
1909 年 10 月 7 日

莫·卡·甘地
德兰士瓦

刚刚收到您的来信，很有意思，让我心生欢喜。愿上帝助您在德兰士瓦亲爱的兄弟和同事们一臂之力。我们这边更是强烈地感受到温和与残暴的斗争、谦卑博爱与自负暴力的斗争，特别是在良知抵制拒服兵役运动中，宗教信仰与国家法律冲突尖锐。拒服兵役的情况频频发生。

我确实写过《致一位印度教徒的信》，很高兴有人能把它译成英文。莫斯科方面会将那本克里希纳的书名发给您。关于轮回，我不打算做任何删减；因为在我看来，与轮回观相比，灵魂不朽的观念和对神圣真理与博爱的信念更为根深蒂固，更能约束人类。不过，我也可以如您所愿，删除有关段落。能帮到贵杂志，我很高兴。自己的作品得以出版发行，还被译为不同印度方言版本，在我实为乐事一桩。

在宗教事业中，支付版税的问题免提。

谨致予兄弟般的问候，很高兴与您个人取得联系。

列夫·托尔斯泰
出自《托尔斯泰与甘地》，第 63 页

二

威斯敏斯特官酒店
维多利亚街4号
伦敦，西北区
1909年11月10日

亲爱的先生：

请接受我诚挚的谢意，感谢您给我回的挂号信，逐一答复我上封信中提及的各项事宜。

本来听说您身体每况愈下，我就没回信致谢，免得叨扰到您，因为书面致谢不过是多余的繁文缛节而已。但方才见到艾勒梅尔·莫德先生（Mr. Aylmer Maude），他让我放心，说您的健康状况良好，还说您每天早上定时处理信件，从不间断。这真是令人欢喜的好消息，我为之鼓舞，所以继续给您写信，进一步与您探讨我认为您教诲中最为意义重大的问题。

寄去一本关于我的传记，还望笑纳。作者是位英国朋友，现居南非。[1] 内容包括我的生活经历，还有我亲身参与并为之奉献一生的斗争。还望您不会觉得我此举是另有所图，我只是殷切希望能激起您的兴趣和同情。

在我看来，德兰士瓦印度人的抗争是现代最伟大的一场抗争，因为无论就目标还是方式而言，这场抗争都极富理想主义色彩。这样的抗争是我闻所未闻的：抗争结束之际，参与者不会获得任何个人利益；为了坚持原则，其中一半人承受了巨大的痛苦，历经了严峻的考验。我希望这场抗争能够广为人知，但我是心有余而力不

---

[1] 此处指1909年出版的甘地传记《莫·卡·甘地：南非的印度爱国者》(*M. K. Gandhi: Indian Patriot in South Africa*)，作者为约瑟夫·多克（Joseph Doke）。

足。当今世上要论公共号召力,第一人非您莫属。如果您对多克先生写的传记中所记载的事实感到满意,如果您认为这些事实能证明我刚才所言非虚,能否请您用自己觉得适当的方式为这场抗争做做宣传?这场抗争若能胜利,那将是宗教、博爱、真理对反宗教、仇恨及谬误的胜利;不仅如此,抗争的胜利很可能会为印度、为世界各地任人践踏的百万民众树立榜样,最终推动暴力的终结,至少在印度会如此。只要我们坚定不移——我想我们会坚持下去的,我坚信,抗争必胜。而您的鼓励只会进一步坚定我们的决心。

我们在伦敦的和谈协商还在进行之中,但基本上失败了。本周内我和同事将启程返回南非,坦然面对牢狱之灾。补充一点:我儿子也欣然与我一同抗争,此刻他正在服六个月的苦役监禁。这已是他在抗争中第四次被监禁了。

如您拨冗给我回信,还请将回信寄往南非约翰内斯堡6522号邮箱。祝您身体健康!

永远是您忠实的仆人,
莫·卡·甘地
出自《托尔斯泰与甘地》,第64—66页

三

约翰内斯堡
1910年4月4日

亲爱的先生:

您大概还记得我在伦敦短暂逗留期间给您写过信。作为您忠实的追随者,谨此寄上一本我写的英文小册子。这是我自己从古吉拉特语(我的母语)翻译过来的。值得注意的是,原作已经被印度政

府没收。所以我赶紧出版英译版。只怕我又得劳烦您了：如果您健康允许，还请抽空看看这本小册子，提些意见。不消说，我自是无比珍视您的意见。同时寄去几份您授权出版的大作《致一位印度教徒的信》。此信也将被译为印度方言。

您的谦恭的
莫·卡·甘地

出自《托尔斯泰与甘地》，第66页

附：列夫·托尔斯泰的回信

1910年5月8日

亲爱的朋友：

我刚收到您的信和您的书——《印度自治》。

您的书我读得津津有味。我认为您在书中所探讨的问题，不仅对于印度人而言意义重大，对全人类也是至关重要。

您的第一封信找不着了，但我找到了多克写的您的传记。这本传记很吸引我，巧得很，正是这本书让我认识了您，它也让我更好读懂您的来信。

您书中涉及的种种问题，以及你们的各项活动，我都很重视。但由于我现在身体不太好，无法予以更多回复。等身体复原后我马上给您写信。

您的朋友和兄弟，
列夫·托尔斯泰

出自《托尔斯泰与甘地》，第67页

四

法院第 21—24 室
约翰内斯堡
1910 年 8 月 15 日

莫·卡·甘地
辩护律师
致列夫·托尔斯泰伯爵

亲爱的先生：

感谢您 5 月 8 日鼓舞人心的亲切来信。我非常珍视您对我的小册子《印度自治》整体上的认可。您在信中善意答应有空会再详细点评此书，我期待着收到您的批评指正。

卡伦巴赫先生已就托尔斯泰农场一事给您去信。[1] 他和我是多年挚友。您在自己的大作《忏悔录》中生动地描绘到的种种经历，我敢说他大多都体验过。没有任何一部作品能像您的作品那样打动卡伦巴赫先生。因此，为了努力实践您向世人展示的理想，在询问过我的意见之后，他冒昧地把自己的农场命名为托尔斯泰农场。

他慷慨地让消极抵抗者使用他的农场。随信寄去几期《印度舆论》，为您全面提供相关信息。

要不是您亲自关注德兰士瓦消极抵抗斗争，否则我是断不敢拿这些琐事搅扰您的。

永远是您忠实的仆人，
莫·卡·甘地

出自《托尔斯泰与甘地》，第 68 页

---

[1] 赫尔曼·卡伦巴赫（Herman Kallenbach, 1871—1945），约翰内斯堡富甲一方的德籍犹太建筑师，甘地的多年挚友。1910 年，甘地用卡伦巴赫赠送的 1100 英亩土地建成托尔斯泰农场，一来安置非暴力抵制者的家属，二来将自己的一些理念付诸实践。

附：列夫·托尔斯泰的回信[1]

"科切特"
（托尔斯泰长女的城堡）
1910年9月7日

致
莫·卡·甘地
约翰内斯堡
德兰士瓦，南非

您寄来的《印度舆论》期刊收讫，很高兴读到其中有关不抵抗的篇章。这些文章让我有所感触，希望和您分享一下。

活得越久——尤其现在我已临近生命终点，我就越愿意向人倾诉那些强烈触动我的心灵、在我认为极为重要的感受。事实上，所谓"不抵抗"，不过是对爱的戒律的错误诠释。爱是渴望与他人共享，休戚与共；人类的高尚行为始终源自这份渴望。爱是人类生命中至高无上、独一无二的法则，这一点每个人灵魂深处都能感受到。在婴儿的灵魂中，爱的法则至为清晰可见。人只要不为世间种种虚假的教条所蒙蔽，必能感受到爱。

从印度到中国，从古希伯来到希腊罗马，世间大哲都宣扬着爱的法则。在我看来，耶稣对爱的表述最为明晰。耶稣明言，爱的法则既是律法，也是先知的道理。他还更上一层楼，预见了爱的法则会因人们追求世俗利益的本性而遭到扭曲。耶稣指出这种扭曲的危害性，即人用暴力维护那些世俗的利益；用耶稣的话来说，以暴制暴，人以暴力夺我之物，我以暴力复夺之，周而复始。和所有理性

---

[1] 原信为俄文写成。英文版在托尔斯泰指导下完成。——原注

之人一样，耶稣深知，爱是生命的根本法则，爱与暴力水火不容。他知道，人一旦许可暴力，哪怕只是一次，爱的法则就变得徒劳无效。也就是说，爱的法则就不复存在。然而，整个基督教文明，尽管外表光鲜无比，却是建立在对爱的法则误解之上，建立在爱与暴力之间昭彰而又离奇的矛盾之上，有时是有意为之，更多时候是无心所为。

在现实中，一旦抵抗与爱齐头并进，爱就不复存在，爱这一存在的法则会荡然无存；而爱的法则一旦消失，剩下的唯有暴力的法则，强权即公理。十九个世纪以来，基督教世界一直处于这样的状态。事实上，从古至今，人类始终都在用暴力法则来组织社会。基督教国家只在理念上与其他民族有所不同，即：在所有宗教中，唯有基督教清晰明确地道出了爱的法则；然而，在庄严接受爱的法则的同时，基督徒又允许使用暴力，并借暴力建构自己的人生。如此一来，基督徒彻头彻尾言行不一，他们既承认爱为生命法则，却又同样认为生活方方面面都离不开暴力，他们不仅认可诸如政府、法庭、军队等暴力机构，还赞之叹之。这一矛盾始终贯穿基督教世界的内部发展，近年来更是急剧恶化。

眼下摆在我们面前的问题再清楚不过：要不就承认自己毫无任何宗教或道德准则可言，承认我们只按暴力法则组织生活，要不就承认我们必须取缔靠暴力榨取的各种税项，废除司法机构、警察机构，尤其是军队。

在今年春季莫斯科女子中学宗教考试中，教义原理课老师和莫斯科大主教考的是十诫，重点考的是第六诫"汝不可杀人"。通常在考生答得不错的时候，大主教会再提出另一个问题：无论何时，在任何情况下，圣经都严禁杀人吗？那些可怜的女孩子都被老师教坏了，她们必须回答：不，不是在任何时候都不得杀人；圣经允许战争期间的杀戮，也允许处死罪犯。但是——我说的可是别人亲眼看到后告诉我的真事——在被问到"杀人在任何时候都是罪行吗"

之时,这群倒霉的孩子中有一个被深深地触动了,她红着脸,肯定地回答道:"是的,任何时候杀人都是罪行。"对大主教早就司空见惯的高深问题,这个女孩以坚定的信念回答:无论是旧约还是耶稣都禁止杀人,耶稣甚至禁止对他人的一切恶行。威风凛凛的大主教虽能言善辩,却也不得不败下阵来,那女孩大获全胜。

是啊,我们能在报刊上畅谈航空进步和其他同类新发现,探讨错综复杂的外交关系,罗列各种俱乐部和联盟,大谈特谈所谓艺术创作,但对这个女孩确认的这条道理,我们却沉默不语。可是对这些情形沉默不语是徒劳的,因为基督教世界每个人或多或少都和那个女孩有着同样的感受。社会主义,共产主义,无政府主义,救世军,不断增长的犯罪行为,失业,富人荒诞无度的奢侈、毫无节制的财富累积,穷人悲惨的困苦潦倒、不断攀升的自杀人数,这一切都是爱与暴力这一内在矛盾的表象,无法逃避,无从破解。唯一的化解之法就是接受爱的法则,摒弃一切形式的暴力。因此,您在德兰士瓦的工作,虽然看似远离基督教世界的中心,却对我们具有根本性的意义,至关重要。您的工作提供了有力的实践证明,证明爱的法则是当今世界共享的法则,证明基督徒乃至世界各族人民必将共同兴建爱之大业。

近年来我们在俄罗斯也发起了类似的运动,即拒绝服兵役运动,想来您听了会感到高兴。尽管你们消极抵抗运动参与者不多,俄国拒服兵役的人数也甚微,但这两个运动都可以大胆地宣告,"上帝与我们同在","上帝比人强大"。

我们基督徒都会忏悔,哪怕忏悔的形式我们自己都觉得有点变态;但与此同时,我们也认为军队有存在的必要,我们随时准备着进行大规模杀戮。两者之间的矛盾如此尖锐显著,迟早会爆发赤裸裸的冲突,这一天大概已为时不远。届时,我们必须抉择:是宣布摒弃基督教,维系政府权力,还是放弃军队,放弃国家为维护自身权力所资助的各种形式的暴力?无论是你们大英政府,还是我们俄国政府，各国政府都感受到了这个矛盾；正因如此，它们出于保全自我的本能，对以爱醒世的人士横加迫害，迫害程度超过对反政府活动的镇压，在俄罗斯如此，贵刊所报道的情形亦然。各国政府知道它们最大的危险来自何方，它们极力自卫，不仅是为了维护自身利益，更是为了自身的存亡而战。

谨致予我最诚挚的敬意，
列夫·托尔斯泰

致马甘拉尔·甘地[1]

一

[写于1915年3月14日后]

尊贵的马甘拉尔：

你对非暴力的思考是正确的。其要素是达亚[2]、阿克路德哈[3]、阿曼[4]等等。非暴力是萨提亚格拉哈的基础。这点我们在加尔各答已看得很清楚，并得出结论：日后要将非暴力纳入我们的誓言之中。对非暴力的思考能得出进一步的结论，即我们必须遵循所有的亚玛斯[5]，必须立誓，方能感知非暴力的内在意义。我和当地数以百计的人交谈，都把亚玛斯（戒律）置于首位。

---

[1] 马甘拉尔·甘地（Maganlal Gandhi），甘地的侄儿；在南非辅佐甘地工作近十年；1914年8月他与师生一行25人离开凤凰村，返回印度，在泰戈尔的圣蒂尼克坦学院住了一段时间。马甘拉尔曾任沙巴玛蒂阿什拉姆公司经理，全印土布董事会董事，一直投身建设纲领工作。1928年他英年早逝，甘地痛失左膀右臂。——原注
[2] 慈悲。——原注
[3] 无畏。——原注
[4] 不为受人尊重的渴求所支配。——原注
[5] 所有重要的道德责任或宗教戒律。——原注

> 如果热爱悉多与罗摩的婆罗多不在这人世诞生，
> 谁来教育牟尼们坚守禁欲与克制的苦行？[1]

我在加尔各答忆起这两句诗文，反复琢磨。我心里清楚知道只有通过遵守这些誓言我们才能拯救印度，才能实现我们的愿望。

遵守不可囤积的誓言之时，我们需牢记于心，不要储存无用之物。要务农，我们可能得养牛，要用牛耕地，还要有所需的农具。在饥荒频发之地，我们必会储备粮食。可是我们需时时扪心自问：我们真的需要这些牛和粮食吗？我们也要在精神上遵守所有的亚玛斯（戒律）。这样，随着时日流逝，才能变得更安贫乐道，还会想到其他可以放弃的东西。克己永无止境。放弃得越多，我们就越能了解阿特曼[2]。如果内心一直想着不要囤积物质，也做到尽可能不囤积物质，我们才守住了不囤积的誓言。

遵守不偷盗的誓言也一样。不囤积说的是不存储不需要的东西。不偷盗指的是不占用不需要的东西。如果只需一件衣服便可蔽体，我却穿了两件，就犯了偷盗他人衣服的罪了，因为别人用得着的衣服不属于我。如果吃五根香蕉就饱了，我却要吃第六根，那也是一种偷盗。假设有五十个青柠，大家都想要。我只需要两个，却因为有很多而拿了三个，这也是偷盗。

如此毫无必要的消费同样违背非暴力的誓言。如果心怀不偷盗的理念，减少物质消费，我们会变得更慷慨。要是能减少物质欲望，再以非暴力的理念激励自己，我们就会变得更慈悲。可以说，要能做到让一切动物和生灵都不会因我们而感到恐惧，我们就是对它们心怀慈悲，心怀大爱。心中有爱的人不会觉得有任何生灵能危

---

[1] 引自杜勒西达斯著，金鼎汉译：《罗摩功行之湖》，第二篇《都城篇》，人民文学出版社1988年版，第415页。

[2] 自我。——原注

及自己，甚至压根儿都不会有这种念头。这就是我从印度教圣典和自己个人经历所得出的确凿结论。

所有这些誓言的根本原则就是真理。人会自欺欺人，不承认自己偷窃或囤积。因此，只有细心反省，方可确保我们始终按真理行事。要是无法确定是否应保存某物，最简单的做法就是弃而不存。克己之人不会违背真理。要是无法确定话是否当讲，则立誓坚守真理之人应当三缄其口。

我希望你们全都自觉自愿地立下自己认同的誓言。我始终认为誓言很有必要。但每个人只应在自己觉得有必要的时候立誓，而且只应立自己想立的誓言。

罗摩占陀罗[1]堪称一名伟大的勇士，成就了无量的丰功伟绩，杀死了成百上千的恶魔。但若无他那些忠实的追随者，例如罗什曼和婆罗多[2]，或许今天谁也想不起他是谁。我要说的是，如果罗摩不过是区区一介力量超群的武士，他的伟大转眼就会被人遗忘。曾有多少英勇武士如他一般斩杀恶魔，但今日却无人歌颂他们的丰功和英名。在罗摩的身上还有另一种力量，吸引着罗什曼和婆罗多，将他们造就成伟大的苦行者。在颂扬他们的苦行之际，杜勒西达斯[3]不禁问道，如果婆罗多没有出世，如果没有他那超乎圣人的苦行，罗摩还能从一个混迹江湖的枭雄成神吗？他这话就等于在说，是罗什曼和婆罗多守护了罗摩的名望，守护了他的教诲。更进一步说，

---

[1] 罗摩占陀罗（Ramachandra），又称罗摩，史诗《罗摩衍那》的主人公，阿逾陀国的王子，印度古代传说中的一个伟大英雄，在印度教中是三大主神之一毗湿奴的第七个化身。
[2] 罗什曼（Lakshmana）和婆罗多（Bharata）都是罗摩的胞弟和忠实的追随者。
[3] 杜勒西达斯（Tulsidasij，1532—1623），印度著名诗人，其代表作为长篇叙事诗《罗摩功行之湖》（*Ramcharitmanas*，又译为《罗摩功行录》）。诗中歌颂经典史诗《罗摩衍那》主人公罗摩的各种非凡业绩，祈求罗摩给以解脱，是名副其实的宗教赞美诗，在印度中、北部有着极大的影响。

苦行不是万能的。罗什曼虽十四年不食不眠，可因陀罗耆特[1]也做到了。只是后者完全不知何谓苦修，而前者向罗摩学到了苦修的真意。因陀罗耆特虽能禁欲，但他受天性驱使，滥用自己通过禁欲而获取的力量，沦为恶魔，最终败在自律敬神、寻求救赎的罗什曼手中。同样，大师[2]的理想不管如何高远，若无人付诸实践，它只会被封存在岁月幽暗之处。相反，若有人将此理想付诸实践，其光芒将加倍辉耀。在实践理想的过程中，人要攀爬的阶梯就是塔帕斯[3]。因此，我们要认识到，有必要从小就训练孩子培养塔帕斯——自律。

祝福你！

巴布[4]

出自《圣雄甘地全集》，第八卷，第37—39页

二

纳瓦加姆

星期四［1918年7月25日］

马甘拉尔：

你被拉奥吉拜（Raojibhai）吓坏了，而他则被我吓到了。其实是他对我的话想多了。

没有，我的理想毫无更改。尽管我在印度的经历很不愉快，但我始终坚信，我们从西方学不到什么。无论是我在此间看到的种种

---

[1] 因陀罗耆特（Indrajit），别名弥迦那陀（Megha-nada），魔王哈瓦那（Ravana）之子。因战胜众神之神因陀罗（Indra）而得名因陀罗耆特。——原注
[2] 罗宾德拉纳特·泰戈尔。　原注
[3] 苦修。——原注
[4] 巴布（Bapu），印度语，意为"父亲"。

恶行，还是这场战争，都未改变我根本的理念。原有的理念反而变得更为纯粹。我绝不认为我们应当引入西方文明。我也不觉得我们要学西方人喝酒吃肉。但是我确实认为，斯瓦米纳拉亚纳教派[1]和瓦拉巴查亚[2]剥夺了我们的男子气概。他们让人民无力自卫。戒掉吸烟喝酒这些恶习固是好事，但戒除恶习本身并非目的，而是手段。一个有个性的吸烟者值得交往。相反，结交一个从未吸烟但却犯了通奸罪的人毫无裨益。斯瓦米纳拉亚纳教派和瓦拉巴查亚宣扬的不过是感性主义的爱。这无法让人领悟到爱的真谛。二者也从未思考过非暴力的真正本质。非暴力是在奇塔[3]中控制一切的冲动。非暴力尤为涉及人际关系。但这两个教派写的东西对这一点提都未提。这两派都是我们这个腐朽的时代的产物，自是深受环境的影响，结果它们都对古吉拉特地区产生了不良影响。图卡拉姆[4]和拉姆达斯[5]就没有这样的影响。前者的《阿帕格》[6]和后者的《赞歌》[7]热情讴歌人的奋斗。而此二人同是毗湿奴派信徒。所以，我们绝不能将毗湿奴派传统与瓦拉巴查亚或斯瓦米纳拉亚纳的教义混为一谈。毗湿奴派蕴含着古老的真理。之前我还不太清楚，但现在已认识到，暴力中也有非暴力。这对我是一个重大的转变。我之前没有充分认识到，人有义务阻止一名醉汉作恶，也有义务让一只病痛不堪的狗或一只患了狂犬症的狗安乐死。在这种情况下，暴力其实

---

[1] 斯瓦米纳拉亚纳教派（Swaminarayana），毗湿奴教派之支派，创立者为思瓦密·萨哈嘉南德（Swami Sahajanand, 1781—1833）。——原注
[2] 瓦拉巴查亚（Vallabhacharya, 1473—1531），宗教大师，古吉拉特地区虔诚派主要传播者。——原注
[3] 心智。——原注
[4] 图卡拉姆（Tukaram, 1577—1650），17世纪印度著名马拉提语诗人，著有5000多首"阿帕格"抒情诗。他的诗歌对后世许多诗人如泰戈尔等产生了深刻的影响。
[5] 拉姆达斯（Ramdas, 1534—1581），印度锡克教第四代祖师。
[6] 马拉提语格律赞美诗。——原注
[7] 格律诗歌或辞赋。——原注

是非暴力。暴力只在行动上。梵行[1]在于克制,不纵欲,但我们并不是要把儿子养成阳痿者。儿子长大成人,即便精气十足,只要能控制自己的生理冲动,就守住梵行的戒律了。同样,我们的后代必须身强体健。如果他们还不能完全放弃暴力的冲动,可以允许他们有暴力行为,允许他们用力打斗,如此方可让他们变得非暴力。一名刹帝利[2]只能从另一名刹帝利那儿学会非暴力。

我阐述的就是东西方的差异,而且是很大的差异。西方文明是建立在自我放纵的基础上,而我们的文明则是建立在克己自律之上。动用暴力对我们是不得已而为之,是为达到洛卡桑格拉哈[3]的最后手段。而西方将继续执意沉溺于暴力。我以前就参与过创立议会运动以及类似的活动,现在做的事没什么两样;之所以参与这些活动,是为了对这些团体有所监督。你要是读过我写的那篇关于蒙太古先生的改革方案的文章[4],你就会明白。本来我就对这场运动没有兴趣,之所以参加只是为了传播自己的理念。但后来发现要放弃自己的理想才能继续参与运动,我就决定退出了。

相信上面所言回答了你的问题。我在那里只待一天,无暇过多解释,所以把想法写下来。这样会让你思考,如果还有不明之处,再问我。

我会继续待在纳瓦加姆。原想今天离开,但可能无法成行。

祝福你!
巴布

出自《圣雄甘地全集》,第十四卷,第 504—505 页

---

[1] 字面上的意思是使人成神的行事。——原注
[2] 印度第二等级种姓,武士阶层的一员。——原注
[3] 意为于社会保护有裨益的。——原注
[4] 1918 年 7 月英国印度事务大臣蒙太古(Montagu)和驻印总督蔡姆斯福德(Chelmsford)联合署名发表改革方案,激起了印度民族主义者的强烈反对。

致纳哈尔·沙姆布罗·巴维[1]

[艾哈迈达巴德,
写于1916年6月7日后[2]]

您的儿子维奴巴[3]和我在一块。他年纪轻轻品行就如此高尚,修行如此高,我都要耐心苦修多年才做得到呢。

[莫·卡·甘地]

出自《维奴巴传》,第8页
《圣雄甘地全集》,第十三卷,第279页

---

[1] 阿查亚·维奴巴(Acharya Vinoba)的父亲,当时在巴罗达。——原注
[2] 6月7日,维奴巴于科赤拉布静修院(Kochrab Ashram)结识甘地。——原注
[3] 维奴巴·巴维(Vinoba Bhave,1895—1982),受人尊敬的萨沃达亚领袖,以生活简朴、学识渊博闻名,是捐地运动(Bhoodan Movement)的倡导者。——原注

致马菲先生（总督的私人秘书）[1]

凯尔区地方治安庭，
莫提哈利[2]
1917年4月16日

亲爱的马菲先生：

我来本地区是为了亲自调查农民对种植园主的指控是否属实。我先后拜会了种植园主协会秘书和分管部门专员，请他们配合调查。但两边都客客气气地回绝了我，还劝我放弃调查。我无法接受他们的忠告，就一直继续自己工作。可是地区地方法官却下令命我离开。驱逐令给出的理由我无法认同。因此，我只好抗令，并告知法官我愿意接受相应的惩处。

我一心为国效力，为人类效力。我以为，政府之所以授予我凯撒一世奖章[3]，是因为我在南非从事的人道主义工作。如果现在有人质疑我的人道主义动机，那么我就不配再拥有这枚奖章。因此我托人将这枚奖章归还政府。如果我的动机不再受人质疑，政府决定发

---

[1] 蔡姆斯福德勋爵（Lord Chelmsford）。——原注
[2] 印度比哈尔邦的一个小镇。
[3] 凯撒一世奖章（Kaiser-i-Hind Medal），1900—1947年间英国王室制定的奖章，授予所有为英属印度做出杰出贡献的个人。

回奖章，那我将欣然重新接受这一荣誉。

  至于眼下的这个问题，迄今为止我对各方收集的证据分析显示：种植园主们有效利用民事法庭、刑事法庭及非法暴力谋取私利，对农民造成了损害；农民终日惶恐不安，他们的财产、人身安全和精神都遭种植园主践踏。一位农民对我说的很形象："我们归种植园主管，社卡[1]管不了。塔纳[2]哪儿都不管，但到哪儿都有种植园主。他们让我们吃什么，我们就吃什么，他们让我们种什么，我们就种什么。"我本以为深入调查会改变自己形成的坏印象，结果我被捕了，无法完成调研，无法把结果呈给政府以资参考。还望总督阁下能严肃对待这个问题，展开独立调查。当地行政人员坦言，他们正坐在雷区，岌岌可危，所以不能让我再待下去。可是他们却对调停官员毫无进展的调研感到满意。千钧一发，一切都取决于政府能否尽快选出合适的成员，组成调查委员会。农民有权提出这个最低要求。请将此信转呈总督阁下；让总督大人拨冗展阅我这封长信，也望大人能原谅则个。实是事态紧急，不得已而为之。

您最顺从的仆人，
莫·卡·甘地

出自《圣雄甘地全集》，第十八卷，第368—369页

---

[1] 政府。——原注
[2] 警务人员。——原注

致海科克[1]

贝提亚[2]

1917 年 5 月 20 日

亲爱的海科克先生:

到目前为止,我不断收到大量证言,却一直忍着不提请您注意。这些证言的大意是:佃农被拦着不让见我;谁要是和我见了面,就会被商人们的雇员百般刁难,有时还是经理亲自出面。有些证言,我未记录在案;有几份记录下来了。不过,如果我听到的关于贝尔瓦村[3]和多克拉哈村[4]的情况属实,那至少有一方是蓄意而为,目的就是破坏我展开调查以来一直友好的氛围。我迫切希望能继续调查,增进友好的气氛。我正竭尽全力执行任务,希望任务完成之后,留下的只是善意。关于贝尔瓦村和多克拉哈村的问题,我把记录好的证词发给您。不过就算这些证言属实,也解决不了当前争论的焦点。另外附上我给赫顿先生的信,信在昨晚六点半前就寄出去了,之后我才听说了纵火事件,然后再去多克拉哈村向村民取

---

[1] W. B. 海科克(W. B. Heycock,生卒年不详),时任查姆帕兰地区治安官(Champaran District Magistrate)。
[2] 贝提亚(Bettia),印度比哈尔邦查姆帕兰地区行政中心。
[3] 贝尔瓦(Belwa),印度比哈尔邦查姆帕兰地区的一个村庄。
[4] 多克拉哈(Dhokraha),印度东北部比哈尔邦的一个村庄。

证的。

我能理解，甚至能体谅种植园主的心情；他们习惯了常年从农民身上获取大量的收入，现在要他们考虑放弃这份收入很难。他们努力抓牢自认为拥有的权利，本也无可厚非。但是据悉在贝尔瓦和多克拉哈两个村子所发生的一切，我认为已算不上合法维权了。

众人皆知，大多数种植园主不希望我和我的同伴们继续工作。我只能说我们绝不会离开此地，除非政府动用武力，或者举出证据证明错在佃农，并明令禁止佃农继续犯错。我亲眼所见的佃农生活状况足以让我相信，我们要是现在撤走，将遭人神谴责；最主要的是，我们永远都无法原谅自己。

不过我们只以和平为天职。我已多次保证，我对种植园主毫无恶意。可还是有人和我说，我虽毫无恶意，但我的那些朋友反英激情高涨，对他们而言，这就是一场反英运动。对此，我只能说，我那些朋友是最不可能有这种想法的。这次农民的反应情况是我始料不及的。我料到种植园主会心怀一定程度的恶意，原本也觉得他们这样情有可原。但现在看来情况激化了，也不知是不是我造成的。不过，如果我发现在我们执行任务的过程中，确有同事心存不轨，那么我将与此类人划清界限，并要求他们退出。与此同时，我矢志不移，誓让农民从枷锁中解脱出来。

自会有人高声唱反调，提出质疑：难道政府不能给农民自由吗？对此，我的答复是，眼下这种情况，如果没有我们提供协助，政府也无能为力。政府机构运作迟缓；它只按阻力最小的路线行进，也必须这样。政府做不到像我这样只专注手头某个项目。不过我们这些改革家很专业，政府应认真对待我们带来的推动力。虽然改革家也可能会因为过度热衷、轻率鲁莽、懒散怠惰，或无知愚昧而犯错。但如果政府不耐心听取改革家的意见，或自信满满，认为改革家毫无用处，那政府也可能会出错。但愿眼下的问题不会酿成大祸。我已向政府提交佃农的申诉，大多数已获受理，能有效缓解他们的冤屈。如此一来，对我有幸主导的这项任务，种植园主就不会再害怕疑虑，也会欣然接受志愿者的协助。这样一来，志愿者就能对村民开展教育和卫生工作，在种植园主和佃农间建立联系。

还望谅解此信如此冗长好辩。实是为了向您真实表明我的立场，不得已而为之。写信也是为了与您就上面提到的问题进行沟通，我并不打算通过法律途径来解决这些问题。我恳请您尽可能发挥您的行政影响力，以维护到目前为止在商人和我及我的同伴间友好的精神。

我无意暗示那些商人是纵火案的罪魁祸首。有些佃农是这么猜疑的。就那两起纵火事件，我访谈了上百名佃农。他们都说不是他们干的，还说和我们的任务扯不上干系。我乐于接受以上否认，因为我们一直都劝阻佃农不要动用暴力，不要进行报复，他们要那么做了，就无法尽早申冤。但是如果不追究商人对纵火事件的责任，很可能佃农就不再愿意和我们的任务有任何瓜葛。不管有没有我们这项任务，纵火事件已经发生了，今后可能还会发生。双方相互指责，却没有任何明确的证据。

也有人说种植园主们性命堪忧。这肯定是危言耸听。再怎么说我们的任务也不会降低他们的人身安全，因为我们严禁任何伤害他人的做法。我们的任务旨在以自我牺牲寻求解脱，不会对作恶之人施行暴力。无论是农忙季节还是农闲季节，我们都是如此反复劝导佃农。

最后，我担心佃农受到种植园主恐吓，有大量证据可以证明，具体详见附上的证词。如果现有制度保持不变，恐吓只会制造更多麻烦，丝毫无助缓解种植园主的问题。

鉴于上述情况，我冒昧请您给予帮助。

此信同时抄送刘易斯先生。

您真诚的，

莫·卡·甘地

出自《圣雄甘地全集》，第十三卷，第404—406页

就萨提亚格拉哈问题致商卡拉尔[1]

[1917年9月2日]

尊贵的商卡拉尔：

您想了解我对萨提亚格拉哈的看法。谨概述如下：

英语中"passive resistance"（消极抵抗）一词无法描述我要表达的那种力量，梵文"萨提亚格拉哈"才是最恰当的表达。相对武力而言，萨提亚格拉哈是灵魂的力量。因它本就是一件道德武器，故只有按道德的方式生活的人方能明智善用。普拉拉德[2]和米拉巴依[3]是这样的人，也还有其他人。摩洛哥战争中，法国人向阿拉伯人开火。那些阿拉伯人坚信自己是为了真主而战，完全置个人生死于度

---

[1] 商卡拉尔·葛拉拜·班克（Shankarlal Ghelabhai Banker），著名的甘地思想流派建设纲领工作人员和劳工领袖，甘地多年的合作伙伴。——原注
[2] 印度古代典籍《摩诃婆罗多》传说，醯兰尼耶伽尸仆（Hiranyakashipu，又译作"金床"）为一名强大无比的阿修罗，被贬下凡转生后，在人间作恶多端，强迫臣民尊他为神。其子普拉拉德（Prahlad，又译作"钵罗诃罗陀"）笃信毗湿奴，不仅违抗父命，还请求毗湿奴消灭自己的父亲。国王为此让他的妹妹、不怕火烧的霍利嘉（Holika）抱着普拉拉德跳进火堆之中，妄图除掉小王子。然而事与愿违，霍利嘉被烧为灰烬，普拉拉德却因毗湿奴的保护而安然无恙。百姓们向小王子身上泼红颜色的水，以示庆祝。此后，印度人民把每年印历12月的望日定为洒红节。
[3] 米拉巴依（Mirabai，1498—1573？），16世纪著名印度语女诗人、歌手和圣徒。甘地对她极为推崇，认为她抛弃了荣华富贵，通过非暴力抵抗获得自由，是妇女自由的象征。

外，高喊着"呀——阿拉"[1]，冲着法国人的炮火就跑过去。在这种情况下，对手根本无法痛下杀手。结果法国枪手不但拒绝向那些阿拉伯人开火，还把军帽一抛，欢呼着冲出去拥抱对方。这个例子就是萨提亚格拉哈，说明它能取得的胜利。那些阿拉伯人并非有意识地选择非暴力。他们慨然赴死，只是受到强烈的冲动驱使，心里并没有爱。非暴力之士则心无恶意，不会因怒发冲冠而放弃生命；因为他能承受痛苦，故从不与人为敌，也无从向"敌人"投降。所以，非暴力之士天生勇敢，宽厚仁慈。伊曼哈桑和侯赛因[2]就是两个孩子，因为觉得对方待己不公，拒绝被招降。当时他们知道这会招致杀身之祸，但若向不公正低头，就是侮辱了自己的人格，背弃了自己的宗教。在这种情况下，他们选择了拥抱死亡。两名优秀的年轻人头颅被砍下，滚落沙场。我认为，伊斯兰教的伟大靠的不是刀剑之力，而是托钵僧的自我牺牲。真勇士宁愿自己刀剑加身，也不愿对他人挥刃。杀人者意识到自己因错杀而犯下杀戮之罪，将会悔恨终生。受害者哪怕是因自己的过错致死，也将因死而获胜。萨提亚格拉哈是非暴力之道。它确实是正道，因此无论何时何地都是正当的。武器之力是暴力，为所有宗教唾弃。就算是主张动武之人也有诸多限制。萨提亚格拉哈则没有任何限制，更准确地说，它唯一受限于非暴力之士自愿受苦的能力，即他的塔巴斯查亚[3]能力。

显而易见，质疑萨提亚格拉哈是否合法毫无意义。决定权在于非暴力之士。事后旁观者可以对萨提亚格拉哈做出判断。但旁人的不满阻止不了非暴力之士。决定是否发起非暴力抗争的不是什么数学规律。谁要觉得要先权衡胜败的机会，确保自己稳操胜券后才选

---

[1] 噢！真主！——原注
[2] 阿里的两个儿子，母亲为先知穆罕默德的女儿法蒂玛。他们拒绝承认叶齐德（哈里发，680—683 在位）。侯赛因起兵反抗叶齐德，但起义失败，在卡巴拉城被杀。——原注
[3] 苦行。——原注

择非暴力，那此人可能是个精明的政客，也可能是个聪明人，但他绝非真正的非暴力之士。非暴力之士自发行事，毫无机心。

从古至今，非暴力与武力并存。对两者的讴歌在文学中比比皆是。前者是神器[1]，后者是魔器[2]。人们相信在印度的上古时代，前者更强大，即便今天我们仍珍视这种理念。而欧洲则为后者的优势提供了极为惊人的例证。

这两种力量都胜过软弱无力，胜过人们常说的"胆小懦弱"。如果既不行非暴力之道，又无武力可用，无法实现斯瓦拉吉（自治），也无法真正唤醒民众。但二者单取其一，也无法真正获得自治，对人民毫无效用。唤醒民众既需实力，也需要勇气。不管领导人如何舌灿莲花，政府如何殚精竭虑，他们若不与民众一道共同壮大非暴力的队伍，各种暴力必然只会愈演愈烈。暴力就像杂草，随处滋长丛生。非暴力的队伍要求人人勇于自我奉献，不畏风险，甘当护花泥。不拔除不断滋长的暴力杂草，非暴力的幼苗将会被淹没其中；我们要通过塔巴斯查亚（苦行），怀着慈悲心，剔除田里的暴力种子，拔掉冒头的暴力杂草。一些年轻人认为政府专横暴虐，觉得自己走投无路，怒火中烧。在萨提亚格拉哈的帮助下，我们能争取这些年轻人，用他们的勇气，用他们的可塑性，用他们承受痛苦的能力来强化非暴力的神器。因此，我热切地希望尽快将非暴力广为传播。此举符合统治者和民众的利益。非暴力主义者并无意扰乱政府，无意扰乱任何人。我们必三思而后行，从不自大。因此，在与所谓"抵制运动"保持距离的同时，我们会把抵制英国货的誓言视为天职，坚持到底。非暴力主义者只敬畏神，不畏其他任何权势。我们永远不会因为害怕惩罚而玩忽职守。

无须赘言，当前我们的义务就是通过非暴力抗争确保学识渊博

---

[1] 神器（daivi sampad）。见《薄伽梵歌》，第十六卷，第3—4行。——原注
[2] 魔器（asuri sampad）。见《薄伽梵歌》，第十六卷，第3—4行。——原注

的安妮·贝赞特[1]及其同事获释。至于安妮本人的行动我们是否完全认同,那是另一回事。她有些做法,我就不认同;但大英政府把她抓起来就是大错特错,有违公正。当然,我知道政府没觉得自身有任何过错。有错的反倒是希望政府释放安妮的那些人。政府也是照着自己的逻辑行事而已。人民感到愤怒,该如何表达呢?要是痛苦还可以承受,人民可以通过请愿或类似的方式表达情绪。但当痛苦已无法承受,除了非暴力抵抗再无别的良策。只有等到人民觉得忍无可忍,也只有那些不愿再忍受的人才会全身心投入,押上全副身家也要让安妮·贝赞特获释。那将是一场轰轰烈烈的群众情感的宣泄。我坚信,面对如此强大的自我牺牲,即便威武如帝王也会为之折服。蒙太古先生访印在即,群众大概多少会克制一下情绪。这意味着大家相信蒙太古先生有正义感。可是如果在蒙太古先生抵达之前,政府仍未释放安妮,那我们就责无旁贷,只能诉诸非暴力抵抗。我们并不想挑衅政府,也不是要制造困难。我们只是诉诸非暴力抵抗,展现自己情感上受到的重创,进而为政府效力。

出自《圣雄甘地全集》,第十三卷,第517—520页

---

[1] 安妮·贝赞特(Annie Besant,1847—1933),著名英国社会主义者、神智学者、妇女权利运动家、作家、演说家,积极支持爱尔兰和印度自治。

致维奴巴·巴维[1]

[萨巴玛蒂,1918年2月10日后]

我都不知道怎么夸你才好了。你的爱心,你的个性,还有你的自我反省,都让我着迷。你的价值实非我能估量。我就姑且接受你对自己的评价,充当你父亲的角色。感觉你简直就是我的夙愿成真。我认为,只有在儿子的德行超越自己的时候,人之为人父者才算得上真正的父亲。同样,一个真正的儿子必须超越父亲的成就。如果父亲为人真诚,意志坚强,富有同情心,儿子就要更真诚,意志要更坚强,也要更富同情心。而你就是这样打造自己的。我觉得你的成就功不在我。因此,你视我为父亲,这对我是一份爱的礼物。我会努力让自己配得上做你的父亲;如果哪天我成了另一个醯兰尼耶伽尸仆,请像敬神的普拉拉德那样违背我,反抗我。

诚如你所说,即便离开静修院,你也始终严守戒律。你终会重返静修院,对此我深信无疑。此外,我收到了你写的信,是妈妈念给我听的。愿神佑你长命百岁,借你之力让印度崛起。

---

[1] 在看完维奴巴·巴维解释他为何一年没回静修院(Ashram)的信后,甘地说道,"徒弟超过师傅了。他还真是一个毗摩",随即口述此信。——原注

毗摩(Bhima),又译为"怖军",印度史诗《摩诃婆罗多》中般度族的一员,般度五子的第二子,哈斯蒂纳普尔国王,以骁勇善战著称。

我觉得眼下你还不必改变饮食习惯。先不要戒饮牛奶。相反，如果需要，还得多喝点儿。

眼下还不必对铁路采取非暴力抵抗。我们需要的是精干的宣传员。我们可能会针对凯达地区的问题展开非暴力抵抗[1]。这段日子我居无定所。一两天后，我得动身去德里。

等你来了我们再详谈。大家都期待着见到你。

祝福你！
巴布

出自《圣雄甘地全集》，第十四卷，第 188—189 页

---

[1] 凯达地区（Kheda District），印度西部古吉拉特邦 26 个地区之一。1918 年 1 月，甘地建议凯达地区佃农拒付地租。

致查尔斯·弗瑞尔·安德鲁斯[1]

一

[纳迪亚德]
1918年7月6日

我亲爱的查理:

来信收讫。你的信件我视若珍宝。但书信只能为我带来些许慰藉。我面临的困难超乎你的想象。你提出的问题我都能解答。我会试着在这封信里简明扼要地写出自己的想法。眼下我满脑子都是这些想法,无暇旁顾。其他诸事我好像都只是机械处理而已。如此费神深思也影响到了我的身体健康。我几乎不愿和人交谈,甚至不愿提笔,就连自己的这些想法也不想写。因此我退而求助于口述,请他人代笔,看看这样是否能把想法清晰地表达出来。这还不是我最难的困境,要解决的难题还很多。应对这些困难对我眼下的工作影响不大。可是如果失败了会怎样,现在还不好说。我若能保住性命,无论如何终会勘破谜底。

你在信中说:"印度种族确无嗜血的欲望。印度人清醒地意识

---

[1] 查尔斯·弗瑞尔·安德鲁斯(Charles Freer Andrews, 1871—1940),英国圣公会牧师、教育家、社会改革者。在印度传教期间成为甘地挚友,支持印度独立运动。

到时间的流逝，谨慎地做出选择，始终站在人性的一边。"但纵观历史，这种说法真能成立吗？无论是《摩诃婆罗多》，还是《罗摩衍那》，我都找不到任何迹象可以证明这一点；甚至在我最喜欢的杜勒西达斯版的《罗摩功行之湖》中，我也未能找到任何佐证。而这个版本的精神境界远胜于蚁垤写的版本[1]。在此我说的不是这些作品的精神含义。这些古典名著中描写的人物个个嗜杀成性，对敌人复仇心切，冷酷无情。为了战胜敌人，他们计谋百出。古典名著中描述战争的热衷程度不亚于当代作品。各种毁天灭地的武器，只要人想得到，史诗里的勇士们都用上了。在他所创作的最优美的罗摩赞歌中，杜勒西达斯首先歌颂的也是罗摩打败敌人的能力。我们再来看看穆斯林统治时期。印度人和穆斯林人一样好战，只不过印度人一盘散沙，因为内讧而赢弱无力，四分五裂。在《摩奴法典》中，我也找不到你所归结的印度人不嗜血的证据。佛教这一宣扬宽容的普世学说显然也是一败涂地；而且传说要是属实，伟大的商羯罗[2]就曾毫不犹豫地以极端残暴的手段在印度杜绝佛教。而且他还成功了！我们再来看看英国统治时期。印度人虽然被迫缴械，但他们并未放弃杀戮的欲望。即便是耆那教教义也未能令其信徒放弃杀戮。耆那教信徒虽因宗教迷信惧怕杀戮，但他们也会像欧洲人那样果断地了结敌人的性命。我想说的是，在摧毁敌人的时候，印度人与其他人毫无差异，他们同样会欢欣雀跃。对于印度，我们只能说，确实有个别人努力尝试推广非暴力教义，而且与其他地方相较而言，非暴力理念在印度的推广确实较为成功。但并不能就借此坚信，非暴力理念已深深扎根于印度民众心中。

你还写道："我认为非暴力已成为印度人的下意识直觉，随时

---

[1] 蚁垤（Valmiki），《罗摩衍那》的梵语原著者。——原注
[2] 商羯罗（Sankara，788？—820？），印度正统的婆罗门吠檀多派最有影响的思想家，在其短暂的生命中，他把佛教逐出了印度，重树婆罗门教的权威。

都能被唤醒,您的经历就是很好的证明。"我倒是真的希望确实如此。但是我知道自己根本不是你说的那样。当朋友告诉我此地民众把消极抵抗当作弱者的武器时,我一笑置之,说他们诽谤。但他们说得没错,是我错了。单就我个人和身边个别同事而言,抵抗源自我们自身的力量,此为"萨提亚格拉哈"(非暴力);但对大多数人而言,抵抗就只是彻头彻尾的消极抵抗,因为他们弱得无法以暴力方式抗争。这一点我也是在凯达地区多次碰壁后才意识到。与其他地区相比,这里的农民比较开放,对我说话毫无保留。他们坦白地告诉我,他们也是因为自己不够强大,斗不过别人才采纳我的方案。而在他们看来,武力抗争远比我的非暴力斗争要英勇。恐怕无论是在查姆帕兰地区,还是在凯达地区,他们都做不到高呼着"我们拒缴地租!"或者"我们拒绝为你们卖命!"无所畏惧地走上绞刑架,或者直面枪林弹雨。他们没有这样的勇气。而且,我敢断言,他们要不接受训练,学不会自卫,他们就不会重获这种大无畏精神。"阿希姆萨"[1]只对那些充满活力并能够直面敌人的人具有教导意义。在我看来,充分发展体能是充分汲取和接纳阿希姆萨的必要条件。

你说印度凭其道德力量便可抵御来自四面八方的敌人,这点我是认同的。问题是印度该如何培养这种道德力量?是否要等到国富兵强之后,印度方能初步领悟非暴力道德力量的首要原则?每天日出之前,数以百万计的印度教徒都在亵渎宇宙真神。他们口中念念有词:

> 我是永恒不变的梵天[2],而非(土及其他)五元素的混合。

---

[1] 阿希姆萨(Ahimsa),梵文,原意指不伤害一切有生命之物,仁慈对待众生。在尊重生命的同时,阿希姆萨还强调人当正念、正言、正身,侍奉众生。此理念见诸印度次大陆各大宗教,如印度教、耆那教、佛教。
[2] 宇宙之灵魂,所有造物的本质。——原注

> 我是梵天,每天早上我将自己唤醒,一如唤醒内心深处洁净的灵魂。我是梵天,由于我的恩典,思想得以言说;我是梵天,在吠陀中,我被称为"涅谛,涅谛"[1]。

之所以说我们口诵上面这段经文时亵渎了宇宙真神,是因为我们每天都只是鹦鹉学舌般背诵,却从不深究其中的高深真意。但凡印度有一人能真正领悟此经文,只此一人就足以击退压境而至之无敌大军。然而我们至今尚未领悟,要待印度大地自由无畏精神蔚然成风之际,方能彻悟。该当如何树立此种风气?必须是大多数民众觉得自己可以自卫,可以抵御他人或猛兽的暴力。此刻我觉得能说清我的难题了。我自是无法让一个小孩子懂得什么是"摩诃萨"[2],我得等他长大成人。甚至得让他多多少少迷恋上自己的肉身,然后,等他认识了肉身,认识了大千世界,我才好向他道明,肉身与世界本是昙花一现,让他感受到神赐人肉身不是为了让人纵欲,而是为了让人求得解脱。即便是那时,我仍要等待,等那孩子身心完全成熟,才能向他灌输戒杀的教义,亦即圆满之爱。眼下我的难题是该如何把这个想法付诸实践。身强体健意味着什么?印度武装训练要到什么程度?每个人都要身体力行吗?还是说如果印度自由了,人们无须再拿起武器,从自由的氛围中就能汲取到足够的勇气?我相信最后一个观点是正确的。故而我的所作所为也完全正确。有感于当下时局,我既呼吁印度男儿全体入伍从军,又时时告诫他们,从军不是为了满足嗜血欲望,而是为了学会置生死于度外。请看以下摘录自莫雷[3]所写《回忆录》(卷二)中亨利·范恩爵

---

[1] 不可道,不可道。——原注
[2] 解放,解脱。——原注
[3] 约翰·莫雷子爵(Viscount John Morley, 1838—1923),英国自由派政治家、作家和报社编辑。1905—1910年曾任印度国务大臣。其《回忆录》由麦克米伦出版社于1917年出版。

士[1]的一段文字：

> 在世界众多伟大民族的方略中，死亡具有崇高的地位……对于那些英勇而慷慨的人来说，人生中有些东西高于生命，对此人们既毋庸置疑，亦无惧死亡。……真正的智慧是将"死得其所"作为人生终极目的，不懈追求，明晓其意，并身体力行，而且也唯有学会了"死得其所"的人才不会虚度一生。此乃人生之要务，亦是人生之本分。通晓死亡就是通晓解脱，是真正的自由状态，是无所畏惧之道，是知足祥和安度一生之道……当生活成了一种负担而不是一种福分，当生活中凶多吉少，便是赴死好时节。

莫雷点评道："当范恩大限已至，他在塔山[2]的就义完全无愧于其著述中所表现出的高贵与坚决。"每次征兵演讲，我都特别强调勇士当为信念而战。我从不会说"让我们上阵杀光德国人"。我反复呼吁的是，"让我们为印度和大英帝国奉献生命"。我以为，如果民众对我的号召反响强烈，印度男儿全都奔赴法国战场，逆转对德的战争形势，印度就能令世人听到她的诉求，能对印度的永久和平带来决定性影响。再进一步，如果我成功组建了一支无畏的大军，战壕里满是士兵，但他们却以仁爱之心放下枪支，向德国士兵叫阵，让对方向自己——和他们一样的人——开枪，我敢说就连德国人也会觉得于心不忍。我不信他们毫无人性。由此可见，特殊情况下，战争和人的肉身一样，是必要之恶。如果战争动机正当，也可能用来造福人类，而这时守戒杀之人就不能袖手旁观，漠作壁上

---

[1] 亨利·范恩爵士（Sir Henry Vane, 1613—1662），英国政治家，1662 年因英国资产阶级革命期间支持克伦威尔被斩首。

[2] 塔山（Tower Hill），伦敦市郊高地，历史上曾为公开处决行刑之地。

观,他必须做出选择,积极参与战争,或积极抵制战争。

你大可不必担心我会过于关注政治斗争和政治阴谋。这些本就令我反感,在南非时如此,现在更是如此。我参与政治活动只是为了借此解脱自我。蒙太古对我说:"你居然会参政,太让我吃惊了!"我不假思索就答道:"我参政是因为只有这样才能开展我的宗教和社会工作。"我想我到死都不会改变这个初心。

你不能再抱怨我的信只是寥寥数语了。给你写的这封信都快赶上一篇论文了。不过也有必要让你知道我都在想些什么。现在你可以宣判了,你要觉得我想错了,尽管把信撕个粉碎。

望你身体好转,更为强健。等你有体力长途旅行,我们自是扫榻相迎。

爱!

莫罕

出自《圣雄甘地全集》,第十四卷,第474—478页

二

[纳迪亚德]
1918年7月29日

我亲爱的查理:

我又得放肆抱怨一回了。日本人不愿听一位来自战败国的先知的启示[1],我开始觉得其中大有深意。人类始终逃不开战争。人性看来无法彻底改变。只有个别人才能获得摩诃萨(解脱),做到阿希

---

[1] 此处指泰戈尔在东京发表的反对日本恐吓西方的演讲,该演讲遭到了不友好的嘲笑。——原注

姆萨（戒杀不害）。人要财富，要土地，要养儿育女，就无法彻底戒杀不害。保护我的妻子和孩子是实实在在的阿希姆萨，哪怕要杀死坏人；但完美的阿希姆萨是不打坏人，而是让坏人打你，以此制止他。在普拉西战场上[1]，印度人既未能杀敌也未能以非暴力制敌。我们只是一群窝里斗、胆小的乌合之众，贪求公司[2]的银币，为蝇头小利出卖自己的灵魂。从那时起直至今日，我们就没有改过，反而变得更差劲了。那一役虽有个别英勇之士，言过其实的相关报道后来也有所修正，但印度人整体表现卑鄙不堪，毫无阿希姆萨可言。那也难怪日本人不愿听我们的。我不甚了解古时先辈是如何作为的。想来他们能忍受痛苦是因为他们坚强，而不是因为他们软弱。古时候，睿思[3]与刹帝利约定，让他们庇护自己修行。罗摩守护众友仙人[4]，让仙人冥想之际不受罗刹[5]的搅扰。众友仙人得道之后，就不再需他人保护。我在征兵时困难重重，可是你知道吗，很多人拒绝参军，不是因为他们不愿杀人，而是因为怕死。这种反常的贪生怕死正在葬送整个国家。眼下我说的只是印度教徒。穆斯林青年对死无所畏惧，这实是难能可贵的品质。

今天的信写得前言不搭后语的，不过能让你看到我内心的挣扎。

不知你是否已获悉索拉布吉[6]的死讯。他在约翰内斯堡过世了。

---

[1] 普拉西（Plassey），印度西孟加拉邦村镇。1757年6月23日，英国东印度公司与印度的孟加拉王公爆发普拉西战役。英军人数不足三千，孟加拉军队七万人，双方实力悬殊，但英军买通孟加拉军队将领米尔·贾法尔（Mir Jafar），大败孟加拉大军。此役之后，英国先后征服孟加拉和全印度。

[2] 东印度公司。——原注

[3] 睿思（Rishis），苦行者。——原注

[4] 众友仙人（Vishwamitra），印度神话中最伟大的仙人之一。他出身刹帝利，最后靠苦行修为变成了梵仙。

[5] 罗刹（rakshasa），恶魔。——原注

[6] 索拉布吉（Shapurji Sorabji，1883—1918），甘地挚友，南非非暴力运动参与者。甘地一度曾期望索拉布吉能成为他的继承人，带领南非印度侨民继续非暴力抵抗。

如此前途大好的一条生命戛然而止。神的行事真是高深莫测。

深爱！

你的，
莫罕

出自《圣雄甘地全集》，第十四卷，第509—510页

三

我亲爱的查理：

你给我写信一直挺有规律的，可是你行踪不定，我不知道该往哪儿寄回信。还好你在最近来信里留了一个专用地址。希望不管你人在何方，此信能平安寄到你手上。

我读了你在《新共和国》上发表的文章。我没在《青年印度》转载，而是如你所愿把它寄给布瑞勒维[1]。

事态发展得相当迅猛。我从未如此清晰地意识到，要挽回局面，必须要用非暴力行动对抗暴力之风。大英政府的暴力不断升级，所用手段不一而足——例如变相盘剥，以及随后按需提出检控。你能留意到，我对暴力的定义很宽泛。贪婪、盗窃、谎言、不正当的外交——凡此种种都是暴力思维和行为的表现、迹象或结果。对受过教育、有思想的人，这类暴力产生的反应很显著，与日俱增。因此，我不得不应付这一双重暴力。只有傻子或胆小鬼才会在这种关口无所作为。我已下定决心，甘冒最大风险。在虔心深思后，我得出了这个明确的结论。拉合尔[2]已让我看得一清二楚。我还不太清楚会采取什么样的行动。不过肯定是公民不服从。我也不

---

[1] 布瑞勒维（S. A. Brelvi，生卒年不详），《孟买编年史》（*Bombay Chronicle*）编辑。
[2] 拉合尔（Lahore），今巴基斯坦第二大城市。

太确定该如何行动,以及除我之外还有谁该参与。但是掩盖真理的那层锃亮的外壳正在越变越薄,很快就会破裂。

刚提笔时我还不太想写,结果还是写了这么多。

古鲁德夫[1]和我一道度过了愉悦的两小时。他老了不少。这次我们更亲近了,我真是感恩。我们原想再见一面,但是伯曼吉(Bomanji)突然带他去了巴罗达。

马尼拉尔[2]两口子和他们的小宝宝都在这里。拉姆达斯[3]已经离开,他在巴多利协助瓦拉巴依[4]开展工作。马哈德夫[5]刚才还在这儿。

出版社还没给我们寄来你的第一卷书。我叫《青年印度》杂志社的人去买了一本。此刻正摆在案头。我读了第一章。书中对我宗教立场的陈述挺公正的。

爱!

莫罕

1930年2月2日

出自影印件,编号 S.N.16424

---

[1] 古鲁德夫(Guruedev),甘地对泰戈尔的尊称,意为"伟大的导师"。
[2] 马尼拉尔(Manilal Mohandas Gandhi,1892—1956),甘地次子。
[3] 拉姆拉斯(Ramdas Gandhi,1897—1969),甘地的第三个儿子。
[4] 萨达尔·瓦拉巴依·帕帖尔(Sardar Vallabhai Patel,1875—1950),印度国大党领袖,印度共和国奠基人之一,印度独立后出任第一任副总理兼内政部长。
[5] 马哈德夫·德赛(Mahadev Desai,1892—1942),甘地的私人秘书。

致嘉斯杜白·甘地[1]

[纳迪亚德]
1918 年 7 月 29 日

挚爱的嘉斯杜白：

我知道你渴望和我在一起。但我觉得我们必须继续手头的工作。眼下你还是待在你那边为好。你只要把那些孩子视如己出，很快就不会那么挂念我们的孩子了。人随着年岁渐长，都得这么做。当你开始爱他人，为他人服务，自会满心愉悦。如果有孩子病了，你应该坚持每天一大早就去探视、照看，为有需要的孩子专门配餐，和其他人分餐。你也应该去探望那些马哈拉施特拉妇女[2]，逗她们的孩子玩，或者带她们出去散步。你别让她们感到人生地疏。她们的身体会好起来的。

你还可以和妮尔马拉[3]聊些有用的话题，例如宗教问题。可以叫她朗读《薄伽梵歌》给你听[4]。她没准儿还会觉得很有意思。

---

[1] 嘉斯杜白·甘地（Kasturba Gandhi，1869—1944），甘地夫人。
[2] 马哈拉施特拉邦（Maharashtria），位于印度中部，首府为孟买，是印度的主要经济和文化中心之一。浦那亦为该邦之主要城市之一。"马哈拉施特拉"在印地语的意思为"伟大的民族"。
[3] 妮尔马拉（Nirmala，1909—2000），甘地第三个儿子拉姆拉斯的妻子。
[4] 十八部印度史诗之一。——原注

相信我,如果你就这样忙于为他人服务,就会一直满心欢喜。另外,千万别忘记照看好潘贾巴伊(Punjabhai)的一日三餐和他的其他需求。

莫罕达斯
出自《圣雄甘地全集》,第十四卷,第514页

致基索雷拉·马苏鲁瓦拉[1]

[纳迪亚德]
1918年7月29日

亲爱的基索雷拉：

　　此信写给你和纳拉哈瑞[2]二人。区别对待马哈拉施特拉人和古吉拉特人的做法遭到了纳拉亚纳饶先生（Narayanrao）的指责，他要是说得在理，那我们就有义务尽量消除造成区别对待的原因。在这方面我们可以用上非暴力。你们先一块儿碰个面，研究一下指责是否属实。古吉拉特妇女应试着和马哈拉施特拉妇女自由交往。关键是确保孩子们不要互分彼此。你们也不必过于看重我说过的话；你们只需稍加思考，然后把该做的事做好。

　　至于念什么祈祷词，我交由你考虑。谁都不该拿自己无能做借口，搞到后面一事无成。我们要尽量做好教育工作，努力逐步克服自身的缺点。如果别人要求我上梵文课，你觉得我会拿我做不来推诿吗？我知道自己梵文不好，可是如果找不到其他人，我肯定会去

---

[1] 基索雷拉·马苏鲁瓦拉（Kishorelal G. Mashruwala, 1890—1952），甘地思想最具权威的阐述者，甘地的终生伙伴，《哈里真》期刊（48—52）主编；著有《甘地与马克思》《实用非暴力》等作品。——原注

[2] 纳拉哈瑞·帕瑞克（Narhari Parikh, 1891—1957），印度古吉拉特邦作家、印度独立运动家、社会改革家。他终生与各所甘地机构联系密切，其作品也深受甘地思想影响。

教,然后逐日克服自己的不足。帕奈尔[1]就是这样学会了下议院的游戏规则,后来升到最高职位。人要总想着自己的弱点,那做什么都会缩手缩脚。如果竭尽全力完成接到的每一项任务,岂不会感到更开心吗?

孩子们要怎样学会运用他们的气力呢?既要教他们自我防卫,又不让他们变得太霸道,确实不容易。一直以来,我们都教孩子们打不还手。但现在还能继续这样教吗?这种教育会对孩子造成什么影响呢?孩子长大了是会变成一个宽容的人,还是一个胆小鬼呢?对此我百思不得其解。你好好想想。这是我新发现的非暴力的另一面,把我难住了。我还没找到能揭开所有谜底的万能答案,但一定会找到的。我们要给孩子教些什么?别人打你一拳,你回他两拳?如果打你的人比你弱,就不要还手,但如果打你的人比你强,你就还手,他再打你,你就受着?如果打你的人是政府官员,那你怎么办?孩子挨了打,是该打不还手,过后再来向大人讨主意,还是当时就该按自己觉得最好的方式予以回应,后果自负呢?如果我们放弃打不还手的传统准则,就会面临以上种种问题。眼前的路好走,所以这就是正道吗?还是只有历经险途,方能走上正道?任何一个方向的徒步小道都可登上喜马拉雅山。虽然偶尔途中会偏离终点,但有经验的向导能带我们最终登上顶峰。攀登喜马拉雅山没有直路可走。那是不是说,非暴力之路也同样充满艰难险阻?愿神保佑我们,真的保佑我们。

向你致敬!
莫罕达斯

出自《圣雄甘地全集》,第十四卷,第 515—516 页

---

[1] 帕奈尔(Charles Stewart Parnell, 1846—1891),爱尔兰民族主义政治领袖、爱尔兰议会党创始人。

致沙罗珍妮·奈杜[1]

1918 年 11 月 18 日

亲爱的姐妹:

感谢你的便笺。知道你手术挺过来了,但愿手术彻底,这样印度就能继续聆听你的歌声。我自己何时能离开病榻还不好说。不知为何,我就是长不了肉,也无法提升体力。我正在发起强烈进攻。看到我在种种自加于身的戒律下饱受煎熬,医生们全都束手无策。我向你打包票,在我久病不愈的过程中,他们已经给了我很大慰藉。只是我无论如何也不愿为了保命而打破用来锻炼和激励自己的戒律。对我而言,这些戒律虽对肉身有所限制,但能解放灵魂;只有通过守戒我方能获得灵魂自由。"汝不可同时服侍主和撒旦之子",立誓守戒后,我更清晰、更深入地懂得了这句话的意味。这并不是说我觉得人人都要守戒,但我是一定要守的。我要是破戒,就会觉得自己一无是处了。

请时不时给我通通信。

你的,

莫·卡·甘地

出自《圣雄甘地全集》,第十五卷,第 64—65 页

---

[1] 沙罗珍妮·奈杜(Sarojini Naidu, 1879—1949),印度著名女诗人、政治家,被誉为"印度的夜莺"。

致斯里尼瓦沙·萨斯崔[1]

一

孟买
1920 年 3 月 18 日

亲爱的萨斯崔先生：

去年我积极参与国大党的事务，结果一些人要求我更积极地参与其他事务，甚至希望我加入某个组织。我虽有幸和提出这些要求的人一起共事过，但与他们并不隶属同一组织。他们请我加入全印自治联盟[2]。我跟他们说我年事已高，而且对一些事的观点已经明确定型，因此我要是加入某个组织，只会影响它的政策，而不会受其影响。这并不意味着我思想僵化，无法接纳新思维。我只希望强调，只有特别出色的新思维才能吸引我。我给这些朋友提出了以下几点坚定的个人看法：

1. 要将印度打造成一个伟大的民族，我们必须在国家的政治生活中推行最高标准的诚信。先决条件就是从现在起接受真理的信

---

[1] 斯里尼瓦沙·萨斯崔（Srinivas Sastri, 1869—1946），印度政治家、教育家、演说家，印度独立运动积极分子。
[2] 组织者为贝赞特女士。——原注

条,不计代价,坚定不移。

2. 我们的短期目标必须是实现政治上的自治。将来议会成员候选人都要宣誓坚决保护民族企业——尤其是纺织业。

3. 近期就需明文确定奠基于印地语和乌尔都语的印度斯坦语为通用的官方语言。因此,在英语还未能被完全取代之前,议员都要承诺,在帝国议会使用印度斯坦语,地方议会则可选用地方语言。议员也要承诺在学校推广印度斯坦语,将其设为必选的二外科目,文字则为梵文或乌尔都文。英语将成为在大英帝国内开展交流、外交和国际贸易的语言。

4. 尽早在语言基础上重新划分各省。

5. 在政治上和宗教上坚持印度教徒和穆斯林大团结的根本信念。认真思考双方应如何相互帮助、彼此宽容,如何认识到一方的苦难意味着全民苦难。以共同进餐、通婚的做法废除全印自治联盟纲领中的大团结宣传,积极推动双方全面合作,解决基拉法特问题[1]。在和朋友讨论的时候,我也说过,我并不打算要求联盟正式认同我的非暴力不合作理念,我也不会隶属任何政党,我希望让联盟成为一个无党派组织,不分党派,为所有踏实肯干的人伸张正义。在我看来,联盟不能变成一个反对国大党的组织,而应一如既往地促进国大党的利益。

您很了解我的资历和局限,您是否建议我加入联盟?[2]

您真诚的,

莫·卡·甘地

出自《甘地致斯里尼瓦沙·萨斯崔书信集》,第69—71页

---

[1] 1919—1924年,印度穆斯林发动基拉法特运动(Khilafat Movement),旨在影响英国政府,保护"一战"重建期间的奥斯曼帝国。此宗教色彩很浓的运动也成为印度独立运动的重要组成部分,因此也是1920年1月伦敦会议(Conference of London)讨论的热点问题之一。

[2] 1920年4月,甘地当选全印自治联盟主席。次年,联盟与国大党合并。

二

1920 年 3 月 20 日

亲爱的朋友：

希望您已经读到我提出的于 4 月 6 日至 13 日举行萨提亚格拉哈纪念周的提议。我指望那周能顺利筹到一百万卢比的捐款。志愿者要都诚实可信，我们也用不着收据，就让他们到自己熟悉的街区发动全民募捐。不过我想强调的是活动本身，而不是活动的组织方式。希望没人反对我提出的做法，也没人反对我们为 13 日的大屠杀[1]举办追悼会。我建议在对大家宣传的时候，把重点放在对死者的追思上，而不是暴行。

相信这样一来，就连不赞成非暴力抵抗方式的人也不会拒不参与募捐活动。这将是一场名副其实的全国性悼念活动。

不过，比起悼念，我个人更强调绝食和祈祷；如果全部人能一道绝食和祈祷，那不管我们是求财还是求些别的什么，都会从天而降，不费吹灰之力。作为这方面的行家里手，我想向您传授经验。我把绝食和祈祷都做成了精密的科学，从中收获甚丰，这点就我所知，当代无人能及。我真希望用我的亲身体验感染全国，让国人能明智地、实实在在地、专心致志地借助绝食和祈祷之力。虽然看似不可思议，但单是这样就能让我们做成很多利国利民的事情，既不用费心组织，也无须反复检查。不过，自身的经验告诉我，要让绝食和祈祷发挥作用，就不能视其为机械操作，而要清楚它们本是精神行为。绝食是将肉身钉上十字架，从而获得精神自由；祈祷是明确地、有意识地渴望获得灵魂的彻底净化，——再将以此获得的纯净灵魂献给某个特定的纯洁目标。如果您相信绝食和祈祷的传统习

---

[1] 此处指札连瓦拉园屠杀（Jalianwala Bagh Massacre）。——原注

俗，那我希望您能在 6 日至 13 日这一周身体力行，而且说服您身边的人也这么做。

现在就剩下三次会议了，相信您能组织好，大获成功。

您真诚的，

莫·卡·甘地

出自《甘地致斯里尼瓦沙·萨斯崔书信集》，第 74—75 页

致罗宾德拉纳特·泰戈尔[1]

一

［孟买］
1919 年 4 月 5 日

亲爱的古鲁德夫：

尽管我们共同的朋友查理·安德鲁斯反对，我还是向您求助。我一直求他让您就民族斗争写份公报，让我们发表。虽然在形式上，这份公报针对的只是一项法案，但实际上这是一个有自尊的民族为自由所做的抗争。我耐心地等了很久。查理对您病情的描述让我迟迟不敢给您本人去信。您的健康是国家宝藏，而查理超乎常人地对您忠心耿耿。他很虔诚，我知道要是可能，他不会让任何人的来信或来访搅扰您的静养。我素来敬重他想保护您，不让您受到任何伤害的高尚愿望。可是我发现您居然还在贝拿勒斯（Benaras）讲课。本来查理对您健康的描述还让我挺担心的，现在这个发现让我改主意了，所以我想冒昧地请您写份公报——为那些赴汤蹈火的人

---

[1] 罗宾德拉纳特·泰戈尔（Rabindranath Tagore, 1861—1941），桂冠诗人、高产作家，1913 年荣获诺贝尔文学奖，创办圣蒂尼克坦国际大学（Shantiniketan）——后更名为维斯瓦巴拉提大学（Vishva Bharati）。——原注

们带来希望和鼓舞。如此相求是因为之前每次斗争前夕，您都给我赐福。您知道我面对着一大批强悍无比的敌人。我并不怕他们，因为我始终坚信，他们拥护的是伪真理，如果我们对真理的信念足够强大，就能凭此战胜敌人。但是任何力量靠的都是人。因此，在这场艰巨的斗争中，我急需支持者的激励和援助。我正努力净化印度政治生活，但在没看到您的审慎判断之前，我高兴不起来。如果您因为看到了什么而改变您的最初判断，还望直言不讳。我珍视朋友们的反对意见，虽然我未必因此改变方向，但这些意见就像灯塔，为我照亮狂风暴雨的生活道路上隐藏的危险。在这方面，查理的友谊一直是无价之宝，因为他随时和我分享他的不同看法，哪怕有的考虑欠周。我视之为殊荣。值此关键时刻，能否请您让我享有和查理一样的特权呢？

希望您身体健康，也希望您已从马德拉斯辖区之行的旅途劳顿中缓过来了。

您真诚的，

莫·卡·甘地

出自《圣雄甘地全集》，第十五卷，第179—180页

附：罗宾德拉纳特·泰戈尔的回信

圣蒂尼克坦

1919年4月12日

亲爱的圣雄君：

任何形式的力量都是非理性的，力量道德与否全看人如何掌控，就像蒙着眼的马拉车，决定方向的是车夫。消极抵抗力量本身并无道德性可言，可以拿来反对真理，也可拿来拥护真理。所有力量皆暗含危险，越接近成功，危险的诱惑性越大。

我知道您教人以善抗恶，但此种抗争乃是英雄行为，冲动莽夫甚难效仿。罪恶往往由此及彼，不公正招致暴力相向，侮辱令人心生报复。不幸的是，此种力量已然开启，不管是因手足失措，还是因恼羞成怒，我们的政府已向民众亮出利爪，民众被迫隐恨于心，或彻底丧失斗志。值此危难之际，您领导民众，向民众宣扬您的信念，勾勒您心中理想的印度。您深信理想的印度既不应懦弱无能只知暗中报复，也不该面对恐怖打压卑躬屈膝。就像佛祖曾对其同代人，乃至万世万代的人传道，您说道：

"以不怒制怒，以善抑恶。"

要证明善的力量为真理，证明其威力无穷，就需要无所畏惧，否定只有威慑方能成就善业的不实之词，以大动干戈恐吓手无寸铁的民众为耻。需知成功未必就是道义胜利，失败也无损道德尊严和价值。有精神信仰者自知，抗衡拥有压倒性实力的恶，本身就是胜利，——就算必败无疑，坚持理想的积极信念就是胜利。

我时常有感而言，人民不可能靠布施就获得自由这份大礼。只有力争方能拥有自由。当印度能证明自身在道义上胜过那些统治她的征服者，我们赢得自由的时机就到了。印度必须自愿接受她的苦难修行——苦难是伟人的桂冠。用绝对的善来武装自己，印度必能泰然面对嘲笑其精神力量的狂傲之徒。

在祖国需要的时候，您挺身而出，唤醒我们的使命感，引领我们走上真正的征途，肃清当今为达目的不惜假手外交欺诈的孱弱政坛。

为此，我虔诚祈祷，祈祷一切弱化我们精神自由的障碍都挡不住您前行的道路；我祈祷为真理事业献身永远不会沦为狂热的口号，不会堕落为躲在神圣名号后的自欺欺人。

寥寥数语，权当引语，以下奉上诗作，献给您的崇高伟业。

一

让我于此信念中昂首挺胸，我信你是我们的庇护，我们因信无所畏惧。

畏惧他人？但世上谁人能与你匹敌？哪位君王，甚至是王中之王能与你比肩？除了你岂有他人能永远牢牢掌控我？

世上还有什么力量能夺我自由？那穿越狱墙、除去我灵魂枷锁的岂非正是你的双手？

而我难道还要如空对宝山的守财奴那般贪生怕死吗？你不是始终在呼唤着我的灵魂，唤我去赴永生盛宴吗？

告诉我吧，告诉我一切痛苦死亡皆是当下的阴影，而那在我和你的真理之间掠过的黑暗力量只是黎明前的雾霭；告诉我你永远只属于我，你强过一切竟敢威吓我、讥笑我不够阳刚的傲慢力量。

二

我祈祷上苍赐我至大的勇气去爱，赐我勇气敢说敢做，勇于担当，敢于舍弃一切，无惧孑然独立世间。

我祈祷上苍赐我至高的爱之信念，让我相信死中有生、败中有胜，相信美虽柔弱但力存其中，相信以德报怨自有尊严。

最诚挚的，

罗宾德拉纳特·泰戈尔

出自《圣雄甘地全集》，第十五卷，第 495—496 页

二

耶拉夫达中央监狱

亲爱的伟大导师：

此刻是星期二凌晨三点。我丁昨天中午入狱。我尽力而为，望能蒙您赐福。您一直对我坦言相待，实为良师诤友。之前我想方设

法，期待着收到您的明确意见。但您始终不愿意批评我。如果您是在心里谴责我的行为，就公开批评我吧，不过现在我只能在绝食之际珍视您的批评。[1]我没那么自负，如果自知有错，我会不计代价公开承认。您要是真心赞成我的做法，我想得到您的祝福。这能让我撑下去。希望我把话讲明白了。

爱！

莫·卡·甘地

耶拉夫达中央监狱
1932年9月20日
上午10点30分

我刚把此信交给狱长，就收到了您关爱感人的电报。它能让我抵挡住即将袭来的风暴。我也给您另回一份电报。

谢谢！

莫·卡·甘地
出自影印件，编号 S.N.26400

三

耶拉夫达中央监狱（浦那）

亲爱的古鲁德夫：

我收到了您动人的来信。每天我都在寻求光明。印穆团结也是我毕生的使命。但此刻困于监狱的种种束缚。不过我知道，光明一旦获

---

[1] 1932年9月，甘地在狱中宣布，他用绝食至死的方式反对英国首相麦克唐纳德的"贱民"分区选举决定。

得，就会穿透一切束缚。与此同时我每日祈祷，不过尚未绝食。

希望浦那繁重的工作和劳顿的长途旅行没有影响到您的健康。

上个月 20 日，马哈德夫帮我们翻译了您为村民写的优美的布道词。

爱！

您的，

莫·卡·甘地

1932 年 10 月 9 日

出自影印件，编号 S.N.23905

附：罗宾德拉纳特·泰戈尔的来信

加尔各答

1932 年 9 月 30 日

圣雄君：

这几天的奇迹让印度人民惊叹不已。您被救活了，所有人都大松了一口气。现在时机大好，只要您下达明确命令，印度教徒会竭尽全力，争取让穆斯林共襄大业。与您为贱民阶层的抗争相比，印穆合作成功的难度更大，因为大多数印度教徒对穆斯林的憎恶根深蒂固，反之亦然。但是您知道如何打动那些冷酷的心，也只有您，我相信，有足够的耐心、足够的爱，能消除双方累积多年的宿仇。我不懂计算政治后果，但我相信无论代价有多大，我们都要争取赢得穆斯林同胞的信任，让他们相信我们懂得他们的困难，理解他们的观点。不过，我给不了您什么忠告，相信您对所要采取的方针自有判断。我只冒昧提出一点建议，您可以考虑通过印度教徒大会（Hindu Maha Sabha）向穆斯林表示和解姿态。

相信您的体力在恢复中，始终鼓舞着您身边的人要坚强，要满怀希望。

　　致以虔诚的爱！

您永远的，

罗宾德拉纳特·泰戈尔

出自影印件，编号 S.N.18565

四

亲爱的古鲁德夫：

　　您之前的来信让我大感宽慰。知道您在关注我，在为我祈祷，于愿足矣。

　　深爱！

您的，

莫·卡·甘地

1932 年 11 月 24 日

出自影印件，编号 S.N.18622

附：罗宾德拉纳特·泰戈尔的来信

维斯瓦·巴拉蒂

圣蒂尼克坦，孟加拉

1932 年 11 月 15 日

亲爱的圣雄君：

　　我知道您对克拉潘[1]做出的承诺很神圣。您完全有权照着自

---

[1] 克拉潘（Kelappen, 1889—1971），印度改革家、教育家、记者、自由斗士，人称"喀拉拉邦的甘地"（Kerala Gandhi）。

己信奉的真理给出的直接启示决定如何行动，外人不应妄加指责。只是您上次绝食已经让我们的良知受到了巨大的冲击，您这么快又要绝食，我只怕大家心理承受不了，不能很好评估绝食的效果，也无法有效地用它让人性升华。您的绝食之举调动起了强大的解放性力量，而且功效仍在持续发酵，从一个村蔓延到另一个村，消除长期以来的不平等，改变冷酷无情、盲目迷信的人们，让他们开始同情受苦的人。我认为这场运动并未开始消减，也没有迹象表明有任何问题，否则就算现在要人类做出最高牺牲，即让您为了替我们赎罪献出生命，那我也认了。但我所有的经历，还有我在周边村子及其他地方所了解到的情况都让我确信无疑，由您的绝食所引发的这场运动仍在不断壮大，不断攻克巨大的障碍。全国各地的朋友给我发来的证据也证实了这一点。虽然会有反动分子，但我觉得我们得耐心对待——不断增强的舆论压力必会让他们改变立场。如果我的消息准确，尽管古鲁瓦于尔庙仍有少数几名僧侣执迷不悟，但大多数都支持改革。我祈祷并希望前者能顺应情理，阻挡改革的法律障碍能被彻底清除。毫无疑问，群众是站在真理这边，我们岂能纠结于少数几个团体的活动，而让几百万同胞饱受磨难？可您要是出点什么事，就会抑制正在发挥作用的影响力。现在我们赢了，难道还要冒这个险吗？这些都是我心里的正常想法，我想在收到您的来信之前，当着马哈德夫的面写下来。我会继续追踪事态发展，认真思考，虔心祈祷，热切盼望那些阻挠真理的人终能皈依正道。

　　致以虔诚的爱！

您的，
罗宾德拉纳特·泰戈尔
出自影印件，编号 S.N.18622

五

艾哈迈达巴德
1933 年 7 月 27 日

亲爱的古鲁德夫：

我读了您在报上发表的关于《耶拉夫达协议》[1]的文章，它关乎孟加拉问题。您发现此协议对孟加拉极为不公，但受到对我的深情厚谊以及对我的判断力的信任的误导，您还是对它表示支持。对此，我感到很难过。您本可自行独立判断，不用去管我们的情谊有多深，或您有多信任我。不过现在说这些也已于事无补。我太了解您了，您天性宽厚，故明知不可为而为之。您就算发现自己这次大错特错，下次还会为了同样的原因一错再错。

但是，我并不完全确信到底出了什么错。修改协议的呼声刚一出现，我就马上开始思考，并和一些了解情况的朋友交换意见。令我感到满意的是，协议并没有对孟加拉施加什么不公。我也和那些抱怨不公的人通了信，但是他们［包括拉玛南德·巴杜（Ramanand Badu）在内］都未能令我相信确有不公平之处。当然，我们的看法不同。在我看来，解决问题的方法也错了。

此协议乃多方共同达成，未经各方同意，英国政府根本不能擅自修改。但现在看来英国政府压根儿没做任何努力争取各方的同意。故而，您才出面，与其他人一同抗议。我对此表示欢迎，希望这么一来各方能共同商谈，而不是徒劳地向英国政府发出呼吁。所以如果您是在研究过这个问题之后，才在报上公布自己的

---

[1] 1932 年 9 月 24 日甘地与"贱民"代表安培德卡尔（Babasaheb Ambedka）于耶拉夫达监狱中签订《耶拉夫达协议》（*Yeravda Pact*），又称《浦那协议》，印度社会的弱势群体放弃独立选区，接受预留份额的安排。英国也承认该协议，作为团体决议修正案通过。

看法，还望您能召集主要各方开个会，让他们相信协议已对孟加拉造成严重不公。如果能证实这一点，相信各方会重新研究并修订协议，纠正那些据说已在孟加拉发生的问题。我要是确信自己在孟加拉问题上判断有误，自当竭尽全力确保错误得到修正。您大概知道，到目前为止我始终未公开支持这项协议，在公开场合我都是有意识地再三缄口。我只是反复重申自己的观点，同时声明，如果确能证明有不公之处，自会重新调整协议。所以现在我听任您的差遣。

眼下，我正忙于解散静修院，在想方设法节约开支，好把钱用于公务。估计这个月底我随时就会入狱，届时我就有空为您效力了。希望您身体健康。

您真诚的，
莫·卡·甘地
出自影印件，编号 S.N.19127

六

瓦尔达
1934 年 11 月 15 日

亲爱的古鲁德夫：

　　印度国大党赞助的全印农村产业协会正在筹建之中，我们需要专家顾问帮着解决协会未来所关注的各类问题。我们不打算劳烦各位专家开碰头会，也不要求他们和协会成员见面，只希望协会咨询的时候，他们能就不同领域的问题给出建议，例如化学分析、食物营养价值、卫生、农村制造业分布、发展中农村工业的改进措施、农业合作、农村垃圾（如牛粪）处理方法、农村交通方式、教育（成人教育及其他教育）、婴幼儿看护，等等等等。内容太多，就不在此一一罗列了。

能否让我们将您的名字列入全印农村产业协会顾问名单之中？相信您会赞同协会的宗旨及其处理问题的方式，故而冒昧相求。

您真诚的，

莫·卡·甘地

出自影印件，编号 S.N.26409

七

西格昂，瓦尔达

1937年2月19日

亲爱的古鲁德夫：

五天前我收到您本月10日的来信。字里行间满是您对我的信任和深情厚谊，但您为何不提提我的缺点呢？我的肩膀不够坚实，实难担当您欲托付于我的重任。我敬重您，但感情用事就违背了自己的理性。就眼下所面临的问题而言，我要让理性屈从于情感就太傻了。我知道，我要是不辜负您的信任，担起这个重任，我虽不用介入行政管理细节，但还是得有能力帮理事会筹措资金啊。而两天前听到的消息让我更加不愿意担此重任——尽管您在德里向我做了保证，但我听说您还是马上要动身去艾哈迈达巴德，去远行乞讨。这真让我伤心。如果您的行程待定，我跪下来求您放弃此行。无论如何，我恳求您撤回我理事的任命。

爱，此致

敬礼！

莫·卡·甘地

出自影印件，编号 S.N.26412

八

亲爱的古鲁德夫：

我刚收到您本月 5 日的来信。你们开幕仪式那天，我刚好要去贝尔高姆（Belgaum），不然我肯定会前往，不光是为了参加仪式，也是为了见您，看看阔别多年的圣蒂尼克坦。现在我只能在贾瓦哈拉尔主持仪式的时候，与你们精神同在。祝愿中国学院成为中印两国积极交流的象征。

您的来信解开了我们在款项方面的误会，我把它珍藏在上衣口袋里。这封信让我喜极而泣。您不愧是伟大的导师。

爱，此致

敬礼！

您的，

莫·卡·甘地

西格昂

瓦尔达

1937 年 4 月 9 日

出自影印件，编号 S.N.26413

九

亲爱的古鲁德夫：

我面前摆着的就是您的珍贵来信。您还真是料事如神。本来我刚收到尼尔拉坦爵士[1]发来的报平安的电报，就想给您写信。可是我的右手需要休息，又不想口述他人代写，只好用左手慢慢写。和您说这些，就是为了说明我们有多爱你。我相信神是真的听到了您的仰慕者们内心静默的祈祷，所以您仍与我们同在。您不只是这大

---

[1] 尼尔拉坦（Nilratan Sircar, 1861—1943），印度著名医生、教育家、慈善家、土布纺织企业家。

千世界的一名歌者,您鲜活的话语引领了万千民众,激励了万千民众。愿您长命百岁。

深爱!

您真诚的,

莫·卡·甘地

雪高,

瓦尔达

1937年9月23日

出自影印件,编号 S.N.26415

十

赴加尔各答途中

1940年2月19日

亲爱的古鲁德夫:

分手时您交给我的便笺深深地打动了我的心。维斯瓦巴拉提大学当然是国家级大学,也是国际性大学。放心,我一定会竭尽全力确保大学永固长存。

我指望您信守诺言,每天一定要睡一个小时。

我一直都视圣蒂尼克坦为我的第二个家,但这次的拜访让我比以往更感亲切。

致以爱和敬意!

您的,

莫·卡·甘地

出自《和而不同:泰戈尔与甘地辩论集》,第139页[1]

---

[1] 此信出处为 *Truth Called Them Differently: Tagore-Gandhi Controversy*, Ahmedabad: Navajivan Press, 1961。

附：罗宾德拉纳特·泰戈尔的来信

风筝园[1]
圣蒂尼克坦
孟加拉
1940 年 2 月 19 日

亲爱的圣雄君：

今早您参观了我们维斯瓦巴拉提大学的活动中心，不知您对我们大学的评价如何。您是知道的，虽然短期内这所大学只面向国内，但我们有着国际化的精神；我们将运用大学所有资源，包容接纳各国文化。

在紧要关头，您挽救了这所大学，让它免遭解散，重获生机。您友善的帮助，我们将永远感铭于心。

在您离开圣蒂尼克坦之际，我郑重地恳请您：如果您认为这所大学算得上国家的宝贵财产，请您守护它，确保它长足发展。维斯瓦巴拉提大学就像一艘船，载满了我毕生积攒的宝物，希望能得到同胞们的特别关爱和保护。

希望我们对您的欢迎致辞既表达了我们对您的爱和敬重，又不至于太文过饰非。毕竟简洁的语言方可最好地体现对伟人的崇敬。之所以献词是为了让您知道，我们视您为我们中的一员，也视您为全人类的一员。

即便在这样欢庆的时刻，重重难题的阴云仍笼罩着我们的命运。这些问题挤满了您的道路，而我们也无人能躲过它们的攻击。且让我们暂时穿越风暴的边界，让我们在今日的聚会心心相连，待

---

[1] 风筝园（Uttrayan），泰戈尔故居。

到日后政坛的道德乱象得以遏制,所有努力的永恒价值得以体现,我们将记起今日的相聚。

爱!

罗宾德拉纳特·泰戈尔
出自影印件,编号 S.N.1536-37

致乔治·西德尼·阿伦戴尔[1]

拉本奴姆路
孟买
1919 年 8 月 4 日

亲爱的阿伦戴尔先生:

感谢您的来信。我已再三拜读。现在我把您的来信及我这封回信一并刊登在《青年印度》上。

尽管我很愿意听从您的建议,但我自觉能力有限,难以胜任您信中提到的大任。我很清楚自己的局限。我天生喜欢宗教,厌恶政治。之所以涉足政治实在是因为我觉得生活各个领域皆与宗教密不可分,而政治又与印度的生死存亡息息相关。这就是为什么我们与英国人的政治关系必须要建立在坚实的基础之上。我正竭尽己能推动这一进程。我没怎么过问您提到的这些改革,一是因为改革推进者都很可靠,再就是因为我认为有《罗拉特法》在,这些改革会陷入僵局。归根结底,如果印度舆论对这些改革的反响不佳,英国公民就可以让这些改革流产。英国人不信任我们,我们也不信任他们。彼此都把对方视为天敌。这才有了《罗拉特法》。行政部门就

---

[1] 乔治·西德尼·阿伦戴尔(George Sidney Arundale,1878—1945),神学家,《新印度》编辑,安妮·贝赞特的自治联盟中的活跃分子。——原注

是为了压制我们才出台的这项立法。在我看来，这项立法就像一条毒蛇，束缚着印度。大英政府对旗帜鲜明的民意反对视而不见，仍是抓牢这部恶法不撒手，这让我觉得后果不堪设想。基于上列几点个人看法，您应能理解我为何无法过问这些改革。《罗拉特法》阻碍了改革的道路。在做好其他工作之余，我将毕生致力于消除这个障碍。

请您不要误解。我们会继续坚持非暴力公民抵抗。这是一条永恒的生命原则，我们在生活的方方面面都会有意识或下意识地遵循。但令人感到忧虑不安的是，现在有些人将此原则运用到一些新的抗争方式上。为此，我们才依照你们的建议，暂停非暴力公民抵抗，目的就是为了展示我们抵抗的真正本质，为了把废除《罗拉特法》的责任抛给大英政府，交由伦敦各位支持印度的领导人（包括您在内）来处理。可是如果大英政府未能在一定合理的期限内废除该法案，那么我们必会顺理成章地重新展开非暴力公民抵抗。大英政府的兵工厂里没有一件武器能征服或摧毁公民抵抗的永恒大军。事实上，终有一日，世人将承认，公民抵抗是最有效，也是最无害的拨乱反正良方。

您提出团结的愿望。我认为我们的目标是一致的。只是各方总会有党派之别，而且想要改进的方面可能也不尽相同，因为总会有人想比另一些人走得更远些。我觉得良性的多元化没什么不好。不过我是希望大家能停止相互猜疑，不诋毁他人的动机。人根深蒂固的恶习并非源自彼此的不同，而是由于心胸狭隘。我们在言语上争论不休，为捕风捉影的事相持不下，结果忽略了实质问题。正如戈克利先生过去常说，政治不是被人作为事业的敲门砖，就是被人拿来当作闲着无聊的消遣。

我请您，请每位编辑在我们的政治生活中始终宽容、严肃、大公无私。这样我们便不会再如今日这般为彼此的分歧而争论不休。彼此有分歧并不是问题，真正的问题是私下的卑鄙，实是丑陋之至。

旁遮普省的判决和《罗拉特法》有着千丝万缕的牵连。因此修正判决和废除法案同样势在必行。我同意您的看法，有必要彻底修订《出版法》。事实上，正是政府的强制性行政手段导致了煽动性言行。在我看来，政府针对《印度教徒报》和《自治之友报》所采取的措施毫无根据。[1]我也很遗憾地获悉，威灵顿勋爵[2]应为此负全责。好在政府的所作所为非但无损这两份报纸的声望和知名度，反倒让它们更加深入民心。判断一名记者是否超出了合理批判的界限，是否发表了煽动性言论，那是法官的工作。对《权利宣言》一事，我并不热衷。等到我们改变英国民众的想法，此事自会大有进展。我们要做让英国人敬重的朋友，不然就成为令他们敬佩的敌人。但二者都需要我们勇敢无畏，独立自强。我会让大家珍视威灵顿勋爵的忠告，做到说一不二，无惧后果。这才是纯粹的非暴力公民抵抗，真正的友善友谊之道。另一条道路就是按照古往今来的荣誉标准公然动用暴力，如果我们认为暴力称得上荣誉的话。但我认为，暴力毫无荣誉可言。因此，我斗胆为印度提供第一条道路，这条道路始终根植于荣誉，统称为"萨提亚格拉哈"。

您真诚的，

莫·卡·甘地

出自《青年印度》，1919年8月6日

---

[1] 大英政府要求这两份马德拉斯地区的日报分别缴纳2000卢比的抵押金，同时禁止在旁遮普省和缅甸发行《印度教徒报》。——原注

[2] 威灵顿勋爵（Lord Willingdon, 1866—1941），时任孟买总督，后于1931年至1936年间出任印度总督。——原注

附：乔治·西德尼·阿伦戴尔的来信

> 沙滩线街 2 号
> 马德拉斯
> 1919 年 7 月 26 日

亲爱的甘地先生：

在伦敦，英国多位杰出领导人正一致力保印度能获得实质性政治自由。鉴于眼下您暂时中断了公民不服从抗争，能否冒昧请您对此予以关注，用您的影响力强化他们的努力？

我很清楚，您的首要任务是废除《法规汇编》中的《罗拉特法》。[1]我完全同意您的看法，继续反对此项法案至关重要。我只想补充一点，反对《出版法》同样重要。现在您既已暂时放弃通过公民不服从策略反对宪法，您不认为我们可以联手发起一场共同运动吗？运动将有以下目标：

（1）完善《印度改革法案》。

（2）废除《罗拉特法》和《出版法》。

（3）坚决捍卫《权利宣言》所规定的印度公民权利。该宣言最早于马德拉斯省会议上提出，其后于 1918 年 8 月至 9 月期间分别由印度国大党孟买特别会议与全印穆斯林联盟正式通过。

上列目标实现的顺序不分先后。但我要特别强调，印度的重中之重是保持团结一致。我们应倾尽全力营造团结，维护团结。

眼下可以通过两条途径为印度效力——你们的非暴力抵抗途

---

[1]《罗拉特法》（*Rowlatt Act*），英属印度政府于 1919 年 3 月通过的一项法案，该法案授权政府在未经审判的情况下，有权将英属印度范围内包括恐怖分子在内的所有疑犯逮捕入狱。实际上，也是英国当局压制革命活动的具体措施之一。

径，伦敦方面致力完善《印度改革法案》的途径。双方何不暂时通力合作？或至少在某些共同工作上携起手来？

我很清楚您的一些追随者觉得《印度改革法案》不会有什么成效。难道该法案就没有可能起些铺垫作用？代表印度国民大会及相关运动的多位伦敦领导人正致力让该法案切实为印度服务，难道我们不应予以支持？

我渴望为印度效力，实是担心会错失任何良机，故而才毫不犹豫地向您进言。值此关键时刻，若我们能让印度团结一致，为共同的目标努力奋斗，岂非证明了印度的伟大？我知道，这需要您的帮助、指导和激励。日前我与桑卡阮·奈尔先生[1]交谈过。他对我谈到在他看来《印度改革法案》需作何改进，方能令其有价值，有所进展。贝赞特女士与蒙太古先生长谈了一次，之后她写信告诉我，前景还是很乐观的。我们这些在印度抗争的人能否也为推动《印度改革法案》出一把力？大家能否携手共事？能否由您担当主要领导人之一，发动一场至少为期数月的大型运动呢？

我就是一名平头老百姓，我想说的是，百姓们看到领导不团结，都很难过。我们一心热盼各方能共同行动。为了印度我们不该团结一致吗？如果联合发动群众，废除万恶的《罗拉特法》和《出版法》，修订《印度改革法案》和《权利宣言》，我们不就能团结一致了吗？如此崇高而又鼓舞人心的行动计划，我认为会赢得印度全体爱国人士的拥护。既然您已暂停公民不服从运动，我们正好可以毫无保留地通力合作。恳请您考虑我们携手共进的可能性，至少在现阶段共同进退。

致敬！

您真诚的仰慕者，
乔治·阿伦戴尔
出自《青年印度》，1919年8月6日

---

[1] 桑卡阮·奈尔（Sankaran Nair，1857—1934），印度政治家，1897年曾任印度国民大会主席。

致在印全体英国人的公开信

亲爱的朋友们：

希望每位英国人都会看到这份呼吁，并给予深切关注。

请允许我向你们做自我介绍。依我愚见，本人在过去29年的公共生涯中，始终坚持与英国政府合作，此点印度无人能及，因为有的情况换作别人可能早就起而反之了。我之所以合作，不是因为害怕受到你们的法律制裁，也不是出于任何自利的动机。此言无虚，还请信我。我自觉自愿地合作，是因为我相信英国政府的所作所为最终于印度有利。为了大英帝国，我曾三番五次置生死于度外：布尔战役期间，我负责救护队工作，该项工作在布勒将军（General Buller）的调度表上有记载；纳塔尔地区祖鲁族暴乱期间，我也负责了类似的工作；在刚刚过去的"一战"初期，我召集了一支救护队，还因高强度训练患上了严重的胸膜炎；最后，为了履行自己在德里战争会议上向蔡姆斯福德勋爵做出的承诺，我在凯达地区跋山涉水，积极开展征兵活动，结果身染痢疾，差点丧命。我这么做，是因为相信这样就能为我的国家在帝国内赢得平等的地位。直至去年12月，我仍在强烈呼吁真诚合作。本来我深信劳合·乔治先生[1]会履行他对穆斯林做出的承诺，我也以为披露旁遮普省政

---

[1] 大卫·劳合·乔治（David Lloyd George, 1863—1945），英国自由党政治家，1916—1922年领导战时内阁，1926—1931年间担任自由党党魁。

府施下的暴行就能让当地人获得全额赔偿。不料劳合·乔治先生却背信弃义，可你们却对他大加赞赏，对旁遮普省的暴行睁一只眼闭一只眼。这彻底摧毁了我原本抱有的信心，让我不再相信英国政府或英国人的诚意。

虽然我不再相信你们的诚意，但我得承认你们很勇敢。而且我也知道你们虽不会顺从正义和理智，但却会对勇气欣然折服。

看看这个帝国对于印度意味着什么：

为了英国的利益掠夺印度的资源；

军费开支不断增长，行政部门开销举世无双；

各政府部门罔顾印度的贫困，工作作风奢侈无度；

瓦解印度人武装力量，阉割整个印度民族，唯恐在印度人数不多的英国人性命不保；

贩卖烈酒和毒品，用以维持臃肿不堪的行政机构；

为了压制不堪其苦的印度民族日渐激烈的言行，不断出台法律进行镇压；

在帝国疆域范围内侮辱对待印度居民；

你们美化旁遮普省政府，无视穆斯林的看法，明显罔顾我们的感受。

我知道你们不怕我们反抗，不担心我们从你们手中抢夺权杖。你们知道我们无能为力，因为你们已经做好万全安排，让我们失去与你们堂堂正正对阵的能力。我们虽不能在战场上奋勇抗争，但灵魂仍英勇无比。我知道这样的勇气同样也会让你们有所反应。我正致力于激发这股勇气。不合作就是训练自我牺牲。是你们在印度这个伟大的国家建立的政权令我们终日为奴，每况愈下，既然明知如此，我们为什么还要与你们合作？人民响应我的呼吁，并不是因为我这个人。所以你们完全可以对我忽略不计，同样，你们也不必顾虑阿里兄弟[1]。如果我竟蠢到提出反对穆斯林的口号，那么我的品格再怎么高尚，也无法激起人民的反响；同样，如果阿里兄弟竟会疯狂到高声反对印度教徒，那么他们的名字再有魔力也激发不了穆斯林的狂热。之所以会有成千上万的人蜂拥而至，听我们号令，是因为今天的我们代表了在你们铁蹄下呻吟的印度民族。过去，阿里兄弟和我一样曾是你们的朋友。今天我依然是你们的朋友。我的宗教严禁我对你们心存恶意。我不会伸手打你们，即便我有打人的力量。我只希望用自己的苦难来征服你们。如果可能的话，阿里兄弟必定会拔出利剑，捍卫他们的宗教、他们的国家。虽然他们的方法和我不同，但我们的目标一致，都是为了道出印度人民的感受，寻找消除民众疾苦的良方。

你们正在想方设法压制这股不断加剧沸腾的民族情绪。恕我冒昧进言，唯一化解的方法就是铲除造成民众疾苦之因。你们现在是有这个能力的。你们可以悔改自己对印度人的不公，可以要求劳合·乔治先生履行他的承诺——我敢打保票，他可是为自己留了不少后路。你们可以迫使现任印度总督下台，另择贤明；你们也可以改变自己对迈克尔·欧·德怀尔先生[2]和戴尔将军[3]的看法；你们还可以要求大英政府召集印度人民公认的领袖人物开会，与会者皆由民选产生，代表各界不同意见，通过会议修正英国赋予印度政治

---

[1] 即绍卡特·阿里大毛拉（Maulana Shaukat Ali, 1873—1938）和穆罕默德·阿里大毛拉（Maulana Mohammad Ali Jauhar, 1878—1931）兄弟二人。兄弟俩皆为印度穆斯林领袖，基拉法特运动领导人。

[2] 迈克尔·欧·德怀尔（Michael Francis O'Dwyer, 1864—1940），1912—1919年期间印度旁遮普省副总督。对于戴尔将军在1919年4月13日札连瓦拉园屠杀中采取的行动，德怀尔表示支持，并称此行动为"正确的行动"。

[3] 戴尔（Reginald Dyer, 1864—1927），英国驻印军官，在札连瓦拉园屠杀事件（又称"阿姆利则惨案"）中担任英军指挥官，之后他虽被撤职，却仍被英国人视为英雄。该事件成为甘地于1920—1922年发动全国性非暴力不合作运动，导致印度最终走向独立的一个直接原因。

自治的方式，令其符合印度民心。

  但如此行事需要你们能真正平等对待每个印度人，视印度人为手足。我并不求你们施恩，只是作为朋友向你们指出如何体面地解决一个严重的问题。你们也可选择另一种做法，即镇压。但我预言，此法必败无疑。镇压已然开始。两名勇敢的帕尼帕特人（Panipat）因发表自由言论已遭大英政府监禁。在拉合尔，另有一人因为发表了类似言论正在受审；在奥德区已有一人锒铛入狱，另有一人正等着判刑。你们应该清楚身边正在发生些什么事情。我们的宣传工作针对的是即将到来的镇压。你们吃着印度的盐，就该与印度人民共同进退。我谨诚意请你们择善而行。阻挠印度人民达成心愿就是对印度的背叛。

你们忠实的朋友，

莫·卡·甘地

出自《青年印度》，1920年10月27日

致总督的公开信[1]

[巴多利
1922 年 2 月 1 日]

致
总督阁下，
德里

先生：

巴多利为孟买省苏拉特县内一个小行政区，人口约为八万七千人。

上个月 29 日，在韦色勒巴依·帕帖尔[2]主持下，全印国大党委员会决定在巴多利发起大规模公民不服从运动。委员会认为，参照去年 11 月第一个星期德里召开的全印国大党委员会决议，巴多利地区符合开展运动的条件。不过鉴于我对此负主要责任，故有必要对阁下、对民众说明此次决定的来龙去脉。

去年德里全印国大党委员会通过决议，计划将巴多利作为第一场大规模公民不服从运动的首发地，标志对印度政府的全国性反抗，反抗政府一味愚顽，无视印度人民的决心，拒不合理解决基拉

---

[1] 瑞丁勋爵（Lord Reading, 1860—1935），1921—1926 年期间任印度总督。——原注
[2] 韦色勒巴依·帕帖尔（Vithalbhai Patel, 1873—1933），印度立法委员、政治领袖，斯瓦拉吉党创始人之一。

法特运动、旁遮普邦以及政治自治等问题。

令人感到遗憾的是，会后不久，不幸爆发去年 11 月 17 日的孟买暴动，致使巴多利运动计划推后暂缓。

在此期间，印度多处地方政府相继进行恶性镇压，包括班加罗尔邦政府、阿萨姆邦政府、联合省政府、旁遮普邦政府以及德里省政府，此外比哈尔邦政府、奥里萨邦政府及其他地方政府也在一定程度上参与了镇压。我知道，您不赞成用"镇压"一词来形容这些地方政府的所作所为。但在我看来，采取过激的措施控制局面，分明就是镇压。洗劫钱财、殴打无辜群众、残暴对待狱中犯人（包括鞭笞犯人），凡此种种，无论如何都算不得文明合法的手段，或必要之举。官方如此无法无天，只能被叫作非法镇压。虽然政府可能被联合修业罢工和罢工纠察队中的不合作运动参与者及其同情者吓到了，但就据此曲解临时法，大规模镇压和平的志愿活动，镇压同样和平的公共集会，这无论如何也说不过去。政府所通过的临时法针对的是有明显暴力性动机或行为的活动，可在我们很多人看来，政府对无辜民众采取的行动不仅违反了临时法，甚至违反了普通法。行政部门盲目遵循行将被废的《出版法》，干涉出版自由，这同样是镇压。

当前要务是让国家免于陷入言论自由、集会自由和出版自由全面瘫痪的状态。为了劝说阁下召开一次圆桌会议，马拉维亚[1]组织了一次会议。但有鉴于目前印度政府情绪过激，全国对如何全面控制暴力也毫无准备，不合作运动参与者并未出席会议。不过我迫切地希望避免任何不必要的痛苦，所以我已毫不犹豫地建议国大党工作委员会采纳马拉维亚会议上提出的建议。从我个人对您在加尔各

---

[1] 马拉维亚（Madan Mohan Malaviya, 1861—1946），印度教育家、印度独立运动政治家、印度教民族主义分子，1909—1932 年期间曾四度担任印度国大党主席，印度教徒大会（Hindu Mahasabha）创始人之一，被尊称为"潘迪特"（Pandit，博学家）。

答及其他地区所发表演讲的理解,您的要求和该会议所要表达的意思一致,可是您却草率地拒绝了召开圆桌会议的建议。

在这种情况下,全国只能通过一些非暴力手段争取基本的言论、集会和出版自由权利。之前阿里兄弟果断大方地做出无条件道歉时,政府做出决定,只要不合作活动者无暴力言行,政府就不干涉他们的活动。但是依我愚见,近期发生的事件已经截然背离了阁下您所制定的文明政策。若非政府未能坚持原定中立政策,没有允许舆论变成熟,以发挥最大效用,我们原可建议国大党不采取激进的公民不服从运动,而是先全面控制全国各地暴力活动,强化上百万名党员的纪律管理。可是政府进行了非法镇压(镇压的方式就算在本就不幸的印度历史上也是史无前例的),国大党当前的要务也就变了,必须立即采取大规模公民不服从运动。就我提出的某些特定领域问题,国大党工作委员会一直不定时召开会议,眼下委员会关注的就是巴多利问题。在委员会的授权范围内,我可以马上同意马德拉斯省贡土尔地区的上百个村庄展开运动。不过我会要求村民们严格遵守非暴力的要求,不分阶层,团结一致,使用并生产手工纺织土布,反对不可接触制。

但在巴多利人民真正发起大规模公民不服从运动之前,我恭敬地向您提出强烈的请求,请您,作为印度的政府首脑,修订您的政策,释放所有因参与非暴力活动被判刑或在押受审人员,并明文公布政府绝不干涉国内非暴力活动的政策。这些活动不管有何诉求——要求为基拉法特分子平反,要求政府纠正在旁遮普邦所犯的过失,要求政治自治,等等——都不违法,哪怕是依据刑法或刑事程序法的压制型条文或其他压制型法律,这些诉求都是合法的。只要活动始终符合非暴力的要求,政府就不应该干涉。此外,我敦促您解除对出版自由的行政监控,并归还政府近期强制收取的罚金以及强制没收的财物。之所以向阁下提出这些请求,是因为所有文明政府管理的国家都是如此行事。七天后我们将公布巴多利运动宣言，如果在此之前您能就上述问题公布必要的告示，那么我会建议推迟此次激进的公民不服从活动。在政府释放所有在押非暴力活动人员之后，我们将根据整体形势，重新思考我们的定位。如果政府能按我的要求做出声明，我会认为政府确有诚意听取民意，在官民双方克制使用暴力的前提下，我也会马上号召国民发起讨论，相信此举能确保国民坚定不移的要求得以实现。

在这种情况下，只有在政府背离严格保持中立的政策之时，或在政府拒绝服从印度大多数人民明确表达的意见之时，我们才会发起激进的公民不服从抗争。

阁下永远忠实的仆人和朋友，

莫·卡·甘地

出自《青年印度》，1922年2月9日

致贾瓦哈拉尔·尼赫鲁[1]

一

巴多利
1922 年 2 月 19 日

我亲爱的贾瓦哈拉尔：

看来工作委员会的决议让你们很难过。我很同情你们，心里更是牵挂着你的父亲。我能想象得到他有多痛苦。不过我也觉得自己没必要写这封信，因为我知道，开始你们会感到震惊，但过后肯定能真正看清整个形势。让我们别再为德维达斯[2]的年少轻狂感到困

---

[1] 1921 年 12 月，印度不合作运动经历了第一次大规模被捕入狱的过程。政府从技术层面操纵，判处数以万计的印度人违法入狱。我们大多数人，包括我父亲在内，在获罪入狱期间得悉圣雄甘地突然下令撤销这场运动。撤销的原因是联合省戈勒克布尔区楚里楚拉村（Chauri Chaura in the Gorakhpur district of the United Province）一群过激村民袭击了当地一所警局。村民们烧毁了警局，并杀死了在场的几名警员。如此伟大的一场运动却因一小群村民的不当之行戛然而止，对此狱中众人均痛心疾首。当时圣雄甘地仍是自由身，即尚未被捕入狱。我们试着从狱中向他传递消息，表达我们对他所采取的措施深感痛心。故有甘地此信。此信交给我妹妹，即维嘉拉克施密·潘迪特（Vijayalakshmi Pandit），由她在探监的时候读给我们听。——原注

[2] 德维达斯（Devidas Gandhi，1900—1957），甘地第四个也是最小的儿子，非暴力抵抗运动积极分子，曾多次被捕入狱。

扰。这可怜的孩子多半只是头脑发热,失了分寸。但是几名警员遭一些同情非暴力活动的群众残忍杀害,这个事实不容否认。同样不可否认的是,这些群众是有政治头脑的。如此明确的警告,我们若不加关注,那就是犯罪。

我必须告诉你,警员遇害实在让我忍无可忍。我给总督写公开信的时候并非毫无顾虑,此点在信中的措辞一目了然。马德拉斯[1]发生的事件早就让我感到不安,但我压下了警告的声音。在戈勒克布尔事件之前,我就收到了来自加尔各答、阿拉哈巴德和旁遮普等地印度教徒和穆斯林教徒的来信。他们告诉我错不全在政府一方,我们的人也正变得越来越激进、肆无忌惮、咄咄逼人,这样的人正在逐渐失控,他们的行为已不再是非暴力。虽然在费罗兹普尔吉尔卡事件[2]上政府并不光彩,但我们也并非毫无过错。哈钦[3]抱怨巴雷里(Bareily)。我则对贾佳尔满腹怨言。在沙贾汉布尔县(Shahajanpur)也有人企图以武力占领县政府。国大党秘书亲自从卡努杰(Kanouj)发来电报说,做志愿者的男孩子们不服从管理,他们在一所高中设置纠察队,禁止16岁以下的孩子们去上学。在戈勒克布尔,有三万六千人报名做志愿者,可遵守国大党誓言的却不足百人。贾姆纳拉吉[4]告诉我,加尔各答彻底处于无组织状态,志愿者们身着洋装,也必不遵守非暴力原则。我已掌握了这么多的消息,再加上更多来自南部的消息,最后楚里楚拉的消息就像一支强大的火柴引爆了火药,火光冲天。我敢担保,如果不叫停这场运动,那么我们进行的就不再是非暴力抵抗,而是实实在在的暴力抗争。毋庸置疑,非暴力就像玫瑰精油的芬芳弥漫到了全国各地,但

---

[1] 马德拉斯(Madras),今泰米尔纳德邦的首府金奈,坐落于孟加拉湾的岸边,是印度第四大都市。
[2] 指1921年12月23日当地发生的枪击事件。——原注
[3] 见信件《致哈钦·阿兹玛尔·汗》原注。
[4] 见信件《致贾姆纳拉·巴贾杰》原注。贾姆纳拉吉是贾姆纳拉·巴贾杰的昵称。

是暴力的恶臭更为熏天,无视或轻视如此恶臭实为不智。这次的撤退会让我们的事业成功。不知不觉间,这场运动已偏离了正确的路线。我们重返起点,为的是能更好地再度起航直行。相较你我目前处境,我能对事态做出更为均衡的判断。

  我能否向你提供我在南非的经历以供参考?我们在南非坐牢的时候,总会听到各种消息。第一次坐牢,头两三天,我听到一点点消息就很高兴,但很快我意识到,对这些小道消息感兴趣毫无用处。我什么也做不了,有用的信息送不出去,我只能于事无补地折磨自己的灵魂。我认为自己身陷囹圄,无法指挥运动。于是,在我能和监狱外的人见面,和他们自由交谈之前,我就等着。我说了你别不信,那时候我对运动只保持一种学术型的兴趣,因为我觉得自己无权做出任何判断,而且我发现这么做是正确的。我清楚地记得,每次我获释出狱,在亲自获悉第一手信息之后,我都发现需要对自己在狱中的想法做出修正。不知何故,监狱的氛围让人无法面面俱到地考虑问题。故此,我希望你彻底放下对外部世界的关注,忽略它的存在。我知道这么做很难,但是如果你认真地做点研究,干点体力活儿,你就能做到。最重要的是,你不管做什么,千万不要对纺车[1]心生厌烦。你我或可因自己曾多次做错事、信错事而自我嫌恶,但我们将信念钉在了纺车上,每天以祖国之名纺出那么多的纱线,我们将坦然无悔。你随身带有《赞歌》。我无法给你提供埃德温·阿诺德[2]无与伦比的英译版,下面几句是我从梵文译过来的:"在此处,业既始则不废,也不会有什么障碍。只要些许达磨,便可免除巨大惊骇。"[3]原文中"达磨"

---

[1] 此处"纺车"应暗喻"非暴力"。参见 Mohit Chakrabart, *The Gandhian Philosophy of the Spinning Wheel*, New Delhi: Concept Publishing Company, 2000。

[2] 埃德温·阿诺德(Edwin Arnold, 1832—1904),英国诗人,其诗集《神歌》(*The Song Celestial*)为《薄伽梵歌》的经典英译本。

[3] 此处译文引自张保胜译《薄伽梵歌》,中国社会科学出版社 1989 年版,第 27 页。

（Dharma）指的是卡玛瑜伽[1]，而在我们这个时代，卡玛瑜伽就是纺车。你上次让普雅雷拉尔[2]转交给我的信很冷淡，希望这次能收到一封让我高兴的信。

你真诚的，
莫·卡·甘地

出自《旧信札集》，第22—25页

二

静修院，萨巴玛蒂
1928年1月17日

我亲爱的贾瓦哈拉尔：

为了节省时间，也为了让我疼痛的肩膀歇歇，我只能口授此信。星期天我给你写了一封关于芬纳·布鲁克威[3]的信，希望你已按时收到。

你批判了我好几篇文章（那篇关于所谓"全印展览"的文章除外）。但你知不知道，我写那些文章还是因为你是其中谈及的活动的主要合作者。不过就凭我们俩的关系，我并不担心你误解我的动机。但是，我认为你批判得不对。我倒是不介意。因为这么多年你似乎一直在努力压抑自我，而这些文章显然让你从自我压抑中释放出来了。虽然我已经开始觉察到你我观点有异，但我完全没有意识

---

[1] 达磨意为"法"或"正确的行为"。卡玛瑜伽讲求的不是灵活身体的体位法，而是通过做事来达到内心的专注投入与不求回报心理，进而领悟瑜伽行者的真正内涵。
[2] 见信件《致查·拉贾戈巴拉查理》原注。
[3] 芬纳·布鲁克威（Fenner Brockway，1888—1988），英国政治家，出生于印度加尔各答，成年后因反战活动多次被捕入狱，1920年后积极支持印度独立。

到差异竟如此之大。你一直如超人一般压抑自我，一直相信为了民族大业你要摒弃自我，协助我，服从我。你以为这么做自己仍能毫发无损，其实不然，如此不正常的自我压抑一直在磨损你。你一直处于这种状态的时候，对我的严重缺陷视而不见。现在你能正视我的缺陷了。我也可以向你指出我的其他错误。我担任国大党党魁时，在《青年印度》上发表过的几篇关于全印国民大会委员会的文章就有错误。在全印国民大会委员会会议上，我也时有不负责任和草率的言行。可是当时你还处于麻木状态，丝毫没像今天这样对我这些错误感到震惊，所以那时我也觉得没必要向你指出你信中前后矛盾之处。现在我关心的是今后该怎么办。

　　这些年来你一直谦恭坚定地拥护我，如今我了解了你的心态，愈发珍惜你的忠贞。你要是让我给你自由，我会尽你所需，让你不再仰视我。我很清楚，你必须继续对我开火，对我的观点开火。因为，如果我错了，肯定会对国家造成无可挽回的损害；而你的职责就是发现我的错误，然后反抗。如果你不确定自己的结论正确与否，我将乐于私下和你进行探讨。我觉得你我之间存在着极大的根本性分歧，无法调和。你一直如此英勇、忠诚、能干、诚实。我不想对你掩饰，失去你这样的一位同志我很痛心。可是为了服从大业，有时不得不牺牲同志情谊。我们的事业高于其他一切。不过即便有朝一日你我在事业上不再是同道中人，我们仍是亲密的朋友。我们早已亲如一家，这不会因你我政见不同而有任何改变。我和好几个人都保持着这样的关系，实为幸事。比方说萨斯崔，他和我原就私交甚笃，后来我们发现彼此的政见南辕北辙，尽管如此，我们的交情历经了严峻的考验，仍延续至今。

　　我建议你郑重地公开你的见解。给我写一封公开信，陈述你的不同政见。我会把此信发表在《青年印度》上，同时也发表我的一则简短回复。你的第一封来信我看完并写好回信后就销毁了，第二封来信我还留着。如果你觉得麻烦，不想另写一封，我打算就把眼前你这封来信拿去发表。我没觉得你信里有什么冒犯之处，不过如果我发现有的话，放心，我会删除掉的。我认为你这封信写得很坦白，很公正。

爱！
巴布

出自《旧信札集》，第58—60页

三

色高恩，瓦尔达
1939年7月29日

我亲爱的贾瓦哈拉尔：

我把引导达米邦[1]人民的任务交给你。我觉得你能独力担当，让我卸下此重任。各邦似乎都想孤立国大党，无视国大党，所以才召开了诸邦会议。我已在《哈里真报》发文提议，未经你们委员会同意，任何邦或城镇协会都不应擅自采取行动。我只会通过你而有所举动，即，只在你询问我的时候才会发表意见，就像我对工作委员会一样。昨天我也是这么告诉瓜廖尔地区人民的。但你要想让委员会正常运作，还得对其进行重组。

我最终还是没去成克什米尔。申克·阿卜杜拉[2]和他的朋友们

---

[1] 达米邦（Dhami），印度北部，时为英属土邦（Princely State），1948年后成为喜马偕尔邦（Himachal Pradesh）的一部分。

[2] 申克·阿卜杜拉（Sheikh Abdullah，1905—1982），印度政治家，印度北部查谟—克什米尔邦政治中坚领袖，国民大会创办者，曾三次担任克什米尔地区政府首脑。

无法接受我作为嘉宾访问该邦。我根据以往经验接受了邦政府的邀请，以为申克·阿卜杜拉会同意。结果发现自己判断错了。于是，我谢绝了邦政府的邀请，只接受申克的私人邀请。但这又让邦政府很没面子。最后我只好彻底取消此行。在接受邦政府邀请时，我既没想着要和你一起出访，也没征求申克的同意，真是一错再错。我得承认，之前和申克还有他那些朋友打交道的时候，我不是很满意。我们都觉得他们不讲道理。汗·萨伊布[1]试过和他们理论。白费力气。

你的锡兰访问甚是荣耀。我并不在意此行能否带来什么即时成果。我也是无意中才想到要派国大党代表团出访锡兰的。萨勒·铁布吉（Saleh Tyabji）要我派你出访缅甸，安德鲁斯想要你出访南非。虽然他们俩催个不停，但我还没想好。等见面时再谈。希望你神清气爽，希望克丽什娜过得开心。

爱！
巴布

出自《旧信札集》，第 387—388 页

四[2]

1945 年 10 月 5 日

我亲爱的贾瓦哈拉尔：

多日以来我一直想给你写信，但直到今天才能动笔。我也一直在考虑是用英语还是用印度斯坦语给你写信。最后我还是喜欢用印度斯坦语。

---

[1] 汗·萨伊布（Khan Abdul Jabbar Khan, 1882—1958），印度独立运动领袖、巴基斯坦政治家。
[2] 原信用印度语写成。——原注

首先，我想谈谈我们之间的观念差异。我觉得，如果我们在观念上存在着根本性差异，那么民众都会有所觉察。如果我们向民众隐瞒，将不利于争取自治的工作。我曾说过，我仍然坚持自己在《印度自治》中的政府体制构想。那不仅仅是纸上谈兵。1908年我写了这本小册子，之后，我全部的经历都印证了自己信仰的真实性。因此，哪怕最后只有我一个人坚持这份信仰，我也不在乎，因为我只能坚持自己所认识的真理。我手头现在没有《印度自治》。我最好用自己的语言重新勾勒一下未来印度的前景，即便和我在《印度自治》中的构想略有出入，但对于我们来说并不重要。关键不是要证明当年我所言无误，而是要知道今日我所思为何。我坚信，无论是印度要获得真正的自由，抑或是世界要通过印度获得真正的自由，人们迟早都要认识到这样一个事实：我们应该生活在乡村里，而不是在城镇的小屋或豪宅里。数以千万计的人们永远也不可能在城镇和豪宅中和平共处。他们终将别无选择，只有诉诸武力和谎言。我认为，没了真理，没了非暴力，人类就只有毁灭。只有在乡村简朴的田园生活中我们才能实现真理，实现非暴力，而最能体现这种简朴生活的就是手纺车及其所代表的一切。如果今天全世界都选错了路，我也不应担心。很有可能印度也会走上这条错误的道路，就像谚语中的飞蛾，围着火焰起舞，越来越兴奋，最终引火自焚。但是，只要一息尚存，我就有责任有义务尽力保护印度，并通过保护印度来保护世界，让人类免遭此劫。我说过很多话，但归根结底，我想说的是，每个人都应满足于自身真正的需求，而且要自食其力。人若无自控力，就无法自我拯救。这个世界终归是由个体的人组成的，就像海洋是由水滴组成的一样。这个真理广为人知，我只是老调重弹罢了。

不过，可能以前我在《印度自治》中没有提及这些话。尽管我很崇拜现代科学，但我认为真正的现代科学之光应照耀在古老的智慧之上，让古老的智慧换上新装，重新焕发生机。千万不要认为我所想象的田园生活和今日的农村一模一样。时至今日，我还只能在脑海中看到我的梦之村。说到底，每个人都生活在自己的梦想之中。在我理想的乡村里，人人聪慧。他们不会像动物那样生活在污垢和黑暗之中。男人和女人都自由自在，不与任何人为敌。那里没有瘟疫，没有霍乱或天花；没有游手好闲之徒，没有人沉溺于奢华不可自拔。每个人都要完成自己分内的劳动。我不想过细地描绘一幅宏大的画面。可以设想村子里有铁路、邮局、电信局这类设施。对我而言，关键在于获得真理，其他一切自会水到渠成。如果我放弃了真理，一切都将落空。

工作委员会在最后一天会议上决定，将召开为期两到三天的会议，就此事展开全面讨论，明确委员会的立场。我觉得这样很好。不过不管开不开这个会，我都希望我们清楚彼此的立场。有两个原因让我这么希望：其一，政治工作并非你我之间的唯一纽带。我们情谊深厚，坚不可摧。因此，我热切地希望在政治领域我们也能清楚相互了解。其二，我们都不认为对方毫无益处。我们同为印度的自由大业而生，也愿为此大业欣然赴死。我们不求世人的赞誉。世人之褒贬于你我轻如鸿毛。效忠祖国，谈何个人荣耀。为印度效忠，我愿意活到125岁，但我得承认自己已是风烛残年。相较之下，你风华正茂，所以我任命你为我的接班人。可是，我必须了解我的接班人，我的接班人也必须了解我。只要能做到这样，我就知足了。

还有一件事情。我和你提过要你加入嘉斯杜白基金会和印度斯坦语推广会[1]，你说你要想想，然后再告诉我你的决定。可是我发现你的名字已经在印度斯坦语推广会名单上了。纳纳瓦提（Nanavati）提醒我说，他之前已就此事找过你和毛拉大人[2]，而且早在1942年

---

[1] 早在1918年甘地于马德拉斯成立印度斯坦语推广会（Hindustan Prachar Sabha），期望通过共同语言推广，凝聚南北各邦民族统一意识。甘地为该会终身主席。

[2] 毛拉大人（Maulana Sahib），"maulana"为巴基斯坦、印度等地区对波斯语和阿拉伯语学者的称号；"sahib"为英属印度时期的尊称，意为"大人、阁下"。此处指的是阿卜杜·卡兰·阿扎德（Abul Kalam Azad，1888—1954），著名印度学者、印度独立运动中国大党资深穆斯林领袖、印度独立后首任教育部部长，人称"阿扎德大毛拉"。

就拿到你的签名了。不过,这已是往事。推广会现在的立场你是知道的,如果你坚持自己当年签名的立场,那么我想让你做些工作。工作也不会很多,也不用你为此四处奔波。

不过嘉斯杜白基金会的工作就不一样了。如果你无法接受我上面所言,那么恐怕你也不会愿意加入基金会,对此我能理解。

最后,我想和你谈谈在你和萨拉特·巴布[1]之间的矛盾。我感到很痛心。但我没完全搞懂到底是怎么回事。是不是还有什么你没告诉我?如果有,你得告诉我。

如果你觉得我们需要就我此信中提到的事情面谈一次,我们就安排一下。

你工作太勤奋了。希望你身体健康。想来英杜也很健康。[2]

祝福!
巴布

出自《旧信札集》,第 505—507 页

附:贾瓦哈拉尔·尼赫鲁的来信

阿南德之家
阿拉哈巴德
1945 年 10 月 9 日

我亲爱的巴布:

刚从鲁克瑙(Lucknow)回来就收到了您 10 月 5 日的来信。很高兴您写得如此全面,我会尽可能予以详尽答复,不过要是我回信

---

[1] 即萨拉特·钱德拉·鲍斯(Sarat Chandra Bose, 1889—1950),律师、印度自由斗士。
[2] 英杜(Indu),尼赫鲁的女儿英迪拉(Indira)的昵称。

稍迟，还望见谅，实是现在应酬安排密集，难以抽空。我只在阿拉哈巴德逗留一天半。最好是能和您面谈，但现在还不知何时有空。我会尽量安排。

简而言之，在我看来，摆在我们面前的问题是真理与非真理的对抗，抑或是非暴力与暴力的对抗。必须假定，我们务必致力于以真诚合作与和平的方式，打造一个促进合作与和平的社会。归根结底，问题在于如何打造这样一个社会，以及这个社会的构成为何。我不理解为何只有农村才能体现真理和非暴力。农村地区往往在学识和文化方面落后，落后的环境难以有所进步。人们见识狭隘，常常为人虚伪，举止狂暴。

其次，我们还要明确一些目标，以满足国家与国民的最低要求，如充足的粮食、衣物、住房、教育、卫生等等。心中有了这些目标，我们还需明确地找到办法，迅速实现目标。此外，我认为必须要有现代交通工具，还要继续发展其他现代化建设。这些都不可或缺。因此，也应在一定程度上发展重工业。一个纯粹的农村社会怎么适应得了呢？不管是重工业还是轻工业，我个人希望都能尽量地方化，而这点随着电力建设的推进完全可以做到。一个国家要是存在着两种经济体制，那不是两种体制相互矛盾，就是一种压过另一种。

我们要在此环境下做出思考，如何让国家实现政治上和经济上的独立，不受外来侵略。我认为，没有先进的技术，印度就不可能有真正的独立。我说的不仅是军队建设，还有科技发展。环顾当今世界大局，只有各个领域科研能力都过硬的国家，其文化方可长足发展。在今天的世界，从个人到团体和国家，贪欲横流，结果冲突不断，战火连连。整个社会基本都是建立在欲望的基础之上。必须铲除这个基础，将其换成合作，杜绝孤立隔绝。如果我们承认这一必要性，并认为是可行的，那么我们应当努力实现一个与世界各国合作的经济制度，而非与世隔绝。无论从经济还是从政治的角度来看，孤立的印度极可能进入某种封闭状态，只会增长他国贪得无厌的趋势，从而导致冲突。

千万民众个个身居豪宅固然不可能，但人人都应享有舒适的现代化家园，优雅地安居乐业。可叹目前很多城市增长过速，弊端丛生。我们或许应该阻止城市过度增长，与此同时鼓励农村向城镇的文化水平看齐。

我是在多年前拜读了您的《印度自治》，现在记忆挺模糊的。但即便是二十多年前读此大作之时，我也觉得其中构想极为不切实际。我还以为那之后您再出书，发表演讲，已经对原有立场有所改进，更为重视现代化趋势。所以当您告诉我，当年的构想在您心中丝毫未变，我很是诧异。您是知道的，国大党从未考虑过这一构想，更不可能予以采纳。您虽然要求过国大党落实其中个别次要方面，但从未提出过要全盘采纳。这些根本性问题涉及不同的人生观，国大党应不应该思考这些问题呢？请您明断。我认为，像国大党这样的一个团体不应沉湎于这类问题的讨论，因为这种讨论只会造成人们思想混乱，导致当下无力行事。这同样可能阻碍国大党与国内其他组织的关系。当然，在印度获得自由后，这些问题以及其他问题最终都应由民选代表决定。我觉得目前对大多数此类问题的思考和探讨都是从以前的视角出发，忽视了一代人以来全球已然发生的重大变化。《印度自治》写于1938年前，之后世界发生了翻天覆地的变化。尽管这些变化的趋势未必好，但无论如何，我们思考问题都必须着眼于今日的事实、力量和人力物资，否则就是与现实脱节。您说的不错，各国，或者说大部分国家，似乎都执意要自取灭亡。这可能是西方文明中邪恶的种子不可避免的发展结果。我是这么认为的。我们的问题是如何取其精华去其糟粕。西方文明发展至今显然也有其可取之处。

以上只是我的一些胡思乱想，恐怕对所提出的重大问题有失公允。杂陈乱说，还望您能见谅。过段日子我会更清晰地就此话题另写书信。

关于印度斯坦语推广会和嘉斯杜白基金会，两者我都很赞同，而且觉得它们做得都很好。但对这两个组织的工作方式，我没有把握，觉得不是很合我意。我对它们真的不太了解，无法确定。不过目前我时间不宽裕，接下来的几个月很可能我和其他人都会忙得不可开交。如果我自己都觉得做不来，最好还是不要担更多的职责。因此我不打算只在形式上加入任何责任重大的委员会。

至于萨拉特·鲍斯为什么对我生这么大的气，我一无所知，除非是我在外交关系上的整体态度让他早就心怀不满。无论我对错与否，我都觉得萨拉特的举止过于幼稚，不负责任。或许您还记得，以前苏巴斯[1]不赞成国大党对西班牙、捷克斯洛伐克、慕尼黑和中国的态度。萨拉特的不满反映出来的可能是当年相左的意见。除此之外，我想不出还会有什么其他原因。

我发现您 11 月初会去孟加拉。可能那时我也会去加尔各答三四天。如果这样，希望能与您会面。

可能您已在报纸上看到，新成立的印度尼西亚共和国总统邀请我和其他人出访爪哇。鉴于此情况的特殊性，我当即决定接受邀请。能否成行取决于我是否找得到去那里的必要交通工具。对此我深表怀疑，所以多半去不成。从印度飞往爪哇只要两天时间，从加尔各答可能只要一天。印度尼西亚副总统穆罕默德·哈达[2]是我的一位老朋友。想来您是知道的，爪哇岛基本上都是穆

---

[1] 苏巴斯·钱德拉·鲍斯（Subhash Chandra Bose，1897—1945），萨拉特的弟弟，印度著名激进独立运动家，也是自由印度临时政府的领导人，以及印度国民军的最高指挥官。

[2] 穆罕默德·哈达（Mohammad Hatta，1902—1980），印度尼西亚政治家。他与苏加诺同为印度尼西亚独立运动领袖，印尼独立后任首任副总统，也曾兼任过总理和外交部长。由于与苏加诺政见不合，他最终辞去了副总统之职，但仍为印尼政坛举足轻重的人物。

斯林人。

希望您身体健康，流感已经彻底好了。

挚爱您的，
贾瓦哈拉尔

圣雄甘地
自然治疗诊所
托蒂瓦拉路 6 号
浦那

出自《旧信札集》，第 507—511 页

五[1]

浦那
1945 年 11 月 13 日

我亲爱的贾瓦哈拉尔：

　　昨天的交谈真让我高兴，只可惜不能谈久些。我觉得我们一次是谈不完的，需要经常见面。我要不是体力不支，无法东奔西走，否则无论你现在身在何处，我都会追过去，再和你倾心交谈几日，然后再回来。我生性如此，以前我就这么做过。我们需要彼此深入了解，其他人也需要清晰了解我们的立场。我们只要像今天这样心意相通，就算最后彼此保留不同意见也没关系。昨天的交谈给我的印象是，我们的观点并无很大分歧。作为验证，下列是我所理解的交谈要点。如有出入，请予以更正。

　　（1）在你看来，真正的问题在于人如何方可充分发展智力、经

---

[1] 原信用印度语写成。——原注

济、政治和道德。这点我完全赞同。

（2）在这方面，人人权利平等、机会平等。

（3）换言之，在城乡之间，人人皆应享有同样的饮食、衣着和其他生活条件。为实现此平等，在基本生活必需品上，如衣物、食物、住房、照明和水，现在国民就应做到自给自足。

（4）人非生而孤绝，人在本质上是既独立又相互依存的社会动物。谁也不应欺压他人。如果我们试着弄明白这种生活的必要条件，我们就得接受这样一个结论，即社会的单位必须是农村，或者称为小型可控群体；理想的状态是，每个单位自给自足（在单位成员的必需品方面），单位成员相互合作、相互依存。

如果我知道到目前为止自己对你的理解无误，那么我会在下封信对第二个问题做进一步思考。

我已让拉吉·库马瑞[1]将我给你的第一封信翻成英文。信还在我这。现附上此信的英文译本。英译本能起到两个作用，它能让我更完整、更清晰地向你说明我的想法，它也能让我明确地发现我对你的理解是否准确无误。

祝福印度。

祝福！
巴布
出自《旧信札集》，第511—512页

---

[1] 拉吉·库马瑞（Amrit Kaur Rajkumari, 1889—1964），印度著名社会活动家、自由斗士、甘地的坚定支持者，1934年加入真理静修院，此后16年间担任甘地的秘书，1947年印度独立后十年间出任卫生部部长。

致孔达·温卡塔帕亚[1]

> 萨提亚格拉哈静修院
> 萨巴玛蒂
> 1922年3月4日

亲爱的朋友：

为了给您写封详尽的回信，我一直随身带着您2月19日的来信。

您的第一个问题是，非暴力的环境必不可少，但真能获得吗？如可，何时？这个问题和不合作一样，都是老问题了。所以当一些最亲密、最尊敬的同事有此一问，似乎非暴力是个新要求，让我深感困惑。我坚信，如果我们能保证自己的工作人员坚定信奉非暴力，那么在他们中我们就能确保文明不服从运动所需的非暴力环境。近日来我发现，真正理解非暴力本质的不过寥寥数人。用来修饰"不服从"的"文明"一词，其含义就是"非暴力"。训练人们自我克制，让他们不要参与那些可能令自己失去理性的活动，这么做不应该吗？让三亿国民都坚持非暴力很难，这点我承认。但是如果我们能争取到明智且又诚实的工作人员，能让没有积极参与运

---

[1] 孔达·温卡塔帕亚（Konda Venkatappayya），安得拉邦国大党委员会主席。——原注

动的人们待在家里,我认为并不太难。没错,楚里楚拉村[1]的队伍是志愿者刻意组织起来的,也是居心叵测之人将队伍带往了塔纳方向。但在我看来,拉队伍这件事本来是可以避免的。队伍既然拉起来了,要让它绕开塔纳也是再容易不过。据报道,队伍中有二三百名志愿者。我认为,有这么多带队的志愿者,本可有效制止民众残暴杀害警察,或不让警察全体葬身火场。我还得告诉您,这些人明知骚乱正在酝酿之中,他们也知道副督察就在当地,而且他之前和群众之间发生过两次冲突。难道他们不能彻底避免楚里楚拉村的悲剧吗?我承认,的确没人策划过谋杀,但是志愿者们应该能够预见到他们的所作所为会带来的后果。我本人就曾在孟买目睹类似悲剧。我们的工作人员在动员群众发起抵制的时候,没有告诫群众要保持宽容。派志愿者去群众集会区域的时候工作也不到位。我自己也有疏忽的时候。有时某个人无礼地把手放到别人的头巾或帽子上,我就一时大意,忘了要去阻止。最后我们来看看马德拉斯。那里所发生的一切本可避免。我认为国大党委员会应为此负全部责任。委员会对孟买的经历仍记忆犹新,本来就算没有十成的把握,那次罢业本来也是可以避免的。事实上,所有这些实例说明,我们的工作人员既未充分理解非暴力的目的,也未理解其意义。他们喜欢刺激,想要刺激;在这些大规模示威活动中,人们内心无意识地抱着这样一个念头:示威是力量的展示。而这恰恰正是对非暴力的否定。不是只有圣人才能贯彻落实非暴力政策,但我们的工作人员确实要作风正派,要清楚自己的职责。

您说民众如此行事,也是我号召一年之内赢得自治影响所致。[2]

---

[1] 联合省戈勒克布尔地区的一个村庄。1922年2月5日,暴民在警察局纵火,22名警察被活活烧死。甘地对此深感震惊,并于2月12日进行五日绝食。——原注
[2] 1920年9月,国大党在加尔各答举行特别会议,通过了甘地不合作运动的决议,在修正案中加上自治的要求。甘地宣称,如果按他的计划行事,印度可望在一年内获得自治。12月国大党在拿格埔举行年会,修改党章,成为一个现代政党。甘地提出一年内实现自治的口号,再度获得支持。

您说的不无道理,如果民众在此号召之下缓慢行事,那他们肯定不是在为斯瓦拉吉(自治)效力。一时头脑发热可以理解,但光这样不行,一场宏大的全国运动靠的是头脑冷静。自治终究不是变戏法,它是一个力量稳步增长的演变过程,有朝一日我们的力量必会强大到能撼动那些篡夺者。运动进展的每一个时刻,我们都在赢得自治。

如果喜马拉雅山脚下一个平静的乡和科摩林角附近的某个村子有着重要的联系,村里发生暴力肯定会打破乡里的平静。如果这两个地方都是印度的组成部分,而且都在您的自治大旗统领之下,它们必然有着重要的联系。与此同时,某个村落地处偏远,不受任何国大党影响,没在任何与国大党有关的运动中动用过暴力,我压根儿就不会把它与巴多利地区的大规模文明不服从运动联系起来。但对戈勒克布尔、孟买或马德拉斯这样的大城市,我们就无法断定其间毫无关联。暴力的爆发与一场全国性的运动有关。马拉巴尔[3]就是一个有力的说明。那是一场由莫普拉人[4]组织并展开的暴力运动,但我没让马拉巴尔的情况影响我们的计划,那几个月里我也丝毫没有改变自己的观点。我仍能区分马拉巴尔和戈勒克布尔。莫普拉人丝毫不为不合作的精神所动。他们和其他印度人不同,他们甚至和其他的穆斯林也不一样。我不得不承认,我们的运动对他们有间接性影响。莫普拉起义自成一派,并未影响到印度其他地区;而戈勒克布尔的情况却很有代表性,所以要不是我们采取了有力措施,其负面影响可能早已迅速扩散到印度其他地区。

您说,撤销了个人文明不服从运动,我们就没有机会测试民众的性情了。可是我们并不想做此测试。相反,我们希望民众勤勉劳

---

[3] 此处指 1921 年印度南部马拉巴尔地区(Malabar)莫普拉裔穆斯林发起的武装起义,旨在反抗英国当局与当地的印度教徒。半年后,起义被镇压。
[4] 莫普拉人(Moplah),印度人和阿拉伯人混血种后裔,多为穆斯林。

作，从事建设性的活动，这样他们就不会时时心烦气躁。人要想获得自我控制力，就得远离诱惑，而不是去接触诱惑，但与此同时，诱惑不期而至，避无可避，人得有所防备。

  我们并未暂停任何不合作项目。《青年印度》上说得明明白白。让我感到满意的是，我们的成功取决于培养具示范效应的自制力，而不是违反政府禁止集会的禁令——包括口头的禁令。就算禁令再多，就算暂停文明不服从运动，我们也必须学着组织我们的运动。如果民众追求的是刺激，我们绝不能给他们提供刺激，哪怕我们可能变得不受欢迎，变成无能为力的少数派。哪怕只有几百名精挑细选的工作人员，只要他们遍布全国各地，坚定不移地遵照章程，他们也将留下深刻的印象，这远胜于发动一场只为讨好大众、毫无计划的群众运动。因此，我希望您能反思，自己找出真理。反思后，如果您仍认为我的推论不对，希望您对我的立场提出质疑。我希望大家都独立思考，各人得出自己的结论。我们绝对有必要对自我以及这场运动进行彻底检讨。如果到头来发现非暴力不过是个不切实际的空想，我也不会介意。如果我们相信确实如此，至少我们是诚实的。对我而言，要做的事只有一件。我乐于沉湎在非暴力的理想世界，不愿考虑现实的暴力。我已破釜沉舟，但这不关我同事的事。大多数参加这场运动的同事都认为这纯粹是一场政治运动。他们并不赞成我的宗教信仰，我也不强求他们接受。

  您得快点好起来。康复后，要有需要，您可以来这儿，我们就此进一步探讨。

您真诚的，
出自影印件，编号 S.N.7977

致谭·普拉卡萨姆[1]

萨提亚格拉哈静修院

萨巴玛蒂

1922 年 3 月 7 日

我亲爱的普拉卡萨姆：

你询问我接下来的行程安排。我刚给你拍了份电报，内容如下："至周六艾哈迈德巴德；周日周一苏拉特；周二巴多利。"

但能否成行要视大英政府是否允许，因为我不断听到传闻，说我早就该入大牢，我也被告知，七天之内政府就会减轻我的负担。因为我可能有幸入狱，才有了刚发给你的行程安排。如果我被捕了，希望你和所有在外面的人都保持绝对的和平。这就是国民能给我的最高荣誉。无论我身陷何方囹圄，最让我感到痛苦的莫过于在牢狱中获悉，非暴力不合作主义者直接或间接造成人身伤亡，或造成建筑被毁。民众和工作人员们如果真正理解了我的信息，就会保持堪称典范的和平。如果在我被捕的当晚，印度全国各地民众自发焚烧洋装，决心只穿土布衣服，那也会让我很高兴。届时，在印度炎热的天气里，大家就只以土布裹腰，而穆斯林教徒按宗教要求

---

[1] 谭·普拉卡萨姆（T. Prakasam，1876—1955），《自治》杂志编辑，被称为"安得拉邦的雄狮"（Andhra Kesari），曾先后担任马德拉斯邦、安得拉邦首席部长。——原注

也仅穿一件土布长服。我希望听到对手纺车的需求量急剧激增，听到所有还不会手工纺织的工作人员都开始积极纺纱。我对未来的计划思考越多，暴力精神悄悄渗透到我们队伍的新闻听得越多，就越发坚信，即便是个人公民不服从也有可能出错。大家最好放弃，不要为了自诩追随者甚多就做错的事情，要做对的事情。无论人数多寡，只要信奉非暴力的计划，我们就必须将建设纲领贯彻到底。今天我们如此坚持，明天全国就会为大规模公民不服从运动做好准备。如果我们的努力失败了，那么就连个人公民不服从抗争我们的准备也不够充分。这件事也没什么难的。如果全国国大党委员会和各邦国大党委员会的委员们相信我提出的前提条件是正确的，这么做完全可行。遗憾的是，他们并不相信。政策只是临时性教义，随时会变。好的教义，要我们以使徒般的热忱去信奉。

你真诚的，

出自官方打印版影印件，编号 S.N.7973

致哈钦·阿兹玛尔·汗[1]

萨巴玛蒂监狱
1922年3月12日

亲爱的哈钦君：

这是我自被捕以来动笔所写的第一封信，我已事先确认好有关监狱规定，作为待审的犯人，我有权写信，写多少封都行。您当然知道，商克拉尔·班克[2]和我在一块。挺高兴他和我在一起。大家都知道他与我亲近——所以我们一道被捕，两人都感到挺高兴。

我给您写这封信，是因为您是工作委员会主席，故而，您也是印度教徒和穆斯林教徒，乃至全印度的领袖。

再就是因为您是最举足轻重的穆斯林领袖之一；但最主要的是，因为您是我敬重的朋友。我有幸于1915年与您相识。我们逐日加深的联系让我珍视您的友谊。作为一名坚定的穆斯林，您用自己的生命向世人展示何谓印度教徒和穆斯林统一。

今天，我们都彻底清醒意识到，如果没有印穆统一，印度将无法获得自由。我大胆断言，没有印穆统一，印度的穆斯林也无法为

---

[1] 哈钦·阿兹玛尔·汗（Hakim Ajmal Khan, 1865—1927），物理学家、政治家、基拉法特运动领袖，1921年担任印度国大党主席。——原注

[2] 商克拉尔·班克（Shankerlal Banker, 生卒年不详），甘地挚友，非暴力运动家。

基拉法特运动提供帮助。分道扬镳，我们必定永世为奴隶。因此，印穆统一不能只是我们的一条简单政策，觉得不合适了，就弃之一边。除非我们厌倦了自治，否则我们绝不可对印穆统一坐视不理。在任何情况下，我们都应始终不移地信奉印穆统一这一信条。但印穆统一也不能威胁到其他少数群体，如帕西人[1]、基督徒、犹太人或强大的锡克教徒。如果我们企图镇压其中任何一个群体，那么有朝一日必定兵戎相见。

您让我备感亲近，主要原因就是我知道您完全信奉印穆统一。

依我愚见，我们只有坚定不移采取非暴力政策，方可实现印穆统一。之所以把非暴力称为政策，因为它只是用于维护印穆统一的手段。如果印度三亿的印度教徒和穆斯林教徒能始终团结一致，我们将能与世界列强比肩。可如果我们动用武力对付英国当局，那将被世人视为懦夫行径。到目前为止，我们因为无知，害怕他们，怕他们的枪炮。我们一旦意识到团结的力量，就会认为畏惧英国实乃懦弱，也不再会想着进攻他们了。所以我才迫不及待地想让同胞们相信，采取非暴力是因为我们强大，而非因为我们软弱。不过您和我都清楚，我们还未发展到非暴力强者的境界，这是因为印穆团结始终还只停留在政策性阶段。双方仍有太多相互猜疑和畏惧。但我并不沮丧。我们已经朝着团结的方向取得了巨大的进步。短短的十八个月，我们似乎已经做了需要一代人才能完成的工作。不过还有太多未竟之事。无论是社会各阶层，抑或是普罗大众，都没意识到印穆团结对我们就像空气那般必不可少。

要实现这个伟大目标，我认为我们必须以质取胜，而非以量取

---

[1] 帕西人（Parsis，亦作 Parsees），生活在印度的拜火教徒，大部分是波斯后裔，何时迁来印度不详。主要住在孟买市以及市北一带的几个城镇和村庄里，但在班加罗尔和巴基斯坦的喀拉蚩也有一些。虽然严格来讲帕西人并不是一个种姓，但因为他们不是印度人，所以明显地自成一个社会集团。

胜。如果国内一些虔诚印度教徒和穆斯林教徒能相互建立地久天长的友谊，那么不久之后，他们的团结将会感染到群众。我们这些为数不多的先行者首先必须清楚地认识到，要想全面实现我们的政治抱负，取得进展，必须在思想、言语和行动上接受非暴力。因此，我想恳请您，恳请工作委员会及全印国大党全体成员，确保我们队伍中全体工作人员都充分意识到我努力向您说明的基本真理。一份活生生的信仰不可能出自少数服从多数原则。

对我来说，手纺车，也就是手纺土布，无疑是全印统一最鲜明的象征。它也象征着我们承认非暴力是实现我们政治抱负的不可或缺的手段。只有那些坚定培养非暴力精神，坚决维护印穆永恒友谊的人，才会每日虔诚地纺纱。全民手工纺纱，全民生产并使用用手纺纱织成的土布，就足以证明人民真正做到团结和非暴力，也说明我们与沉默的大众休戚与共。全印上下将把手工纺织作为每日圣礼，把身穿土布视为殊荣和义务，这就是统一印度、振兴印度的最佳途径。

所以，我殷切盼望能有更多有头衔的人罢工罢业，律师不上法庭，学者走出公立学校或大学，委员离开委员会，士兵和平民也离开自己的岗位；同时，我希望敦促全民将行动限定在这方面，以便巩固已经取得的成果，相信自己有能力和我们正在努力修正或者终结的这套制度进一步划清界限。

此外，我们工作人员太少了。现在有这么多建设性工作要做，我可不愿意在破坏性工作上浪费任何人力。不过，要反对在破坏性宣传工作上浪费时间，最有力的论据恐怕就是目前空前猖獗的狭隘情绪，而狭隘也是一种暴力。合作者与我们疏远。他们害怕我们。他们说我们正在打造一个比现有官僚体系更糟糕的体系。我们必须消除造成此种忧虑的诱因。我们必须竭尽全力争取他们的支持。我们必须确保英国人的安全不受到我方的威胁。您我深知，非暴力的誓言意味着绝对的谦卑和友善，即便是对待我们最痛恨的对手。如果大家都清楚这一点，我也犯不着费心说明了。只要全国一心一意地投入到我所提议的建设性工作，自会拥有不可或缺的非暴力精神。

我坐牢次数够多时间够久了，想来接下来很长一段时间内不会有牢狱之灾。我以完全谦卑的态度相信，我从未对任何人心怀恶意。我的一些朋友用不着做到和我一样的非暴力程度。但是最清白无辜的人入狱，发人深省。如果允许我提要求，很明显，谁也不应随我入狱。我们确实想搞垮政府体系——但不是通过恐吓，而是通过清白无辜的我们向政府施加的不可抵挡的压力。我认为，让监狱人满为患就是恐吓，更何况，既然一个被认为最无辜的人锒铛入狱也毫无效果，为什么更多无辜的人还要入狱呢？

我告诫大家不要争着入狱，这并不意味着我们要逃避。如果政府会逮捕所有的非暴力不合作者，我欢迎得很。但前提是公民不服从抗争者既不自守，也不进攻。我也不希望国民为入狱者感到担忧。入狱者要把牢底坐穿，这将利己利国。如果印度自治议会不下令，他们绝不提前出狱。我则抱着这样一个坚定的信念：只有全民采用土布，印度方可获得自治。

我一直尽量避免提及不可接触者制度。我肯定，每个良善的印度教徒都认为必须废除这个制度。根除这个制度和实现印穆团结一样必要。

我向您提出了一个计划，在我看来，这是最利落也是最佳的计划。毛躁的基拉法特主义者提不出更好的计划。愿神赐您健康和智慧，带领这个国家走向预定的目标。

您真诚的，
莫·卡·甘地

出自《圣雄甘地全集》，第二十三卷，第88—91页

致贾姆纳拉·巴贾杰[1]

> 萨巴玛蒂中央监狱
> 周四晚
> 1922 年 3 月 16 日

亲爱的贾姆纳拉：

在探寻真理的路上我越是前行，就越发认识到绝对的真理包容着万物。绝对真理不是阿希姆萨（不害）的一部分，相反，它包括了阿希姆萨（不害）。心清智明之人感知到的只是当下的真理。坚持下去，就能达到纯粹的真理。当下的真理与纯粹的真理无疑意味着不同的责任。不过很多时候，我们难以判断什么是阿希姆萨（不害）。比方说，使用杀虫剂是希姆萨（害），[2] 但没有杀虫剂不行。只有坚持真理，我们才能在这个满是希姆萨（害）的世界里过阿希姆萨（不害）的生活。我就是这样从真理中推导出阿希姆萨（不害）的。爱、温柔和谦卑皆源自真理。忠实信奉绝对真理之人需谦卑如尘土。愈是恪守真理之人，愈是谦卑。此生中我时刻如此感知。今

---

[1] 贾姆纳拉·巴贾杰（Jamnalal Bajaj, 1889—1942），著名商人、工业家；甘地的亲密伙伴，认同甘地的很多活动；社会工作者、慈善家；曾多年出任印度国大党财务主管。虽有万贯家财，但选择朴素的生活；甘地把他称为自己的"第五个儿子"。——原注

[2] 希姆萨（Himsa）：梵文，伤害、杀害之意。

日之我就比一年前的我对绝对真理的体验更为生动，也更能感到自己的渺小。"梵天为真，万物皆空"，这句伟大的箴言给我的奇妙启示与日俱增。它教我们要耐心。它会消除我们的冷酷，增加我们的宽容。它会让我们放大自己细微的错误，缩小他人的重大过失。肉身的存留是因为人的利己。利己的肉身彻底消亡就是摩诃萨（解脱）。获得解脱者象征着绝对的真理，人称"婆罗门"。故此，神的爱称是"仆人的仆人"（Dasanudasa）。

妻儿、亲友，抑或财产，一切都次于绝对的真理。为了追寻真理，这些都可牺牲。只有这样，人才能成为非暴力主义者。我投身这场运动，就是为了让自己能更好遵守非暴力的原则；出于同样的目的，我毫不犹豫地让你以及和你一样的人投身到这场运动之中。这场运动的外在形式是印度自治。而之所以印度迟迟未能自治，正是因为还没有真正的非暴力主义者。但我们不应该灰心。我们应该更加奋起努力。

你把自己当作我的第五个儿子。但我要尽力才能当好这个父亲。做人养父可是责任重大。愿神助我，愿我今生能当个好父亲。

出自《致一个甘地主义资本家》[1]，第 49—50 页

---

[1] 甘地著，英文全名为 *To a Gandhian Capitalist: Correspondence between Mahatma Gandhi and Jamnalal Bajaj and Members of His Family*（《致一个甘地主义资本家：圣雄甘地与贾姆纳拉·巴贾杰及其家人往来书信》），1951。

致莫提拉尔·尼赫鲁[1]

一

孟买
[1924年]9月2日

亲爱的莫提拉尔:

此刻又是祷告之后的清晨。希望您已收到我的长信。我在等您的电报。写信的时候我无法进行修改。现在我也想不起信中私人的部分具体写了些什么。信未经奈杜夫人[2]读过就寄出了。不过信中涉及工作的部分,我留了底,奈杜夫人和其他很多人都看过了。

和上封信一样,这封信旨在代贾瓦哈拉尔向您求情。他是我认识的最孤独的一个印度青年。想到您从精神上抛弃了他,真让我难过。我认为您是不可能从肉体上抛弃他的。我和曼扎尔·阿里(Manzar Ali)在耶拉夫达一起坐牢的时候,常常谈起尼赫鲁一家。曼扎尔有次说过,您最珍视贾瓦哈拉尔。他的话听起来很对。我不希望

---

[1] 莫提拉尔·尼赫鲁(Motilal Nehru, 1863—1931),律师、印度自治运动领袖,曾两度担任印度国大党主席。——原注
[2] 奈杜夫人(Mrs Naidu),见信件《致沙罗珍妮·奈杜》注释。

自己成为导致你们深厚的父子之情破裂的原因,无论是直接还是间接。

您真诚的,
莫·卡·甘地

出自《圣雄甘地全集》,第二十五卷,第65页

二

静修院
萨巴玛蒂
1928年4月20日

亲爱的莫提拉尔:

您的来信收到了。每天我都有新发现,我发现现阶段我们不能对厂商抱有任何期望。他们只会向压力低头,而政府施加压力远远大于国大党。不过我们也不应失去耐心。印度厂商制造的纺织品不是进口纺织品,我们不该把对两者的抵制混为一谈。我们只需对国内机制纺织品持否定的态度,就足以继续全面控制工厂。积极抵制只会激起敌意,也完全无法推动对进口纺织品的抵制运动。除非天赐神力,否则我们不可能成功地发动数以百万计的民众。不管我们都能做些什么,眼下民众仍会购买本国工厂生产的纺织品,而本国厂商仍要和兰开夏郡[1]以及日本的厂商激烈竞争。因此,我们需要集中精力改变群众观念,包括城镇居民以及国大党控制的为数不多的几个村的村民,让大家接受手织土布。如果

---

[1] 兰开夏郡(Lancashire),英格兰西北部地区,临爱尔兰海。兰开夏是英国工业革命的发源地,在16—18世纪成为英国最大的纺织工业区。

我们着手这么做，手织土布就会流行起来。之后，国内和国外的厂商都会受到冲击。届时，国内的厂商就会与我们统一阵线。一旦他们转变立场，我们就能在半年内完成抵制洋货的大业。因此，我们按以下安排开展工作：

我们要对国内厂商义正词严，但不予以抵制。通过推广手织土布，我们迅猛开展抵制外国纺织品的运动，要求人们不惜一切代价采用土布。我们必须对自己有信心，对人民有信心，相信他们会做出这个在我看来不算很大的牺牲。但是我必须承认，目前我还未想好发起这场抵制运动的组织方式。上台的政客都无心干正事。他们不会集中精力开展建设性工作。贾瓦哈拉尔在一封信里对政坛氛围做出了真实的描绘，他说："空气中有暴力的气息。"对孟加拉地区抵制英国纺织品运动的报道和传闻很多，但我几乎每周都收到来信，说明事实上根本没有成形的抵制运动。既没有任何组织，也没有任何抵制的意愿。总而言之，您能给我些什么建议呢？

我估计最迟下周二就会收到罗曼·罗兰的来信。那之后我必须很快做出决定。目前正在讨论抵制运动，如果罗曼·罗兰有意邀我赴欧洲访问，您希望我怎么做？您是否希望我为了抵制运动放弃欧洲之行？无论您做何决定，我都接受。我本人对访问欧洲倒不感兴趣，但是，如果国内一切进展顺利，且罗曼·罗兰希望我出访，我觉得有义务接受邀请。能否请您拍份电报告诉我您的决定？贾瓦哈拉尔会和您在一起，可能您也会知道安萨里医生[1]的意见。

您真诚的，

出自影印件，编号 S. N. 13197

---

[1] 安萨里（Mukhtar Ahmed Ansari, 1880—1936），印度内科医学创始人、印度独立运动政治家、基拉法特运动的积极支持者。安萨里曾连续数届担任全印国民大会秘书长，并于1927年出任印度国大党主席。

致查·拉贾戈巴拉查理[1]

一

萨巴玛蒂
1924年8月24日

我亲爱的拉贾戈巴拉查理:

马哈德夫给我看了你给他写的信。你不要绝望。奈杜夫人说我意志消沉,没有的事儿。没错,我是在探索之中。有些事我没有做出明确的决定。但这并不意味着我们迷失了航向。

记住,我们是萨提亚格拉哈之士。让我试着用家庭的法则来解释目前的局面。假设兄弟二人在争遗产。两个人都想把遗产用在对全家有利的地方。其中一个起码清楚,有没有遗产他都能为全家效力。家族大多数成员都希望他不要放弃遗产。但是为了避免争执,避免之后浪费时间和精力,这位信奉萨提亚格拉哈的兄弟难道没有放弃遗产的义务吗?这和我们现在的情况有什么区别吗?不过,我仍是审慎对待形势。我的一切努力都是为了避免出现不得体的哄

---

[1] 查·拉贾戈巴拉查理(C. Rajagopalachari,1879—1972),律师、记者、作家、政治家,1948—1950年间担任印度总督。——原注

骗。如果我认为自己出任主席一职会利国利民，那我会接受。[1]我还有很多时间做出决定。事实证明，手工纺织收益很低，发人深省。如果收益一直这么低，那我当这个主席有用吗？我是不是应该退出委员会，另行制订更为严谨的计划，组织诚实肯干的成员呢？让那些身着洋装的人对土布运动投票表决有用吗？为了掌控代表大会，那些人利用淳朴的老百姓，想想就生气！那些所谓立场坚定者会一直坦诚正直吗？你自己想想整个运作过程。如果一定要通过"争夺战"才能维持代表大会，我们应该心甘情愿地放弃。对你的信我做了深入思考，我觉得自己应该退出此类争斗。不过眼下我只是观望而已。我在等莫提拉尔君的回复。

现在说说马拉巴尔。我收到来自各方的申请。你希望我怎么做？我是想派个人跟你合写篇专题报道。不过既然还没着手，希望你给些建议。我们收集了很多衣服。请你也指点一下该如何处置。

我在德里尚未取得任何进展。还是有达成和解的希望。但这件事很微妙。

是，你猜对了。那位美丽的朋友是萨尔拉德维。[2]她想用更多的东西对我展开猛烈攻势，不过我已拒绝进一步发展。有些婆罗门在挥慧剑斩情丝的时候写下优美的书信。我也发表了一封这样的信。

您的，

莫·卡·甘地

出自《甘地作品全集》，第二十五卷，第36—37页

---

[1] 指贝尔高姆县代表大会（Belgam Congress）。——原注
[2] 萨尔拉德维（Sarladevi），罗宾德拉纳特·泰戈尔的侄女，嫁给拉姆布胡吉·杜特·乔胡里（Rambhuj Dutt Chowdhari）。——原注

二

1925 年 7 月 16 日

我亲爱的查·拉：

不知怎的，我需要你的信让我感到你一切安好。我的立场如下。我的身心住在这个世界，我虽不为之所动，但一直受其考验。我的灵魂住在我身外的另一个世界，那个世界感动着我，我也希望被它感动。你是那个世界的一部分，也可能是离我最近的一部分。在内心最深处，我渴望你认同我的所做所思。虽然可能你不会时时认同我，但我内心盼着你做出裁决。

现在你清楚了，这就是为什么我想收到你的消息，当然，还有很多其他的原因。你必须每周和我联系，哪怕只是寄张明信片。马哈德夫、德夫达斯和普雅雷拉尔[1]会和你保持联系，告诉你所发生的事情。

你必须得好好的。

你所在之地的发展，以及对我们手工纺织价值理论的科学实验，就是你的萨达那（sadhana）[2]。就算最终证明我们的理论不对，我们和世界也没什么损失，因为我知道，我们对这个计划信心十足，在这个意义上，我们是真诚的。既然我们的理论在本质上符合道义，等到有相当多的村庄像全国坚持家庭烹饪那样，不用贸易保护政策就坚持手工纺纱和穿土布，那时就可断言我们的理论是正确的。当然，我想说的话很多，这还只是个开头。给你附上几封信，一封是皮特的，另外几封是克拉潘的。我想说的就是，在

---

[1] 普雅雷拉尔·纳耶尔（Pyarelal Nayyar, 1899—1982），1920—1948 年间甘地的秘书，甘地传记的作者。——原注

[2] 修持。——原注

东大门我们必须按计划保持非暴力主义，当地人有其他想法再说。不过可能你会有不同的结论。你得给克拉潘写信。他看着人很好，能帮上忙。

爱！
你的巴布

出自《圣雄甘地全集》，第三十二卷，第384—385页

致[1] 卡卡萨伊布·卡利尔卡[2]

印度历 8 月 3 日
1924 年 11 月 14 日

尊贵的卡卡：

我为凯尔维尼事件写了一篇文章，之后就开始进一步思考儿童教育。能不能先在静修院的孩子身上试试我在文章中提到的想法？前提条件是，如果你对我的想法感兴趣。孩子知道罐子怎么说，但却不会画。同样，他会读字母表，但却不会写字母。孩子是先听到一个生词，才看到这个词怎么写，然后他边看边读，或者说，他跟着读出这个词。我们能不能先教拉克什米、拉西克和其他的孩子画画，而不是一上来就学着写字呢？可不可以先通过对话把很多东西教给他们呢？眼下他们的双手只应该拿来画画。要这么做，老师得

---

[1] 原信为古吉拉特语。——原注
[2] 卡卡萨伊布·卡利尔卡（Kakasaheb Kalelkar，原名 Dattatreya Baldrishna Kaleldar, 1885—1981），教育家、作家、积极的工作人员，与泰戈尔和甘地关系密切，1964 年荣获莲花赐勋章。——原注
莲花赐勋章（Padma Vibhushan）是印度政府颁发的第二级公民荣誉奖，授予在各领域为印度做出杰出贡献的人物。该奖项由印度第一任总统拉金德拉·普拉萨德于 1954 年设立。印度公民荣誉奖共有四级，其余奖项分别为第一级的印度国宝勋章（Bharat Ratna）、第三级的莲花装勋章（Padma Bhushan）和第四级的莲花士勋章（Padma Shri）。

有绘画基础。我越说越多了，就此打住。你先想想。等见面的时候我们再聊。

祝福！

巴布

出自《圣雄甘地全集》，第二十五卷，第 324 页

致一位朋友[1]

儒萨路148号
加尔各答
1925年8月1日

亲爱的朋友：

您的来信我收到了。如果某个人的地里有野兽出没，那这个人射杀野兽情有可原。这种做法属于不可避免的希姆萨（害）。因为有这么做的必要性，所以合情合理。不过，不可置疑的是，谁要是彻底理解了阿希姆萨（不害），那他最好让野兽践踏自己的田地，或让野兽把自己给吃了。阿希姆萨（不害）并非一成不变，而是因人而异。除此之外，冒天下之大不韪占有财产，不符合阿希姆萨（不害）。完全遵从非暴力原则之人在今世没有任何私有之物。他必须让小我融入整个宇宙，包括毒蛇、蝎子、豺狼虎豹等等。这种人心地纯洁，他的赤子之心就连野兽也感受得到。这样的例子文献中比比皆是。我们全都应该努力达到那个境界。

这句话同样也可以用来回答您提出的第二个问题。除菌杀虫是希姆萨（害），可是因为觉得有必要，所以我们必须除菌。其实就连吃素我们也犯了希姆萨（害）的罪（因为植物也有生命）。您会

---

[1] 收信人身份不详。——原注

发现，必要性有很大弹性，拿它来说事，甚至可以为人吃人开脱。

　　信奉阿希姆萨（不害）的人会小心翼翼，尽量不做任何造成伤害的行为。［我的］观点仅适用于信奉阿希姆萨（不害）的人。我所认为的必要性是普世性的，因此严禁任何超出某个界限的阿希姆萨（不害）行为。这也是为什么在印度教圣典中，依惯例只允许在个别情况下行希姆萨（害）之事。尽量遵守惯例规定，尽量不放宽规定，这是每个人的责任和义务。超越了界限就是犯法。

您真诚的，
莫·卡·甘地

出自《圣雄甘地全集》，第二十八卷，第3—4页

致玛德琳·斯莱德[1]

儒萨路 148 号
加尔各答
1925 年 7 月 24 日

亲爱的朋友：

很高兴收到您的来信，我深受感动。您寄来的羊毛纺织样品很棒。

欢迎您来，时间您定。如果知道您乘坐的轮船信息，我会安排人接船，带您去换乘到萨巴玛蒂的火车。只是，请记着，静修院的生活没那么美好。很艰苦的。每个人都要干体力活。这个国家的气候也不是闹着玩儿的。说这些不是要吓唬您，只是想提醒一下。

您真诚的，
莫·卡·甘地

---

[1] 玛德琳·斯莱德小姐（Smt. Miraben, Miss Madeleine Slade, 1892—1982），即米拉女士，海军上将埃德蒙德·斯莱德爵士（Sir Edmond Slade）之女。缘于对音乐的兴趣，对贝多芬作品的热爱，她结识了罗曼·罗兰，后者介绍她认识了甘地。1925 年 11 月，她离开欧洲去印度，在萨巴玛蒂与甘地一起生活；1931 年她陪同甘地赴伦敦；1932—1933 年与 1942—1944 年间两度被捕入狱；1947 年在瑞斯凯斯（Rishikesh）林区建立一所小型静修院和养牛业发展中心，即今天的帕舒罗克（Pashulok）中心。——原注

附注：因我右手需要休息，此信由我口述而成。

出自《圣雄甘地全集》，第二十七卷，第414—415页

附：玛德琳·斯莱德的来信

百德福特园63号

坎普顿山

伦敦，西八区

巴黎

1925年5月29日

最亲爱的先生：

您居然回复了我的第一封信——我真是想都不敢想！衷心感谢！您说的一切我都如饥似渴地听到心里去了。我给自己规定了一年的考验期，现在已经过去一多半了，所以我冒昧地再次给您去信。

我最初的冲动从未消退，相反，想要为您工作的愿望变得越来越强烈。您对我的鼓舞如此巨大，我为之驱动，无以言表，只能诚心向上帝祈祷，祈祷我能通过工作——通过实际行动——来表达我的爱。我做的再怎么微不足道，至少都是无比真诚。

现在我想向您提出我最热切的请求：

我能否去您的静修院学习纺纱和织布，在日常生活中学习如何实践您的理念和原则，学习如何在未来为您效劳？为了在您的大业中成为一名合格的仆人，我觉得自己有必要接受这样的培训。如果您接受我，我会竭尽全力，绝不会成为一名不肖弟子！

与此同时，我继续尽量做好准备。我会纺纱和织布（但我只

会羊毛纺织，在法国和英国好像没人会棉花纺织）。在很多友善的印度朋友的帮助下，我绞尽脑汁做了很多长篇的印度斯坦语阅读练习。真是让我大开眼界！我对印度思想了解得越多，就越觉得自己终于回到了多年前迷失的故乡。

在日常生活方面，我在目前的条件下尽可能做到简朴。我已经戒酒，葡萄酒、啤酒和烈性酒都戒掉了，我也不再吃任何肉食。

我整个人感受着巨大的喜悦和强烈的痛苦。喜是因为我把一切献给您和您的人民，苦是因为我能献上的如此之少。

我渴盼着抵达印度的那一天。唉，还得等上五个月！我将于11月6日抵达孟买，如果获准加入静修院，当晚就搭火车，第二天一大早就到艾哈迈德巴德。

亲爱的先生，能让我去吗？

请不必费神亲自回信，不过或许您能让别人给我回个话。

永远是您谦卑而又忠实的仆人，

玛德琳·斯莱德

附注：随信寄去我织的两份羊毛纺织样品。

出自《圣雄甘地全集》，第二十七卷，第474—475页

致罗曼·罗兰[1]

一

1924 年 11 月 13 日[2]

亲爱的朋友：

我收到了您体贴的来信。斯莱德小姐比预计晚到了一点。您给我送来的可真是个宝贝。你们对我这么有信心，我得尽量不辜负你们。我会尽一切努力，让斯莱德小姐成为联系东西方的一座小桥。我缺点太多，实是难为人师，她将成为我探寻真理的伙伴。我就是痴长几岁，才会有较多的灵性体验，我建议你我一道担起做她父辈的光荣责任。斯莱德小姐适应能力非常强，大伙儿都和她相处甚欢。早几天有名法国修女到了静修院，我已叫斯莱德小姐向您汇报那位修女的情况。其他的情况就让她自己告诉你吧。

出自《圣雄甘地全集》，第二十五卷，第 320 页

---

[1] 罗曼·罗兰（Romain Rolland, 1866—1944），著名法国作家、思想家和和平主义者。——原注

[2] 日期错写为 1924 年 11 月 13 日，因为甘地是在斯莱德小姐 1925 年 11 月 7 日到达萨巴玛蒂之后才写此信。——原注

二

静修院
萨巴玛蒂
1928 年 2 月 15 日

亲爱的朋友：

米拉把您给她的最近的一封来信翻译给我看。看到您伤心，我也感到难过，更让我感到难过的是您怀疑我铁石心肠。我能理解您希望我一切想法和做法都是正确的。我也确实希望获得您的好感，但是我必须坚持自己的原则，否则就再也不配做您的朋友。

首先容我声明，虽然米拉的信与我的观点不谋而合，但她的信代表的只是她的个人观点。对那两名农夫，我并没有批判的意思，而就我对米拉的了解而言，她也毫无此意。[1]此二人的行为无疑是英雄之举。不过我们说的是反战者身上的英雄气概，米拉给我解释了您寄来的记录，我未能从中找到反战者用自己生命展示的那种特有的英雄气概。圣女贞德[2]是英雄。利奥尼达斯[3]和贺雷修斯[4]也是英雄。但每个例子展现出来的英雄气概不尽相同，各有各的高贵之处、令人敬仰之处。

---

[1] 罗曼·罗兰在落款 3 月 7 日的回信中写道："……我能理解您对萨瓦地区那两名虔诚的农民的说法。您的理由让我折服，但与此同时，我相信绝大多数男人和女人——（至少在欧洲）——把'抵抗战争'与其他思想因素混在一起，因为所有的人的思想，无论如何强烈，都不可能彻底纯粹……"——原注

[2] 圣女贞德（Joan of Arc, 1412—1431），法国军事家、天主教圣人，被法国人视为民族英雄。在英法百年战争（1337—1453）中她带领法国军队对抗英军的入侵，最后被捕并被处决。

[3] 利奥尼达斯（Leonidas, ?—前 480），古代斯巴达国王，阵亡于第二次波希战争中的温泉关之役。他率领的三百斯巴达士兵的英勇表现使他成为古希腊英雄人物。

[4] 贺雷修斯（Horatius），古罗马独眼英雄。公元前 508 年由埃特鲁里亚人所组成的军队入侵罗马，他遏止了敌军进攻，后因为溺水身亡。他的事迹后来在罗马被广为传颂。

在那两名农夫所给出的答复中,我发现他们对战争本身并未明确表示厌恶,他们也没有决心为了反战不惜承受一切苦难。如果我没记错,这些农民朋友是朴素的田园生活的代表人物,也是这种生活的捍卫者。和积极反战的英雄们相比,他们毫不逊色。这类英雄主义更值得我们珍惜。我就是觉得如果能区别对待不同类型的英雄主义,我们就能更好地为英雄服务,为真理大业服务。

出于好奇,您问起我在"一战"参战的事。[1]您会有此一问,也是合情合理。答案请看我的自传最后一章,简直就像我早就料到您会有此一问。请您有空的时候仔细阅读,再告诉我您怎么看待我的论点。[2]我会重视您的意见。

最后,我确实追求完美,但我也认识到自己的局限性,日复一日,这一认识愈发清晰。天知道我还写了哪些冷酷无情的话,您肯定还发现了我其他一些偏执的话。我只能告诉您,无论我如何虔心努力,总会有疏忽过错。早期基督徒认为撒旦不仅是恶魔本身,还会化作恶人,我觉得他们不无道理。撒旦似乎在生活的方方面面影响着我们,而人的责任就是战胜撒旦。

您给米拉写的这封信让我越来越渴望见到您本人。如果我保持健康,而且内心的声音指引我去欧洲,那么今年我还是有希望与您会面的。我正在认真思考两份邀请,想与您会面的愿望可能会让我决定接受邀请。

您真诚的,
莫·卡·甘地

收件人
罗曼·罗兰

出自影印件,编号 S.N.14942

---

[1] 见《自传》,第四部分,第三十八章。——原注

[2] 罗曼·罗兰对此给出的答复是:"恕我直言,虽然我很想进入你的思想境界,赞同你的看法,但我就是做不到……"——原注

致商卡兰先生[1]

南迪山
1927年4月28日

我亲爱的商卡兰：

你的来信真是我的补品。你正在让我愿望成真。真高兴现在厨房的情况完美无缺。谁是你的得力助手？吉瑞拉吉（Giriraj）怎么样？你的身体可好？你的厨房一定会成为一座有益身心和精神健康的宝库。无论是谁走过，都能感受到它的甜蜜、安逸和宁静。一切都井井有条、整洁干净，没有各种调味品的异味，只有简单食材的天然香气。社工们人人健康，个个面带微笑，安心和谐地工作。你知道吗，古代的睿思（苦行的圣哲）人人身兼数长，既是诗人和哲学家，也是厨师和清洁工？纳拉拉贾[2]既是一位明君，也是一位模范丈夫和技艺精湛的大厨。人不管做什么工作，只要交友不慎，都可能名誉扫地；明智的人懂得通过工作获得解脱。

你的，
巴布

出自影印件，编号 S.N.14120

---

[1] 商卡兰先生（Sir Chettur Sankaran Nair，1857—1934），1897年印度国大党主席。

[2] 纳拉拉贾（Nalaraja），耆那教传说人物，纳拉国王。

致赫尔曼·卡伦巴赫[1]

南迪山
（班加罗尔附近）
1927 年 5 月 13 日

我躺在床上，翻看保留的旧信件，唤醒往日神圣的记忆，刚好看到你 2 月 27 日从依南达[2]的住所寄来的信，一并寄来的还有安德鲁斯的信，勾起我无数美好而又神圣的回忆。这两年你写的每封信——尽管为数不多，都意志消沉，苦恼重重；但我在有生之年都不会对你失去信心。希望有朝一日你能再像以前那样，厌倦那些只会给人带来短暂快乐的刺激之事，希望你至少能来一趟印度，来见见我这个老朋友，和你的那些故交再续前缘。你已初步定下明年九月或十月来我这儿。可以的话你可一定要来，爱住多久就住多久。

我高兴的是安德鲁斯时不时会陪伴在你身旁。我一生阅人无数，但还没见过比他更谦和、更虔诚的人。

你不希望我提到自己的病情；因为我发现你确实能收到《青年印度》，能看到。眼下我正在迈索尔邦（State of Mysore）的一座小山里接受治疗，一群忠诚的志愿者和亲密的社工在照料我。我夫人

---

[1] 赫尔曼·卡伦巴赫（Herrmann Kallenbach），甘地在南非的一名亲密德国伙伴。——原注
[2] 依南达（Inanda），南非东部城市，甘地当年居住和工作的所在地。

和戴夫达斯[1]和我在一起。其他人的名字对你没意义,所以我就不提了。不过等你真来了,就会见到他们,也会感谢他们在这个山上陪我。

随着体力下降,我的一只眼睛老是眨个不停。最近这段时间心力交瘁,我一直担心身体会出事,结果就在我准备减轻负担的时候,病倒了。神似乎在说:"我要摧毁你的自负,让你认清你的方法有多疯狂。一直以来你都急于行事,自以为一切都很好,因为你的目标是好的,我要让你知道自己大错特错了。你以为你能创造奇迹,你是自欺欺人。现在为时未晚,接受教训吧。要认清只有神才能创造奇迹,而神会选他喜悦的人做他的工具。"希望我能谦卑地接受神的责罚,如果他让我康复,我立誓我将悔改自己的行径,更努力地探寻他的旨意。

希望你和马尼拉尔保持联系。他刚得了个女儿,个性和她妈妈一样好强。这个儿媳妇是我能给他找到的最好的女孩了。全靠上天安排我才认识她。她是神的女儿。别忘了你是凤凰村基金会成员,我还指望你提供基金呢。

可能在你收到此信一个月后萨斯崔会去南非。我曾和他多次长谈,谈到你及你与戈克利的交情。请尽量亲近他,把我们的老朋友都介绍给他。

你真诚的,
莫·卡·甘地

出自影印件,编号 S.N.12350

---

[1] 戴夫达斯(Devdas,1900—1964),甘地的第四个也是最小的儿子。

致古尔扎里拉尔·南达[1]

南迪山
1927 年 5 月 28 日

我亲爱的古尔扎里拉尔：

很高兴收到你的来信。流连于病榻之际，我时常想起很多像你这样的伙伴，我很关心你们，盼着你们能成大事，唯愿神赐你们健康，好完成未来的任务。

你对真正意义上的宗教生活的描述很准确。我毫不怀疑，即使身处巨大考验之中，内心也应保持这种神圣的愉悦，无忧无虑。任谁都该如此。当然，真正做得到的人寥寥无几。不过凡人是能够做到的，对此我也深信不疑。尽管我们在史书上找不到这类完美之人的记载，但在我看来那只能说明记载史书的人不够完美，而自身有缺陷的人无法为我们提供完美之人的忠实记录。就我们的自身经历而言，也是如此。要想遇到你所描述的完美之人，我们自己就得近乎完美。你也大可不必认为我的观点过于荒谬，不要认为无人能记载完美之人，或普通人无法有此经历。你若对此存疑就回避了问题的实质，因为我们在此说的虽是凡人，但这都是非同一般的凡

---

[1] 古尔扎里拉尔·南达（Gulzarilal Nanda, 1898—1999），印度政治家、经济学家，精通劳工事务。1964 年和 1966 年曾两度短期出任印度代总理。

人，要发现这些人自然需要非凡的力量。这种说法也适用于较低层次的事物，甚至是一些荒诞不经的事物。虽然层次低，但要有所成就也绝非易事，例如，贾·钱·鲍斯爵士[1]的发现，或最优秀的画作。我们普通人对这些伟大的成就只有心悦诚服的份儿。只有少数天赋异禀，具有特殊能力的人，才可以理解那些发现或欣赏那些画作。普通人没觉得这些伟大的成就不可思议，而是不加怀疑地予以接受，因为只有这么做我们才能获得更多信证，证明在我们的能力之外还有价值永恒之物，例如人类最高形式的完美。所以，你接受人的局限性，在目前是相当可行的。因为即使在局限之内仍有很大的空间，可以拓宽领域，不断进步，并且在面临痛苦和考验的侵袭时保持淡定，不被击垮。

很高兴你进一步增强信仰。也不知道你现在都看些什么书。我不记得自己有没有告诉过你，读书要达到这样一个境界，不求从书海中获得慰藉，而要在一本书中找到我们所需的一切。当然，到了最高境界，等人完全服从神，完全忘我，就什么书都不需要了。眼下我还在大量阅读，但我正逐渐将《薄伽梵歌》当作唯一始终正确的指南、唯一的参考，我发现书中按字母顺序排列描述了所有的痛苦、所有的苦难和所有的考验，而且都提供了绝妙的应对之道。我想我曾告诉过你，译作《赞歌》的英译本翻得很好。不过还是要懂梵文才能真正领悟。要是你还不会梵文，我觉得以你的能力不难学会。你只要学上一个月就能大致读懂原文了。虽然英译本很出色，但你也可以阅读印度语或乌尔都语的译本，只是哪个版本都比不上原文。原文阅读能让你对文本有自己的见解和诠释。《薄伽梵歌》

---

[1] 贾格迪什·钱德拉·鲍斯爵士（Sir J. C. Bose, 1858—1937），孟加拉物理学家、生物学家、建筑家和科幻小说作家。他率先研究无线电和微波光学，对植物学也做出了突出贡献。他是印度次大陆上首位获得美国专利（1904年）的人，奠定了印度次大陆实验科学的基础。国际电气电子工程师学会将他列为无线电之父之一。他也被视作孟加拉科幻小说之父。

不是一本历史记载,它记录了作者的亲身经历,我并不关心作者是否真是毗耶娑。[1] 如果这本书记录的确实是作者的个人经历,那我们完全可以通过复制经历来检验它的真实性。我几乎每天都在测试它的真实性,还从未发现有任何缺陷。当然,这并不是因为我已达到了书中所描述的境界,例如第二章结尾所描述的境界。但我知道,我们越是遵循书中的指示,心态就越符合书中所描述的完美境界。

希望你身体健康。当然,我也在逐步康复中。

你真诚的,
出自影印件,编号 S.N.14130

---

[1] 毗耶娑(Vyas),意译为"广博仙人"。相传为印度史诗《摩诃婆罗多》的作者,有人甚至认为他是《吠陀经》和部分《往世书》的编著者。

致凯拉斯·纳特·卡特朱博士[1]

古迪艾坦（印度南部）
1927年9月1日

亲爱的朋友：

因身体虚弱之故，此信是我口述由他人代笔而成。要不是身体不好，我还巴不得亲自提笔。感谢您的来信和您为土布运动提供的首期捐款。您的信写得真好，多半能感染其他人。如果您不反对，我想将您信中与土布运动有关的段落在杂志上公开发表。不过如果不管出于任何理由，您不希望以署名或匿名方式发表此信，随时都可以拒绝，不必介意。

至于您提到的黑色羊驼绒律师袍，只要您下份订单，我就会让人用上好的黑色土布给您做一身。看上去和羊驼绒的一样好。您可能还不知道，马德拉斯有很多律师虽然平日里不穿其他的土布衣服，但他们穿的律师袍都是土布做的，是因为价格相对便宜，这些清贫的执法者觉得挺合适。但要给您做，我绝不会想着省钱。您要是下了订单，我肯定不会拿最便宜的布料，而是用最贵、最雅致的料子给您用。

现在谈一谈亲手纺纱这件事。我挺赞同您的说法，喜欢土布的

---

[1] 凯拉斯·纳特·卡特朱博士（Dr. Kailas Nath Katju, 1887—1968），印度著名政治家。

人不一定非得自己亲手纺纱。但心系百万忍饥挨饿的民众之人必须纺纱，理由有二：其一是因为亲手纺纱，我们每日更新自己与民众的纽带。其二，每个人通过亲手纺纱，让社会形成纺纱的风气，这样，对那些因为不相信所以才不愿意接受手工纺纱的村民、社工就能更好地加以引导。不怕您看不起我，我还想再补充第三条理由。我们精心纺出的每一码纱都会增加国家的财富，哪怕再微乎其微。您很清楚律师的习惯，他们平日在法院等待出庭的时候不是玩玩铅笔，就是弄弄纸袋，有的习惯更不好，坐在桌边，掏出小削笔刀，不耐烦地刻桌子。不知我能否说动您试着用达克利[1]，可以是纯银的，也可以用金子或象牙做成，就放在一个精美的小圆筒里。用达克利纺纱很好学的。您愿意学吗？我知道，开始可能会有人笑话您，但过后就不会引人注目了。您要能坚持下去，其他人就会开始效仿。希望我说这些不会招您讨厌。都是因为您古道热肠，我才得寸进尺，请勿见怪。

没错，我的确是要求律师做出巨大的牺牲。但回首1920年和1921年，我觉得我的要求再寻常不过。再说我自己以前也是律师，我觉得我有权要求法律界的同行做出最大程度的牺牲。

那帮小家伙都觉得自己长大了，都不愿再坐到我腿上。不过请您告诉他们，什么时候我再见着他们，他们要是都还记得我，我会向他们索取一些回报的呢。

我把您一百卢比的支票上交到全印纺织协会财务处。

您真诚的，

凯拉斯·纳特·卡特朱博士
艾德芒顿路9号
阿拉哈巴德市

出自影印件，编号 S.N.13275

---

[1] 达克利（Takli），一种纺棉的工具。

致德罕·戈帕尔·穆克吉[1]

真理静修院
萨巴玛蒂
1928年9月7日

亲爱的朋友：

我收到了您的来信。我如果在自己的作品中引用了托尔斯泰或其他任何一位作者的话，一定会予以致谢的。不过我记得我书里很少引用其他作者的话；不是不想，实在是我书读得太少，更没有把读过的书复述出来的能力。

我肯定是在对托尔斯泰的教诲有了一定了解后才立誓禁欲的。虽然总体而言，我把人生建立在《薄伽梵歌》的教诲之上，但我不敢发誓说托尔斯泰的作品和教诲对我禁欲的决定毫无影响。

希望您会满意上述说明。至于您提出的其他重大问题，我打算择日在《青年印度》另行发表文章，予以回复。

您真诚的，
莫·卡·甘地

出自影印件，编号 S.N.14378

---

[1] 德罕·戈帕尔·穆克吉（Dhan Gopal Mukherjee，1890—1936），首位在美国成名的印度作家，1928年纽伯瑞儿童文学奖（Newbery Medal）获得者。

致亨利·索尔特[1]

哈多依营地
1929 年 10 月 12 日

亨利·斯·索尔特先生
克利夫兰路 21 号
布莱顿（英格兰）

亲爱的朋友：

收到您的来信真是喜出望外。没错，您的书确实是我读过的第一部关于素食主义的英文著作，对我坚定素食主义的信念帮助很大。还记得那是 1907 年左右，我第一次接触到梭罗[2]的作品，消极抵抗运动正进展到最激烈的阶段。有位朋友给我寄来梭罗那篇《论公民不服从》，给我留下了深刻的印象。当时我在南非担任《印度舆论》责编，就将此文大段节选，翻译成印度语，刊登在《印度舆论》上，以飨广大南非印侨读者。那篇文章读来非常令人信服、非常真诚，让我觉得有必要进一步了解梭罗其人，接着我就拜读了您

---

[1] 亨利·索尔特（Henry Stephens Salt，1851—1939），英国作家、社会改革运动家，主张改善监狱、学校及经济机构，也主张动物保护主义。索尔特对甘地的素食主义研究有很大影响。

[2] 亨利·戴维·梭罗（Henry David Thoreau，1817—1862），美国作家、哲学家，超验主义代表人物，也是一位废奴主义及自然主义者。

写的梭罗传。梭罗的《瓦尔登湖》和其他短篇散文我都读了，真是其乐无穷，获益良多。

您真诚的，
莫·卡·甘地

出自影印件，编号 S.N.15663

致总督欧文勋爵

一 致总督[1]

真理静修院
萨巴玛蒂
1930 年 3 月 2 日

亲爱的朋友：

在发动文明不服从运动之前，在冒这场我这些年都不敢冒的险之前，我必须和您商量一下，另谋出路。

我个人的信仰绝对明确。我不能有意伤害任何生灵，更不会伤害任何人类伙伴，即便他们可能对我和我的伙伴造成巨大的伤害。因此，尽管我认为英国在印度的统治是个祸根，我也无意伤害任何一名英国人，无意损害任何一名英国人在印度的合法利益。

请千万不要误解我。尽管我认为英国在印度的统治是个祸根，但我并不认为整体而言英国人就比其他国家的人要坏。我有幸与很多英国人结为至交。事实上，我还是通过英国人的作品才了解到英国对印统治的罪恶，那些坦率而又勇敢的英国人毫不犹豫地披露了令人难以接受的真相。

---

[1] 即欧文勋爵（Lord Irwin）。——原注

那么，我为什么认为英国在印度的统治是个祸根呢？

因为英国通过一套渐进式剥削的制度，通过一套完全超乎印度国力所能承担的耗资巨大的军事和民政体系统治印度，令沉默的百万印度民众陷入了贫困的状态。

因为在政治上，英国的统治将印度沦为农奴制国家，毁掉我们的文化基础。而且，通过无情的解除武装政策，英国让我们在精神层面上低人一等。几乎全国性的武装解除导致国内军力匮乏，我们几乎沦为一个懦弱无助的国度。

本来我和很多同胞一样殷切寄望于英国提议召开的圆桌会议，希望会议能提供一个解决方案。可是当您直截了当地表明，对印度成为全面自治领的方案，您本人或英国内阁都不能承诺予以支持，圆桌会议就提供不了任何解决方案，既回应不了印度有识之士的明确期盼，也无法满足广大民众内心默默的渴求。不消说，大家都知道议会将做出怎样的决议。英国内阁事先声明坚持某项政策，就是为了替议会决议做好铺垫，此类例子比比皆是。

由于德里会谈的失败，潘迪特·莫提拉尔·尼赫鲁和我别无选择，只能采取措施，落实国大党于1928年在加尔各答大会上做出的严肃的决议。

如果您在声明中提到"自治领地位"一词时，表达的是公认的词义，那么我们的独立决议不应引起任何惊恐。因为负责印度事务的英国政治家不是早就承认了吗？自治领的地位就是实质上的独立。但是，我担心的是，英国政府从来就没有打算在不久的将来给予印度自治领的地位。

不过，这些都既往不咎了。在您做出声明之后，发生了很多事件，清晰显示出英国政策的趋势。

显而易见，负责印度事务的英国政治家丝毫不想改变英国的政策，因为那会对英国的对印贸易造成负面影响，他们也不会要求对英印贸易开展细致公正的审查。如果不采取措施终止剥削进程，那么印度必将会以前所未有的速度蒙受损失。财政部大笔一挥就定下六比一的比率,此举就会让印度流失几千万卢比。等到民众为了改变这个事实认真地尝试采取文明不服从的直接行动之时,许多人,甚至包括您本人在内都忍不住要向富有的地主阶级求助,打着维持秩序的名义要他们帮着粉碎这一尝试,而这个所谓秩序却会将印度碾为碎片。

那些以民族的名义工作的人,必须首先理解并坚持争取独立的背后的动机,独立为的是千百万没有话语权的劳苦大众,只有利国利民的独立才有价值。否则独立本身会给我们带来危险,对国民毫无意义。正是出于这个原因,我近来才不断地向民众宣讲独立的真谛。

请让我向您提出几个要点。

在印度人民所承受的种种压力中,土地税的压力最大。印度独立后必将对土地税的征收做出重大调整。即便是现在政府大肆吹嘘的土地永久整理,从中获益的不是广大的佃农,而是为数不多的几个大地主。由始至终,农民都无能为力。他们只是拥有人身自由的佃户而已。因此,必须大幅度削减土地税,还要修改整套税收制度,优先考虑农民的利益。但是目前英国的制度设计似乎只是为了压榨农民的血汗。哪怕对农民日常必需的食盐,政府也要征税。政府这么做不是出于什么理性的公正,只是为了把最重的税收担子压在农民身上。和富人相比,穷人更难以负担食盐税;要知道,无论就个人还是就整体而言,穷人的食盐消耗量都大于富人。同样,对酒类和药品征税也是对穷人的盘剥。这类税种损坏了穷人身心健康的基础。政府以个人自由这一虚假理由,为此类税种辩解,可事实上,政府只是在谋私利。1919年改革方案的起草者巧妙地将酒税转嫁给两头政治中所谓责任方(即帝国立法委员会)[1],让委员会担起

---

[1] 1919年英国议会通过《印度政府法案1919》,发明了一种被称作两头政治的新方法,政府的几个邦机构被转移到由当选的立法委员会代表选出的部长处,而其他部门官僚制度保持不变。保留下来的都是资金最雄厚、最强大的行政、财政、法律与治安部门。

禁酒的责任,如此一来,立法委员会打一开始就变得无能为力。财政部部长要是不满,将此税种取消,那他就得压缩教育支出,因为在目前的情况下,他找不到其他替代性收入。如果说苛捐杂税由上至下压垮了穷人,那么英国对印度核心附加产业——手工纺织业的破坏,则是削弱了贫苦大众创造财富的能力。要完整地描述印度的灭亡,还必须提到政府以印度名义欠下的种种债务。这方面最近已有大量公开报道。自由的印度有责任对全部债务进行严密审核,拒绝接受所有经中立的法院裁判为不公正且不合理的债务。

以上所列举的种种不法行为之所以延续至今,其目的就是为了维系英国在印度的行政部门开支,这显然是全球耗资最巨的一个部门。单看您本人的工资,不计其他多项间接性收入,您每月工资就超过21000卢比。而英国首相的年收入为5000英镑,按照现在的兑换率,他每月的工资只折合5400卢比。您每天的工资收入就有700多卢比,而印度人均日收入还不到2安纳[1]。英国首相日工资收入为180卢比,英国人均日工资收入将近2卢比。所以您的收入是印度人均收入的5000倍。英国首相的收入也只是英国人均收入的90倍。我跪请您对此细细思量。拿您举例,为的是讲清楚令人痛苦的事实。我对您的为人极为敬重,丝毫无意伤害您的情感。我知道您本人并不需要拿这份工资。只是一套做出如此规定安排的制度应当被立即废除。总督的工资情况是什么样,整个政府部门的工资情况也就是什么样。

故而,大幅度削减税收取决于政府部门以同样大的幅度削减支出。这意味着政府体系的转型。而这一转型只有等印度独立了才能完成。所以,1月26日,上万名农民是出于本能才加入自发性示威活动的。对他们而言,印度独立意味着他们摆脱重负。

在我看来,尽管印度民众不断一致表示反对,伟大的英国政党

---

[1] 安纳(anna),英属印度货币单位,1卢比等于16安纳。

无一愿意放弃大不列颠日复一日从印度搜刮来的好处。

然而，如果印度想要作为一个民族而存在，如果她的人民不愿因饥饿而亡，就必须找到缓解问题的解药。政府提议的圆桌会议绝不是解药。这不是一个靠以理服人就可以解决的问题。最后靠的还是实力较量。不管是否有道理，英国为了保护在印度的贸易和利益，会动用自己的一切力量。因而，印度要避免灭亡，也必须发展足够的力量。

尽管支持以暴力获取印度独立的一派尚无组织可言，而且眼下仍毫不起眼，但他们的势力正变得日益强大，正在发挥效力。虽然他们和我的目标一致，但我坚信暴力无法为沉默的百万民众带来所需的解脱。我越来越坚信，只有纯粹的非暴力才能够制止大英政府有组织的暴行。很多人认为非暴力不是一种积极的力量。但我个人的经历——肯定是很有限的经历，显示了非暴力能成为一股极其积极的力量。我打算发动非暴力力量，既反对英国统治下的有组织暴行，也反对眼下尚无组织但正在日益壮大的暴力独立派。无所作为只会让这两股暴力势力恣意妄为。秉持着对非暴力的效力坚定不移的信念，我知道，我要再等下去就是犯罪。

我们将通过公民不服从运动展示非暴力，参加运动人员仅限于真理静修院的学员，但最终目的是包括所有愿意按照规定加入的人士。

我知道，非暴力运动一旦启动，我要冒的险可谓相当疯狂。但真理的胜利从来就需要冒险，而且往往是极大的风险。英国人口远远低于印度，历史也不够悠久，文明程度不见得高，可是英国却在印度肆意掠夺，要改变这样的一个国家，冒任何的风险都是值得的。

我有意使用了"改变"这一词。因为我的梦想是通过非暴力改变英国人民，让他们认清自己对印度犯下的错。我并不想伤害英国人民。我想为他们效力，就像为印度人民效力一样。我相信自己一直以来都在为英国人民效力。

1919年以前，我是盲目地为英国人民效力。但当我看清了一切，便构想了不合作策略，不过我的目标仍然是为英国人民效力。非常谦逊地说，我曾成功地使用同一武器对付自己至亲的家人。如果我对英国人民的爱丝毫不亚于我对自己亲人的爱，那么我就不应再掩饰这份爱。家人考验了我好几年，最终还是承认了我爱他们；英国人民也会承认我对他们的爱。人们要能如我期望的那样加入我的行列，他们所承受的苦难会足以融化铁石般的心肠，直至英国有朝一日痛改前非。

文明不服从运动计划为的就是与我所列举的那些罪恶作斗争。如果说我们想要和英国断绝关系，原因也是这些罪恶。一旦铲除掉这些罪恶，双方沟通就会畅通无阻。届时也可以展开友好协商。要是英印公平贸易，你们就会轻轻松松地承认印度独立。为尽快铲除这些罪恶，我请您铺平道路，开辟通道，让双方以平等的地位举办一次真正的会议，自觉自愿以彼此的友谊促进人类共同的福祉，加强双方互助，达成互惠互利的贸易协议。族群问题给印度带来的影响确实不幸，但您对此过分强调。这些问题是很严重，政府是要解决，但和那些影响到各个族群的重大问题相比，就是小巫见大巫。如果您找不到办法来铲除这些罪恶，如果我的这封信无法打动您的心，那么我将于本月11日与我能召集到的静修院工友一起抗议《食盐法》的规定。我认为，食盐税对穷人是大不公。既然独立运动在本质上是一场解救印度最底层人民的运动，那就从废除罪恶的食盐税开始吧。长期以来我们一直屈服于这一残暴的垄断，真是一个奇迹。我知道，您可以逮捕我，阻挠我的计划。我希望，在我身后，会有成千上万的人以规范的方式继续我未竟的工作，继续反抗《食盐法》，无畏地接受法典中任何一条合理的法律条文的惩处。

我完全无心让您难堪。如果您认为我这封信言之有理，并愿意与我探讨有关事宜，只是希望我在面谈前能推迟公开发表此信，那么您收到此信后可以给我发一封电报。收到电报，我当欣然将此信按下不发。但是拜托您不要让我放弃自己的宗旨，除非您认为您的办法更符合信中所言。

此信毫无要挟之意，只是一名文明抵抗者在尽自己不容推卸的简单而又神圣的义务而已。为此，我特地请一位年轻的英国朋友代为呈上此信。这位朋友支持印度独立大业，坚信非暴力，他就像是上天派来的，专为成全此事。

永远是您真诚的朋友，
莫·卡·甘地

出自《圣雄甘地》，第三卷，第18—23页

二 致欧文勋爵[1]

亲爱的朋友：

天遂人愿，我本意就是……动身前往达拉萨那（Dharasana），和我的同伴们一起到那儿……要求接管食盐制造厂。群众已被告知，达拉萨那盐场是私有产业。但这种说法只是掩人耳目而已。实际上盐场和总督的府邸一样，归政府管。没有政府事先批准，谁也别想从那儿拿走一撮盐。

您有三种方法能阻止这场被政府戏称为"扫荡"的运动：

废除食盐税。

要不然您就把我和我的同伴抓起来，一直抓到全国人民都被关起来，因为我希望政府每抓一个人，就会有另一个人顶上。

再不然您就彻底耍"流氓"，把我们的脑袋都打破，但我希望政府每打破一个脑袋，就会有另一个脑袋顶上。

---

[1] 甘地在1930年5月4日被捕前夜起草此信。——原注

我也是犹豫再三才决定走这一步。本来我还希望政府能以文明的方式来反对文明抵抗者。政府要是按照正常法律程序处理文明抵抗者,我原本也无话可说。可是,政府也就是在处理著名领导人时多少还依法办事,但对待普通抵抗者却蛮横无理,甚至出现殴打的情况。如果这只是个别情况,或许也可忽略不计。但是我从孟加拉、比哈尔、乌特卡尔、联合省、德里和孟买等地获悉大量消息,全都证实了我在古吉拉特邦的亲身经历。发生在卡拉奇、白沙瓦和马德拉斯的枪击事件既没有道理,也没有必要。志愿者们有的被打至骨折,有的私处被捏伤,就为了让他们放弃抵抗,为了抢夺对政府毫无价值而对志愿者们宝贵无比的食盐。据说在马特拉(Muthra),一名地方副法官从一个十岁男孩手中夺下国旗。群众要求他归还非法夺来的国旗,结果却遭到无情暴打。最后这面旗子还回去了,显然是对方作恶心虚。在孟加拉,虽然看起来与食盐相关的起诉和殴打情况只有几起,但听说警察在从志愿者手中夺取旗帜的时候施行了令人难以置信的残酷暴行。据传,农民稻田被烧,粮食被强行拿走。古吉拉特邦的一个蔬菜市场被洗掠一空,就因为菜贩子不肯把菜卖给官员。如此种种暴行都是有目共睹,可是群众听从国大党的命令,逆来顺受,并没有采取任何报复行动。我请您相信这些宣誓坚持真理的人所做出的证言。事实证明,官员的否认之辞多数失实,哪怕是身居高位者也会抵赖,巴多利事件就是一个例子。虽然我感到很遗憾,但还是不得不说,官方一直向民众公布虚假信息,眼睛眨都不眨,就连最近五周都是这样。下面我给出几个例子,都是出自古吉拉特邦税收办发布的政府公告:

"1. 成年人每年消耗 5 磅食盐,因此每人每年需缴纳 3 安纳食盐税。如果政府撤除食盐专卖,人们将不得不高价买盐,还需赔偿政府因撤除专卖造成的损失。你们从海边提炼的盐不是食用盐,所以政府要予以销毁。"

"2. 甘地先生说政府毁了本国的手纺织业,但众所周知,实情并非如此，因为全国各地各个村落都在手工纺织棉纱。此外，政府支持各邦棉纺工人，向他们演示先进方法，为他们提供更廉价优质的器材。"

"3. 政府每借 5 卢比的债，就有 4 卢比的支出惠及国民。"

以上三句话我分别节选自三份传单。恕我直言，这全都是昭彰虚假之辞。一名成年人每日的食盐消耗量是上述数量的三倍，因此，按人头，每人每年至少需要缴纳 9 安纳的食盐税。而且征税的时候，男女老少以及家畜，不论年龄，不论健康状况，都是按（人）头计算。

说什么村村都有手纺车，说什么政府鼓励支持各种形式的手纺车运动，全都是恶意谎言。政府公债五分之四都用来为公众谋福利这样的谎言，轻而易举就会被金融专家揭穿。而这些谎言涉及的还只是人们日常和政府打交道的方面。就在前几天，古吉拉特邦的一位诗人，明明是个大好人，却被判有罪，法院单凭官方证据做出裁决，完全无视他本人强调案发之时他正在别处睡大觉的证词。

现在让我们看看官方无所作为的例子。酒商违规贩卖烈酒，殴打了纠察，却被官员当作太平商人。官员们完全无视其殴打行为或非法卖酒行径。尽管人人都知道这个酒商动手打人，但官员却以没有接到任何投诉为由，对此不闻不问。

再来看看您刚在全国范围颁布的印度人闻所未闻的《新闻法》。通过这部法律，您找到了一条捷径，规避正常法律程序，迟迟不对巴格特·辛格[1]等人进行审理。我把官方的所作所为和无所作为称为间接性戒严，这很奇怪吗？而现在还不过是我们抗争的第五周而已。

---

[1] 巴格特·辛格（Bhagat Singh, 1907—1931），印度独立运动最有影响力的社会主义革命者之一，经常被称为"巴格特·辛格烈士"。因误杀英国警官约翰·桑德斯（John Sanders），辛格在英国特别法庭和后枢密院接受审判，被裁定罪名成立，处以绞刑。辛格影响了一代印度青年争取印度独立，在现代印度，他仍然是青春偶像剧与影片的主角。

自打我们发起文明不抵抗运动以来，政府实施的恐怖主义统治席卷印度全境，我觉得我必须采取更大胆的措施，如果可能的话，让您通过更文明，哪怕是更严厉的途径来发泄怒火。可能您并不清楚我刚才提到的那些事情。现在听说了可能也不信。我只能请您认真地予以关注。

　　无论如何，我觉得我要勇敢地请您彻底亮出政府的利爪。作为运动的主要领导方，是我激励大家以行动揭露了政府的真实嘴脸。面对眼下这种局面，我在制订萨提亚格拉哈计划时，必须想方设法彻底掌握全局，这样才能对那些因为参与行动正在饱受痛苦折磨之人、那些财产被毁之人有所交代。

　　按照萨提亚格拉哈（坚持真理）的法则，政府越是无法无天，镇压得越是强硬，受害者承受的痛苦也就越大。而当人们自愿承受苦难的程度达到极致时，那时他们就胜利在握了。

　　我知道我所采用的方法都会有哪些危险。但是全国人民能理解我的用意。我直抒胸臆，不打妄语。同样的话我已在印度说了十五年，也在国外说了二十多年，我现在再重复一遍：只有彻底的纯粹的非暴力方可征服暴力。我还说过，任何的暴力行径和言辞，甚至是暴力的念头都会阻挠非暴力行动的进步。如果人们不顾我反复警告，仍然诉诸暴力，那么我必须承担责任，正如每一个人必然要为另一个人的行为承担责任一样。不过，负责任的问题单说，我绝不敢以任何理由推迟行动，因为正如世间诸多预言家所言，非暴力是至善之力，而我自己也曾多次亲身体验过它的功效。

　　但是我非常愿意避免采取进一步措施。因此我请您废除食盐税，您不少声名显赫的同胞已经不遗余力地予以谴责，您也从文明不服从运动看到了它所激起的民愤和抗议。对文明不服从运动，您想怎样谴责都行。可难道与之相比，您更愿意看到暴力性抗争吗？您曾说过，文明不服从运动必会以暴力收场，要真如您所言，那么历史将做出如下宣判，大英政府因为不懂非暴力从而无法忍受非暴力,它怂恿人性转向暴力,它只懂得暴力,只会以暴制暴。可是不管政府怎么怂恿,我希望神会赐印度人民智慧和力量,让我们抵制一切诱惑,不因挑衅而动用暴力。

所以,如果您无法废除食盐税,无法撤销禁止私人制盐的命令,我将不得不开始此信第一段中提到的行军活动。

您真诚的朋友,
莫·卡·甘地

出自《圣雄甘地著名信件集》,第68—75页

致雷金纳德·雷诺兹[1]

德里营地

1931年2月23日

我亲爱的雷金纳德：

我向你开诚布公、铿锵有力的长篇来信致敬。必要之时，这封信将助我坚定立场，毫不动摇。话虽如此，也请让我告诉你，我并不完全认同你的看法。对即将到来的三位朋友我迟迟未做出判断，也未采取任何行动，我这么做没错。"萨提亚格拉哈"要有耐心。凡是需要将绅士风度作为一种本分时，它就可以也应该表现得有绅士风度。不管那三位朋友的判断有多不对，我认为他们和我一样，都热爱自己的祖国。我不希望他们对我说三道四，同样，我也无权对他们指手画脚，而且我可以向你保证，耐心等待对我们的事业无任何不利。反而是那些极端派的朋友可能会觉得尴尬，因为他们没料到我会这么做。不过，日后你和他们可能还会发现更多类此令你们震惊的事。我自诩是名久经考验的萨提亚格拉哈战士。以前我曾多次和今天一样，在类似的关键时刻做出相同的举动，而我记得我从未因为等待就丧失了自己所拥护的事业。相反，我记得很多

---

[1] 雷金纳德·雷诺兹（Reginald Arthur Reynolds，1905—1958），英国左派作家、反战人士，以对英国在印度殖民主义的批判最为出名。

次的结果都证明等待是对的。我向你保证,在原则性问题上,即我们的主要诉求上,我绝对不会让步,而且我相信国大党也不会做出任何让步。也请你记住,"萨提亚格拉哈"靠的是诉诸理性,通过打动人的同情心来传递其信念,来感化他人。它依托的是每个人的终极至善,不管一个人当下的品行可能有多么低劣。如果我这么说你还是不满意,那你尽管和我对着干。你有权这么做,也有权要求我妥善处理。你在那边如此英勇地抗争,在这儿我就不多说了。只愿神保佑你,赐予你力量。德里的情况我也不多说了,因为谈判仍在进行,相信你每天通过电报都能获悉最新动态。我今天不管说些什么,等你收到信也都成旧闻了。你的婚姻大事怎样了?

爱你!

你真诚的,
莫·卡·甘地

收件人
雷金纳德·雷诺兹先生
费尔登路8号
鲍尔斯冬
萨里郡

出自影印件,编号 S.N.16948

致理查德·巴·葛瑞格[1]

萨巴玛蒂
1931 年 4 月 29 日

我亲爱的葛文德:

我收到了你的来信,也念给米拉听了。我能理解你信中流露出来的焦虑,也很感激。我还不知道自己会不会去伦敦[2],不过,如果我不知道如何才能传递自己的信息,那我肯定不会去。我一直意识到,眼下人们还接受不了我的信息。不过之前国大党要是不接受政府提出双方谈判的建议,那么错就在国大党了。眼下看来,能否谈成,我们都很安全。要是通过谈判能获得永久的和平,那真是再好不过,所以我将不遗余力地积极促成;可谈判要是失败,也不失为好事一桩,这样会逼着印度全力以赴,让世人看看她进一步受苦的能力。我肯定会接到很多邀请,大摆筵席,大肆吹捧。我什么也吃不下,而且我的裹腰布也让我不必出席衣冠楚楚的酒会,真是谢天谢地。所以我要是去伦敦,就是去干实事,是去尽情享受那边好友

---

[1] 理查德·巴·葛瑞格(Richard B. Gregg),甘地的美国朋友和同事。1925—1927 年间在印度居住。1930 年及其后再次访问印度。——原注
[2] 此处指第二次伦敦圆桌会议,同年 9—11 月会议召开,甘地作为国大党唯一代表应邀出席。

们的深情厚谊。我不想瞎琢磨。神的光指哪儿，我就满心虔诚地去哪儿，只要跟着神走，一切都会好起来的。

不要听信谣言，我没打算去美国。虽然我很想去探访这个伟大的国度，但我知道时机未到，我可不想做个走马观花的游客。

你真诚的，
莫·卡·甘地

收件人
理查德·巴·葛瑞格先生
博伊斯顿路 543 号
波士顿，马萨诸塞州

出自影印件，编号 S.N.17023

致塞缪尔·霍尔爵士[1]

(耶拉夫达中央监狱)
1932年3月11日

亲爱的塞缪尔爵士:

或许您还记得,我在圆桌会议发言的最后部分提到过少数群体的权利问题,我说自己毕生都反对将受压迫阶级[2]划为单独选区。我这么说既非一时心血来潮,也不是逞口舌之利。那段发言相当于一份虔诚的声明。

发表了这份声明,我原打算回到印度就调动民意,反对以任何形式将受压迫阶级划为单独选区。但最终未能落实。

现在我仔细阅读监狱批准我阅读的报刊,留心观察女王政府何时会宣布划分单独选区的决定。起初我想的是,如果政府一定要将受压迫阶级划分为单独选区,我就做些什么,采取必要措施,坚守自己的誓言。但现在我觉得在采取行动前我该事先知会大英政府,以示公平。不过,之前我发表声明的时候,谁都没把它当回事。

---

[1] 塞缪尔·霍尔爵士(Sir Samuel Hoare, 1880—1959),英国保守党政治家,1931年出任印度事务大臣,在此职位上推动了1935年《印度政府法案》的通过。

[2] 受压迫阶级(depressed classes),即表列种姓(Scheduled castes)、不可接触者(Untouchables)、种姓外阶级(Outcastes)、哈里真(Harijan)、达利特(Dalits),它们是对因被排斥出种姓等级之外而遭到各种歧视的印度教贱民的不同称呼。

反对将受压迫阶级划分为单独选区的理由很多，我不必一一重申。我觉得自己就是他们中的一员。受压迫阶级和其他阶层的情况截然不同。我并不反对他们在立法机构拥有自己的代表。对他们的选举权测试哪怕比对其他人的要严格，我也赞成他们中所有成年人——不分性别，不论教育程度高低，或财富多少，都登记成为投票人。但是我认为，就算是出于纯政治立场，将受压迫阶级划分为单独的选民群体，无论对他们还是对印度教徒都是有害的。要了解单独选区划分有何害处，我们需要知道在所谓印度种姓制度中受压迫阶级的分布情况，需要知道他们对种姓制度的依赖程度。单就印度教徒而言，单独选区划分只会造成分裂和混乱。在我看来，在印度，阶层首先是道德意义上和宗教意义上的划分。政治意义上的阶层固然也很重要，但和前两个意义上的阶层概念相比，无足轻重。

您应该记得，我打小就关注底层人民的生活状况，也曾不止一次为了他们的利益而放弃自己的身家性命，这应该能让您体会到我在这件事上的感受。我这么说丝毫没有往自己脸上贴金的意思。我觉得，几百年来印度教徒刻意为之，让被压迫阶层人民沦于穷困潦倒的境地，那是无论如何都无法赎清的罪。可是我知道，单独选区既无法让印度教徒赎罪，也不能拯救身陷水深火热的底层人民。

因此，我郑重通知女王政府，如果政府决定为被压迫阶层划分独立选区，我必绝食至死。

我很清楚，眼下我身为在押犯人，要是绝食至死，肯定会让女王政府很难堪，很多人会说我这么做是歇斯底里，也可能说得更难听，他们会认为像我这样地位很高的人不该在政治领域动用这种手段。我唯一可以为自己做出的辩护就是，对我而言，绝食的打算绝不是要什么手段，这是我为人的本分。这是良知的召唤，我不敢不从，哪怕这么做会让世人说我精神错乱。眼下在我看来，我就算获释出狱,履行绝食的义务也是势在必行。但是,我真希望自己的种种担心是杞人忧天,希望大英政府全然没有要为被压迫阶层设立单独选区的意愿。

可能我也该顺便提一提另一件让我深感焦虑的事情,这件事也可能会让我决定绝食至死。这就是眼下政府的镇压活动。没准哪天我就接到一个令我震惊的消息,逼着我做出牺牲。在我看来,政府的镇压行径已经超出了所谓"合法范围"。政府的恐怖主义正蔓延至全国各地。政府正残暴地对待英国籍和印度籍的官员。印度籍的官员,无论职位高低,都意志消沉,因为他们要对印度人民不忠,不人道地对待亲戚朋友,才会获得政府嘉奖。印度籍官员都被吓怕了。言论自由已遭扼杀。打着法律和秩序名号的流氓行为大肆猖獗。出门从事公共服务的妇女担心自己清白不保。

而这一切,在我看来,为的就是摧毁国大党所代表的自由精神。镇压不只局限于违反普通法的民事行为。它激着民众违反刚出台的一系列专制性条例,而这些条例大多数旨在羞辱民众。

我从报纸上读到政府的所作所为,从中看不出丝毫民主精神。事实上,日前访英一行更是让我坚信,你们的民主既肤浅又有限。重大问题的决策是由几个人或几个小团体做出,根本不经过议会,议员们批准决定的时候,只了解大概的情况。1914年对埃及战争的决议就是这样做出的,对印度也是这样。在一个所谓民主制度中,一个人能拥有不受约束的权力,他做出的决定会影响到一个拥有三亿民众的古老民族,而政府会调动一切可怕的摧毁性力量来执行这一个人做出的决定。对我而言,这种做法有悖民主。我会用我的一生来反抗。

如果政府继续镇压,将会进一步恶化两国人民原本就不好的关系。我该如何尽责尽力阻止两国关系进一步恶化呢?我不能终止文明不服从运动。这是我的信仰。我认为自己天生就是一个民主主义者。我所理解的民主坚决反对为实现民主的意愿而动用武力。所以我才构思出文明抵抗,让人们在普遍认为有必要动武、有理由动武的时候,不动武,而以文明抵抗取而代之。文明抵抗是一个自我受苦的过程,我的部分计划是在特定情况下,文明抵抗者必须牺牲自我,哪怕是要绝食到死。我还没走到那一步。我的内心尚未听到神要我绝食到死的召唤。但是监狱外面发生的事件令人忧虑,足以让我打心底里感到焦虑不安。因此,当我写信告知您我可能会为了被压迫阶层的问题绝食,我觉得也应该告诉您在另一种情况下,我也会绝食,否则就有欠诚恳。

不用说,我这边对您和我之间的通信完全保密。当然,刚刚入狱和我们关在一起的萨达尔·瓦拉巴依·帕帖尔和马哈德夫·德赛[1]是知情的。不过您肯定会按自己的意愿处理这封信。

您真诚的,

莫·卡·甘地

出自《马哈德夫·德赛日记》,第一卷,第323—326页

---

[1] 此二人背景见信件《致查尔斯·弗瑞尔·安德鲁斯》相关注释。

致拉姆齐·麦克唐纳[1]

耶拉夫达监狱
1932年8月18日

亲爱的朋友：

想必您和内阁成员已看过我于3月11日就受压迫阶级代表权问题给塞缪尔·霍尔爵士发去的信件。此信展开探讨那封信所写内容，两封信应该合起来看。

我从报上看到了大英政府对少数群体代表权做出了决定，我对之大不以为然。我之前在给塞缪尔·霍尔爵士的信中提过，1931年11月13日在圣詹姆斯宫召开的少数群体委员会上我也宣布过，迫不得已，我将用自己的生命对您的决定表示抗议。我唯一可以做的就是宣布进行无期限绝食，我将概不进食，只喝水，白水，或加了盐和苏打的水，绝食到死。如果在这个过程中，大英政府自动或迫于民意压力改变决定，改变针对受压迫阶级的社区选举方案，让该阶层以普选方式产生自己的代表，不管参选范围有多广，我都会停

---

[1] 詹姆斯·拉姆齐·麦克唐纳（James Ramsay MacDonald, 1866—1937），英国政治家，曾任独立工党领导人（1893—1930年）、先后任工党秘书（1900—1911年）、工党党魁（1911—1914年和1922—1930年）、下议院议员（自1906年起）、英国首届工党政府首相和外事大臣（1924年11月）。1935—1937年间他在鲍德温勋爵内阁中担任枢密院议长。——原注

止绝食。

如果政府不能按上述方式修改决定，那么我将从9月20日中午开始绝食。

为了及时通知到您，我请求监狱主管先用电报形式将此信文本发给您。为以防万一，我也留足了时间，这封信寄得再怎么慢，也会及时到您手上。

我也请求尽早公开发表这封信，以及我给塞缪尔·霍尔爵士的信。在我这方面，我是一丝不苟地遵循监狱的规定，无论是我本人的想法还是这两封信的内容，我只告诉了我的狱友萨达尔·瓦拉巴依·帕帖尔和马哈德夫·德赛。不过，如果您能高抬贵手，我希望我这些信能影响公共舆论。因此我请求您批准我尽早予以公开发表。

我后悔自己之前做出的决定。但我既自视为虔诚的信徒，就别无选择。诚如我在给塞缪尔·霍尔爵士的信中所言，就算英国政府为了避免难堪决定放我出狱，我也会继续绝食。我后悔，是因为我现在不想用任何其他方式来抵抗政府的决定。我也不希望以任何不光彩的方式来获释。

我认为，为受压迫阶层设立单独选区不利于该阶层，也不利于印度教徒，不过也许我判断有误，也许我大错特错。果真如此的话，没准我在人生哲学的其他方面也错了。这么一来，我绝食至死既是对我的过错的惩戒，同时也会让那些不计其数像孩童一样相信我的智慧的男男女女们获得解脱。但是，如果我的判断是正确的（对此我毫不怀疑），那么，此次深思熟虑之举不过是我尽本分、实现自己的人生规划而已。超过四分之一个世纪我一直这么努力，看来还挺成功的。

您真诚的，
莫·卡·甘地

出自《圣雄甘地著名信件集》，第104—106页

致潘迪特·马拉维亚吉[1]

耶拉夫达中央监狱
1933年2月24日

我收到了您发来的那份询问能否公开发表我们之间通信的电报。只因我在之后两天之内就已经发表了那些信件,想着您应该看到了,所以就没给您回电。

那之后我也一直没空回复您,因为一直到周四晚上我都在忙着《哈里真》周报。[2]

希望您能按时收到《哈里真》。也不知您是否有空看。既然您和我对这些法案看法不同已经广为人知,还望您能根据之前的建议回顾一下自己的全部立场。

您说不用立法,山那丹印度教徒[3]和改革派也可以通过讨论做出让步。我绞尽脑汁思考到底有没有这种可能性,甚至假设山那丹教徒和改革派都能同意向哈里真开放公共寺庙。可就算他们同意,也无法废除禁止哈里真进入公共寺庙的法律。

---

[1] 见信件《致总督的公开信》注释。此为马拉维亚的昵称。
[2] 1933年甘地创办《哈里真》(Harijan)周刊,大力宣传废除贱民制。"哈里"是印度教大神的称号,"哈里真"意为"神(上帝)的子民",是甘地对贱民的尊称。
[3] 甘地在1921年第一次不合作运动中公开宣传自己是"山那丹印度教徒"(Sanatanist Hindu),即拥护印度教的极端派。

因此我无法摆脱这个实实在在的道德难题,如果不修订这条法律,我们就不可能信守孟买决议做出的承诺。在起草关于寺庙的决议的时候,我对这条法律毫不知情,但我们不能以此为自己的无能为力开脱。决议的原稿是我起草的,想来您是知道的。虽然后来有几处改动,但原稿内容并没变。

您和我都认为宗教比生命还珍贵,所以我希望您能仔细研究我在此提到的道德难题。如有必要,且让我再次重申,虽然我曾在《哈里真》周报上发表的文章中提过我们最近观点存在分歧,但这丝毫无损我对您的尊敬和爱戴。

您真诚的,
莫·卡·甘地
出自影印件,编号 S.N.20348

致孟买政府(内政部)秘书办,浦那

亲爱的先生:

　　1915年我回到印度所采取的第一项建设性举措就是创建真理静修院,旨在为真理效力。学员宣誓坚守真理,戒杀,禁欲,节食,守贫,无畏,废除贱民制,重视印度土布,平等尊重所有的宗教及面包劳动[1]。静修院现有场所购于1916年。今天我们主要通过学员的劳作开展一些活动,不需要用正常的付费劳工取代。院内主要活动包括:农村作坊式的土布生产(不需要任何电动机器),乳品生产,农业耕种,垃圾科学处理和读写教育。目前学员共计107名(42名成年男子、31名妇女、12名男孩和22名女孩)。这一人数不包括被捕入狱的学员,也不包括因其他原因外出忙活的学员。迄今为止,静修院已为将近一千人提供土布制造方面的培训。就我所知,大多数受训人员现在都在从事有用的建设性工作,老老实实地正当谋生。

　　静修院是一家注册信托基金机构。所掌握的资金都有指定用途。虽然我们的目标是各部门都能做到自给自足,但到目前为止为了完成任务,我们还是不得不接受来自众多友人的捐款。经验显示,如果静修院继续提供大量义务教育服务(最广意义上的教育),既不收取任何费用,还为学员提供食物和衣服,就不可能做到完全

---

[1] 面包劳动(bread labour),即体力劳动,自食其力。

自给自足。

　　静修院的不动产价值约合3.6万卢比，另有包括现金在内约3万卢比的动产。静修院不参与所谓政治。但我们确实相信，为了奉行真理和非暴力，在某些情况下，必须采取不合作与文明不服从。故此，1930年，静修院将近80名学员步行到丹地，开启了文明不服从运动。

　　眼下，一方面是政府恐怖统治不断升级，另一方面是民众道德不断恶化，静修院要做出更大牺牲的时候到了。

　　我在停止绝食之后收到的很多指控显示：

　　（1）为了吓倒文明抵抗分子，印度各地的警察采用了各种酷刑；

　　（2）妇女遭到凌辱；

　　（3）人们基本无法自由出入；

　　（4）在印度很多地方，国大党党员无法开展农村工作；

　　（5）多所监狱中因参与文明抵抗运动而被收押的人员遭到辱骂和人身伤害；

　　（6）强行征收不合理的高额罚款，大量的违规现象死灰复燃；

　　（7）未缴纳税费或租金的农民遭到重罚，处罚程度远远超过其所犯过失，用意明显是恐吓他们，同时以儆效尤；

　　（8）公众新闻遭到封杀；

　　（9）简言之，在全国各地，自由和尊严被践踏到无以复加的地步。

　　我敢肯定，官方人士对这些指控不是否认就是敷衍搪塞。也许他们迫于无奈，不得不夸大其词。但我和很多国大党党员都相信这些指控，因此激得采取行动。

　　所以，政府光是把我们关起来还不够。除此之外，我还相当清楚地认识到，静修院必须彻底脱离文明抵抗运动，否则将无法安全地开展自己的宏伟计划。可静修院要是接受这个立场，就违背了自身的信条。到目前为止我一直希望静修院成员能同时参与院内活动和文明抵抗运动，我也一直希望在不远的将来政府和国大党能体面地和平共处，哪怕国大党无法立刻实现自身目标。为了谋求和平，国大党通过我向政府诚心提出建议，不幸遭到总督阁下回绝，这清晰表明政府无意也不会谋求和平，他们只想让国大党这一全国最大最受欢迎的政治组织，或许是唯一受欢迎的政治组织，卑躬屈膝，举手投降。但只要国大党继续信任目前的领导者，就绝不会屈膝投降。因此，这将是一场长期斗争，需要人们做出更大的牺牲。而我作为这场运动的发起者，自然也要做出最大限度的牺牲。所以，我只能献出静修院，我最亲近最珍贵的财富，我和其他许多成员十八年来共同以无限耐心和关怀辛勤建设的静修院。每头牛、每棵树都有自己的历史，全都是不容亵渎的记忆。它们都是这个大家庭的一员。曾经一度的荒地，在众人的努力下已成了规模可观的花园式样板种植园。我们将挥泪解散这个大家庭，终止静修院活动。我和学员们多次虔心交谈，全体成员，不分男女，都一致赞成我所提出的建议，同意放弃目前的活动。那些有能力的学员都决定在静修院暂时解散期间参与文明不服从运动。

还需要说明的是，过去两年间静修院一直拒付所得税，结果不少产品被政府没收，并加以出售，价值相当可观。我对这个过程并无怨言。只是在如此艰苦的环境下经营这么大的一家机构既非乐事，也赚不到钱。我清楚地认识到，公民要是和政府发生冲突，个人财产随时都有可能被没收，无关政府公正与否，政府由民选产生或为外国所掌控。既然我们将与政府长期冲突，我觉得未雨绸缪不失为谨慎之举。

不过，我们虽然决定解散静修院，还是希望将一切用于公共用途。所以要是政府不打算蛮不讲理地没收，我提议把全部的不动产，包括现金在内，交给一些朋友，由他们按指定目的用于公益福利。因此，我们将把库存的土布、作坊的全部东西以及编织棚一并转给全印纺织工协会，一直以来我们都是代表该协会从事这些纺织活动。奶牛和肉牛则将转交给戈舍瓦协会（Goseva Sangh），一直以来我们也是代表该协会从事乳制品生产活动。图书馆将会转给某家能将其妥善保管的机构。原属于个人的金钱和物品将物归原主，或交由朋友代为保管。

然后还有土地、房屋和庄稼。我建议由政府接手，随意处置。我倒巴不得把这些财产都交给朋友们，但我不希望害得他们要缴所得税。所以我当然不会把它们交给抵抗运动的同伴们。我这么做就是希望物尽其用，别荒废了土地、建筑、宝贵的树木和庄稼，这种浪费我见得太多了。

其中有一块地盖了房子，住着几户哈里真家庭。到目前为止他们不需支付任何房租。我无意让他们参与文明抵抗运动。从现在起，他们只需向静修院的财产托管人每年支付1卢比的象征性租金，同时支付相应的税金。

就算政府不管出于什么缘故拒绝接收上述财产，本月31日暂停期一过，学员都将全体搬离静修院，除非政府在此日期前提前行动。我请政府以电报形式回复此信，至少要说明政府希望如何处置所涉及的不动产，好让我能按时处理，如果我还有权处理的话。

您忠实的，

莫·卡·甘地

艾哈迈达巴德，1933年7月26日

致

孟买政府（内政部）秘书办，浦那

出自影印件，编号 S.N.21535

致泰杰·巴哈杜尔·萨普鲁爵士[1]

真理静修院

瓦尔达，1933 年 9 月 30 日

亲爱的萨普鲁博士：

很高兴收到您的来信。我当然清楚您之前为何没给我写信。我绝不会认为您是因为无情或无礼才没动笔。

我还在努力恢复自己的体力。现在正在慢慢恢复中。

我尽已所能，努力压制对哈里真的传统歧视。您说"对他们的态度是我们性格上最大的污点"，我甚是赞同。我知道在这件事上我能指望获得您全力相助，但我希望您给我写信的时候不要仅局限于哈里真问题。虽然您可能尚未积极参政或参与政治讨论，但想必您会不吝赐教，让朋友们从您的忠告、指导和丰富的经验受教。不管我们的观点有何分歧，您知道我对您和您的观点都极为重视。因此，我希望您能和我简短谈谈您在伦敦的体验，以及您对此的看法。

---

[1] 泰杰·巴哈杜尔·萨普鲁爵士（Sir Tej Bhadur Sapru, 1875—1949），著名律师、立宪主义者和政治家；1920—1922 年担任总督委员会法务员，1923 年和 1927 年担任自由联盟（Liberal Federation）主席。——原注

贾姆纳拉吉先生和我一道向您致意。

您真诚的，
莫·卡·甘地

收件人
泰杰·巴哈杜尔·萨普鲁爵士
艾尔伯特路 19 号，艾哈迈达巴德

出自影印件，编号 S.N.29503

致卡尔·希思[1]

一

瓦尔达
1934 年 12 月 10 日

亲爱的朋友：

我收到了您 11 月 19 日的来信。虽然我向查理·安德鲁斯求教，但还是没有读懂。

我毫不犹豫地赞同您的看法，化解目前的僵局需要公平和创意，不能强加于人，来硬的；换言之，两国需要体面地就解决方案达成共识。我同样清楚印度的苦难、兰开夏郡的苦难。但我反对将二者混为一谈，因为那意味着造成两地苦难的原因一样。可印度的苦难是因他者强加所致；而造成兰开夏郡苦难的根源一部分是国际形势，另一部分是当地人自身的短视和自私。但凡有机会，我都建议印度帮着减轻兰开夏郡人民的苦难，1931 年我在英国的时候就明确提出过类似建议。可结果我的建议未能奏效。我提出的建议

---

[1] 卡尔·希思（Carl Heath, 1869—？），国内外著名贵格会成员；1919—1935 年间，担任教友服务理事会秘书、印度调解小组主席。——原注

如下：如果英国和印度能就印度自由达成和解，两国完全可以签署一项最惠国条款，只要印度国内农村手工纺织或是工厂制造的布匹产量不足，需要从国外进口补足，就从英国进口。我不知道今天两国和解的可能性有多大，但在圆桌会议后很短的期间内，印度布匹制造业就已经变得更有组织，尽管我们仍需从英国和日本进口精纺印花布。然而，关键的问题不是兰开夏郡如何才能将印花布卖到印度，而是在印度彻底获得政治和经济自由之后，英国全国将如何在各个方面大受裨益。我对印度农村的研究越深入，就越强烈地认识到，印度要是能够挣脱今天的枷锁，有机会正常发展，日后必不会是个穷国。

您信里最后一段似乎说的是印度现在已没有镇压活动。我只能告诉您，明眼人都看得到镇压。就我所知，政府没有废止任何一条镇压性法律。媒体被封杀，在孟加拉和边境省，人们完全没有行动自由。如果您没听说有人入狱，没听到关于军警施暴的指控，那是因为我们暂停了文明不服从运动，解散了国大党。我们这么做是为了促进非暴力精神，在人力所能忍受的最大范围内服从镇压性法律。而更为严重的是，议会委员会提出了新的宪法草案。在我读来，这份草案是对自由的公然否定。我认为它对印度的压制已经达到了极致。我宁愿选择现状，也不愿选择这份不堪承受的重压，它会压垮印度，进一步强化英国对印度的统治。我正在承受难以忍耐的考验。我去边境省的路被堵死了。

但是，纵使眼前一片漆黑，我的内心并不绝望。我相信，仁慈的神凌驾于人之上，会颠覆一切人的计划。纵使苛政猛于虎，神也永能从混沌中创造秩序，拨乱反正。

有朝一日印度必会独立。但这需要全印度的儿女们循规蹈矩，不辜负国家的自由。为了证明我们的价值，我们必须全力以赴，而我相信你们这些在调解小组工作的朋友会拿出自己的最佳水准，按你们的想法帮我们找到一个公正的解决办法。

您真诚的，
莫·卡·甘地

卡尔·希思先生
印度调解小组，
教友之家，
尤思顿路，
伦敦，西北 1

出自影印件，编号 S.N.22641

二

瓦尔达
1935 年 1 月 3 日

亲爱的朋友：

感谢您上月 21 日的来信。您的上一封来信米拉、马哈德夫和安德鲁斯都先后看过。他们提出的想法都与我不谋而合。当然，我毫无保留地接受您的指正。我只想说，我是在多次仔细阅读您的信件之后才寄出给您的回信。安德鲁斯也看过那封回信，他也没提出任何修改建议。

当然，您本来就知道那些镇压性法律。但无论之前还是现在，您都不清楚这些法律延续下去对我们意味着什么。说来也怪，这一点刚好得到莫德·罗伊顿博士[1]的证实。据报道，罗伊顿

---

[1] 莫德·罗伊顿（Maude Royden，1876—1956），英国传教士、妇女政权论者。

博士说她在卡拉奇花了两三天和极为朴素的印度妇女交流，听到的消息令她大吃一惊，而这些都是英国民众无法从每日新闻或其他渠道了解到的。安德鲁斯也能为您提供他自己在孟加拉的所见所闻。

英国议会可能会撤掉即将出台的法案[1]，您似乎认为这是个大不幸。但在我看来，这项法案哪怕是到了最后一刻才被撤掉，这对英国和印度都是幸事一桩，理由很简单，基本上，印度人民一致反对这一法案，坚持出台法案就意味着英国议会态度坚决，完全无视印度民意。希望您已读过萨斯崔阁下做出的尖锐评论，他可曾一度大受印度政府欢迎，深得政府信任；齐·亚·秦塔玛尼阁下[2]所做的评论同样也很尖锐，而他向来被人视为是温和派的代表，时不时言辞激烈地谴责国大党的态度。

现在我尽量简要地概述一下我个人对《议会联席委员会报告》的异议。我看不出这份报告和草案《白皮书》有何不同。报告中不管有什么新内容，都不能被视为是一种改进，恰恰相反，正是这些新内容让自由党成员忍无可忍。本来他们还抱着美好的愿望，希望议会联席委员会能积极考虑在阿迦汗[3]主导下签署的《联合备忘录》，哪怕不是全部，至少也是部分采纳该备忘录所提出的建议。但委员会轻蔑地漠视备忘录，对它只字不提，这才逼得萨斯崔说出下面这番话："不，先生，自由党完全无法合作。和盼着我们好的

---

[1] 即英国议会于是年8月出台的《印度政府法案》(Government of India Act, 1935)。该法案为英属印度宪政体制的根本法，其突出特点是实行省自治。

[2] 齐·亚·秦塔玛尼（Sir Chirravoori Yajneswara Chintamani, 1880—1941），印度著名编辑、记者、自由派政治家，被萨斯崔冠以"印度新闻界教皇"的名号。

[3] 阿迦汗三世（Aga Khan），本名为苏丹·穆罕默德·沙阿（Sultan Muhammed Shah, 1877—1957），印度政治家，伊斯兰教什叶派支派伊斯玛仪派的领袖（1885年起），全印穆斯林联盟创始人之一，联盟首任主席。1930—1932年他率领印度代表团出席伦敦圆桌会议。

朋友合作才有意义，但那些人根本不信任我们，丝毫不关心我们的想法和要求，完全无视我们的愿望，我请问，和这样的人哪有什么合作可言？照我说，那就是自杀。"

概 述

1. 宪法中应有一项条款说明印度是自动晋升为完全独立的国家，还是由印度选出的代表决定其地位。但《报告》对此却只字未提。

2. 这部宪法草案让印度承受比目前更为沉重的财政负担，在经济或政治方面毫无任何改善的希望。

3. 人民无权支配百分之八十的中央税收。

4. 人民无权支配军队，无论是军队政策还是军费开支。

5. 人民无权控制国内货币或货币兑换。

6. 即便是由财政部长支配的百分之二十的税收，总督也有权暂缓支付。

7. 报告中罗列的各邦自治纯属象征性自治，因为各邦邦长的权限极为宽泛，他们只要愿意，随时都能决定终止责任。要是英国人从先前的殖民经验中推导，认为邦长几乎从不行使什么权力，那他们就大错特错了。印度的历史经验正好相反。

8. 无论是在全印部门还是在邦级部门，部门负责人甚至连人事调动权都没有。

9. 所谓的自治立法部门无权修订《警察法》，甚至也无权修订《警察管理条例》。

10.《报告》让英国的剥削愈发牢不可破。

综合考虑上述反对理由，《报告》对印度影响之巨，实是令人无法释怀。现行宪法就算再不好，可能施行的新宪法却是糟糕透顶。而且，新宪法如果通过，未来将难以消除它所造成的危害。

在汇总所有的反对意见之时，必须牢记，政府想将新宪法强加于民，而目前的镇压在英属印度只怕是史无前例，印度人民早已怨声载道。我这么说的时候，完全清楚自己肩负的责任。我对贾利安瓦拉庄园大屠杀仍记忆犹新。我也看过凯耶和马乐森对1857年印度士兵起义[1]所写的长篇宏著。两部著作读来令人毛骨悚然。那时英国对印度是兵戎相见。而眼下的镇压，虽是绵里藏针，但却更为致命。

您尽可随意处置我这封信。信中所言皆是我的个人见解。看过此信的只有马哈德夫、米拉和打字员。

可能我在信中言辞激烈，还请不要误会。信中所言字字属实，皆为我亲眼所见，亲身所感。而且这还不是全部的真相。我要是有足够的时间和精力向您呈现全部的真相，我的信可能会更为激烈。

尽管我所看到的画面黑暗无比，但我对任何一名英国人都毫无敌意。我相信英国诸位大臣认为他们施行的政策是利于印度的。他们是真的相信，在整体上，英国统治印度是为了印度好。他们是真的相信，印度在英国的统治下取得了经济上和政治上的进步。他们也是真的相信，印度人民要是接受本国大批知识分子都赞同的宪法，那么他们的好日子就过到头了。人但凡要真相信点什么，就算错了，也很难被说服。在我看来，现在的情况就是这样。但要对这样的人动怒，也是不对的。因此，虽然我在概述自己的强烈反对意见之时，是在含蓄地请您相信，但我向您保证，也请神保佑，我不会猝然或愤然采取任何行动。

---

[1] 1857—1858年在印度北部和中部，英属东印度公司服役的印度士兵发动的反对英国统治的民族大起义。这次起义以失败告终，本已摇摇欲坠的莫卧儿帝国自此完结，而东印度公司管理印度的体制也从此告终，印度开始置于英国的直接统治之下，称为英属印度。1890年，乔治·马乐森上校（Colonel George Malleson）和约翰·凯耶爵士（Sir John Kaye）分别出版关于此次起义的长篇历史记录。2010年剑桥大学出版社将二人著作合集再版，书名为 *Kaye's and Malleson's History of the Indian Mutiny of 1857-8*。

我已退出国大党，除了其他原因，最主要原因是我想尽最大的努力让自己对政府的政治举措保持沉默。我想自发与世隔离，以此来探究非暴力尚未为人了解的潜在价值。坚持真理是我在生活方方面面所采取的一切行动的终极目的。今生今世我念兹在兹，只为了解事物的终极真理，只是眼下看来我还只是雾里看花。在上下求索后，我得出这样一个结论，只有通过非暴力的思想和言行我才能悟到终极真理。我也不知道我的探索将带我去向何方，不过如果时候未到，我也绝不愿提前知晓。因而，对我而言，这就是一场无尽的等待，等待神向我展示下一步。朋友，如果你们能真心助我找到真理，我将无限感恩。

您真诚的，
莫·卡·甘地

卡尔·希思先生
伦敦

出自影印件，编号 S.N.22642

三

塞瓦格拉姆
瓦尔达
1941 年 1 月 25 日

亲爱的朋友：

  您极为亲切的来信收讫。但信中并未提及您有否收到我给您发的回电。我于 1940 年 10 月 27 日所发电文内容如下：

  "所有努力失败。印度情况与众不同，极为独特。新闻被封杀。已终止《哈里真》周刊。正在限制文明不服从运动，非暴力为最低要求。"

之后我又于12月的最后一周给您发了以下电报：

"M.P.S的信罔顾事实。致使无法开诚布公地交流。神与我们同在。"

我理解您的看法。贵友会表达的是个人看法。而国大党表达的是组织看法。作为一个建立在非暴力基础之上的机构，国大党无法对暴力进行分门别类。我认为，如果英国军队用德国军队一样的手段战胜后者，这个世界不会变得更美好。归根结底，国大党面临的问题是，在伸张正义之时如何消除人与人、国与国之间的武力冲突。印度通过非暴力为自由而战，蕴含着普世价值。

您指出浦那决议反映出国大党在态度上的缺陷，此言不假。这也是为何当时我不再指挥国大党，也不再参与任何会议。直到国大党在孟买决议重新修正路线后，我才收回我的反对。我认为，虽然国大党做不到始终遵循非暴力原则，但也不会因为犯些错误就名誉扫地。国大党的政策是坚持真理、坚持非暴力，因此最重要的就是光明正大。所以在发现群众蔑视浦那决议提出的要求之后，国大党回到原先的立场，并请我指挥文明不服从斗争。我毫不犹豫地接受了，因为我知道印度人民的本性是非暴力的。您似乎忽视了一个事实，要不是我软弱，国大党绝不会通过浦那决议。对此我已在《哈里真》周刊刊登了长篇忏悔。

国大党既反对纳粹主义，也反对帝国主义。要不是政府轻率地禁止国大党的反战活动，草草宣布国大党为亲纳粹党派，本来国大党很可能会宣告印度举国反对纳粹。这只能说明，国大党信奉的是非暴力，而英国政府信奉的是暴力。要是英国政府宽容对待国大党，本来可避免很多痛苦，能让全世界从中获益良多，也会获得全世界的道义支持。亡羊补牢，为时未晚。

无论如何，不管英国政府是否承认错误，是否修正错误，国大党的路线是明确的。遵循纯粹的道德信念，就不能计较一时的得失。道德的手段本身就是目的。美德岂非正是它自身的回报？

您真诚的，
莫·卡·甘地

收件人
卡尔·希思教友
白翅楼
马诺路
吉尔福特镇，萨里郡

出自影印件，编号 S.N.22663

致穆罕默德·阿里·真纳[1]

一

萨松医院
浦那
1924 年 2 月 7 日

我亲爱的朋友和兄弟：

我以国大党主席的身份给您写几句话，我知道国民对突然获释的我有何期待。遗憾的是大英政府以我生病为由，提前放我出狱。这么获释无甚可喜，因为我认为生病不该是释放犯人的理由。

在我生病期间，监狱和医院主管部门无微不至地关照我。这一点我得告诉您，再由您告知国人，否则我就太不知感恩了。耶拉夫达监狱长穆雷上校（Col. Murray）刚刚开始怀疑我的病情严重，就马上请马多克上校（Col. Maddock）协助。我敢肯定要不是他及时采取措施，我也得不到最好的治疗。我几乎马上就被转到大卫和萨松医院。马多克上校和他的手下对我无微不至。我也不能漏掉身边

---

[1] 穆罕默德·阿里·真纳（Muhammad Ali Jinnah, 1876—1948），政治活动家，巴基斯坦国开国元勋、第一任总统（1947—1948）。印巴分治前任印度穆斯林联盟主席。鉴于真纳为创立巴基斯坦独立国家所做的不朽贡献，巴基斯坦人民称誉他为"巴基斯坦国父"。

那些亲如姐妹的护士。我现在虽已可以出院,但因为在别处得不到更好的治疗,承蒙马多克上校好心批准,我决定在此待到伤口痊愈,直到不再需要任何治疗为止。

大家应该不难理解,在接下来的一段时间内我不适合积极参与工作;亲友们希望我尽早恢复活力,自然都想来探视我,但最好推后再来,这样我能好得快一些。我身体不适,可能几周内都不能接受探视。正在为国效力的朋友们如果在工作上投入更多的时间和精力,特别是在手工纺织上,我会加倍欣赏他们的深情厚谊。

获释并未给我带来解脱。未获释前,除了遵守狱规,我没有其他责任,只为了更有效服务大众努力提升自我;现在我快被责任感压垮了,无力承担。发给我的贺电铺天盖地而至。这是国民对我诸多关爱的又一明证。我当然很高兴,也很宽慰。但是很多电报也暴露出我的工作不尽如人意,让我深感震惊。想到自己完全无力应付面临的工作,我为自己的自负感到惭愧。

虽然我对国内目前的局面知之甚少,但掌握的情况已足以让我看到,和通过巴多利决议的时候相比,眼下的民族问题更加错综复杂。显而易见,没有印度教徒、穆斯林、锡克教徒、帕西人、基督徒和其他印度人大团结,印度自治只是空谈。1922年我曾天真地以为我们差不多实现了民族团结,至少在印度教徒和穆斯林之间,但现在我发现民族关系严重倒退。互信被猜疑所替代。我们要想赢得自由,就必须在不同群体间建立起牢不可破的纽带。能否把全国为我获释的感恩祈祷都转化为各族牢固的团结呢?那可比任何医护诊治或疗养都能更快让我恢复健康。当我在狱中听说一些地区印穆关系紧张,真是心灰意冷。在族群分裂的重负折磨之下,我无法遵照医嘱好好休养。我恳请所有爱我的人将他们的爱用于促进众人期盼的族群团结。我知道这项任务很艰巨。但如果我们坚定地信奉神,世上就无难事。让我们认识到自己的软弱吧,亲近神,神必会帮助我们。软弱催生恐惧,而恐惧则带来猜疑。让我们一同摆脱恐惧吧,我知道,我们中哪怕只有一方再无恐惧,双方都将停止争执。我甚至要说,后人要评判您的任期,唯一的标准就是您在民族团结大业上的作为。我知道我们俩亲如兄弟,因此我恳请您替我分忧,帮助我,让我在病中心情愉快。

想一想国内不断增长的贫困,如果我们能实实在在地认识到手纺车是解决问题的唯一办法,纺织的乐趣将取代相互争斗。过去这两年让我有大量时间独自冥思苦想。这段思考让我更加坚定地相信巴多利计划的好处,要实现自治,各族必须团结一致,全民使用手纺车,废除不可接触者制度,无论在思想上还是在言行上都运用非暴力的方法。如果我们能严格地全面实施这项计划,我们就再也不必诉诸文明不服从运动,这也是我的希望。但必须声明,对文明不服从的有效性和正确性,我的信心并未因自己在独处之时的虔诚思考而有任何减少。我比以前更相信,在国家存亡之际,文明不服从是个人与整个民族的权利和义务。我深信,与战争相比,文明不服从抗争危害更小:如果抗争成功,对抗争者和作恶者都有益处;而战争对战胜方和战败方都会造成伤害。

让国大党党员重返立法委员会和国民大会这个问题很棘手,请不要指望我对此发表任何感想。虽然我并未改变抵制立法会、法院和公立学校的初衷,但我不了解德里地区的变化,无法做出判断。国内部分著名人士出于使命感,建议为了民族利益停止抵制立法机构。这个问题有机会我要和他们探讨一下,但在此之前,我不准备发表任何意见。

总而言之,能否请您代我向所有发来贺信的人表示感谢?我本人无法一一致谢。其中很多贺信来自温和派的英国朋友,对此我很高兴。无论是我还是其他不合作主义者与他们都没有过节。他们也是希望自己的国家好,尽力为国效力。我们要是觉得他们错了,就要通过友善和耐心的说服将他们争取过来,万万不可谩骂侮辱。事实上,我们也希望能把英国人视为朋友,而不是误解他们,把他们当成敌人。如果说今天我们致力于反对大英政府的斗争，我们反对的是政府所代表的制度，而不是管理制度的英国人。我知道我们中很多人都理解不了这一点，在认识上无法区分制度和制度内的人。但要是做不到这一点，那么我们的事业就失败了。

您真诚的朋友和兄弟，
莫·卡·甘地
出自《青年印度》，1924年2月14日刊

二

西格昂
1938年2月3日

亲爱的真纳先生：

昨天潘迪特·尼赫鲁告诉我，您向毛拉大人抱怨，说您11月5日回复了我10月19日的信，但一直没收到我的回信。收到您回信的时候，我在加尔各答，刚被医生告知我病情严重。

您的信到了三天后我才看到。因为当时觉得没必要，所以没有回信。否则我就算病得再重，也会回信的。您那封信我又看了一遍，还是觉得回信说什么都不管用。不过您会期待我的回信，让我感到挺高兴，所以现在我给您回信。科尔先生确实和我说过，他是替您私下给我带口信。他已在我身边没人的时候转达给我听。我原本也可以托他带回一条口信，但为了让您真实了解我的精神状态，还是给您写了张便条。里面也没什么见不得人的内容。可是过后您对便条的处理方式让我感到吃惊和痛苦，我现在还是如此感受。

您抱怨我保持沉默。我为何沉默，真实理由已明明白白地写在我那张便条里了。请相信我，到了我能有所作为的时候，世间万物

都无法阻挡我让印穆走向团结。似乎您并不承认自己的演讲是在宣战,但是您最近发表的声明也印证了我最初的印象。只是,感觉的事,我要怎样才能证明呢?在您的演讲中,我看不到 1915 年我从南非自我流放回到印度时所认识的那位民族主义者。当时人人都说您是最坚定的民族主义者之一,说您是印度教徒和穆斯林的希望。今天的您还是当年的那位真纳先生吗?

如果您说是,不管您在演讲中说了什么,我都相信您。

最后,您希望我提一些建议。可是,我除了跪下来求您做回自己,还能提什么建议呢?如何奠定两个族群团结基础的建议必须由您来提出。

同样,这封信只是写给您看的,不是拿来公开发表的;我是您的朋友,不是您的敌人。

您真诚的,
莫·卡·甘地

出自《圣雄甘地著名信件集》,第 108—109 页

三

1944 年 9 月 22 日

亲爱的伟大领袖:

您昨日(9 月 21 日)的来信让我深感不安,所以我原想等我们照常会面后再予以答复。可是会谈的时候我并未提出自己的想法,不过我想我现在比较清楚您是作何打算了。我对您的两国理论琢磨得越多,就越是担心。您推荐的那本书我看了,但也无济于事。书中真伪混杂,所得出的结论及推论失实。印度穆斯林有别于印度其他人民,自成一个民族,这种说法我无法接受。实属口说无凭。接受这种说法,后果

极为严重。我们一旦接受这一原则,就无法限制类似要求,印度将被分割得七零八落,国将不国。故此我才提出了另一种方案。如果一定要区分印度教徒和穆斯林,让我们像两兄弟一样,分产不分家。

看来您是反对公投的。尽管全印穆斯林联盟举足轻重,但还是要拿出明确的证据,证明那些会受到国家分裂影响的人民希望如此。我认为,在分割印度这个问题上,当地全体居民都应明确表态。最好的办法是成年人投票表决,不过我也接受其他同等的方式。

您草率地否认印度教徒和穆斯林之间有任何共同利益。如果分割方案没有确保双方在国防、外交等方面共同利益的有关规定,则我无意参与此事。两地毗邻相连,如果不承认双方先天性义务,那么印度人民将没有安全感。

您的来信显示,你我的观点与观念大相径庭。因此您才坚持自己的一贯主张,认为1942年的八月决议"于印度穆斯林的理想和诉求不利"。但此乃泛泛之言,并无任何依据。

看来我们只在原地打转。我已经提出了我的建议。要能如我所愿,我们致力达成共识,那么让我们请一位或数位第三方予以指导,甚至在我们之间做出仲裁。

您真诚的,
莫·卡·甘地

出自《甘地—真纳会谈录》,第22页

四

1944年9月22日

亲爱的伟大领袖:

昨晚的会谈令人甚是不快。虽然多次会谈,反复通信,但你我好似两条平行线,永无交集。昨晚我们都快不欢而散了,但是,感谢神,我们都不愿就此走开。我们继续讨论,然后暂停会谈,好让我有时间做晚间公开祷告。

为了在这件极其重大的事情上不出任何纰漏,还请您明确地写下您希望我签名同意的内容。

我坚持原来的建议,现阶段我们应该找外人援助。

您真诚的,
莫·卡·甘地

出自《甘地—真纳会谈录》,第 25 页

附:穆罕默德·阿里·真纳的回信

1944 年 9 月 23 日

亲爱的甘地先生:

您 9 月 23 日的信件收讫。能否请您查看我今天对您 9 月 22 日来信做出的回复?我没什么其他要补充,不过恕我直言,在您恢复代表权、获得授权之前,我们不会要求您代表任何人签名。我已经说过,我们坚持 1940 年 3 月拉合尔决议[1]中的基本原则。我再次向您发出呼吁,请您修改您的政策和计划,因为印度次大陆的未来和印度人民的福祉都要求您面对现实。

您真诚的,
穆·阿·真纳

出自《甘地—真纳会谈录》,第 25—26 页

---

[1] 拉合尔决议(Lahore Resolution),又称为"巴基斯坦决议"。1940 年 3 月,全印穆斯林联盟在拉合尔召开为期三天的全体大会,通过决议,决定英属印度西北部地区和东部地区将脱离印度,成立一个主权独立的信奉伊斯兰教的国家,即日后的巴基斯坦。

五

1944 年 9 月 24 日

亲爱的伟大领袖：

您 9 月 23 日给我 22 日和 23 日两封信的回信都收到了。

在您的协助下，我正在探索达成协议的各种可能性，以便合理满足穆斯林联盟在拉合尔决议中提出的要求。因此，您只管放心，8 月的决议不会阻止我们达成协议。那份决议针对的是印度与英国之间的问题，无碍我们之间达成和解。

我是在以下假设下推进和解的，即不将印度视为两个或更多个民族，而将其看作一个人口众多的大家庭。在这个大家庭中，穆斯林住在西北地区，即俾路支斯坦省、信德省、西北边境省，以及旁遮普邦、孟加拉邦和阿萨姆邦三邦的部分地区，这些地区绝大多数人口均为穆斯林。穆斯林希望与印度其他地区分开，单独生活。

我与您在基本原则上有分歧，我只能建议国大党和全国接受穆斯林联盟在 1940 年拉合尔决议中提出的分割要求，我的原则和条件如下：

穆斯林区域边界由国大党和联盟共同批准的委员会划定。在划定的地区范围内，通过当地成年人全体投票或其他相应方式确定当地居民的意愿。

如果投票结果赞成分割，则在印度摆脱外国统治后，赞成这些地区尽快成立一个新的国家，如此将组成两个主权独立国家。

双方需签署分割条约，就未来如何管理势必影响双方共同利益的各类事务制定有效且双方满意的规定，包括外交、国防、国内通讯、习俗、贸易等等。

分割条约同时需包含维护两国国内少数民族权利的条款。

一旦国大党和联盟采纳此协议，双方应即时就争取印度独立制定共同行动路线图。

然而，在国大党可能采取的直接行动中，联盟按其意愿，可以选择是否参加。

如果您对上述条件有异议，能否请您明确告知您认为根据拉合尔决议我该接受什么条件？该给国大党哪些建议？您若能不吝赐教，我就清楚除了我们在方法上的差异，都有哪些具体的条件我能同意。在9月23日的来信中，您提到了"拉合尔决议的基本性原则"，要我接受这些原则。

您完全没必要这么说，因为我觉得自己已经接受了这些原则，也接受了随之而来的具体后果。

您真诚的，
莫·卡·甘地

出自《甘地—真纳会谈录》，第26—27页

致苏巴斯·钱德拉·鲍斯

比尔拉馆
新德里
1939 年 4 月 2 日

我亲爱的苏巴斯：

你 3 月 21 日的来信及前一封来信我都收到了。你很坦率，在来信中清晰阐释了自己的观点，我很欣赏。

我觉得，你所表达的观点与其他人以及我本人的观点截然相反，我不知如何方可弥合两者的分歧。我认为各个思想流派都应向国民清晰地提出自己的观点。如果各派能诚恳地提出自己的观点，我认为彼此的矛盾不会导致内战。

问题不在于我们之间存在分歧，而在于我们失去相互尊重、相互信任。但时间会解决这个问题。如果我们真的信奉非暴力，就不会有内战，更不会有敌意。

综合考虑各方因素，我认为你应即时组建一个能完全代表自己观点的内阁。明确制订自己的计划，在即将召开的全印国大党委员会上提出来。如果委员会接受你的计划，一切都会顺利进展，你可以执行自己的计划，不受少数派阻挠。反过来，如果委员会不接受你的计划，你应辞职，让委员会选出新的主席。而你可以按照自己的想法自由地教导国民。我给出的这个建议并不涉及潘迪特·潘特的和解方案。

我的个人声誉算不了什么。声誉自有其独立的价值。如果国民怀疑我的动机，抑或拒绝接受我的政策或计划，那么我的声誉就不存在了。印度的兴衰取决于千万国民总体的素质。个人再伟大，如果不能代表千万国民，他就微不足道。因此让我们忘掉个人的声誉吧。

你认为今日印度非暴力的程度史无前例，对此我不敢苟同。我在空气中能呼吸到暴力的气息。但那是一种不易觉察的暴力。我们之间相互猜疑就是一种不好的暴力。印度教徒和穆斯林之间不断扩大的鸿沟也是一种暴力。我还可以给出更多的例子。

对国大党腐败的程度我们也意见相左。我感觉腐败在恶化。数月以来我一直在请求党做一次彻底审查。

在这种情况下，我认为没有开展大型非暴力运动的氛围。如果没有有效的制裁措施，最后通牒不仅无用，还会适得其反。

也没准就像我对你说过的，我上年纪了，可能变得胆小了，变得过于谨慎，而你还年轻，年轻人总是无所畏惧，充满信心。我希望你是对的，我是错的。但我坚决认为，今日的国大党成不了事，组织不了真正的文明不服从运动。因此，如果你的判断是对的，那我是落伍了，作为非暴力运动总司令已经过气了。

我很高兴你提到拉吉科特的小事件。这凸显出我们看问题的角度真的不一样。在这件事情上，我毫不后悔自己所采取的相关措施。我认为这个事件具有全国性的重大意义。我并未因为拉吉科特的情况就终止其他邦的文明不服从运动。但拉吉科特事件让我看清了情况。它给我指明了道路。我来德里不是因为健康问题。我勉强待在这里，等着审判长做出决定。总督最近给我发了份电报，在他将电文中所声明内容付诸实施之前，我觉得自己有义务待在德里。我可不能冒任何风险。既然我已经请至高无上的权力履行职责，那我就得待在德里看着应尽的义务履行完毕。因塔库尔大人[1]对和解

---

[1] 塔库尔（Thakor），南亚贵族头衔，英国统治印度时期土邦国的塔库尔享有皇家礼炮待遇。

方案的内容提出疑问，总督指派首席大法官对文件做出诠释，我觉得这么做没什么问题。顺便提一下，莫里斯爵士不是以首席大法官的身份，而是以一名深受总督信任的专业法学家的身份来核查这份文件。在接受总督提出的法官人选这件事上，我觉得自己做得挺明智、挺得体的，更重要的是，我让总督府在这件事情上承担了更大的责任。

尽管我们就彼此的意见分歧有过激烈的讨论，但我相信那不会对我们的私交造成任何影响。如果我们的友情是发自内心，我相信是这样的，那它就不会受我们意见分歧的影响。

爱
巴布

出自《敬爱的领袖苏巴斯·钱德拉·鲍斯》，第62—65页

附：苏巴斯·钱德拉·鲍斯的来信

加勒古拉
1939年3月31日

我亲爱的圣雄君：

（……）请让我知道您对潘特决议[1]的反应，我将无限感激。您的地位超然，能做出公正的判断，当然，前提条件是您彻底了解特

---

[1] 1939年国大党在特里普里召开年度大会，会前，时任国大党主席苏巴斯带领的左派与甘地带领的派系已出现严重政治分歧。特里普里大会上，苏巴斯击败甘地派候选人，再次当选为主席。但大会通过葛文德·巴拉布·潘特（Govind Ballabh Pant）提出的一项建议，赋予甘地对组建国大党工作委员会的一票否决权。特里普里大会之后没多久，苏巴斯·鲍斯辞去国大党主席职位，统一所有左派力量，组建前进联盟（Forward Bloc）。

里普里（Tripuri）的情况。从报纸文章上判断，到目前为止去见过您的人都是同一派，即潘特决议的支持者。不过这也没关系。不管谁去见您，您一眼就能对他做出判断。

我对潘特决议的看法您不难想见。不过我的个人感受并不重要。在公共生活中，我们常常要让个人情感服从公共考虑。正如我在上封信里所说，从单纯的宪政主义角度而言，无论我个人对潘特决议有何种看法，既然国大党已经通过，我就会服从。那么，您认为决议是否说明党对我已失去信心？果真如此，您觉得我是否应该辞职？您在这件事上的看法将对我有很大影响。

＊　＊　＊

我也想在此提一提另一件事——就是我们的计划……几个月来我一直告诫各位朋友，告诫他们春季欧洲将爆发一场危机，且会延续到夏天。早在八个月前，国际形势和国内情况就让我确信，我们推动"完全独立"的时机到了……出于以上及其他原因，我们应立即以最后通牒的方式向英国政府提交我们的"民族要求"……如果您这么做，并同时为随之而来的斗争做好准备，我相信我们很快就能赢得独立。可能英国政府会不发一兵一卒，回应我们的要求，可能会刀兵相见，就算这样，以我们现在的条件，斗争也不会拖得太久。对此我信心满满，我认为如果我们下定决心，勇敢前行，最多只要一年半就能赢得独立。

我对这一点感受很深，愿意为此牺牲一切。如果您开启这场斗争，我将欣然尽己所能，助您一臂之力。如果您认为在另一位主席的带领下国大党能更好开展斗争，我将欣然退位让贤。如果您认为在您选定的工作委员会指导下，国大党能更有效地开展斗争，我亦将欣然支持您的意愿。我只希望您和国大党能在这个关键的时刻站出来，重新发动争取自治的斗争。如果我引退能促进民族大业，那么我向您庄严保证，我随时愿意彻底退出。我想凭自己的拳拳爱国心，这点我还是做得到。

恕我直言，我并不欣赏近期您组织各邦人民斗争的方式。

* * *

我敢说很多人和我一样不满意拉吉科特方案的条件。我们，还有《民族报》将此和解称为一场伟大的胜利——可是我们到底赢得了什么？莫里斯·葛怀尔爵士[1]既不是我们的人，也不是独立代理人。他是政府的人。让他当仲裁人，意义何在？我们希望他做出于我方有利的判决，可是如果他宣布的结果不利于我们，我们该如何自处？信写得太长了，我该停笔了。要是言有所失，还望您能原谅。我知道您一直希望大家能开诚布公，直抒胸臆。这也是为什么我敢于写下这封直白的长信。

谨向您谦恭致敬。

热爱您的，
苏巴斯

出自《敬爱的领袖苏巴斯·钱德拉·鲍斯》，第60—62页

---

[1] 莫里斯·葛怀尔爵士（Sir Maurice Linford Gwyer, 1878—1952），英国律师、法官、学者型行政官员，曾任印度最高法院审判长及首席大法官（1937—1943）、德里大学副校长（1938—1950）。

致希特勒先生

瓦尔达
印度
1939年7月23日

亲爱的朋友：

　　友人均敦促我为了全人类福祉给您修书一封。时至今日我皆一概拒绝，只因自己觉得如此贸然去信，颇为无礼。但现在我认为自己不能再斟酌，不管是否管用，我都要向您发出呼吁。

　　显而易见，当今世界，只有您才能阻止战争，阻止一场毁灭人性的战争。您真能为了达到自己目的——无论此目的对您多有价值——硬要执意付出这样的代价吗？我向来避而不用战争之道，但也颇有成效。能否请您听我一劝，不要发动战争？冒昧去信，如有不妥，还望见谅。

永是您真诚的
朋友
莫·卡·甘地

希特勒先生
柏林
德国

出自影印件，编号 S.N.23126

致全体英国人

一

(1940年7月3日,甘地发表此著名呼吁)

致全体英国人:

1896年,我曾代表我在南非做劳工或做买卖的同胞们向南非的全体英国人发出呼吁。我的呼吁奏效了。当年我认为,那些令我发出呼吁的原因意义重大,但与今日相比,它们实在微不足道。今天我向每一位英国人发出呼吁,无论你身在何方,都不要以战争的方式,而是用非暴力的方式来调整各国关系,解决其他问题。你们的政治家已经宣布,这是一场民主保卫战。他们还给出很多其他理由来为战争辩护。种种理由你们都了然于胸。但依我看,无论这场战争会以何种方式结束,届时能代表民主的民主国家都将不复存在。这场战争降临人间,是一个诅咒,一个预兆。这场战争是一个诅咒,因为它让人变得空前残忍。作战人员与平民再无任何分别。毁天灭地,无一幸免。欺骗已变成一种艺术。英国原要捍卫诸多小国。可是这些国家接踵消亡,至少到目前为止大势如此。这场战争也是一个预兆。如果谁都看不到这个不祥之兆,人将沦为野兽,行自己所不齿之事。战争爆发之时,我就看到了这个不祥之兆。但当时我没有勇气说出来。现在神给了我勇气,让我尽早发出呼吁。

我呼吁你们停止战争,不是因为你们已经筋疲力尽,无法再战,而是因为战争本身就是恶。你们想全面铲除纳粹主义。但若是以彼之道还施彼身,你们永远都无法将其根除。你们的士兵和德国士兵一样,都在摧毁人类。唯一的区别大概就是你们的士兵做得不如德国人彻底。果真如此,很快你们的士兵就能赶上德国士兵,甚至比他们摧毁得更彻底。这是你们赢得这场战争的唯一办法。换言之,你们要变得比纳粹分子更残忍。但是眼下时刻都在发生任意屠杀,任何正义的动机都不足以成其为正当理由。依我看,让人施下今日种种暴行的动机毫无正义可言。

我并不希望英国战败,但我也不希英国凭残暴之力获胜,无论靠的是残暴的体力还是残暴的智力。你们体格强壮,英勇无畏,这是不争的事实。难道你们还需要展示你们的心智和你们的肌肉一样,拥有举世无双的摧毁力?我希望你们不要与纳粹分子展开一场不光彩的竞争。我冒昧地向你们提出一个更高尚、更勇敢的做法,一个配得上最勇敢的战士的做法。我希望你们不要用武器对抗纳粹主义,或者,用军事术语来说,你们要用非暴力利器对抗纳粹主义。我希望你们放下武器,因为武器无法拯救你们,也无法拯救人类。你们要邀请希特勒先生和墨索里尼先生从你们称为私产的国家里恣意地任取任予。让他们占据你们美丽的岛屿,占有你们众多美丽的楼房。你们要把这一切都拱手奉上,但绝不交出你们的灵魂、你们的心。如果这些绅士想要占据你们的家园,你们就搬走。如果他们不给你们自由离开的通道,你们就让他们把自己杀死,男女老少统统杀光,但你们将拒绝向他们效忠。

这一被我称为非暴力不合作的过程,抑或说做法,在印度取得了相当可观的成功。你们驻印度的代表可能会否认我这一断言。果真如此,我会觉得他们很可怜。也许他们会和你们说,我们的不合作运动并非全无暴力,我们的不合作是出于仇恨的不合作。如果他们给出这样的证词,我不会予以否认。如果我们的运动是彻底的非暴力运动,如果全体的不合作者都对你们满怀善意,我敢说,今天仍主宰印度的你们早就成了印度的学生,你们早就能凭着比我们更为高超的技能,将无可匹敌的非暴力利器用得出神入化,用它迎接来自德国和意大利朋友的威胁。真的,你们本可改写欧洲这数月以来的历史,不让无辜的欧洲人血流成河,不让众多小国横遭掠夺,不让仇恨肆意横生。

这不是一个门外汉发出的呼吁。半个世纪以来,我从不间断地以科学的精密性实践非暴力,探究它的门道。我将它运用到各行各业,从家庭到公共机构,从经济到政治。就我所知,全都奏效了。有时看起来似乎是失败了,但我认为那只是因为我自己学艺不精。我不敢自夸为完人,但我确实自诩是一个执着追求真理的人,而真理只是神的另一个名字。在我上下求索的过程中,我发现了非暴力。宣扬非暴力是我终生的使命。此生我只致力这一使命,别无他求。

我自称是英国人民无私的终生好友。我也曾一度热爱你们的帝国,以为帝国所行之事于印度有益。但当我发现帝国对印度根本毫无裨益之时,我就开始以非暴力方式与帝国主义斗争,时至今日。无论我的祖国最终命运如何,我对你们的爱分毫未减,也永不会消减。我的非暴力要求博爱,而你们是其中重要的组成部分。正是这份爱让我向你们发出呼吁。

愿神加持我所说的每一句话。以神之名,我动笔写下此信;以神之名,我就此收笔。愿你们的政治家能有智慧和勇气,响应我的呼吁。我告诉总督阁下,为了推动我所呼吁的目标,如果英王陛下政府认为我能尽绵薄之力,我随时乐于效劳。

莫·卡·甘地

出自《圣雄甘地》,第五卷,第364—366页

二

我在南非刚开始从事公共事务的时候,就写过一封《致南非

全体英国人的公开信》。那封信奏效了。值此世界历史的关键时刻,我觉得应该再写一封类似的公开信。但这次我必须向全世界的每一个英国人发出呼吁。或许以一己之力奉劝一国之民,人微言轻。但在非暴力的王国内,每一个正确的想法都很重要,每一个正确的意见都有它的价值。"人民的心声就是神的声音"（vox populi vox dei）,这不是书本上的格言,它表达的是人类实实在在的经历。只是这话有一个条件。它的真理性仅限于非暴力领域。暴力会让人民暂时性失声。不过我的工作既然仅限于非暴力领域,每一个正确的想法,不管是否说出口,对我都很重要。

我请全体英国人支持我此刻向英国发出的呼吁,我呼吁英国全面撤出其亚洲和非洲领地,至少撤出印度。这一举措对世界安全至关重要,对摧毁纳粹主义、摧毁法西斯至关重要。在此,我所讲的纳粹和法西斯阵营也包括日本,因为日本真的是绝佳的亚洲版德国和意大利。如果英国能听取我的呼吁,必将打乱轴心国的全盘军事计划,甚至也会打乱英国军事顾问的计划。

我相信,如果我的呼吁达到目的,相较于目前不断增长的战争代价,英国在印度和非洲损失的利益微不足道。而当我们加上道德的考量,英国、印度,乃至全球只会从中获益。

我呼吁英国撤出亚洲、撤出非洲,但现在让我只谈谈印度。英国政治家们口口声声说要让印度参与这场战争。可是他们在宣战的时候压根就没有正式咨询过印度的意见。可那又有什么必要呢?反正印度又不属于印度人。它属于英国人。它甚至被称为英属领地。英国人对印度基本就是任意妄为。他们以种种方式逼着我——这样一名坚定的反战分子——缴纳战争税。我每寄一封信,就上缴两派斯[1]的战争税;每寄一张明信片,就缴一派斯;每拍一份电报就缴两个安纳。这还是整幅惨淡画面中最为光明的一面。不过英国人之

---

[1] 派斯（pice）,印度铜币,今日 1 派斯等于 1/100 卢比,1947 年以前 1 派斯等于 1/64 卢比。

心思巧妙，足见一斑。如果我学的是经济学，就能给出更为令人震惊的数据，说明除了自愿缴纳的军税之外，英国还让印度为战争支付了多少费用。而所谓自愿缴纳的军税，其实根本名不符实，因为被征服者不可能真是出于自愿向政府上缴费用。英国人可真是出色的征服者啊！他们实在是驾驭自如。英国人轻声说出愿望，印度就及时回应，我这么说丝毫没有夸大其词。所以，英印两国可谓一直处于交战状态，英国靠武力征服，靠军队占领牢牢控制着印度。印度被迫帮着英国打仗，又能得着什么好处呢？印度士兵再勇敢，对印度也无半点益处。

在日本人的威胁突然降临到印度之前，英军就占领了印度人的家园——无论是印度教徒还是非印度教徒。英军草草把人赶走，让他们自行安置。印度人获得的搬迁费少得可怜，做什么都不够。他们没了工作，只好自己另盖小屋，另谋生计。让这些人搬迁为的根本不是什么爱国主义。几天前别人向我提起这件事，我就在本报专栏中写道，那些人流离失所，就该听天由命，自认倒霉。结果我的同事纷纷提出抗议，他们请我去那些被迫拆迁者的家里，亲自去安慰他们，或者另派他人去完成这项不可能完成的任务。我的同事们是对的。英国本就不该如此对待这些可怜人。在要求他们搬出自己的家园的同时，就该妥善安排好他们的住处。

东孟加拉人差不多算得上两栖人。他们一部分住在陆地上，一部分住在河上。他们划着轻盈的独木舟四处往来。政府怕他们被日本人利用，就号召他们交出独木舟。可对孟加拉人来说，交出独木舟，无异于交出他的命根子。谁要是拿走他的独木舟，他就与之为敌。

英国必须赢得这场战争。但她非得让印度为此买单吗？她这么做应该吗？

如此情节已够悲惨的了，可我还要再添上一笔。虚伪笼罩着印度人的生活，令人窒息。基本上你们见到的每个印度人都心怀不满。但他们不会公开承认。政府雇员亦无一例外，不论职位高低。

这并非道听途说。对此很多英国官员都心知肚明。只不过他们业已练就一身本领，让工作不受这些因素的影响。猜疑与虚伪无处不在，若不用整个灵魂抗拒，生命将变得毫无意义。

我说的这一切，你们尽可以拒不相信，也可以予以反驳。而我会挺得住任何反驳。

我相信自己所言无虚，句句属实。

我这样大声说出自己的想法，印度人民未必赞同。我这么做，事先并未咨询过任何人。我在自己的禁语日写下这封呼吁信。我关心的是英国将如何行动。美国废除奴隶制之后，许多奴隶提出抗议，有的甚至潸然泪下。但即便有人抗议，有人落泪，美国还是从法律上废除了奴隶制。只不过，真正实现废奴的是血腥的南北战争；故而之后黑人的命运虽有较大好转，但仍为上流社会所排斥。而我现在提出的要求更高。我要求英国以不流血的方式结束对印度违背人性的统治，我要求开启一个新的时代，即便我们当中会有人抗议，有人痛哭流涕。

莫·卡·甘地

孟买，1942 年 5 月 11 日

出自《哈里真》，1942 年 5 月 17 日刊

致蒋介石委员长

塞瓦格拉姆
1942 年 6 月 14 日

亲爱的委员长：

加尔各答与阁下及尊夫人五个小时的亲切交流，令我终生难忘。我素为您的自由抗争所吸引，此次会晤以及我们就中国及其问题的交谈让我兴趣更甚。多年前，即 1905 年至 1913 年间，当时我还在南非，我就经常接触约翰内斯堡人数不多的华侨。他们先是我的客户，后来成了我在南非印度人消极抵抗运动的同志。在毛里求斯我也接触过华侨。那时我就很钦佩他们的勤劳节俭、足智多谋和内部团结。后来在印度，我又和一位很不错的中国朋友共同生活了几年，我们都很喜欢他。

一直以来，你们伟大的国家是如此深深地吸引着我。我和我的同胞对你们艰苦卓绝的抗战深表同情。贾瓦哈拉尔·尼赫鲁是你我共同的朋友，他对中国的热爱仅次于他对自己祖国的热爱，他一直让我们密切了解中国抗战的进展情况。

出于我对中国的这份情感，出于我对我们两个伟大国家最热忱的期盼，期盼着两国能紧密合作，互惠互利，我迫切希望向您说明，我虽呼吁英军撤出印度，但这绝不意味着印度会减弱对日防御，也绝不会对您的抗战造成任何阻碍。印度绝不会向任何侵略者屈服，印度必将抵抗。我不会为了自己国家的自由而出卖贵国的自由。这种问题在我这里不会出现，因为我很清楚，印度不能以这种方式获得自由，而且中印两国无论任何一方沦于日本掌控，都会对另一国乃至世界和平造成伤害。因此我们必须阻止日本统治，我希望印度能为此发挥应有的作用。

但是，我认为被奴役的印度无法担此大任。当年英国从马来亚半岛、新加坡和缅甸撤军，印度只能束手旁观。我们必须从这些悲惨事件中吸取教训，必须动用一切手段阻止再次发生类似的不幸遭遇。印度若无自由，我们就无能为力，同样的事情可能再次发生，对印度和中国造成严重毁坏。我实在不希望如此灾难性的悲剧重演。

我们屡次向英国政府自告奋勇，伸出援手，却一再遭到拒绝。而近期克里普斯代表团[1]一行以失败告终，重创两国关系，至今仍在流血。悲痛交加，我们才要求英军立即撤离印度，让印度人捍卫印度，尽最大能力帮助中国。

我和您说过，我信奉非暴力，我相信如果一个民族全民信奉非暴力，此法必能奏效。我的信仰坚定不移。但我意识到，作为一个整体，今日的印度尚无此信仰和信念，而印度获得自由后，将组建多元化政府。

今天，印度全国无能为力，垂头丧气。印度军团中大多数人也是出于经济压力才参军。他们全然没有为国奋战的使命感，也根本不是一支人民的军队。而我们这些为印度和中国的大业而奋战之

---

[1] 1942年3月下旬，为确保印度在"二战"中的全力配合与支持，英国政府派出克里普斯代表团，团长斯塔夫特·克里普斯爵士（Sir Stafford Cripps）为资深左翼政治家，在丘吉尔首相领导的战时内阁担任大臣。为了让印度在"二战"中为英军效力，克里普斯承诺战后给予印度全面自治权。提议遭到国大党与全印穆斯林联盟拒绝。代表团无功而返。国大党随后展开退出印度运动，拒绝在"二战"中与英军合作，几乎整个领导层被捕入狱，直到战争结束。

人，无论用的是武力还是非暴力手段，绝不可能受制于人，按外国意愿行事。我们的人民清楚知道，为了印度的利益，为了中国乃至世界的和平，印度必须获得自由，才能更好发挥决定性作用。很多人和我一样，认为印度本可采取有效的行动，但英国却继续让印度处于如此无助的境地，让我们被种种事件压垮，如此行径既不正当，亦非大丈夫所为。因此，我们认为要尽一切努力，确保印度获得迫切所需的独立和行动自由。这就是我为什么呼吁英国立即终止英印间违背人性的关系。

除非我们做出努力，否则我们会面临巨大的危险，印度公众的情绪会陷入错误和有害的宣泄渠道。很有可能，为了削弱和推翻英国在印度的统治，暗中同情日本的情绪会与日俱增。我们有能力不依靠外部力量赢得自由的坚定信心，可能会被这种情绪取而代之。因此，我们必得学会自立自强，发展自身的力量以寻求自救。我们只有下定决心，努力从束缚中解放出来，自救才有可能实现。目前我们的当务之急就是获得这种自由，方能在世界自由国家中获得自己应有的一席之地。

为清晰表明我们希望全面阻止日本侵略的意愿，我本人会赞成同盟国在印度驻军，把印度作为反击日本袭击威胁的军事基地，但前提条件是同盟国要和我们签订协议。

您大可放心，作为印度新动议的发起人，我不会草率行事。不管我建议采取何种行动，都不会对中国造成伤害，不会加剧日本对印度和中国的侵略。在我看来，英国退出印度，其理不证自明，也必将加强中印两国的防御。我正在试着争取国际舆论支持这一建议。我也正在让印度民众接受这一建议，在和同事们商议。不消说，任何我涉身其中的反英国政府运动，在本质上都是非暴力运动。我正竭尽全力避免与英国政府发生冲突。但如果为了维护我们迫切需要的自由，冲突避无可避，我会毫不犹豫地以身涉险，无论风险有多大。

很快你们抵抗日本侵略战争的第五个年头就要过去了，整整五年，战争给中国带来了痛苦和不幸，我感同身受，我对中国人民深表同情，也敬佩你们为了祖国的自由和统一，排除万难，英勇斗争，抛头颅洒热血。我坚信，你们的英勇精神和牺牲不会徒劳无功，有朝一日必会硕果累累。我谨向您，向蒋夫人，向伟大的中国人民致以我最热切、最真挚的祝愿，祝你们胜利。期待未来自由的印度和自由的中国为了两国利益，为了亚洲和全球的利益，以朋友之情、兄弟之谊携手合作。

  我斗胆在《哈里真》公开发表此信[1]，想来您不会反对。

您真诚的，

莫·卡·甘地

出自《和平与战争年代的非暴力》，第一卷，第424—427页

---

[1] 当时本信未在《哈里真》公开发表。——原注

致全体日本人

我对你们毫无恶意，但真心话必须说到头里：你们攻打中国，对此我深恶痛绝。你们原本高风亮节，现在却沦丧为野心的帝国主义者。但你们实现不了这一野心，你们可能成为亚洲解体的始作俑者，茫然阻碍天下大同，破坏人类手足情谊，令人类失去希望。

五十多年前，我还是一名在伦敦求学的十八岁少年，我就从已故的埃德温·阿诺德爵士[1]的作品中学会欣赏你们民族中很多优秀的品质。我在南非的时候，听到你们大败俄军的辉煌胜利，激动不已。1915年，我从南非返回印度，曾与一些日本僧侣密切接触，他们时不时会到我们的静修院修行。其中有位还成了塞瓦格拉姆（Sevagram）静修院的重要一员。他勤勉敬业，每日祷告，从不间断；端庄和蔼，处变不惊，脸上自然的微笑印证着内心的平和。这些都让他深受我们喜爱。可是现在，因你们对英宣战，这位僧侣离开了，我们也失去了一位亲爱的同工。留给我们的只有对他每日祈祷的追忆，还有他的一面小鼓，每日晨昏，我们都在那鼓声相伴下开启祷告。

在我看来，你们进攻中国，毫无端由，而且如果报道属实，你们正在无情蹂躏那个伟大而又古老的国家。反复思量，以前愉悦的

---

[1] 埃尔温·阿诺德爵士（Sir Edwin Arnold, 1832—1904），英国诗人、记者，代表作为《亚洲之光》（*The Light of Asia*）。

回忆更是让我备感悲痛。

你们想与世界强国比肩而立的抱负值得称许。但你们入侵中国，与轴心国结盟，无疑是这一抱负的过度放纵，毫无必要。

你们吸纳了中国古典文学，我本以为这会让你们为自己能与伟大而古老的中华民族毗邻而居而感到骄傲。中日两国熟悉彼此的历史、传统和文学，本应友谊亲厚，而非今日这般，反目成仇。

如果我能自由走动，如果你们允许我去贵国，身虚体弱的我就算把健康赔上、把命搭上也会前往，我要去恳请你们不要再危害中国，危害世界，危害自身。

但我没有这份自由。印度目前的处境也是独一无二，我们正在抵抗大英帝国主义，我们对其深恶痛绝，丝毫不亚于对你们的帝国主义和纳粹主义的憎恶。但抵抗英帝国主义并不意味着要伤害英国人民。我们力争转变他们的观念。我们以非暴力反抗英国的统治。我们国内的一个重要政党正忙着与英国统治者展开深入而又友好的争论。

但在这场争论中，我们的政党不需要来自任何外国势力的帮助。我知道你们以为我们是专挑你们进攻印度在即之时让同盟国难堪，但你们大错特错了。我们从未想过把英国的危难变成自己的机会，否则三年前战争刚刚爆发的时候，我们就会这么做了。

千万不要曲解我们要求英军退出印度的运动。报道上说你们对印度独立深感焦虑，我们若信以为真，那么等英国承认印度独立，你们就再无任何借口入侵印度。此外，你们在报上发表的声明与你们对中国的无情侵略背道而驰。

你们要是以为印度会心甘情愿地欢迎你们，那么遗憾的是，你们将大失所望，我请你们认清这个现实。我们让英国退出印度的运动，其宗旨和目的是让印度通过自由做好准备，准备抵御一切野心勃勃的军国主义和帝国主义，无论是大英帝国主义、德国纳粹主义，还是你们的军国主义。尽管我们认为，只有非暴力方能消灭军国主义的狼子野心,但如果我们不备战,就将成为穷兵黩武的世界中不光彩的旁观者。就我而言,我所担心的是,同盟国要是不宣布印度独立,就无法击垮把暴力当作宗教来顶礼膜拜的轴心国联盟。同盟国只有在你们的残酷战争中击败你们,才能打垮你们及你们的同伴。但如果它们如法炮制你们的残酷战争,那么它们为了民主和个人自由拯救世界的宣言就只是一纸空文。在我看来,如今之计唯有同盟国立即宣布并承认印度独立,让印度从愤懑的被迫配合转为自愿合作,避免复制你们的残酷无情,如此同盟国才能强大。

我们已以正义之名,依据对方的声明,从对方自身的利益向英国和其他同盟国发出呼吁。对你们,我以人性的名义发出呼吁。令我感到吃惊的是,你们竟然看不透战争的残酷性,无论是谁也垄断不了。同盟国或其他强国都能改进你们的战术,用你们的武器打垮你们。你们就算打赢了,也不会留下任何能让后世引以为傲的遗产。不管你们施暴的技艺如何精湛,也无法让它们引以为荣。

就算战胜,也不证明你们就对了。那只能证明你们拥有更强大的摧毁力。同理,同盟国获得军事胜利也不意味着它就对了,除非它们现在就让印度获得自由,以此正当和正义之举履行它们所立下的郑重诺言,解救被奴役的亚非人民。

我们在向英国呼吁的同时也表明,自由的印度同意接受同盟国在印度驻军。这是为了证明我们完全无意破坏同盟国大业,也是为了让你们不要认为英军前脚撤出印度,你们后脚就能进来。如果你们抱着这种想法,而且打算付诸实施,那不消说,我们必倾全国之力抵抗到底。之所以向你们发出这份呼吁,我是希望我们的运动甚至能够影响到你们及你们的伙伴,希望你们回到正道上来,不再自毁道德,不要踏上让人类沦为战争机器人的不归路。

我的呼吁能得到英国回应的希望不大,能得到你们回应的希望更是渺茫。我知道英国人不乏正义感,而且他们还知道我这个人。对你们,我了解不多,无法做出判断。我看过的书都告诉我,你们只听从刀剑，不听从呼吁。我真希望书上说的都是对你们的误解！多希望我能拨动你们的心弦啊！无论如何，我坚信人天生富有同情心。借此信念之力，我在印度酝酿了即将到来的运动；也正是这信念，让我在此向你们发出呼吁。

你们的朋友及祝福者，
莫·卡·甘地
塞瓦格拉姆
1942 年 7 月 18 日
出自《哈里真》，1942 年 7 月 26 日刊

致美国朋友

亲爱的朋友们：

对印度国大党独立工作小组的决议，外间议论纷纷，亦诸多责难。既然我被视为此决议的幕后主脑，就有必要在此澄清自己的立场。诸位对我并不陌生：整个西方世界（包括英国在内），我在美国的朋友人数最多。不过，相较而言，与我有私交的英国朋友对我更了解。在贵国，我受累于所谓"英雄崇拜"之弊。贵国有位好心的霍尔姆斯博士（Dr. Holmes），任职于纽约联合教会，不久前仍与我并无交情，现在却成了我的宣传代理。可他做的一些关于我的正面宣传，连我自己都不知道。结果我经常收到美国来信，希望我能施行奇迹，实是令人尴尬。继霍尔姆斯博士之后，在印度与我结识的费希尔主教（Bishop Fisher）也是如出一辙。他差点儿就把我拖到美国去了，可惜命运另有安排。至今我尚无缘踏足贵国广袤伟大的国土，未能拜会贵国优秀的人民。

饶是如此，我早就从贵国大文豪梭罗处获益良多：他的散文《论公民不服从》为我在南非的工作提供了科学验证。英国亦赐我罗斯金[1]，他的著作《致后来者》让我一夜之间洗心革面，把我从一名律师、一个城里人变成德班市外一家农场的乡下人，离农场最近的火车站也在三英里之外。俄罗斯则为我送来托尔斯泰这位良师。

---

[1] 约翰·罗斯金（John Ruskin, 1819—1900），英国作家和美术评论家。

他不仅为我的非暴力主义奠定了合理的基础，还在南非非暴力不合作运动刚起步之际，就为我们赐福。今天我仍在摸索非暴力的种种妙处。而托尔斯泰早已在他的来信中向我预示，我领导的运动注定能为世间备受蹂躏的人民带来希望。由此诸位可见，我在着手处理眼下的任务之时，对英国、对西方毫无敌意。我既已从《致后来者》一书中获得启示，就不可能犯下支持法西斯主义或纳粹主义的大罪，因为对法西斯主义顶礼膜拜就是打压个人，压制个人自由。

还望各位在阅读本人提出的印度脱英方案（俗称"退出印度"运动）之际，勿忘我的上述心路历程。各位切忌无视背景，望文生义。

自幼我就立誓坚持真理。坚持真理于我自然而然。虔诚的求索为我揭示了"真理即真神"这一准则，而非众人常闻的"真神即真理"。这一准则让我得见真神。神充实着我整个身心。真神在上，我谨坚称，我之所以力排众议，建议国人要求英国撤除对印度的统治，实因我一眼就已看出，英国为了自身，为了盟国大业，必须果敢地履行义务，让受尽奴役的印度获得自由。纵然悄无声息，但世间良知尚存。英国若再不行此姗姗迟来的正义之举，将无颜面见世人。新加坡、马来亚和缅甸的先例已经告诫我，同样的悲剧不能在印度重演。我斗胆直言，英国要相信，自由的印度人民会支持盟国的大业，唯其如此，方可避免悲剧重演。只有通过还印度以自由这一无比正义之举，英国方可消除令印度人民愤慨不满的根源，化干戈为玉帛。我以为此举远胜于贵国先借鬼斧神工的工程师与雄厚的财力打造出来的全部战舰和飞机。

我知道你们充耳所闻、满目所见的宣传皆失之偏颇，蓄意扭曲国大党立场。我被刻画为一个伪君子，一个乔装打扮的英国敌人。我素来宽厚待人，这点有据可查，但却被说成是个自相矛盾的人，被证明是个彻头彻尾不值得信任的人。我无意在此过多赘言，自证清白。如果我在贵国享有的信誉于我毫无裨益，则我再如何自我开脱也难敌铺天盖地地毒害诸位视听的虚假宣传。

诸位既已和英国同声共气,自和英方代表在印度的所作所为脱不掉干系。但你们若无法及时去伪存真,势必会对盟国大业造成重挫。万望三思。国大党要求英国无条件承认印度独立难道错了吗?英方说:"时候未到。"但我们说:"现在正是承认印度独立的紧要关头。"因为这样,也只有这样,印度方会义无反顾地抵抗日本侵略。印度独立对我们至关重要,对盟国大业也同样意义重大。国大党早已预见到谋求西方承认印度独立的道路困难重重,也早就做好了充分准备。还望诸位能将即刻承认印度独立当作备战措施的头等大事看待。

你们的朋友,
莫·卡·甘地
写于赴孟买途中,1942年8月3日
出自《哈里真》,1942年8月9日刊

致林利思戈勋爵[1]

一

阿迦汗宫[2]
耶罗伐达
1942 年 8 月 14 日

亲爱的林利思戈勋爵：

印度政府犯下大错，致使出现危机。此后为了自我辩护，政府

---

[1] 1942 年 8 月印度政治动荡之际，圣雄甘地曾给时任印度总督林利思戈勋爵修书数封。当时英国殖民政府在国内外发动宣传攻势，将八月动乱的责任悉数推到国大党领导头上，而印度国内各界则一致公认，导致危机的正是殖民政府的打压政策。举国上下群情涌动，前所未有，印度俨然已到了"不成功即成仁"的紧要关口。殖民政府坑蒙拐骗，不择手段，一心只想搞垮"退出印度"运动。正是在如此可悲的情形之下，甘地给林利思戈勋爵写下这封信，并在信中逐条批判殖民政府针对国大党抗争出台的决议。虽然令人遗憾的是此次动乱背离了国大党在全国明确的非暴力传统，但无任何迹象表明其幕后主谋为国大党领导。——英译者原注

林利思戈勋爵（Lord Linlithgow, 1887—1952），苏格兰"统派"政治家、英国殖民行政官，1936—1943 年间任印度总督。

[2] 1942 年 8 月 8 日，甘地在孟买发表演说，发起"退出印度"运动。发表演说之后不到 24 小时，国大党被禁止活动，党内各级主要领导人几乎全部被捕入狱，甘地被软禁于浦那的阿迦汗宫（Aga Khan Palace）。由于主要领导人遭受搜捕和软禁，运动群龙无首，继而出现大规模的群众集会、游行示威、工潮。暴力事件层出不穷，致使部分地区呈现混乱局面。

出台决议，通篇失实陈述，歪曲事实。您说印度"同事"赞成政府做法，但这种说法毫无意义，因为在印度，殖民政府总能命令他们顺从效力。

再怎么说，印度政府也应该等到我正式发起大规模行动再动手。我早已公开声明我打算在采取具体行动之前给您去函，呼吁您公正地审视国大党的诉求。您很清楚国大党已经弥补其诉求中的诸多疏漏。若您再给一次机会，我本可修正其余不足之处。但现在政府却突然逮捕国大党领导，不由让人觉得是政府心虚。国大党在采取直接行动前这般小心谨慎，循序渐进，政府怕了，唯恐国际舆论会更为倾向国大党，生怕自己拒绝国大党诉求的空洞理由更加站不住脚。政府确实应该等收到确凿报告，了解我周五发表的演讲及国大党周六晚上通过的决议之后再做打算。因为在报告中您将看到我不会仓促采取行动。本来您大可利用我们发表声明和采取行动之间的时间差探索一切可能性，看看能否满足国大党的诉求。

政府决议声称："印度政府一直都在耐心等待，期待国大党能听得进更为明智的忠告。但最后还是大失所望。"想来此处所谓"更为明智的忠告"就是要国大党放弃独立诉求。为何一个誓要捍卫印度独立的政府竟会希望国大党放弃合情合理的诉求呢？难道政府只能即刻镇压，而不是与提出诉求的国大党耐心理论吗？决议还声称，政府若答应国大党诉求，"会让印度陷入混乱"。对此，我只能说，政府还真以为世人都是愚昧轻信之辈啊。归根结底，正是政府草草拒绝国大党的独立诉求方令全国陷入混乱，让自己手足无措。而国大党正竭尽全力让印度支持盟国大业。

政府决议写道："已有一段时间，总督意识到国大党在谋划危险的非法行动，甚至是暴力行动，包括切断通信及公共设施服务，组织罢工，削弱政府工作人员的忠诚度，干扰政府在征兵等方面的防务措施。"这纯属颠倒黑白，不分曲直。由始至终国大党从未想过使用暴力。政府如此蓄意曲解国大党所界定的非暴力行动，硬说我们准备采取暴力措施,实是狡诈之至,用心险恶。国大党一向秉持公开透明的原则,所有事务都是在党内各级公开讨论。我且请问阁下,辞去一份危害英国人民的工作怎么就成了对政府不忠?在获悉这些所谓"谋划"之后,印度政府本该与有关各方当面对质,而不是背着国大党公开这份决议,误导众人。对话才是恰当的方式。决议中的指证全无根据,正说明了政府的处理方式毫无公正可言。

国大党的整个运动都是为了激发群众用自我牺牲唤起政府关注,旨在展示群众对国大党的支持程度。但时至今日政府还企图镇压合乎道德的非暴力行为,这么做明智吗?

政府决议还声称:"国大党并非印度的代言人。但国大党领导人为了巩固自身地位,贯彻其极权主义政策,一再践踏政府为让印度成为独立国家所做的种种努力。"如此指责印度历史最久的全国性组织,纯属恶意诽谤。为了打压国大党,政府不择手段,罔顾事实,恶意中伤,顽固阻挠国民争取自由。

国大党提出,在宣布印度独立的同时,将与穆斯林联盟组建临时政府。如此提议绝非印度政府所指称的"极权主义"。但政府却始终不肯屈尊听取,拒不相信国大党会言出必行,不相信我们会衷心拥护与联盟共同组成的全国政府。

且让我看看政府的提议。"一旦敌意消除,印度将集思广益,而非偏听一家之言来设计符合自身国情、拥有自主决策权的政府。"这个提议真的可行吗?眼下各方都无法达成共识。难道战争结束后就能迎刃而解了吗?如果各方在印度独立之前就要行动怎么办?现在不同党派如雨后春笋般不断冒出来,因为政府一如既往地欢迎那些对国大党及其行动口头表示赞成,实际抵制的新党派,也不要求它们证明自己有一定代表性。政府的这个建议只会令印度独立受挫。这就是为什么国大党要率先发出英国撤出印度的合理呼吁。印度只有在结束英国统治,彻底改变自身政治地位,由奴役走向自由之后,方可组建一个真正代表印度人民的临时性或永久性政府。政府生生抹杀提出如此合理诉求的国大党,非但未能化解僵局,反而激化矛盾。

政府决议接着写道:"尽管先前已有很多国家沦陷的惨痛教训,且时局前景扑朔迷离,但国大党却建议印度的千万大众投入侵略者的怀抱。印度政府认为这一建议完全无法代表这个伟大国家的人民的真实情感。"千万大众的想法我是不知道,但我可以为国大党的声明举证辩护。帝国主义势力都不喜欢别人告诉它们大难临头。国大党实是殷切期盼英国不会重蹈其他帝国主义势力的覆辙,方会恳请英国宣布印度独立,主动与帝国主义划清界限。国大党完全是出于友善的动机才发起退出印度运动。国大党希望消灭帝国主义,为的不只是印度,也是为了英国人民,为了全人类。无论他人如何妄加指责,我谨据理力辩,国大党一心只为印度福祉,为世界大同,毫无私心。

政府决议的收尾一段很有意思。"只有他们(即政府)方可保卫印度,保证印度的战斗力,捍卫印度的利益,维系印度各群体间的平衡,让印度人民无所畏惧、平起平坐。"既有马来亚、新加坡和缅甸的前车之鉴,我只能说这段话真是滑天下之大稽。印度之所以出现不同派系,根本就是政府一手造成,政府难逃其责;现在再口口声声说什么维系"平衡",真是可悲至极。

还有一事,那就是印度政府和国大党公开宣告的目标是一致的。具体而言,就是捍卫中国和俄罗斯的自由。只是,印度政府认为,无须印度的自由就能完成这项大业,而我的看法恰恰相反。我一直把贾瓦哈拉尔·尼赫鲁作为标杆,拿来衡量自我。他的亲身经历让他比我,甚至比您都更能感受到中国和俄罗斯所面临的亡国之痛。不堪其苦,他甚至试着将自己与帝国主义的对抗置之脑后,只恐让法西斯主义和纳粹主义得逞。我虽也有此担心,但还不至于放弃与帝国主义的斗争。接连数日我二人争执不下。他强烈反对我的立场,激动的程度我都无法形容,但最终他还是让事实的逻辑说服了。当他清楚地看到，如果印度没有自由，中国和俄罗斯将陷入极其危险的境地，他就放弃了先前的看法。但现在您却将如此一位强有力的朋友兼盟友投入监狱，真是大错特错。

尽管双方有着共同的目标，但政府却以草率镇压回应国大党提出的要求。那么政府也怨不得我由此推断：比起盟国大业，英国政府决意死死抓住印度不放的私心更大，以此贯彻其帝国主义政策。正因此，国大党的要求才被驳回，继而遭到镇压。

眼下如此大规模的相互杀戮真是史无前例，令人窒息。但政府以杀戮践踏真理，再加上如此虚伪失实的决议，只会让国大党的主张更具说服力。

迫不得已给您发去这封长信，实是令我痛心。但是，无论我有多憎恶您的镇压之举，我依旧是您所认识的那位朋友。我会继续恳请您重新考虑印度政府的整体政策。请重视我这位自称为英国人民朋友之人的真诚恳请。愿上天指引您！

您真诚的，
莫·卡·甘地

出自《甘地与政府书信集——1942—1944年》，第12—16页

二

拘留营
1942年元旦

亲爱的林利思戈勋爵：

这是一封很私人的信件。我违背圣经的禁令，让我与您的争执大白于天下。值此辞旧迎新之际，我必须表明心迹，一泄胸中块垒。我一直以为我们是朋友，也希望我们现在还是朋友。然而8月

9日以来所发生的一切让我怀疑您是否还拿我当朋友。我与您接触的密切程度，任何一个在您这个职位上的人都无法企及。

您对我的逮捕，您随后发布的公报，您给拉贾吉（Rajaji）的回信和之后给出的理由，艾默里先生（Mr. Amery）对我的攻击，还有其他许多我可以列举的事实，所有这些都表明，您必定在某个阶段怀疑过我的诚意。您还顺带提及其他国大党成员。似乎国大党所有的罪恶归根结底都是由我而起。如果我还是您的朋友，那您为何不在采取激烈行动之前就把我找来，告诉我您的怀疑，核实您掌握的事实？我有自知之明，视人如视己。但这次我失败了，非常失望。我发现政府季报上发布的所有关于我在这件事上的声明都有明显失实之处。我的声望一落千丈，甚至都不能跟一个垂死的朋友取得联系。我指的是正在为吉穆尔事件[1]绝食的班萨里教授[2]！！！

而政府还指望我谴责一些据称是国大党党员的"暴力"，可是我手头除了政府层层审查后才公开发表的一些新闻报道，没有任何其他相关数据。而且我必须坦承，那些报道我一点儿也信不过。我还可以写得更多，但我不该耽于自己的不幸。想必上面说的已足以让您有个大概了解。

您是知道的，我在1906年意识到，自己肩负着向生活在暴力与谎言中各行各业的人传播真理和非暴力的使命，所以1914年年底我由南非返回印度。萨提亚格拉哈的法则无往不利。有很多方法可以传播这个消息，其中之一就是坐牢。不过坐牢也有其局限性。这次您把我关在一座宫殿里，提供一切合理的物质享受。我略微随意享用了一下，纯粹是为了尽义务，而非为了享受，唯愿有朝一日那些有权之人会意识到，他们冤枉了好人。我给自己定的期限是六

---

[1] 吉穆尔（Chimur），印度西部马哈拉施特拉邦（Maharashtra）的一个小镇。1942年，当地民众积极参与"退出印度"运动，与政府发生激烈冲突，而后遭到严厉镇压。
[2] 班萨里教授（Professor Bhansali），圣雄甘地的亲密伙伴，那格浦尔（Nagpur）地区真理学院创办者。在"退出印度"运动期间，班萨里教授在吉穆尔待了很长时间，针对英军镇压非暴力主义者的暴行进行绝食抗议。

个月。现在六个月快过去了。我的耐心也快没了。在这严峻的考验关头,我所知道的萨提亚格拉哈法则给我提供了一个良方。一言以蔽之,就是"以绝食克制肉欲"。但萨提亚格拉哈法则也同样规定,绝食只能作为最后手段使用。如果可以避免,我也不想这么做。

要想让我不绝食,就得让我相信自己错了,而我会尽力弥补过失。您可以召我面谈,或派一个了解您的想法的人来说服我。只要您有意愿,还有很多其他方法可用。您能否尽早给我答复?愿新年为我们带来和平!

您真诚的朋友,

莫·卡·甘地

出自《甘地与政府书信集——1942—1944 年》,第 18—19 页

附:林利思戈勋爵的回信

总督府

新德里

1943 年 1 月 13 日

亲爱的甘地先生:

我适才收到您在 12 月 31 日的私人性来信,非常感谢。我乐见如此一封直截了当的私人信件。我也会以同样的方式予以回复,想必这也是您所希望看到的。

收到您的来信我很高兴,因为我们之前是朋友。可这也更让我为近几个月来的情况感到难过:先是国大党在 8 月正式通过政策,而后这个政策导致了——此处的因果关系显而易见——全国出现暴力和犯罪行为(我且不说这给印度带来外国入侵的风险),但您和国大党工作委员会对暴力和罪行没有任何谴责之辞。刚开始您在浦那,我知道您看不到报纸,所以您的沉默情有可原。后来按照你们

的要求，我们给您和工作委员会成员安排了报纸，我相信报上关于暴乱情况的详细报道会让您和我们一样感到震惊，感到难过。我本以为您会迫不及待，公开明确地谴责暴乱。结果您却一言不发。我真的感到很失望，再想到那些被杀掉、被活活烧死的警察，那些被砸烂的火车、被摧毁的房屋，还有那些因受人误导而败坏印度和国大党名声的青年学生，我更是失望。相信我，您信中提到的新闻报道全都有根有据，——我倒宁愿不是这样，因为情况实在太糟了。我很清楚您在国大党的运动中有很大的影响力，您在党内以及贵党的追随者中也很有威望，我倒真是希望，恕我直言，这样的重担没有落在您的肩上。（不幸的是，虽然最初的责任在领导，但最后承受后果的却是其他人，有的人违法乱纪，有的人则成了受害者。）

不过，如果我对您的来信理解不错的话，现在您因为所发生的一切，打算反思自己的路线，准备和去年夏天的政策划清界限。如果是这样，您只消和我说一声，我会马上对事情再作斟酌。但如果我误会了您的目的，也请及时让我知道自己有哪些做得不到位的地方，并告诉我您想提的积极性建议。我们这么多年的交情，您很了解我，您该相信我收到您的信息，都会认真阅读，充分重视，打心底里急于理解您的感受和动机。

您真诚的，
林利思戈

出自《甘地与政府书信集——1942—1944 年》，第 19—20 页

三

拘留营
1943 年 1 月 19 日

亲爱的林利思戈勋爵：

承您的情，我已于昨日下午两点半收到您 13 日的来信。在此之前我几乎绝望了，以为不会收到您的来信。请恕我如此心急。

您的来信说明您还是把我当朋友，这真让我高兴。

我在 12 月 31 日的信中对您多有愤愤怨言，而您在这封回信中对我也有诸多不满。这说明您认为把我抓起来是对的，而且您虽然没有直说，但还是觉得我是罪有应得。

不过遗憾的是，您对我的信所做的推论是错误的。我照着您的理解把自己的信再看了一遍，还是没看出您所说的意思。我说过我打算绝食，如果我们的信件沟通毫无结果，我还是会绝食，因为眼下国内正在发生的一切，包括全国物资稀缺，数以百万计的民众贫困潦倒，而我却只能作壁上观，束手无策。

如果我不接受您对我的信的解读，您希望我提出积极性建议。这一点我大概还是做得到的，但前提条件是您得把我和其他的国大党工作委员会成员关到一处。

如果我能被人说服，相信自己确实错了，甚至是有罪（对此您深信不疑），我不需要问其他人的意见，自己就会为自己的行为彻底公开认罪，然后尽力弥补过失。但我至今仍然确信自己没有错。您可能看过我于 1942 年 9 月 23 日写给印度政府秘书（H. D.）的信。我坚持自己在那封信中的说法，也坚持自己在 1942 年 8 月 14 日给您的信中的说法。

我当然为去年 8 月 9 日之后发生的诸多事件感到痛心疾首。可是，难道我没说过这一切都是印度政府的错吗？此外，对自己只能看到片面报道，而且根本无法影响无法掌控的事情，我无法表态。您当然相信自己手下各部门头头呈上来的报告全都正确无误。但您不能指望我也这么认为。之前这类报告常被证实不可靠。这也是为何在12月31日的信中，我请您让我相信那些您所相信的信息确实属实。我这么说大概您就能理解我为什么无法发表您所希望听到的声明。

但有一点我敢大声宣告：我一如既往地坚定信奉非暴力。或许您不清楚，我向来都公开明确谴责国大党党员的任何暴力行为。我甚至还不止一次公开忏悔。具体例子很多，我就不再赘言了。我想说明的是，那些情况都不是由我而起。

我已说过，今次需要反省的是政府。请原谅我表达的观点与您相左。如果政府没有出手镇压，如果您能应我8月8日晚上演讲提出的要求，同意与我面谈，肯定皆大欢喜。可惜悲剧已经酿成。

在此，请让我提醒您，印度政府之前已经多次承认自己犯下的过错，例如，谴责戴尔将军造成的旁遮普省惨案[1]，修复北方邦坎普尔[2]一座清真寺的一角，以及取消孟加拉分治[3]。虽然在这些事件中都出现过大规模集体暴力，但之后政府还是承认了自己的过失。

综上所述：

（1）如果您希望我单独采取行动，就请说服我，让我相信自己之前确实错了，我自当尽力弥补过失。

（2）如果您希望我代表国大党提出建议，您得把我和国大党工

---

[1] 即1919年4月13日发生在旁遮普省的阿姆利则惨案。
[2] 坎普尔（Cawnpore），现称"康普"（Kanpur），印度北部恒河沿岸重要的工业中心，1857—1859年印度民族起义中心。
[3] 1905年英属印度总督寇松（Lord Curzon）借口孟加拉省面积巨大不便管理，对印度民族运动最重要的中心孟加拉实行分治。由于分治引起的政治、经济和民族问题及英国的高压政策，孟加拉分治成为导火线，激发起1905—1908年印度民族解放运动。分治最终于1911年取消。

作委员会其他成员关在一起。

我郑重地恳请您下定决心，结束僵局。

如果我表达不清，或未能对您的来信做出全面答复，还请指出其中疏漏之处，我将尽力给出让您满意的答复。

我向来直抒胸臆。

我发现我给您的信都是由孟买政府转交的。这个流程肯定会耽误一些时间。而现在的关键就是抓紧时间，所以我希望您能下令让拘留营的负责人直接把我的信发给您。

您真诚的朋友，
莫·卡·甘地

出自《甘地与政府书信集——1942—1944年》，第21—22页

附：林利思戈勋爵的回信

总督府
新德里
1943年1月25日

亲爱的甘地先生：

非常感谢您1月19日的私人信函。来信我刚刚收到，我自是仔仔细细、认认真真地拜读。可是恐怕我还是一头雾水。我在上封给您的信中就已清楚说明，我根据事情的前后过程以及自己对情况的了解，不得不认定，国大党以及作为其全权代表的您负有不可推卸的责任；正是由于去年8月的国大党运动以及身为国大党发言人的您所做出的决定，才导致了后来种种令人痛心的暴力犯罪行径以及革命活动，不仅造成了极大危害，还严重损害了印度的信誉。我注意到您对非暴力的看法，也很高兴看到您旗帜鲜明地谴责暴力。

我很清楚您一向极为重视自己的非暴力信条，但无论是在刚刚过去的三个月，甚至是眼下，种种事件皆表明，您的追随者并非全都信奉非暴力。但光说他们可能辜负了您所倡导的理念不行，这抚慰不了那些因为国大党及其支持者的暴行而痛失亲人、财产受损，或被打至重伤的人。所以恐怕我无法接受您所说的，在您看来，"这一切都是印度政府的错"。在这个问题上，我们讲的是事实，必须要面对现实。我在上一封信中清楚地表明，我急切地期盼您能说点儿什么，或提出具体建议。但我还是认为，对今次问题要做出检讨的不是印度政府，而是国大党和您本人。

因此，如果您能尽快告诉我，您推翻国大党8月9日决议及其有关政策，或者与之划清界限，并就未来向我做出一定保证，我自是很愿意对此事做进一步思考。但您必须用最直截了当的语言明确表态，让人毫无疑义。

我会让孟买总督安排一下，让他把您的信件直接交给我，这样想必就不致延误消息的传递。

您真诚的，
林利思戈

出自《甘地与政府书信集——1942—1944年》，第23—24页

四

拘留营
1943年1月29日

亲爱的林利思戈勋爵：

您能及时回复我19日的去信，我谨表示由衷感谢。

您说自己在信里已经把事情写得很清楚，但恕我无法苟同。想

必您也同意，对事情抱有某种强烈的看法并不等于把事情说清楚了。我已恳请您，而且只要我一息尚存仍会继续恳请您，您至少应试着说服我，让我相信您的看法是正确的，让我相信尽管政府全面逮捕了国大党主要成员，导致去年 8 月 9 日以来群众暴乱的确实是国大党的八月决议。难道这些见诸报章的暴力行为不是因为政府毫无根据就抓人的过激做法吗？您甚至都没说清楚您认为八月决议错在何处，又是怎么冒犯了政府。这份决议丝毫不意味着国大党撤销非暴力政策。决议明确反对任何形式的法西斯主义。单是其中让大家在当前时局之下共同抗战的呼吁就足以有效促成全国通力合作。

显而易见，政府完全忽视或无视国大党在八月决议中大公无私这一事实。决议的全部要求都是在为全体印度人民请命。您应该知道，国大党愿意，也准备让政府邀请伟大领袖真纳一同组建全国政府，新政府将向民选议会负责，并在战争期间按照各方协议做出必要的调整。现在我被隔离，除了沙罗珍妮·蒂维夫人（Shrimati Sarojini Devi），其他工作委员会成员一个也见不到，所以我不知道委员会现在的想法。但改变想法的可能性不大。

这一切难道有什么可为人诟病之处吗？

或许有人会反对决议中关于公民不服从的条款。但这种反对本身也站不住脚，因为在俗称的《甘地—欧文协议》[1]中就暗含着政府承认公民不服从原则的意味。更何况当时我要求见您，我在知道会谈结果之前，断不会发起公民不服从运动。

结果，如此尽忠职守的印度大臣却拿着毫无根据的指控，而且在我看来也是无法证明的指控，诋毁国大党，诋毁我。

所以我当然可以肯定地说，政府不能独断专行，而要证明所采

---

[1] 即 1931 年 3 月 5 日，甘地与时任印度总督欧文勋爵（Lord Irwin）在第二次伦敦圆桌会议前夕达成的政治协议。此前，欧文总督曾宣布在将来某个时间段给予印度自治领的地位。协议列出此举的一系列先决条件，其中之一就是印度国大党暂停公民不服从运动。

取的行为有理有据。

  但您却劈头盖脸地对我说：大家都说杀人的是国大党党员。可那些杀人的实情我都看在眼里，我只希望您也看个分明。我看到的是政府把人都给逼疯了。刚才我已说过，政府毫无根据地大肆逮捕国大党党员，而这才是兽性暴力的开端。政府的逮捕也是不折不扣的暴力，因为组织逮捕的规模如此之大，完全是用株连九族的做法替代"以牙还牙"的摩西律法，更是违背了耶稣基督从摩西律法中推演出来的不抵抗训诫。除了暴力，我实在想不出还能如何形容无所不能的印度政府所采取的镇压措施。

  更为雪上加霜的是，举国上下物资短缺，可怜百万民众贫困潦倒。我无法不这么认为，如果印度有一个向民选议会负责的有诚信的政府，人民本可不必受苦，至少他们的痛苦能在很大程度上获得缓解。

  如果最后您仍是不能赐我良药，消除我的痛苦，我必将遵从非暴力志士的律法，视自己的身体状况进行绝食。我将在2月9日凌晨吃过早餐后开始绝食21天，直到3月2日。我绝食的时候一般只喝盐水。不过现在我的身体连白水也吸收不了。所以这次我打算在水里加点柠檬汁，便于下咽。这么做是因为我并不打算绝食至死，只是想让自己活着受罪，当然，前提条件是神恩准我活着。不过政府若能解决问题，我也能早日结束绝食。

  和前两封信不同，我未将此信标注为私人信件。不过这些信都只是我的个人呼吁，并非什么机密信件。

您真诚的朋友，
莫·卡·甘地

出自《甘地与政府书信集——1942—1944年》，第24—25页

附：林利思戈勋爵的回信

总督府
新德里
1943年2月5日

亲爱的甘地先生：

非常感谢您1月29日的来信。我刚收到，也刚看完。和往常一样，我读得很仔细，急切希望能跟上您的思路，充分理解您的观点。可是读完之后，我恐怕只能保留自己原来的看法，我还是认为国大党和您本人需要为去年8月可悲的动乱负责。

我在上封信中说过，手头掌握的事实让我只能认定，正是去年8月的国大党运动以及身为国大党发言人的您所做出的决定才引爆了后来的一系列暴力犯罪行为。您在回信中再次恳请我试着说服您，让您相信我的看法是正确的。我相信您是以开放的心态提出这个要求的，不过如果您在先前的来信就明确提出，我早就会予以回应。在之前的来信中，您表示自己极不信任对近期事件的有关报道。可是在上封信内，您却根据这些报道直接把全部责任推到印度政府头上。同时您声明，我不能指望您相信我所采用的官方报告准确无误。您把我搞糊涂了。您真的希望，甚至盼着我说服您吗？而事实上，印度政府从未隐瞒因何理由认定责任在国大党及其领导。去年8月8日，国大党为支持自身诉求在决议中宣布发动"大规模抗争"，您被任命为党主席，然后授意全体党员在运动领导受到干扰之时相机行事，这才有了后来那些令人震惊的暴力行径、破坏活动和恐怖主义。一个组织竟以这种措辞通过决议，随后产生的问题自是难辞其咎。有证据表明，您和您的朋友盼着这项政策导致暴力，您打算包庇纵容，而之后的暴力不过是国大党领导早在被捕之前就精心策划好的计谋的一部分。如果您还需更多信息，请参详去年9月15日中央立法会内务部长的发言，其中清楚阐明国大党所受指控的核心要义。您应已在报上看过此份发言稿，但为保证万无一失，我谨附上全稿影印件。我只补充一点：大量已浮出水面的证据都证实了政府所得出的结论。我手上有充分证据能证明，国大党全印委员会下达秘密指令并展开破坏行动，知名国大党党员组织且积极参与暴力及谋杀活动，而且时至今日，国大党地下组织仍在活动，其中国大党工作委员会一位成员的妻子起着核心作用，明里装模作样，蒙骗全国人民，暗地里正在积极策划爆炸袭击或其他恐怖主义行径。政府之所以尚未对这些信息采取行动，未将之公之于众，是因为时机还不成熟。但我敢向您保证，国大党迟早要为这些罪行付出代价，届时您和您的同事要向世人洗刷自己的清白，如果你们有任何清白可言的话。但看来眼下您正考虑想做点儿什么，给自己找个台阶下，果真如此，就可判定为您默认自己有罪。

看到您声称1931年3月5日的德里协议（即您所说的"甘地—欧文协议"）含有政府承认公民不服从原则的意思，我感到很吃惊。我再次查阅了协议原文。协议是建立在"有效终止"公民不服从的基础上，这样政府方会采取"相应行动"。这份文件自然会关注公民不服从的存在，但在文件中我没有发现任何一处提到公民不服从可以在某些情况下被视为合情合理。我也可以明确表示，我领导下的政府绝对不会承认公民不服从合乎情理。

国家合法政府肩负着维护和平、维护良好秩序的重责大任。我要是接受您的观点，就等于是要政府允许您所谓"公开反抗"这类反动性革命运动横行肆虐，对不法之徒听之任之，任由他们磨刀霍霍准备施暴，中断通信，袭击无辜之人，杀死警察和其他平民。我主持的政府及我本人确实有罪，我们的罪在于没有更早对您、对国大党领导采取严厉措施。由始至终，我和我领导的政府一直都急于给您、给国大党各种机会，让你们取消之前决定的立场。去年6月和7月您发表声明，7月14日国大党工作委员会通过决议原稿，同日，您宣布没有任何可以协商的余地，需要公开反抗。就算您最后没有喊出那句激励的口号"不成功则成仁"，以上都是很严重的问题，不容忽视。政府本该采取行动，但还是决定耐心等待。可等到全印国大党委员会通过决议，政府知道，再宽容这种态度的国大党就是对印度人民不负责任。

最后，您告诉我自己打算做出绝食的决定，您身体不好，而且年事已高，对此我深感遗憾。我希望并祈祷您能听进更明智的忠告。但是否要冒着风险绝食只能由您自己决定，其责任和后果自然也只能由您承担。说了这么多，我真希望您或许能重新考虑。如果您决定改主意，我自是欢迎之至，这不仅是因为我真的不愿见到您随便拿自己的性命冒险，也是因为我觉得用绝食达到政治目的是一种政治勒索（即梵文中的"希姆萨"），没有任何道义可言，而您在之前发表的作品里也表达过类似看法。

您真诚的，
林利思戈

致莫·卡·甘地先生

出自《甘地与政府书信集——1942—1944年》，第26—28页

五[1]

拘留营
1943年2月7日

亲爱的林利思戈勋爵：

很感谢您于2月5日对我上一封信（1月29日）所复的长信。

---

[1] 获悉甘地准备绝食后，总督在回信中不仅无动于衷，还流露威胁之意。他甚至将甘地的绝食决定称为政治勒索。此为甘地给这位总督写的最后一封信。——原注

我想首先就您信中提及的最后一点做出回复，即我从2月9日开始绝食的打算。在我这位非暴力的人士看来，您的信无异于在请我绝食。自然，走不走这一步，责任在于我，其后果也只由我一人承担。但您信中有一句话却是我始料未及的。在第二段的最后一句，您说我的绝食之举是打算给自己"找台阶下"。作为我的朋友，您居然把我的动机想得如此不堪、如此懦弱，实在令我无法理解。您也把绝食说成是"一种政治勒索"，还引用我之前就此所写的一些文字来针对我。我坚持自己写过的观点，也认为我写的东西和我打算采取的行动并无前后不符之处。我怀疑您到底有没有真的看过我写的那些东西。

我声明，之前我确实是以开放的心态请您让我相信自己错了。我对公开发表的报告"极不信任"，但这绝不会妨碍我保持开放的心态。

您说有证据表明我（我暂且不提我的朋友们）"盼着这项政策导致暴力"，而且我"打算包庇纵容"，故而"之后的暴力不过是国大党领导早在被捕之前就精心策划好的计谋的一部分"。可我从未见过任何证据能支持如此严重的指控。您承认部分证据仍未公开。您所提供的内务部长发言稿读来只是控方律师的开场白，算不上证据。部长确实生动形象地描绘了爆发的暴力事件，但他并未说明为何会出现暴力。而我之前已对此提出浅见。您这是不加审判、不听人辩护就判其有罪。您说人有罪，我请您出示证据，这再正常不过。但您的信中所言无法令人信服。证据必须符合英国司法标准。

如果国大党工作委员会某个成员的妻子正在积极地"策划爆炸袭击或其他恐怖主义行径"，那么她该在法庭受审，如果罪行确凿，就该受到制裁。去年8月9日政府全面逮捕国大党领导，之前我就斗胆用兽性暴力来形容政府此举。您说的这位女士只可能在那之后才会做出您所指控的策划。

您说政府之所以尚未公开对国大党的指控，是因为时机不成熟。但您有没有想过，等那些证据在一个公正的法庭上公开，有可能被人发现毫无根据？您又有没有想过，有些被指责有罪的人未待开庭审判就已经死掉？又或者有些活着的人本可提供证据，但到了开庭时可能无法取证怎么办？

我重申之前说过的话：1931年3月5日，时任总督代表印度政府与我所代表的国大党签署协议，其中暗含着政府承认公民不服从原则的意思。我希望您知道，当时政府甚至想过在达成和解之前释放国大党主要成员。该协议也对国大党党员做了一定补偿。国大党是在政府满足协议所列条件之后才终止了公民不合作。在我看来，这一切本就说明，政府承认在一定情况之下，公民不服从合情合理。所以当我看到您说您的政府"绝对不会承认公民不服从合乎情理"，实是出乎意料。英国政府的实践已经承认，作为"消极抵抗"的公民不服从合情合理，但您却视而不见。

最后，您对我之前信件的解读都多加了一层和我本意不符的意思，包括其中一处提及我对彻底非暴力的坚持。因为您在回信中写道："国家合法政府肩负着维护和平、维护良好秩序的重责大任。我要是接受您的观点，就等于是要政府允许……反动性革命运动横行肆虐，对不法之徒听之任之，任由他们磨刀霍霍准备施暴，中断通信，袭击无辜之人，杀死警察和其他平民。"如果您居然相信我会让您承认这些事情是合法的，那我就真的算不上您的朋友。

我并未试着逐条回应那些您安在我头上的观点或说法。眼下不是这么做的场合或时间。以上我仅挑着说了我认为需要您及时回复的几点。既然您把话都说尽了，我也就逃不过我为自己定下的磨难。我将于本月9日开始绝食，无怨无悔。尽管您说绝食是"一种政治勒索"，但我的本意是以此向神的终极法庭上诉，求神赐我从您那儿得不到的公正。如果我扛不住磨难，没能活下来，那么我将在神的终审席受审，坚信自己清白无辜。您代表着不可一世的政府，我不过是个试着靠绝食为国效忠、为人类效力的卑微之人，对我们二人，后世自有评判。

上一封信我写得很匆忙，所以在信末又加了一段[1]。现在我再附上由皮阿雷拉尔[2]顶替马哈德夫·德赛打出的顺序无误的正稿。您会看到我信末加上的那段已经调整到正确的位置了。

您真诚的朋友，
莫·卡·甘地

出自《甘地与政府书信集——1942—1944年》，第30—32页

---

[1] 即《林利思戈勋爵的回信》的第三段，位置已做调整。——原注
[2] 皮阿雷拉尔·纳耶尔（Pyarelal Nayyar, 1899—1982），甘地晚年的私人秘书。

致阿加莎·哈里森[1]

> 迪尔库萨，
> 潘奇加尼，
> 1944 年 7 月 13 日

我亲爱的阿加莎：

你 6 月 14 日的来信我收到了。我做的一切皆归于尘土。只要我还是"不值得信任"，就只有这个结局。本来我要是认了罪，马上就能搞好关系。但是我知道自己没有过错，官方本就不该失去对我的信心。

你知道吗，我先后试着约见工作委员会成员和总督，都无果而终。据报道，丘吉尔先生对我很有看法，可能难就难在这儿。你应该知道他说的那段话，报上都登满了。据说他想"搞垮"我这个"衣不遮体的苦行僧"。但在我，此身可灭，此志不渝。不过如果报道属实，——对此至今仍无任何否认之辞，——我受到的一系列所谓挫败就说得通了。

---

[1] 阿加莎·哈里森小姐（Miss Agatha Harrison）于"一战"期间从事工厂社会工作，1921—1924 年间任职中国上海童工委员会，1925—1928 年间于美国调研工业与国际问题，1929 年随皇家劳工委员会抵达印度，自 1931 年起便与查尔斯·弗瑞尔·安德鲁斯共事，并在甘地的建议下，协助国大党在英国国内宣传印度事务的正确信息。此后曾数度访问印度。——原注

我向你保证，无论如何我都不会灰心，不会失望。如果我代表的是真理，如果我是按神的吩咐行事，那么我知道让人歪曲真理，怀疑真神的高墙终会坍塌。还请耐心待我。我相信你，相信像你这样的朋友。

最近别人转交给我亨利·波拉克在美国期间在报上公开发表的一封信。[1] 如果你见到他，告诉他我为此感到极为痛心。我从未想过他会不与我核实就相信关于我的谎言。

想来在收到此信之前，你就已从报上获悉这段日子我一直与拉贾吉一道试着解决社区纠纷。

请将我的爱转达给各位朋友。我也给缪丽尔（Muriel）写了一封信。

你的，
巴布

阿加莎·哈里森小姐
伦敦西北11区，
阿尔伯特桥路2号
克兰伯恩院

出自《甘地与政府书信集——1942—1944年》，第33—34页

---

[1] 在此信中，亨利·波拉克评论了甘地对待战争的态度，以及他于英国危难之际在"退出印度"运动中所扮演的角色，认为甘地造成了极大伤害。——原注

致温斯顿·丘吉尔[1]

迪尔库萨，

潘奇加尼，

1944 年 7 月 17 日

亲爱的首相大人：

据报道，您说我是个"衣不蔽体的苦行僧"，扬言要搞垮我。多年以来我一直试着修炼成苦行僧，但要做到衣不蔽体还是挺难的。所以我把您对我的这种叫法看作恭维，虽然您本意是贬低我。我就以苦行僧的身份向您呼吁，请您信任我，为了我们两国人民，把我派上用场，相信英印人民的努力会造福全世界。

您真诚的朋友，

莫·卡·甘地

出自《甘地与政府书信集——1944—1947 年》，第 11 页

---

[1] 温斯顿·丘吉尔（Winston Churchill, 1874—1965），英国政治家，1940—1945 年及 1951—1955 年间两度出任英国首相。

致什里曼·纳拉扬[1]

写于开往加尔各答的火车上，
1945年12月1日

什里曼巴伊[2]：

今天给你发回你的书稿[3]和我写的前言[4]。

我昨晚九点半才看完全稿。在通读全文的时候，我只挤出一点时间吃饭、纺纱。如果我写的前言还需改动，还请告知。

我对书稿做了两处改动。你要是不认同，请和我商榷。

你会看到我没有明确指出要设立区[5]和区务委员会[6]。因为这两个机构只应起到咨询作用，所以没必要在宪政体系中给予明确的地位。而且我还不确定它们到底有没有必要。等到日后各村都变得积

---

[1] 什里曼·纳拉扬·阿加瓦尔（Shriman Narayan Agarwal, 1912—1978），印度政治家，甘地思想的忠实支持者，1967—1973年间任古吉拉特邦总督，著有几部论述甘地经济思想和政治思想的作品。
[2] 巴伊（Bhai），对有地位的锡克教徒的尊称。
[3] 即什里曼·纳拉扬所著《甘地式印度经济发展规划》（*The Gandhian Plan for Economic Development of India*, Allahabad：Kitabistan, 1946）一书的书稿。——原注
[4] 参见本书"附录三"。——原注
[5] 区（Taluka），印度行政区名称，税收区划单位。
[6] 区务委员会（District Panchayat），源自村务委员会（Panchayat），印度次大陆历史最久的地方自治传统，由各村选出的年长智者组成，负责处理村内及各村之间事务。

极活跃,咨询性质的机构自会消失。[1]相应的责任可由省务委员会承担,必要时可以让村级和区级单位共同合作。我这个想法有何不当之处,敬请告知。紧赶慢赶的,你的整部书稿我还是通读了一遍。

我们还要思考这个构想是否适用于巴基斯坦和各个土邦。记住:只有通过非暴力获得独立,甘地式宪法才具可行性。

巴布承蒙恩典

---

[1] 甘地倡导在农村自治(panchayat raj)基础上建立印度政治体系。政府权力下放,各村自主负责管理村内事务。

致派屈克·劳伦斯勋爵[1]

蚁垤寺庙

瑞丁路

新德里

1946 年 4 月 2 日

亲爱的劳伦斯勋爵：

我们共同的朋友苏希尔·戈什（Sudhir Ghosh）告诉我，您希望我把自己对他说过的话的要点写下来，再与您和斯塔福特爵士[2]进行非正式讨论。[3]

虽然大众沉默不语，但所有思想独立之人——无论是否国大党党员——都一致认为，政府应马上释放全体政治犯，包括因暴力和非暴力罪名入狱者。既然各方都共同致力于印度独立大业，这些政

---

[1] 派屈克·劳伦斯勋爵（Lord Pethick Lawrence, 1871—1961），英国工党政治家，1945—1947 年间任印度及缅甸事务大臣。

[2] 斯塔福特爵士（Sir Stafford, 1889—1952），全名为理查德·斯塔福特·克瑞普斯（Richard Stafford Cripps），英国工党政治家，1945—1947 年间任商务大臣。

[3] 1946 年 3 月，英国政府派遣三人内阁代表团赴德里以寻求解决印度的宪政问题，但代表团提出的计划最终流产。代表团三位成员分别为当时的印度及缅甸事务大臣劳伦斯勋爵、商务大臣斯塔福特爵士及海军部长亚历山大（A. V. Alexander）。

治犯再不会对政府造成危害。正如贾耶普拉卡西·纳拉扬先生[1]和洛西亚博士[2]所言,各国皆以饱学之士为傲,把这些人才关起来实是荒诞无稽,也没有理由殴打地下工作者。现政府把释放政治犯的问题抛给即将上台的全国政府,实在令人费解,也不得人心。独立也会因之黯然失色。

另一点涉及广大民众的,那就是盐税。政府靠盐税增加财政收入,不过是杯水车薪。但拿来扰民,带来的伤害则是罄竹难书。如果政府继续垄断盐业,让民众不堪其苦,那么独立对他们就毫无意义。在此我就不拿长篇大论来烦您了。我只提出以上两项可以让印度人民为独立做好思想准备的举措。它们会产生积极的心理效应。

我在另一个场合已和卡塞先生(Mr. Casey)讨论过这些举措,而且现在正在和孟加拉现任总督就此书信沟通。再补充一点,今天我从阿贝尔先生(Mr. Abell)处获悉,"政府认为无法采纳有关盐税的建议"。

真诚的,
莫·卡·甘地

收件人
尊敬的派屈克·劳伦斯勋爵大人
印度事务大臣
新德里
出自《甘地与政府往来书信集——1944—1947年》,第156—157页

---

[1] 贾耶普拉卡西·纳拉扬(Jayaprakash Narayan, 1902—1979),印度独立运动家、社会改革家和政治领袖。
[2] 洛西亚博士(Dr. Lohia),即拉姆·马诺哈尔·洛西亚(Ram Manohar Lohia, 1910—1967),印度独立运动家、民族主义政治领袖。

致萨达尔·瓦拉巴依·帕帖尔

什里兰布尔,
1946 年 12 月 25 日

亲爱的瓦拉巴依:

　　昨天你的信才由皮阿雷拉尔亲手交给我。他和其他人全都忙着各自的工作,冒着生命的危险……所以并不知道有这封信。他时不时回来看看我,下次他再来我会给他看你的信。

　　现在是凌晨三点。我正口授给你的回信。四点我得洗漱,然后祷告。这就是我现在的日常规律。只要神恩准,我就会坚持下去。不过你也不用担心我的身体。操劳自会让身体有所反应,但这对我真是一种折磨。别人对我主张的真理和非暴力鸡蛋里挑骨头,吹毛求疵。可真理和非暴力本身毫无瑕疵,如果非说有什么不足之处,那只能是我这个代言人有问题。果真如此,我至少可以盼着神把我召了去,然后通过更好的人展示他的神通。之前不少工作我自己做不来,都是由皮阿雷拉尔代劳,对此我深感遗憾。眼下身边的两个人都很聪明,但我还得帮着他们上手。我只能希望自己能尽量安排好。我这封信就是给你打打气。三四天前,贾伊苏克拉尔[1]随了玛

---

[1] 贾伊苏克拉尔·甘地(Jaisukhlal Gandhi,生卒年不详),圣雄甘地之侄,马甘拉尔的兄弟,玛努之父。

努[1]的愿,走了。是我让玛努来这儿的,因为她打算一直陪着我,如果需要她甚至愿意陪我去死。现在我正躺着,闭着眼睛对她口授此信,也好尽量节约体力。苏琦塔(就是克蕊帕拉妮)[2]也在屋里。她还在睡着呢……

你给我发来的那份电报只配被扔到废纸篓。人们也太喜欢夸大其词了。他们也不是刻意为之,就是根本不知道什么叫言过其实。他们任由自己的想象天马行空,像植物一样,长得到处都是。环顾四周,满目皆是高大的椰子树和槟榔树,而树下更爬满了各种深绿浅绿的植被。人言就像河流,像印度的大江大河,恒河、贾木纳河[3]、布拉马普特拉河[4],但最终都注入孟加拉湾。我的忠告就是,你要是还没有答复发电报的那个人,就叫他为自己的说法提供证据,要他证明"中央政府虽然无权干涉宪政,但可能会企图做些手脚"。你可以再加上一句:"甘地和你们在一起,你的想法他不会不听。没准儿因为他倡导真理和非暴力,让你感到失望了。但你要是对甘地感到失望,又怎么指望我们这些在甘地手下训练出来的人能满足你的要求呢?不过我们会尽力而为。"你别对人说有甘地在,就不要来找你解决问题。让大家也给你写信,为民排忧解难是你的职责所在,哪怕是和我唱反调,因为我一直就是这么教导你们的。现在的局面艰难。真理无处可寻。暴力伪装成非暴力,无信仰装作有信仰。但我知道,只有这样才能检验真理和非暴力;这也是我为何来到世间。神啊,不要唤我离去!

---

[1] 玛努(Manu),甘地的侄孙女。
[2] 苏琦塔(Sucheta Kriplani, 1908—1974),印度自由斗士、政治家。1963—1967年间出任北方邦首席部长,为印度首位女性部长。
[3] 贾木纳河(Yamuna 或 Jamuna),孟加拉三大河流之一,分别汇入恒河和梅克纳河(Meghna)。
[4] 布拉马普特拉河(Brahmaputra),亚洲主要河流之一,流经印度、孟加拉和中国,在中国境内称为雅鲁藏布江。

如果我害怕逃跑，那只是我个人的灾难，不过印度绝不会如此不幸。我原地不动，誓不成功便成仁。昨天新闻广播说贾瓦哈拉尔、克瑞帕拉尼（Kripalani）和迪奥（Deo）会来咨询我。他们能来就够了。我每个人都见有什么用呢？不过，你们不管是谁，想问我什么尽管问。

本来我没打算这么早就发表自己就阿萨姆邦问题写的那篇东西。但相信我，我的看法没错。

你应该会看到比哈尔（穆斯林）联盟[1]的报告。就此我给拉金德拉巴布（Rajendrababu）写了封信，请他向你们转达我的看法。我也给比哈尔邦首席部长写了信。哪怕那份报告的内容只有一半属实，情况也很糟糕。无疑，眼下迫切需要尽快成立一个公正的、让人无可挑剔的调查委员会。报告里只要说得有道理的，就必须马上承认，其余的则交由委员会定夺。你也要和你在内阁中的穆斯林联盟同事好好商量商量。我还在和苏拉瓦底（Suhrawardy）写信沟通。沟通完了我会把信全都发给你。这样贾瓦哈拉尔就清楚我们都谈了些什么。

你要是还未着手处理此事，就先读读我在祈祷会上发表的演讲概要，演讲很快就会见报。你也可以翻翻玛尼为你提供的剪报。我知道你工作压力很大，但有些事等不得。其中一件就是了解我最近都说了些什么。

想来你的身体不太好，不过应该还能应付工作。还是要保重身体。我觉得你还是让丁沙阿·梅赫达（Dinshah Mehta）上门给你治治的好。我相信他人很好、很真诚，对待生命慈悲为怀。不过，万一他的医术不太高明呢？你得问问苏茜拉[2]。但我觉得她的身体也

---

[1] 即1906年赛义德爵士（Sir Syed）创立的全印穆斯林联盟（All-India Muslim League），当时联盟主席为真纳，主张印度穆斯林应建立一个分治的伊斯兰国家。
[2] 苏茜拉·纳耶尔（Sushila Nayyar，1914—2000），皮阿雷拉尔·纳耶尔的胞妹，曾任甘地私人秘书和医生。

不大好。她在条件艰苦的村子里坚守岗位，成绩斐然。那些地方连个江湖郎中都难得一见，村里人对她这样一位国医圣手自是敬重有加。我们大家都好，你也不要担心。人生自古谁无死，生个病算不上大事。若真死了，倒是可喜可贺。为了真理，我辈赤条条来去无牵挂。

祝福！
巴布

收件人
萨达尔·瓦拉巴依·帕帖尔
奥朗泽波路
新德里

出自《甘地致萨达尔·瓦拉巴依·帕帖尔书信集》，第 201—204 页

致总督[1]

一

写于驶往帕特那的火车上，
1947年5月8日

亲爱的朋友：

我突然觉得应该汇总一下上周日我们会面时我说过的话，再补上因为时间关系想说没来得及说的话。

一

1. 无论怎么说，与之相反，英国人只要插手，导致印度分割，就是一个天大的错误。如果印度分割避无可避，就让印度各方在英国人撤离之后，通过相互理解或武装冲突——尽管伟大领袖真纳禁止使用武力——来完成。如果各方意见不统一，有必要成立仲裁法庭，确保少数群体的权益。

2. 与此同时，过渡时期政府应由国大党党员及其选派人员，或由穆斯林联盟成员及其选派人员单方面组成。目前双方各管各的，既无团队合作也无团队精神，实是于国有害。为了保住自己的

---

[1] 即蒙巴顿勋爵（Lord Mountbatten）。——原注

席位,让您宽心,各派费尽心机,出尽百宝。缺乏团队精神让政府陷入混乱状态,危及各部门诚信,影响政府形象和效率。

3. 现阶段在边境省举行公投之举极为危险(放到其他省也一样)。您得处理摆在面前的材料。无论如何,任何人都不得未经首相可汗·萨希卜博士[1]同意越级行事。请注意:只有在各方都支持分割的情况下,才涉及本段内容。

4. 我很肯定,将旁遮普和孟加拉分割出去是个错误,这是穆斯林联盟使出的激将法,根本无此必要。只要各方尚未达成共识,这个建议以及其他创新之举都应留待英国人撤离之后再议。英国政府机构在印度运作多久,就必须维护印度和平多久。但似乎现在各方不同的期盼相互拉锯,政府在这样的张力下有些沉不住气了。不管这些期盼能否实现,是否应该实现,政府在剩下的十三个月里都应一概不予以理会。大家要齐心协力,只关注英国撤离这项任务,方可尽量缩短时间。在解决英国占领印度这个问题上,只有您才能力排众议,完成英军撤离这项任务。

5. 与您之前统领海军的重责大任相比,眼下您应召要完成的这项任务更为艰巨。这需要您拿出之前让您功成名就的专注的态度、清醒的头脑。

6. 如果您不希望把一个烂摊子丢给后人,您就得做出决断,把整个印度政府,包括印度整个国家只交到一方手中。制宪会议必须为国家治理做好必要安排,哪怕是在无穆斯林联盟代表的地区和其他土邦。

7. 旁遮普和孟加拉不从印度分割出去并不意味不重视当地少

---

[1] 可汗·萨希卜博士(Dr. Khan Sahib, 1883—1958),本名汗·阿布杜尔·亚巴尔·汗(Khan Abdul Jabbar Khan),印度民族独立运动先驱和巴基斯坦政治家,在1946年的西北边境省选举中,他领导的"边境省国大党"获胜,出任西北边境省总理(即首席部长),巴基斯坦独立后曾出任西巴基斯坦首席部长等职,1958年被刺身亡。

数群体。这两个邦的少数群体人数众多、实力很强,需要认真对待。在过渡期如果当地民选政府无法安抚少数群体民心,总督则应积极干预。

8. 如果主权不可传递这一原则意味着它们(即土邦)全都拥有主权,危及独立印度,这就是一条错误原则。英国在印度行使的一切权力必须自动移交至继任者手中。所以各土邦人民既然原来是英属印度的子民,独立后也应是印度的一员。现在这些土邦有的是英国新设的,有的是英国睁一只眼闭一只眼任其凭空冒出来的,英国这么做都是为了保住自身权力和威望。土邦领主对其人民的统治无法无天,这恐怕是英国王冠上最大的污点了。在新政权领导下,这些领主只能以托管人身份,行使制宪会议赋予的权力。因此他们不得保留私人武装或军工厂。他们要把自己的个人才干和治国本领用于报效共和国,为本邦人民和全国人民谋福利。在此我只说明应如何处理土邦问题。具体如何处理就不过多赘言了。

9. 另一个也很困难但不算太棘手的问题就是政府的文职机构。应当教导文职公务员从现在开始就适应新政权。公务员必须保持中立,不得有党派立场。但凡有拉帮结派的迹象,就应严肃处理。文职机构中留任的英国人必须清楚,自己是为新政权效忠,而不是为旧政权或英国效忠。必须荡涤文职公务员原先自恃为统治者的旧习气,消除他们自以为高人一等的心态,以为人民服务的精神取而代之。

二

10. 上周二我和伟大领袖真纳愉快地共度了两小时四十五分钟。我们谈到了联合发表的非暴力声明。令我感到高兴的是,他坚持非暴力信念。他在报上发表的声明是他自己亲手起草的,他在声明中重申坚持非暴力。

11. 我们的谈话确实涉及巴基斯坦问题以及分割问题。我告诉他我一如既往地坚持反对巴基斯坦分割。有鉴于他所发表的非暴力信念宣言，我建议他试着用道理而不是武力来改变反对者的想法。不过他相当强硬地表示，巴基斯坦问题没有任何可以商量的余地。按理说，信奉非暴力之人应能开诚布公地讨论一切问题，包括自己的信仰在内。

拉吉库马瑞·阿姆瑞特·考尔（Rajkumari Amrit Kaur）[1]已看过此信头八段，她会将内容主旨转达给潘迪特·尼赫鲁。我本打算和尼赫鲁联合给您写这封信，结果我在新德里时没写好，只好在火车上完成。

您和尊夫人都操劳过度，希望你们能有个愉快的假期。

真诚的，
莫·卡·甘地

收件人
尊敬的总督大人
西姆拉
出自《甘地与政府往来书信集——1944—1947年》，第247—250页

二

新德里，
1947年6月10—11日

亲爱的朋友：

拉吉库马瑞向我转达了您与她会谈的主旨。

---

[1] 拉吉库马瑞·阿姆瑞特·考尔（Rajkumari Amrit Kaur, 1889—1964），著名甘地分子、自由斗士、社会运动家，印度独立后首任卫生部部长。

您说我随时都可以去见您，真是感激不尽，但我绝不会随便占用您宝贵的时间。不过为了正确顺利开展计划，有几件事情我还是希望写下来。

1. 我必须澄清，尼赫鲁及其同事并不赞同我对边境省公投的个人想法。我之前和您说过，如果他们不赞同我的提议，我将无意继续坚持。

2. 尽管如此，我仍建议您请伟大领袖真纳在公投之前亲赴边境省，让他劝说该省的部长，包括巴德沙阿·汗[1]和他麾下的神仆派[2]，毕竟不论好坏，该省目前的局面与后者大有关系。不过在动身之前，真纳肯定先得确保对方愿意以礼相待，听取他的意见。

3. 不管伟大领袖是否愿去边境省，在让心思单纯的帕坦人[3]在印度斯坦和巴基斯坦之间做出选择之前，您都应当请伟大领袖给出一份清晰的巴基斯坦方案。我认为帕坦人清楚自己对印度斯坦的立场。如果他们不清楚，国大党或正在开展工作的选民大会要为他们提供一份完整的印度斯坦方案。在我看来，如果帕坦人都不清楚印度斯坦和巴基斯坦规划是什么，就让他们做出选择很不公平。他们至少应该知道哪边能给他们提供全面的保护。

4. 边境省仍动荡不安。各方冲突尚未完全平息，这样能有真正的公投吗？大家全都头脑发热，根本想不清楚。要是国大党和穆

---

[1] 巴德沙阿·汗（Badshah Khan, 1890—1988），原名阿卜杜拉·贾法尔·汗（Abdul Ghaffar Khan），印度普什图族独立运动家，著名非暴力抵抗运动领袖，信奉和平主义的虔诚穆斯林，强烈反对全印穆斯林联盟分割印度的诉求。他是甘地的挚友，故又为人称作"边境省的甘地"。

[2] 神仆派（Khudai Khidmatgar），又名"红衫派"，为巴德沙阿·汗于20世纪上半叶在英属印度西北边境省（今巴基斯坦境内）组织普什图人发起的反英非暴力运动。运动初期关注教育改革，力争消除当地氏族仇杀习俗。20世纪30年代后积极介入政治运动，在印巴分割问题上与穆斯林联盟意见相左。

[3] 帕坦人（Pathan），又称"普什图人"（Pashtun）、"阿富汗人"，为阿富汗及巴基斯坦西北部地区的土著民族。

斯林联盟的追随者闹事，双方都脱不了干系。如果当地不太平，整个上层建筑都会崩溃。就算分割了，您也不会为自己留下的遗产感到骄傲。

5. 内阁应由国大党或穆斯林联盟单方组成，无论由哪一方组阁，都是越早越好。无论如何，联盟候选人都不应在内阁之外单独行事。组织不为其成员的个人行为负连带责任是不对的。

6. 您制定的时间表极好，若要落实，唯一的办法就是未雨绸缪，让您的特派工作人员独立地充分说明您所提出的各个要点，用不着征询内阁的意见。等到时机成熟，就将报告提请有关方面予以采纳、修订或反对。

7. 我看得越多，就越相信分割方案会带来各种难题，需要您大胆认真地处理应对。

8. 虽然相较而言，文职部门和军队部门的问题不算太棘手，但处理起来同样也需要您沉着果断。古尔冈（Gurgaon）冲突就是个例子。就我所知，导致事端持续发展的罪责全怪一名军官。

9. 最后，我想说，试着让各方都满意是白费力气，吃力不讨好。我们谈话的时候我曾提过，不必两头讨好。正确的做法是，对双方都不称赞。俗话说，"当欠债成为捐献，责任就成了美德"。亡羊补牢，为时未晚。今天比任何时候都更需要您发挥自己具备的斗士才干。设想一个水手失去了他的舰艇，剩下的只有依靠他的天赋智慧了。

10. 我已尽量言简意赅。再要简短就说不清楚了。如果您认为有必要就以上提到的任何一点当面深谈，请选一个合适您的时间。您也不必出于礼貌来看我。

11. 就在收笔之际，我收到了您本月10日的来信，不过看完觉得不必另行回复。

此信手书于晚上9点25分。明天再打出来。

真诚的，

莫·卡·甘地

收件人
尊敬的总督大人
新德里
出自《甘地与政府往来书信集——1944—1947 年》，第 256—258 页

附：总督蒙巴顿勋爵的回信

总督官邸
新德里
1947 年 6 月 12 日

亲爱的甘地先生：

　　感谢您 6 月 10—11 日的来信，也感谢您对时事的点评，我自会铭记于心。

　　您建议我让手下特派工作人员详细拟出如何拆分印度各政府部门，清点印度全部资产和债务，不知这么做是否可行。不过他们会在自己的职责范围内尽力提供帮助。这项任务非常艰巨，在英国移交权力之前只能完成一小部分。归根结底，这些问题都需要有关方面进行协商。

　　非常感谢您一直以来的忠告和支持，感谢您的深情厚谊。如此艰巨的任务我能坚持下来，您居功至伟。

真诚的，
蒙巴顿
缅甸

收件人
甘地先生
出自《甘地与政府往来书信集——1944—1947 年》，第 258—259 页

致阿卜杜拉·贾法尔·汗

班吉种姓聚居地

新德里

1947 年 7 月 5 日

亲爱的巴德沙阿：

  12 点前，神仆派的阿兰·汗（Alam Khan）来见我，说他今晚动身前往白沙瓦（Pesawar）。我没让他代为转交任何信件。不过我告诉他，神仆派不应组织反穆斯林联盟示威游行，鉴于当前形势紧张，曲直难辨，他们只要不给任何一个方案投票就够了。我同时表明，该组织有权自主处理内部相关事务，巴基斯坦或联邦皆不得予以干涉；至于他们未来是加入联邦还是巴基斯坦，都应留待国大党和联盟公布宪法方案，边境省出台自治宪法后再行决断。当前要务是避免与穆斯林联盟成员发生任何冲突。考验帕坦人勇气的时刻到了。真的勇气是打不还手，是欣然承受对手的打击，甚至欣然赴死。要是你们这边丝毫不畏暴力，全体帕坦人以有尊严的方式拒绝参加公投，而巴基斯坦人方面对此采取抵制，他们就算在法律层面上获胜，在道义层面上却将一败涂地。千万不能挑起事端，不要游行示威，也不要反抗任何政府的命令。

  收到你的来信后，我已及时采取行动，给总督大人写了一封长信，他会有所动作。此前我在一次祈祷会后针对边境省问题发表演讲，想必你已获悉。在此附上我给总督的信以及祈祷会后发布的演讲稿。总督接到消息说，神仆可能会制造骚乱。我在给他的信中也对此做出了回应。

你在如此紧张的状态下开展工作，但愿身体还顶得住。[1]

爱你！
巴布

出自《阿卜杜拉·贾法尔·汗》，第445页

附：阿卜杜拉·贾法尔·汗的回信

1947年7月12日

我和其他工作人员一直在挨村挨户地做工作，要求大家哪怕遇到穆斯林联盟成员挑衅也要保持绝对的非暴力。现在穆斯林联盟成员每天都在游行，高喊反对口号。他们说我们是异教徒，对我们百般漫骂。他们也对我进行人身攻击。我觉得穆斯林联盟和政府高层及政府内具体负责公投事务的官员相互勾结，有所图谋。主持公投的官员积极推波助澜，通过了几百张伪造的公投票。一些地方投票率高达百分之八九十，如此高的投票率，真是前所未闻，更何况这是基于两年前选民名单得出的投票率。

尽管处境艰难，考验重重，但我们始终在思想上、在言行上坚持非暴力。我说不好眼下这种局面还会持续多久。总而言之，穆斯林联盟就是在官方庇护之下寻衅生事。我们已经竭尽全力避免与他们发生冲突。

---

[1] 两天后，甘地再度去信写道："还没有你的消息。希望你收到我日前的长信并依言行事。事关你我二人荣誉，我们必须在思想和言行上严格坚持非暴力。时至今日（9月30日），报上仍无任何消息。"——原注

让我们极为担心的另一件事就是，本省有很多旁遮普人公然煽动大家施暴。不仅如此，他们甚至还在公众集会上提出要除掉红衫派[1]领导人。他们还公开宣称，巴基斯坦建国之后，会有一次纽伦堡审判式[2]的公审，所有叛国者都将被处以绞刑。在一次公开集会上，全印穆斯林联盟的贾拉尔－乌德－丁先生[3]（哈扎拉族[4]）声明，凡是在联邦政府任职的穆斯林部长只要去到哈扎拉就会被杀掉。

您的，
巴德沙阿

出自《阿卜杜拉·贾法尔·汗》，第 445—446 页

---

[1] 即神仆派。

[2] 1945 年 11 月 21 日至 1946 年 10 月 1 日间，由第二次世界大战战胜国对欧洲轴心国的军事、政治和经济领袖进行数十次军事审判。由于审判主要在德国纽伦堡进行，故总称为纽伦堡审判。

[3] 贾拉尔－乌德－丁（Jalal-ud-din, 1901—1981），巴基斯坦独立运动政治家，1935 年加入全印穆斯林联盟，20 世纪 40 年代升任联盟哈扎拉地区分部主席。

[4] 哈扎拉族（Hazara），南亚地区波斯语民族，今阿富汗第三大民族，主要分布于阿富汗中部地区、巴基斯坦俾路支省及卡拉奇市。

致一位朋友[1]

班吉种姓聚居地
新德里
1947 年 7 月 26 日

亲爱的朋友：

您本月 19 日的来信深深地打动了我。我完全赞同您的说法，一个人活多久对自己对世界都不重要，人生最重要的是真正为人类服务，哪怕只是短短的一天。此外，和您一样，我也认为希望和信仰往往是两回事儿。但毋庸置疑，长存的是善，恶则稍纵即逝。

我必须说到做到。世间纷争不休，和平信徒无处容身。还请您恕我英语拙劣不堪，只看我表达的心声。我说世间纷争不休，和平信徒无处容身，想必您亦有同感。但和平信徒明知如此，仍要在这世间耕耘，要有所担当。我也不知道自己说清楚了没有。我绝不可能向邪恶风气低头。

真心希望您的病情已经被控制住。

向您全家献上我的爱！

您的，
莫·卡·甘地

出自影印件，编号 S.N.22666

---

[1] 极有可能是卡尔·希思（Carl Heath）。——原注

致埃德蒙·普里瓦夫人[1]

比尔拉馆，

新德里，

1947 年 11 月 29 日

亲爱的巴克提[2]：

很高兴收到您 8 月 27 日的信。看得出您已经把握了消极抵抗和非暴力抵抗之间根本的区别。虽然两者都是抵抗，但前者意味着抵抗者自身软弱，抵抗代价极高。拿撒勒的耶稣大智大勇，无畏抵抗，却被欧洲人错当成弱者的消极抵抗。我第一次读《新约全书》，就没觉得四大福音书所描写的耶稣有任何消极软弱之处。后来我又看了托尔斯泰写的《四福音书的和谐》以及他写的其他同类作品，这个认识变得愈发清晰。西方人误把耶稣视为消极抵抗者，难道他们为此付出的代价还不够沉重吗？基督教世界多次掀起战火，与之相比，《旧约全书》及其他正史、野史中记录的战争真是小巫见大巫。我知道自己这么说还有待考证，毕竟我对现代史和古代史的了解过于肤浅。

---

[1] 埃德蒙·普里瓦夫人（Madame Edmond Privat），瑞士纽沙特尔大学教授埃德蒙·普里瓦博士的妻子。——原注

[2] 巴克提（bhakti），梵语，此处意为"虔诚信徒"。

就我个人经验而言，在争取政治自由的过程中，我们确实经历过消极抵抗的阶段，好在众多西方和平爱好者（包括贤伉俪在内）始终热心支持，但我一度错把消极抵抗与非暴力抵抗混为一谈，以至今日我们仍在为此无心的过失付出沉痛代价。要不是我犯下如此大错，这场丧权辱国的惨剧本可避免，同是弱者的印巴兄弟也不至于丧失心智，手足相残。

现在我只能期盼，只能向神祈祷，希望我的朋友们无论身在何处都能与我一道期盼，一同祈祷，祈祷这场腥风血雨快点结束，祈祷在历经完这场多半避无可避的大屠杀之后，将出现一个崭新的、稳定的印度。让我们祈祷全新的印度不再尚武，不再拙劣地效仿西方的丑恶，而是汲取西方文明精华，为亚洲和非洲带来希望，为这个满目疮痍的世界带来希望。

坦白地说，这个希望很渺茫，因为今日印度穷兵黩武，武力当道。英国统治时期，前两代印度政治家抵制大笔军备支出，可现在印度打破枷锁，获得了政治自由，军备开支不减反增，政治家甚至叫嚣着还要增长，甚至引以为荣！对此立法会竟无一人反对。尽管眼下印度政治家如此疯狂，虚荣地模仿华而不实的西方糟粕，我和很多人依然怀抱希望，唯愿印度能撑过这场死亡之舞，唯愿从1915年至今三十二年之久的非暴力历练——即便有很多不尽如人意之处——能让印度民族最终回归自我，屹立于道德制高点。

至于您信中最后一段提到的心理分析，我得承认自己一无所知。对这个问题，美国学者理查德·克瑞格[1]写得更为具体。您应该在《哈里真》杂志上读过我和他的往来信件。[2]

---

[1] 理查德·克瑞格（Richard Gregg, 1885—1974），美国社会哲学家，被视为美国首位非暴力理论家。20世纪20年代赴印度研究印度文化和甘地思想，其代表作《甘地之萨提亚格拉哈或非暴力抵抗》（*Gandhiji's Satyagraha or Non-Violent Resistance*, 1930）、《非暴力的力量》（*The Power of Non-Violence*, 1934）对美国民权运动影响甚大。

[2] 参见本书"附录二"。——原注

希望您活力依旧，不减当年。我们在印度共同度过的岁月真是快乐。不知您是否还会重返印度，来看看印度的智慧（而非眼下的疯狂）对生活各方面的启迪。

深爱你们的，

巴布

收件人
埃德蒙·普里瓦夫人
车站大街1号
纽沙特尔
瑞士

出自影印件，编号 S.N.23961

致古吉拉特邦人民

致
古吉拉特邦全体人民：

此刻是星期三清晨，我卧床口述此信。今天是我绝食的第二天，不过还未满四十八小时。今天也是我寄出本周《哈里真》专栏文章的最后期限。于此，我决定给古吉拉特人民用本族语写上几句话。

此次绝食对我意义非比寻常。虽然我是三思而后行，但最终让我下决心的不是理性思考，而是神的意志。神的意志统管着一切人的理性思维，不分彼此，一视同仁。神的意志没有丝毫愤怒，亦无任何焦躁。在此意志后蕴含着这样一种领悟：万事有时，机不可失，失不再来。因此，眼下每一位印度人唯一要做的事情就是想想自己现在的责任是什么。古吉拉特人都是印度人。所以，每次我用自己的母语古吉拉特语写作，我同时都是写给全体印度人民看的。

德里是印度的大都市。如果我们打心底里反对两国理论，或换言之，如果我们认为印度教徒和穆斯林并非两个迥然不同的民族，那么我们就必须承认今日的德里绝非我们一直以来所想象的印度首都。因陀罗普拉沙[1]、哈斯蒂纳普尔[2]，多少古城都付之断壁残垣，

---

[1] 因陀罗普拉沙（Indraprastha），意为"因陀罗之城"，印度史诗《摩诃婆罗多》中班度族（Pandavas）王国都城。虽今人多认为该城原址在今日新德里地区，但迄今尚无任何史实证明。
[2] 哈斯蒂纳普尔（Hastinapur），《摩诃婆罗多》中俱卢族（Kauravas）于古恒河河岸兴建的都城。今之哈斯纳普尔为印度北方邦境内一个小镇，为1949年尼赫鲁下令成立。

唯有德里这座永恒之城始终屹立不倒。它是印度的心脏。谁要说它只属于印度教徒，或只属于锡克教徒，这个人不是个疯子就是个傻子。这话虽听着刺耳，但却是大实话。从最南端的科摩林角到北部的克什米尔高原，从西边的卡拉奇市到东边阿萨姆邦的迪布鲁格尔，印度教徒、穆斯林、锡克教徒、帕西人、基督徒、犹太人，各族人民都在这片广袤的次大陆上共同生活，都早把这片热土视为自己的故乡，都拥有着同样的权力。谁也无权说这片土地只属于某个多数民族，而少数民族只能作为下等人留下来。凡是以一片赤诚之心为这片土地奉献之人，就有权力当家作主。因此，谁要把穆斯林赶出德里，我们就要把他视为头号公敌，印度的头号公敌。现在我们正急速滑向民族分裂的灾难深渊。每一位印度儿女都义不容辞地肩负着避免这场灾难发生的重责大任。

　　那么我们该怎么办呢？如果我们希望实现梦想的潘查亚特制度，即真正的民主，我们就要做到一视同仁，全体印度人不分贵贱，人人平等，都是国家的主人。这么做就预先假定了每个人都纯洁无瑕，即便是有污点的人也能变得纯洁无瑕。而纯洁之人必是智慧之人。因此人人都应放下族群观念，放下种姓观念。人人平等相待，共同织出爱的华丽锦缎。谁也不能把他人蔑视为不可接触者。我们同是耕耘的劳工，也是富庶的资本家。每个人都要学会正直诚实地生活，辛勤努力地工作，体力劳动脑力劳动再无贵贱之分。要加速实现这个伟大目标，我们要自发成为拾荒者，变废为宝。有智慧的人不抽鸦片、不酗酒，也不沾染其他一切令人上瘾的有害恶习。人人都要信奉"斯瓦拉吉"（自治）的生活戒律。男人绝不对自己妻子之外的女性心怀邪欲，而应按对方的年纪，把她们当作自己的母亲、姐妹或女儿。必要的时候就安然赴死，但无论何时都不会伤人性命。锡克教上师的训诫有言，眼前纵有千军万马，自己孤身一人也要英勇坚守阵地。在眼下这个关口，拥有如此风骨的印度之子自会知道该如何行事。

你们的，
莫·卡·甘地

新德里
1948年1月14日，印度旧历十月

    出自《哈里真》，1948年1月18日刊，第517页

附录一　何人堪任各邦总督？

以下为瓦尔达市（Wardha）纳拉因·阿加瓦尔校长先生（Principal Shriman Narain Agarwal）的一封来信。原信为印度斯坦语，意译为英文，内容如下：

> 制宪会议正在起草的宪法拟规定，在成年人选举制内，各邦总督由选民多数票选举产生。由此规定亦可推论，国大党也将按例由选举选出议会委员会候选人。各邦首席部长[1]也会是国大党党员。然而按照常理，一邦之总督必须超越本邦党派政治，亦不应过多受首席部长影响，而要超越其本人与首席部长之间的摩擦。
>
> 依我浅见，总督这一虚职完全没有设立的必要，可由首席部长取而代之，亦能减省目前纳税人为此虚职所付每月高达5500卢比的开支。若保留总督一职，则各邦总督均不得为本邦人。
>
> 若废除总督，不仅省去总督选举的开销，还能打消大多数成年选民的担心。若保留总督，由联邦总统选拔任命是否更为妥当？更好？人选符合前文所述之合理考核。选拔任命的总督

---

[1] 邦首席部长（Chief Minister of the province），邦的最高行政长官（相当于省长）。首席部长是英联邦国家的海外属地、州、邦等政府首脑。常见于英国、印度、澳大利亚、马来西亚和缅甸。

定能提升所辖各邦的公共生活。请注意，目前各邦总督皆由联邦中央内阁选贤任能，直接任命，影响积极。若真按即将出台的宪法规定，总督由邦内选举产生，只恐会造成负面影响。

再者，关于边远落后地区是否在村务委员会基础上实现渐进式权力下放，宪法草案只字未提。类似缺陷比比皆是，但我无权也无意费尽心思指责我们久经考验的领导们。我仅斗胆将自己发现的不足之处提请您关注，请您予以指导。

阿加瓦尔校长提出任命总督的想法很有见地，值得深入探讨。我必须坦承自己并未跟进选民大会的动态，不清楚仍在讨论阶段的宪法草案的具体背景。但单就草案本身而言，校长先生的批评看上去很有说服力。只是我虽愿节约公库的每一分钱，却不认为废除总督有益民生，也不认为邦首席部长能全然取而代之。我固不乐见总督获得过多干涉权，但也不认为这是一个虚职。因为总督应有一定权力对部长制定的政策产生正面影响。而且总督地位超然，能从自己的角度看清问题，从而防止内阁犯错误。各邦总督应在本邦发挥全方位道德影响力作用。

阿加瓦尔校长指出，宪法草案未提及或说明村务委员会以及权力下放。这个疏漏确实需要即时关注，否则我们的独立就反映不了人民的呼声。村务委员会权力越大，越是利国利民。不仅如此，我们还要大幅提高群众教育水平，方能让村务委员会发挥实际作用，提高效率。我认为强化人民的力量并非军力的增长，而是道德的提升。在这方面，我自是大力举荐"新教育"[1]。

出自《哈里真》，1947年12月21日刊，第473页

---

[1] 甘地将教育视为实现印度民族独立与建设的重要力量，一生发表了诸多论述教育的著作、文章与演讲。1937年，甘地在《哈里真》上系统阐述了自己的教育思想并将之命名为"基础教育"，其中心是训练儿童参加手工艺的生产劳动，教给他们有助于在一个合作性社区生活的态度和价值准则，从而使乡村沿着这个方向发展，建设起自给自足小型社区所组成的理想社会。这种教育思想与印度原有教育有诸多不同之处，所以甘地又称之为"新教育"（Nayee Talim）。

附录二 一个心理学解释

下面这封来信的作者是《哈里真》广大读者熟悉的理查德·巴·克瑞格先生。多年前这位美国朋友曾在圣地尼克坦[1]生活过,也和我在萨巴玛蒂共度了很多时光。

愚钝如我,犹豫再三还是冒昧给您去信,谈谈自己对近期印度群体暴力事件的想法。仅欲解释事件诱因,给未来以希望,而非做道义谴责。

依我浅见,此次暴力事件暴露出印度民众常年受压迫,内心深处积怨成仇,而非各群体间相互猜疑,相互仇恨。印度民众不仅受异族政治统治压迫,还蒙受异族从现代性、社会性以及经济性角度的压制。而这些异族之道皆与印度民众从古至今之先天习性(即达磨)背道而驰。所谓异族之道,即英国式土地私有制、高利贷、以货币而非实物征收的苛捐重税,以及其他与印度各地传统乡村生活方式相抵触之处。

心理学研究清楚地表明,个人在童年时期遭受严重挫折会产生怨恨心理。这种怨恨情绪会长期压抑着,甚至在引起最

---

[1] 圣地尼克坦(Shantiniketan),意为"和平之乡",距加尔各答约100英里。泰戈尔于此先后创办一个静修中心、一所实验小学和后来闻名于世的国际大学。

初挫折的始作俑者死后多年仍继续压抑着，但是过后却往往会因某个时机触发，释放之前被压抑的怨恨能量，对某个完全无辜的人暴力相加。这种看法能解释很多的暴力罪行，或许也能解释发生在欧洲犹太人身上的一些酷刑。在印度，宗教选区的建立为这种能量的疏通提供了便捷的渠道，但我认为愤怒的爆发所产生的可怕的能量来自于我业已提到过的更为深远的原因。这种观点有助于解释为何古往今来，各国重大的政权更迭往往都会导致或多或少的暴力和混乱。人民大众总是遭受某种压迫，因此会心怀怨恨，这种怨恨会因政权更迭突然爆发，也会被自私自利的领导加以利用。

如果我这个推测不假，这就意味着印度各群体间的相互猜疑或仇恨并没有表面看起来那么严重。这也说明如果能引导民众恢复传统生活方式，强调宗教、村务委员会及家庭在各个群体内的重要性，众人就会终止暴力，而将精力投入创造性渠道。在这样的发展中我能看到希望。

冒昧进言，还请原谅则个。局内人正斗得甚嚣尘上，无暇旁顾，或许我这个外人方可看到些许希望之光。故写此信。无论如何，我爱您，我爱印度。

虽然多位心理学家都建议做这方面的研究，但因时间有限，我一直无暇探究。克瑞格先生的来信也于事无补，也未能让我满腔热情地投入这方面研究。只是克瑞格先生的解释非但未能说清此次群体暴力事件的心理原因，反而弄得扑朔迷离。我从未，也永远不会对未来失去"希望"，因为希望牢牢扎根在我矢志不渝的非暴力信念之中。但我清楚地看到，很可能我在非暴力运用技巧上有个致命缺陷。三十年来在反对英属印度政府的斗争中我们并未真正理解非暴力。因此经过一代人艰苦卓绝的抗争，我们仍未能为民众赢得发自内心的和平。英属印度政府的垮台为累积多年的民怨提供了一个宣泄的机会。民众顺理成章地以群体暴力方式泄愤，因为此种暴力从未消失，只是之前被英国政权暂时压制下去。我觉得这么解释就足以令人信服了。但这并不意味着毫无希望。非暴力在技术层面上失败不等于这个信念本身失败了。相反，发现技术上的缺陷更进一步强化了我们的非暴力信念。

出自《哈里真》，1947年11月23日刊

附录三 《甘地式自由印度宪法》[1]序

阿加瓦尔为本书作者,但书名却冠以"甘地式宪法",多少有些不妥。勉强用之,也只为方便简洁之故。整个宪法框架实为阿加瓦尔在研读我的作品基础之上设计出来的。数年来,他对我的作品做了不少解读,而每次出版前必请我读过,唯恐曲解我的本意。这么做有利有弊。其利显而易见。其弊则在于读者会认为他的书里写的都是我的看法。还请读者切勿有此误解。若要阿加瓦尔的书字字都透着我的意思,还不如自己动笔了。我虽诸事缠身,还是抽空认真地通读了两遍他所草拟的这份宪法。饶是如此,也无法细查书中每个想法、每个字眼。这种做法也不可取,有违个人创作自由。故我只能说作者在这本小册子里悉心提供了充分的论据,力求论证准确无误。全书读来通顺流畅,与我的主张无任何矛盾之处。

凡我觉得有必要修改之处,作者皆已欣然做出更改。

读者切勿因书中"宪法"一词误以为作者意欲制定一部完整的宪法。作者开篇明义,清晰说明本书仅勾勒出我对宪法的构想。印度制宪大业群策群力,阿加瓦尔的这部深思熟虑的作品亦有一定贡

---

[1] 1946年,甘地的弟子什里曼·纳拉扬·阿加瓦尔(Shriman Narayan Agarwal)出版《甘地式自由印度宪法》一书。书中按甘地的设想为独立后印度草拟了一份宪法。根据这一宪法,社会经济主要由各地方单独进行,每个村社可以独立处理自己事务。

献。我没时间做的事他做了,这也是本书的价值所在。

莫·卡·甘地
写于前往加尔各答的火车上
1945 年 11 月 30 日

第二部分　书信节选

对神之信仰

世事倏忽无常。故而,我若与世长辞,何忧之有?唯愿有生之年我行事端正,若然足矣。我们自当慎行,纵是无心之过,亦应避免。诚然,我远未抵达获得解脱之境界,但我深信,只要循着今日之思想途径继续前行,我将再度投胎做人;而来世生命终结之际,我必能瞬间获得摩诃萨(解脱)。[1]

《圣雄甘地全集》,第八卷,第254页,1908年5月21日

肉体没有灵魂金贵。确信灵魂存在之人亦知灵魂有别于肉体;他便不会为护一己之躯而施暴。如此这般,确非易事;然胸怀高贵理想之人却能轻易领会,从善如流。若以为灵魂只因受肉身禁锢方会行善或作恶,此大谬也。持此谬信者已然犯下诸多罪孽,今时亦然。世无律法规定,年长之人方能识得灵魂。芸芸老者撒手人寰,却不知何谓灵魂;而智者如时方羽化之瑞昌德布海[2],垂髫幼龄就已洞察本心。但人纵知有灵魂,仍会差错罪行;唯有慎思,方可除错免罪。神赐我们肉身,乃是让我们学会克制。

《圣雄甘地全集》,第九卷,第418页,1908年9月17日

---

[1] 从生中解脱。——原注
[2] 瑞昌德布海(Raichandbhai Ravajibhai Mehta, 1867—1901),著名耆那教诗人、哲人和学者,圣雄甘地的精神导师。

谁若问世间无神，如何方可摩诃萨（解脱），实乃不明解脱之真意。解脱境界，单凭人之智识，只能管窥蠡测，余者则需亲身体味，言语无以为表。人之喉舌无法描述解脱。穷极人之智识，解脱亦只意味着终止生之轮回，摆脱轮回之苦。然，人无须否认神之存在。在其有限智识范围内，人亦可勉力定义何谓神。

一言以蔽之，神不赏不罚，无为自在。当所有实体化的阿特曼（自我）[1]消散而去，这时人能想象的唯一的自我即神。神是纯粹的意识，而非实体。不二论者亦有此论。[2]无论何时何地，人皆不需威严如君王之神。若有此臆想，就限制了阿特曼（自我）之无限神力。

《圣雄甘地全集》，第十二卷，第52页，1913年5月30日

我们只应关注有益精神幸福的活动。其他一切——甚至是身体健康，均退居其次。凡致力实现"大我"之人，必蒙神赐予一切。

《圣雄甘地全集》，第十二卷，第125页，1913年7月2日

神在，神亦不在。神之存在无以言表。获得解脱之自我即神，故全知全能。巴（虔信）之真意在于追寻自我灵魂。自我实现之际，虔信即转化为吉纳纳（智慧）。

历代圣人——如纳拉辛[3]——皆终生虔心追寻自我。

史诗众神——如克里希纳、罗摩——皆为神之化身。而芸芸众生凭借潘亚（行善积德）亦可成神。凡行将获得解脱之自我皆为神之化身。只要一息尚存，我们便不应自信已臻完美。

《圣雄甘地全集》，第十二卷，第126页，1913年7月2日

---

[1] 自我（The Self），有别于任一方面的人之个性。——原注
[2] 不二论者（advaitavadins）视人之自我与婆罗门（绝对者）为同一。——原注
[3] 圣人纳拉辛（Narsimha Mehta），古吉拉特诗圣。——原注

克里希纳、罗摩、佛陀、耶稣,何者为大?难有定论。众神降临人世,时间有先后,时势有不同,成就亦各有千秋。单看品性,佛陀或为至尊。但谁又敢妄加断言?诸神信徒各有偏好,皆称自己所信之神为至尊。毗湿奴派信徒[1]称克里希纳为至善至美之神;基督徒信耶稣为唯一真神;印度教徒视克里希纳为神的最终化身,对其顶礼膜拜。信徒自当如此,否则无以全心敬拜。

《圣雄甘地全集》,第十二卷,第126页,1913年7月2日

认为神不存在之人必将误入歧途,因他们不得不否认"自我"的存在。神始终需经阿凡达(化身)方可下凡。众生彻底绝望之际,不义横行肆虐之时,便会盛行神将化身下凡的信念。沉沦众生中少数人靠信仰支撑,遵循天道。值此时局,德高之人无畏邪恶,令恶人敬畏不已,死后更被视为天神下凡,个别人甚至生前就被奉为神明。但德高之人多半不会一早就自视为下凡天神。

《圣雄甘地全集》,第十二卷,第126页,1913年7月2日

除开答磨,尚有罗阇与萨埵二德。[2]答磨令人盲目无智、愚钝懒惰,罗阇令人鲁莽轻率、醉心红尘。后者在欧洲各民族中占上风。我辈亦然,行事泰半皆为罗阇。天赋萨埵之人则冷静镇定,洞悉万物。他们不问世事,一心向神。故萨埵这一心性被恰如其分地称为"坚定性"。"坚定"意味着平静。加上"性","坚定"变为名词,平静祥和。心唯有静下来方得见神,心静的状态即为萨埵境界。神超越三德,故无作为,不论善恶。神乃采坦亚(生命与意识之本),只

---

[1] 印度教三种主要神的形式分别为梵天、毗湿奴和湿婆。信奉排名第二的毗湿奴的信徒单成一派,即毗湿奴派(Vaishanava)。——原注
[2] 源自肉身的心性(参见《薄伽梵歌》,十四卷,5—8行)。——原注

（以）玛雅（幻象）[1]存在。当神一时兴起有所作为，如当他化身变作克里希纳教诲阿周那（Arjuna），其神性就体现于萨埵之德。
《圣雄甘地全集》，第十二卷，第126页，1913年7月2日

日子到了，肉身注定衰老。药石之效因人而异。肉身之外，阿特曼（自我灵魂）不朽。人似乎只关注肉身，但真正要关注的是灵魂。事实上，失去灵魂，肉身也无以存续。
《圣雄甘地全集》，第十四卷，第373页，1914年3月5日

除了真理，再无其他神。人之德行鲜活无比，绝非僵死之物。
《圣雄甘地全集》，第十四卷，第126页，1913年7月2日

神之道高深莫测。人所造下的卡玛（业）无法消除。一切行为皆有果报，无论善恶。万事皆有前因，被我们视为"意外"者并非意外。生死有定时。死亡并非彻底消亡，而是同一实体的终极转化。因灵魂不朽，转化的只是肉身而已。变的只是状态，而非自我。
《圣雄甘地全集》，第十四卷，第502页，1918年7月24日

我们既然会欢庆乔迁之喜，自不必因友人灵魂离开旧躯壳重新投胎而悲泣。无论人是死于华年或寿终正寝，皆不必为其悲伤。何时肉身不能再为灵魂所用，唯造物主知之。人无须追求答案。
《圣雄甘地全集》，第十五卷，第313页，1918年3月18日

我一无所图，不求俗世成就。对我，人生的唯一目的就是直面真神。但我活得越久，经历得越多，就越发觉得众人对神之光的理解各有不同，就像天上只有一个太阳，可在赤道地区看是一个样，

---

[1] 吠檀多派用以解释表象存在的一个概念。——原注

在温带或寒带地区看又是另一个样。

《圣雄甘地全集》，第二十三卷，第267页，1924年3月18日

在我看来，神之名号与神之善行并驾齐驱。二者密不可分，无论先后。鹦鹉学舌般一味吟诵神之名号毫无用处；若非有意奉神之名，一心向神之举，就算有再多奉献，再多作为，亦毫无价值。有时，我们若不由自主，只管反复吟诵神的名号，那只是在为自我奉献做准备，为的是服侍神，以神的名义事工；等彻底调整好，我们在这种精神状态下继续事工，也等于反复吟诵神的名号。不过，在绝大多数情况下，我们必须专门安排时间祈祷。就我所知，各教派都认为祈祷必须诵读某部古鲁[1]，至少在印度教是如此。但要是没找到真经，读的是冒名的赝品，不仅一无用处，更是危害匪浅。我之所以奉锡金派十世上师所制定的《锡金圣典》为最后一部圣书，此乃缘由之一。

我虽无精神上师，却始终笃信上师制度。悠悠三十载，我遍寻上师。纵然未果，寻访本身于我已是最大慰藉。

《圣雄甘地全集》，第二十三卷，第289页，1924年3月1日

既知神佑万物，何畏之有？我说神佑万物，并不是说我们就能免遭他人掳掠，不受猛兽袭击。但真要遭遇此等不幸，亦不能诋毁说神庇佑无力；实乃吾辈信心不足之故。神恩浩荡，如江河之水，人随时都可取而用之。只是人若不近岸取水，抑或认为河水有毒，避而不用，则江河何错之有？种种恐惧皆是缺乏信仰的迹象。不过，单靠理性无法获得信仰。唯静思、冥想和实践方可逐渐形成信仰。为培养信仰，我们向神祷告，读好书，亲近好人，专心纺织祭神的布匹。无信之人则是对纺车碰也不碰。

《巴布致静修院姊妹书信集》，第28页，1927年5月16日

---

[1] 灵性指南书。——原注

事实是，只要神还让我待在这个躯壳里，必会保我性命。但当神的心意一旦达成，我再如何小心保命，也是枉然。

《巴布致米拉书信集》，第 91 页，1929 年 4 月 8 日

笃信神之指引，人只需尽力而为，无须担忧。太阳日日东升西落，不知疲倦，如此规律无可比拟！凭什么我们认为太阳无生命？太阳与人的不同之处在于太阳别无选择，而人可以选择，哪怕选择的余地再小。不过此类推断多思无益。我们只需效仿太阳光辉的榜样，永葆神采奕奕便好。但当我们完全屈服于神的意志，彻底归零，我们就自愿放弃了选择权，再无任何磨损消耗。

《巴布致米拉书信集》，第 171 页，1932 年 2 月 11 日

信神就无须忧心，因神一如值得信赖的守门人、看护者。有神看护，万无一失。光是歌颂神的大能，或仅仅知道有神并不够，我们还需用心感受，真切一如感受自己的痛苦或欢欣。神不容证明，亦无须证明。亲身体验过，岂是他人说说就不信了？我写这些，是希望你能无忧无虑。

《致我亲爱的孩子》，第 89 页，1932 年 4 月 13 日

人类理性无法证明神的存在，因神超越理性。若认为理性就是一切，除此之外再无他物，我们就会陷入困境。同样，人的灵魂也超出了理性所能理解的范围。试着用理性思辨解释灵魂或神的存在，无异缘木求鱼。理性告诉我们吃饭有益，但人得真的吃了饭才能从中获益。同样，在学习知识的时候理性可能管用，但人光靠理性永远也无法认识自我。灵魂和神，此二者本就是认知主体，而非单纯的认知客体，故无法为理性所把握。认识神有两个阶段，先是有信，后有由信而来的体验。人间至圣众先师皆曾亲身体验神的存在；这些为世人嗤之为愚人者以自身体验亲证世间有神。我们若秉

持同样的信仰，机缘到了，自会真实体验到神的存在。明眼之人自是看得到，耳聋之人自是听不到。自己失聪却怪他人说不清，自是大谬。同理，说理性无法证明神的存在，暴露的只是说者的无知。人无法通过感觉或理性认识神，就像靠眼睛听不到声音。认识神靠的是另一种能力，那就是坚定不移的信仰。理性有限，随时会误导人，但真正的信仰永远不会引我们误入歧途。

《书信选集》，第二卷，第11—12页，1932年5月5日

生死乃同一枚硬币的两面，人既要开心活着，亦要欣然赴死。话虽如此，有生之年仍应善待其身。此乃神授予我们的职责。所以我们必须好好爱护自己的身体。

《马哈德夫·德赛日记》，第一卷，第124页，1932年5月22日

起初我亦曾不信，后来经过反思冥想和宗教研究才信神。我的信仰与日俱增，因我愈来愈确认，神就驻在我心深处……只是啊……个人信仰体验于他人无用。唯有心怀信仰，不断努力，方可不断坚定信仰。

《马哈德夫·德赛日记》，第一卷，第125页，1932年5月23日

神意味着终极真理。近几年我说"真理即神"，而不说"神即真理"。这是因为前一种说法更符合事实，只因世间唯真理最大。此处，"真理"应作广义解，蕴含无穷智慧。作为"终极真理"，神与其"律法"不分彼此；故神之律法亦蕴含无穷智慧。实际上，说宇宙为真理的应变量，意即是神的律法让宇宙运转。终极真理力量无穷。《薄伽梵歌》第十篇有云：只需些许真理，即可撑起整个宇宙。所以，你要是把"神"这个字眼换成"真理"，就能多少懂得我的意思。

即便认识到神是真理，也要对他顶礼膜拜，如此方可让我们更

好获得真理。这就是祈祷的全部意义所在。人人心中有真理,但要认识真理绝非易事,有的人甚至根本不知何谓真理。虔诚的祈祷是认识真理的关键。
《马哈德夫·德赛日记》,第一卷,第 160 页,1932 年 6 月 13 日

生命的意义无疑就是认识自我。要认识自我,就得学会同情一切生命。所有生命的总和就是神。所以我们要在每个生命中认识到神。认识的法门就是不断无私地为他人服务。
《马哈德夫·德赛日记》,第一卷,第 184 页,1932 年 6 月 21 日

内心的声音无以言表。但有时我们又确实感到自己从内心获得灵感……
《马哈德夫·德赛日记》,第一卷,第 1275 页,1932 年 8 月 7 日

不知不觉间,我的灵性成长,一如头上毛发悄然渐长。
《马哈德夫·德赛日记》,第一卷,第 275 页,1932 年 8 月 7 日

对神的仆人,悲伤即是欢喜。神以悲伤之火测试世人,净化世人。光有人间欢喜,我们双鼻气息恶臭;为了吸到悲伤的氧气,我们万死不辞。
《书信选集》,第二卷,第 34 页,1932 年 10 月 9 日

既有神看护众生,我们又何须背负重担?我们要做的就是完成神交付的任务。
《书信选集》,第二卷,第 35 页,1932 年 10 月 22 日

我们存在,所以神也存在;所有生命的总和就是神,一如万缕阳光的总和就是太阳。要信神,就得信自己。无私为人类服务就能

赢得自信。再不然，我们也可以因为世人皆信有神而信神。

《书信选集》，第二卷，第32页，1932年12月19日

只有面对面见到神方能消除感官对象，换言之，只有信仰方能泯灭感受之物。全心信神即可见神。除此之外别无他法，即便假设四维空间存在也无济于事。一切都归于神。《圣经》马太福音有云："你们要先求他的国，其他一切都要加给你们了。"得见神，我们便在他面前欣然起舞，再也不怕毒蛇，不惧亲人辞世。因为在神的面前，再无死亡，亦无毒蛇噬咬。但事实是，有生之年再鲜活的信仰也无法臻至完美。灵魂为肉身禁锢，做不到无所畏惧。肉身是一种限制，是一堵墙，让我们与神分隔。所以我们只能尽力摆脱恐惧，亦即增强信仰。

《巴布致米拉书信集》，第231页，1932年12月22日

人即宇宙。宇宙既包围着我们，也在我们体内。神亦在我们内里。人体内满是气体，肉眼虽看不见，却也能感知到。所以我们也可以练习感知神的本事，一旦练成，甚至能够认出神。

《致一位甘地式资本家》，第150页，1933年1月11日

只要对永生之神有着活泼的信仰，你便能时时感到他的庇护。做不到全心信神，反信某个血肉之躯的凡夫俗子，完全无济于事。因为人像随风倒的芦苇，靠不住。你得先把这一点想明白，然后方能心智合一。

《巴布致米拉书信集》，第260页，1933年5月4日

人既知神乃谜中谜，何以还要对他的行事感到困惑？神若是依人心意行事，又或者他处处与凡人无异，那我们就不是他的造物，他亦非我们的造物主。黑暗重重包围我们，无法望穿，但这并非诅

咒，而是福分。神已赐人力量，让我们看到眼前的阶梯。有天堂之光为我们照亮台阶，足矣。如此，我们便可高唱着纽曼[1]的赞美诗，"只要一步就好"，拾阶而上。凭着过往的经验我们可以确信，我们总能看到下一个台阶。换言之，包围我们的黑暗并非像想象中那般伸手不见五指。它看似如此，只是因为我们急于看得更远。既然神是爱，我们就可以笃定地说，即便是神时不时降至人间的灾难，其实也是福祉。可是只有懂得自我反省、自我净化之人方可蒙福。

《致我亲爱的孩子》，第104—105页，1934年3月31日

神看着每个人，不是为了日后惩罚，而是为了磨砺众人。

《书信选集》，第一卷，第17页

那驱动我们的力量，是神。钟表发条老化了就不走；同理，失去神，我们就寸步难行。神的大力运作之际，我们感到自己获得了一定的行动自由。就用这份自由去认识神，去完成神的意愿吧！

《书信选集》，第一卷，第23页

我素知神即是终极真理。虽然我曾一度质疑神的存在，但我却始终笃信真理。终极真理无形无状，乃纯粹智慧。它统领整个宇宙；故乃大自在，乃上帝……对这一点我有切身体验，并非只是理性认知。

《书信选集》，第一卷，第38页

人只要仍为生命限制，就无法完全领悟至尊之神。人只要仍受肉体束缚，即便走近天国之门，也始终不得其门而入。

《书信选集》，第一卷，第39页

---

[1] 约翰·亨利·纽曼（John Henry Newman，1801—1890），英国基督教圣公会内部牛津运动领袖，后改奉天主教。

我说真理即神，并非因为二者皆无形，实乃唯真理这一特性方可全面概括神，其他特性均为神的片面表征。

《书信选集》，第一卷，第55页

视真理为神，能让我们避开一些风险。我们对奇迹兴趣索然，无论是亲眼见到还是道听途说。人亲眼见到神，难以理解，但看到真理却不难理解。认识真理实非易事，但当我们不断接近真理，惊鸿一瞥，窥见真理之神，便会盼着有日得见全貌，心中信仰之火亦会愈燃愈旺。

《书信选集》，第一卷，第56页

我们可能会与很多人共事，但唯有神才是挚友。经验告诉我，人与神的交情有多深，与他人的交情就有多深。

《书信选集》，第一卷，第39页

人要领悟至高无上的神，需彻底放下个人好恶，除此之外，别无他法。我认为，那些自称已经悟道之人，离道还差着十万八千里。悟道乃身体力行之事，无以言表。

只有凭着对神的信仰我才能活着。在我看来，神与真理不差分毫。真理即神。

《书信选集》，第一卷，第51页

我们必须相信神的存在，一如相信自己的存在。既有生命万物存在，作为一切生命总和的神也必然存在。

人不信神，其害一如人不信自身。换言之，不信神等于自杀。不过，信神是一回事，明明不信神但做人行事又装着有鲜活信仰的样子，那又是另一回事。事实上，世间就没有无神论者；无神论不过是一种表象。

《书信选集》，第一卷，第51页

宗教与经书

通读《薄伽梵歌》[1]，我未见只言片语能支持如下观点，即一个只管得住自己的"行动器官"却忍不住"心系感官对象"的人，能用好各个行动器官。人只有掌控住自己的意识，方能更好运用行动器官。反之，不以意识控制行动器官运用的做法常被称作"放纵"。我们也知道，就算精神再脆弱，只要能够控制住肉体，而且始终期盼精神能变得和肉体一样强大，自己终能做到身心一致。

《圣雄甘地全集》，第十卷，第 248 页，1910 年 5 月 10 日

窃以为，全世界永远都不会只有一种宗教，也没这个必要。

《圣雄甘地全集》，第十二卷，第 94 页，1913 年 5 月 30 日

对各种宗教进行比较没有必要。人应深刻理解自己的宗教，然后再去研究其他宗教。如要大致做个比较，应当看某门宗教是否奉慈悲为生活准则。越是强调慈悲的宗教越正宗。"伦理道德源于慈悲"，此乃宗教要教给众人的首要原则；其次，"梵乃实相，表象世界只是幻象"。虽无任何原则可以放之四海而皆准，但追寻阿特曼（自我）之人自能适时道出合适的原则。

---

[1]《薄伽梵歌》的字面意思为《神之歌》。通过库如雪查战场上至尊主神克里希纳与阿周那王子之间的问答，全书概述了印度教宗教哲学思想。——原注

事实上，世间众生各有灵修之道。既然人（的秉性）千差万别，道自各不相同。认识到自己与他人本性一致者，自会发现万宗归一。

当阿特曼（自我）不再受肉体束缚，人就获得摩诃萨（解脱）。此境界之本质只可体验，无以言表。鬼魂或幽灵乃邪恶之物。作恶多端之人皆由孤魂野鬼转世投胎而来。

《圣雄甘地全集》，第十二卷，第127页，1913年7月2日

基督教《圣经》中大卫所著诗篇大有真意，值得参透。诗篇中大卫渴望摧毁邪恶，意味着他容不下邪恶。类似观点同样见之于《罗摩衍那》[1]。众神与众人一同祈祷毁灭罗刹[2]。也是这种情感激发了祈祷文《伽雅罗摩罗摩》[3]。这些经文的灵性意义在于消除邪恶：大卫和阿周那（皆象征神性）渴望摧毁难敌（Duryodhana）和其他恶魔（象征撒旦式邪恶），是出于萨埵（有情）冲动。当人进入巴克提（虔信）状态，就会有这种冲动。待到进入吉纳纳（智慧）境界[4]，冲动消退，只余纯净的意识——"绝对的真知"。在基督教《圣经》里多半找不到对这种境界的描述。大卫虽不完美，仍不失为一名巴克塔[5]。他在《诗篇》中以朴素的语言表达自己的宗教情感，在神的面前，这位伟人恭顺谦卑，只把自己视为一棵小草。

《圣雄甘地全集》，第十二卷，第407页，1914年4月12日

印度教经文将父母摆在神的位置。但为人父母者往往担负不起如此重责大任。父母既为凡人，养育出的子女亦未能超凡脱俗，如

---

[1] 讴歌非凡英雄罗摩的印度民族史诗。——原注
[2] 恶魔。——原注
[3]《胜利属于罗摩》。——原注
[4] 开悟。——原注
[5] 虔信之人。——原注

此一代又一代,世间降生的尽是自私之辈。
《圣雄甘地全集》,第十四卷,第221页,1918年2月27日

生命中一切努力的真正目标就是控制本能冲动,此乃"达磨"。
《圣雄甘地全集》,第十四卷,第385页,1918年5月1日

我天性亲宗教,远政治。之所以涉足政治,实因自己觉得生活各个领域皆与宗教密不可分,而政治又与印度的生死存亡息息相关。
《圣雄甘地全集》,第十五卷,第5页,1919年8月4日

我自视为印度教信徒,亦相信自己对其真意颇有洞见。从印度教中我学到的宝贵教训就是,不能要求人人皈依印度教,各派信徒只要虔诚信仰就好。
《圣雄甘地全集》,第十六卷,第477页,1920年1月13日

每日或偶尔随意地诵读一段《伽亚帖》[1],其功效断不及日日定时虔心诵读。唯有依着教规生活自律,生命方可精进。
《圣雄甘地全集》,第十七卷,第526页,1920年2月13日

诸位苦修圣人皆曾有云:读《吠陀经》[2]却不身体力行达磨者,不过迂腐之辈尔;他们既无法自度,亦无法度人。这就是为何那些张口三句不离《吠陀经》之人,或经文倒背如流之人,向来不会让我印象深刻。我不会惊叹他们学识渊博,反会珍视自己所学不多却

---

[1] 驱邪能量最强之吠陀咒语。——原注
[2] 《吠陀经》(Vedas),雅利安人至深至奥、情感丰沛之典籍。雅利安人宗教信仰、宗教实践及其社会结构皆由此出。——原注

更有价值的知识。

《圣雄甘地全集》，第十九卷，第 98 页，1920 年 12 月 11 日

真正的宗教乃人生至善者，世间至大者，但素来亦是被人利用最多。有人目睹他人利用宗教，不了解实情，自会对宗教心生厌恶。但究其根本，宗教关乎众人，关乎人心。无论宗教被冠以何名，人受痛苦烈焰煎熬之际，最能抚慰人心的是神。

《甘地旧书信集》，第 43 页，1925 年 4 月 25 日

宗教宣告：心存恶念之人不洁，无资格面神。故心思不正者首先要忏悔，以此驱逐邪恶，净化自身。

《巴布致静修院姊妹书信集》，第 47 页，1927 年 9 月 26 日

我们不应因自己信奉的"真""洁"就妄开杀戒。受"真理"感召之际，我们只应赴汤蹈火，万死不辞，以自身鲜血为其封印。在我看来，这方是所有宗教的真意。

《致拉吉库马瑞·阿姆瑞特·考尔书信集》，第 223 页

关于转世重生，您所言极是。皆因大自然慈悲，我们方会遗忘前世。我们历经的前世不计其数，尽知细节，何益有之？背着巨量记忆，生命将不堪重负。故智者刻意遗忘种种前情往事，就连律师也是如此，案子处理完，转头就将所有案情抛在脑后。是啊，套用英国诗人华兹华斯之语，"死无非是一场长眠，一次遗忘"。

《巴布致米拉书信集》，第 154 页，1931 年 1 月 25 日

"品达"乃人之肉身，"婆罗门"则是宇宙。凡身体所有者，宇宙中皆能找到与之相对应之物；若前者为空，则后者亦成空。人之肉身归凡尘大地。尘世由五大元素（土、水、火、空气、以太）构

成,人之肉身亦然。尘世有万千生灵,人的体内亦有各种活细胞。肉身会死,复又重生;大地同样历经荣衰更迭。以此类推。由此可知,知其肉身,即可洞察宇宙,求知需从自身做起,不必上下求索。自己肉身触手可及,彻底洞察,就能达到求知的目的。但我们若要试着了解宇宙,则所知永远不足。故智者有云:肉身实乃小宇宙,宇宙万物皆有之,只要认识自我,既已掌握了全部知识。不过在认识自我的过程中,我们亦对其他事物有所了解,我们大可从中汲取快乐,因为这亦是自我认识的一部分。

我们切莫将《薄伽梵歌》中主神克里希纳和化身变作的历史人物阿周那混为一谈。其中探讨暴力与非暴力的是主神克里希纳,而阿周那却不反对杀生,只不愿伤及自己亲朋。主神克里希纳见之,遂进言道:尽忠职守之时,需对自己的亲朋与他人一视同仁。《薄伽梵歌》时代的大人物谁都未曾探讨是否应当发动战争。事实上,人们到了近代才开始探讨这个问题。古时候,印度教徒全都信奉阿希姆萨(非暴力),但对何为暴力则争论不休。今时亦然。今天很多被我们视为非暴力之事,很可能将来为后世之人诟病为暴力。今人以牛奶和五谷杂粮为食,亦在毁灭生命。因此极有可能后人不再生产牛奶或粮食。今天我们虽然喝着牛奶,吃着五谷杂粮,却觉得自己没在杀生;同样,在《薄伽梵歌》时代,战争乃寻常之事,先人亦未觉自己有违不杀生之戒律。因有此故,我并不以为《薄伽梵歌》中用战争为例阐述非暴力有何不妥。不过,要是研读整部《薄伽梵歌》,细读其中对"斯菲塔普拉贾那"[1]"梵觉"[2]"巴克塔"[3]"伽人"[4]的描述,就只能得出这么一个结论,即《薄伽梵歌》中的主神

---

[1] 认知坚定不移之人。——原注
[2] 与至高精神合而为一。——原注
[3] 虔信之人。——原注
[4] 修行瑜伽之人,通过控制呼吸达到身体和内心的净化。——原注

克里希纳实为非暴力化身，他虽规劝阿周那开战，却丝毫无损他的伟大。反之，如果他给阿周那另一种建议，则会显得其知不足，就当不起"瑜伽希瓦"（伽人之王）这个称号，也就不再是神的完美化身。

《马哈德夫·德赛日记》，第一卷，第 93—94 页，
1932 年 4 月 28 日

杜勒西达斯认为，罗摩之名比其真身更有威力，但这一名号与其意义本无关联。概因意义乃由信徒赋予，意义多寡则视各人心诚程度而定。这就是反复吟诵（持咒）的妙处。若非如此，也显不出信仰如何让人改头换面，连傻子都能变成智者。信徒要做的只有一点。以坚定的意志和信仰虔心反复吟诵罗摩之名，不是做样子，也不为蒙骗他人。我深信，谁若坚持这般反复吟诵，必蒙神赐予一切。凡有着所需耐心之人，各自都会对此有所体察。人的心智终日游移不定，焦躁不安，有时经年累月皆是如此，待到反复吟诵罗摩名号之际，肉身昏昏欲睡，甚至还为其他更为痛苦的症状所袭扰。但若能坚持口诵不止，必有果报。纺织能织出东西，但只有沉下心才能有所成。比纺织更难之事则需我们付出更多。所以，人要成神，必须经历漫长的修行，永不沮丧，永不动摇。

《马哈德夫·德赛日记》，第一卷，第 120—121 页，
1932 年 5 月 20 日

《薄伽梵歌》第六章向我们保证，成就法（灵修）再小，也不徒劳。到了来生，我们还能以此为基础，继续修行。同样，今生有灵修意愿却无能力进取之人，来世的处境只会强化这种意愿。话虽如此，我们在当下也不能找借口松懈。只有今生全心全意，来世灵修意愿方能增强。单从理性层面有此意愿不管用，因为这种意愿死

后就会消失。可是如果意愿是发自内心，努力程度自会有所体现。不过，努力可能受肉身的软弱或所处环境限制。即便如此，灵魂离开肉身之际，会带着发自内心的善愿，待来世处境更有利，自会结出善行的果报。故而行善之人必会有所精进。

很可能杰纳内斯瓦拉[1]在长兄弃世[2]垂暮之际，对其深思冥想。但我们万万不可效仿他的做法。冥想的对象必须是完人。把一个大活人视作完美，既不妥当也不必要。更何况，杰纳内斯瓦拉冥想的多半并非弃世本人，而是他自己想象中的弃世。二者区分极为细微，凡俗如我辈甚难把握。我们一旦质疑是否能以某个在生之人作为自己的冥想对象，脑海中就浮现不出此人的形象。如果我们一边想着这人，一边解答能否以他为冥想对象这个问题，只会弄得自己一头雾水。

在我看来，《薄伽梵歌》第一章内所有的人名指代的都不是具体的人，而是不同的品质。和《摩诃婆罗多》一样，诗人用拟人的手法创造各个角色，从而描述天神和恶魔之间永恒的战争。这么说并非否认历史上班度与俱卢两族之间曾鏖战于俱卢之野。我认为诗人只是以这个真实的历史事件为题材，借此展开论述。但也有可能我想错了。不过就算《薄伽梵歌》中的人名全都是历史人物，诗人要交代历史缘起，列出这份名单也未尝不可。既然第一章在整部《薄伽梵歌》中很重要，背诵《梵歌颂》[3]时也不能漏掉。

《马哈德夫·德赛日记》，第一卷，第171—172页，
1932年6月18日

---

[1] 杰纳内斯瓦拉（Jnaneshvar），中世纪马哈拉施特拉邦圣人，16岁便写成发人深省的《薄伽梵歌》注释，题为《德纳乃什瓦里》(Dnaneshwari)。——原注

[2] 弃世（Nivritti），杰纳内斯瓦拉的长兄，也是他灵修的引路人。——原注

[3]《梵歌颂》(Gita-patha)。——原注

诵念"纳玛-贾帕"[1]有助降伏罪孽。心无杂念反复诵念神的名号之人坚信,神必助其除罪。破除罪孽就是自我净化。虔心反复诵念神的名号之人乐此不疲,最初只是口头诵念,然后声声入心,净化心灵。凡是信徒无一例外都有过此种体验。连心理学家都认为,思维决定人的未来发展。反复诵念罗摩名号亦有此功效。我对"纳玛-贾帕"的效力信心满满。第一个发现这点之人经验丰富,我坚信这一发现极为重大。反复诵念"纳玛-贾帕",就连目不识丁之人也能获得净化(《薄伽梵歌》第九章第22节,第十章第10节)。诵念之时手数念珠有助聚精会神。

《马哈德夫·德赛日记》,第一卷,第275页,1932年8月7日

我们印度人极为重视"静"。梵语中"三昧"本意为"静"。"穆尼""毛拉"皆为其派生词,前者意为"圣人",后者则指"圣人地位、静默"。起初修习禅定,当真是满脑子胡思乱想,有时甚至还打起瞌睡。而入定就是用来修正这些陋习的。我们惯于喋喋不休,充耳尽是喧哗之声,所以很难静下来。但是,稍事入定能让我们喜欢上静,一喜欢上,就能感受到静中那妙不可言的祥和。人皆寻求真理。因此我们必须领悟何谓静,然后照着规矩守静。安静入定之时自当诵念罗摩之名。事实是,内心准备好了方能静下来。只要花点时间想一想,我们就会意识到静的价值。

《马哈德夫·德赛日记》,第一卷,第313页,1932年8月28日

你曾问过我对玄学的看法。我不喜欢玄学。因为生命是一本翻开的书,头脑再简单之人也能读懂,而且本就该如此。神的计划并非玄之又玄。总之我向来不好神秘主义或玄学。真理坦荡荡,真理即神。

《书信选集》,第二卷,第27页,1932年10月30日

---

[1] 纳玛-贾帕(Nama-japa),反复祷念神的名号。——原注

我不能因某物对自己无用就漠视他人的需求，就不愿花些心思了解此物是否对别人有用。我知道那种特定的偶像崇拜帮到百万之众，不是因为这些人水平不如我，而是因为他们想法不同。在我这儿，有一点你切不可忘记：我不但不觉得偶像崇拜是罪过，还认为各种形式的崇拜皆为我们存在的一个条件。各种形式的崇拜都是偶像崇拜，只是程度深浅不同。去清真寺或上教堂是偶像崇拜的形式；敬奉诸如《圣经》《古兰经》《薄伽梵歌》等经文是偶像崇拜；即便不看经书，不去某个处所，只要脑海中想象神的模样，赋予他某些品性，这也是偶像崇拜。我也绝不会将石雕的偶像贬为庸俗下流。人尽皆知，很多饱学的法官家中都供着这些偶像。大哲圣贤如潘迪特·马拉维亚吉都要先拜过灶王爷才进食。将此类崇拜贬为迷信，既无礼又无知。再者说，在这些敬拜者的想象中，神只在这块圣石之中，而非身边随便哪块石头。在教堂里，就连祭坛也比其他部分要圣洁。你自己可以举出很多类似的例子。我说这些不是让大家在思想上，或在对神的崇拜上有所懈怠，而是要大家认清这样一个事实：不管形式如何，拜神心诚就好，对敬拜者都是等效。敬拜神的权力专属于某个人或某个群体已是老黄历。神不看重敬拜的形式和话语，因他能洞察我们的言行，知道我们想什么，甚至我们自己都不清楚的想法神也知道，神在意的只是我们的所思所想。

《书信选集》，第二卷，第29—30页，1932年11月29日

涅槃乃是彻底泯灭私念，摒弃自我。其正面意义只可体验，无法言表。但通过推论我们知道，涅槃极乐胜过人世间一切喜乐。

《巴布致米拉书信集》，第233页，（约写于）1932年12月29日

世间并无大恶。但我离不开宗教，所以我笃信印度教。如果舍弃了印度教，我的人生将不堪重负。因为信印度教，我爱上了基督教、伊斯兰教，以及其他诸多信仰。拿掉我的信仰，我将一无

所有。但我容不下印度教中的贱民制——那种认为人有贵贱之分的教义。所幸印度教内亦有对付这种邪恶的灵丹妙药。我已经服下良药。

《甘地旧书信集》，第113页，1933年5月2日

《摩诃婆罗多》是诗，非史。诗人意在展示，人只要付诸暴力，必失于真，概无例外，包括克里希纳。犯错的不管是谁，错就是错。

《书信选集》，第一卷，第41页

祈祷的价值

傲慢之人祈祷也无用，只有坦承自己渺小无助，方能求来神助。我在病卧床榻之际，每日都意识到人何其微不足道，牵挂何其良多，满心皆是厌恶，轻易就为邪念所动。我常因自己内心不堪而羞愧难当。多少次我都因自己肉身欲求无度而绝望万分，唯愿肉身消亡。推己及人，我就能较为中肯地评价他人。

《圣雄甘地全集》，第十五卷，第65页，1918年11月26日

你有否按时看书？起床后有否祈祷？若否，让我给你提个醒，因为我相信祈祷对人好处无穷。困难时刻你会意识到祈祷的益处，但平日里用心祈祷也是大有裨益。祈祷是灵魂食粮。正如营养不良令身体羸弱，灵魂不进食亦会枯萎。

《书信选集》，第二卷，第19页，1919年6月2日

你务必要参加祈祷会，哪怕自己容易走神。祈祷是为了让我们凝神专注于一件必要之事。已达到全神贯注之人参加或不参加祈祷会都行，去不去都一样。我们能做的只是留心不让自己走神。如此尽力而为，或者有日我们能够始终清醒意识到神的存在，甚至能达到诗圣杜勒西达斯的境界。

《书信选集》，第二卷，第9页

你们中凡是答应过每日参与祈祷会的，如无不可控的意外情况，就应当尽力说到做到。

《书信选集》，第一卷，第 4 页，1926 年 12 月 6 日

生活中漏掉点什么都行，唯独祈祷疏忽不得。祈祷意味着我们与神协力，与他人相互合作。祈祷应是人净化自己精神的沐浴。人不洗澡身体会出健康问题；同理，不用祈祷清洗心灵，精神也会变得污浊。所以切勿疏于祈祷。

《书信选集》，第一卷，第 5 页，1926 年 12 月 31 日

尽忠职守本身也是祈祷。我们去祈祷，是为了让自己真的履行职责时能够胜任。但人在尽职时全情投入，其实就是在祈祷。如果有人正在虔心祈祷，听到另一个人被蝎子蜇了大叫，她必会停下祈祷，跑去相助。侍奉受苦之人，祈祷方有价值。

《巴布致静修院姊妹书信集》，第 79 页，1929 年 9 月 23 日

以下是晨祷词的第一段：

"晨起时分，心中之神浮现脑海，那萨特（永恒）之神，奢特（智慧）之神，苏坎（极乐）之神，完人境界之神，超境界之神。吾乃完美无瑕的梵天，尽悉种种梦境，无论是清醒之际抑或沉睡之时。我关注的非此肉身，而是那由土、水、空间、光与空气五大元素构成的混合体！"你会乐于知悉我上个月六日就开始动笔翻译了。

但就这么一小段也是一改再改，真是对不住。我越是琢磨，原文的意思就越清楚。再者，我也不在意大刀阔斧地反复修改自己的译文。之前诵读这节祈祷词，我总是心惊胆战，暗忖这说得也太张狂了。但深入理解后，我马上认识到，以这样的想法开启新的一天再好不过。这是在郑重宣告，我们并非自己那具反复无常的肉身，

睡眠或别的什么都不需要；在内心深处，我们就是神，见证一切，充盈着不计其数的肉身。第一句说的是脑子里想起生命法则的存在，第二部分则主张我们就是那条生命法则。其中对神、对梵天的描述也很到位。神就是神，他是永恒（萨特），是一切智慧，或全部的光（吉特），故自亦是无上极乐（苏坎），或按更常用的梵文词来说，神是阿南德（anand）。

《巴布致米拉书信集》，第143页，1930年12月20日

晨起时分，躬身拜神。神超越人的思维和言语，但他的慈悲却让人道出千言万语。《吠陀经》称我所膜拜之神为"涅谛，涅谛"（不可道，不可道）。先贤圣哲将他唤作众神之神、未来之神、圣洁之神、万物之源。

《巴布致米拉书信集》，第145页，1930年12月30日

晨起时分，躬身拜神，那古老的超越黑暗如日中天的完美之神，人人称颂'普鲁肖坦！'（人上人）。正如人会（在黑暗之中）将绳索当成蛇，神让我们（穿透黑暗的遮蔽）想象整个宇宙。"

这段的意思是宇宙变化无穷，一切皆空。宇宙既是神的造化，人自不应对其神往，亦无须有惧。黑暗中我们把绳索想象成蛇，同样，我们也看不见宇宙，只能想象。宇宙和那条绳索确实在那儿，但只有当神掀开遮蔽，让黑暗散去，我们才能看得到。——试比较纽曼的赞美诗："破晓时分，众天使面露微笑，那是我深爱已久却曾一度失去的微笑。"这三句晨祷词浑然一体，我认为译文出自商羯罗之手。

《巴布致米拉书信集》，第146页，1931年1月3日

"噢！大地女神！海洋做云裳，山峰为酥胸，你是庇护大神毗湿奴之后妃，我向你顶礼膜拜，还请恕我双足踏着你的躯干。"

敬拜大地之际，我们学会，或者应当学会如大地一般虚怀若谷。大地承载着践踏她的躯干的芸芸众生。故只有她方配做毗湿奴的伴侣。在我看来，此观念与真理无违，反而极美，完全符合神无所不在的概念。神生机无限。我们都属于这个尘世。没有大地，便没有我们。通过大地感受神，我觉得更加亲近神。敬拜大地让我马上意识到自己是如何备蒙神恩。要想当配得上大地母亲的孩子，我应当让自己即刻降到尘土里，与最贫贱之人亲如一家，善待最低等的造物，卑微如尘，以此为乐，因我与他们有着共同的命运。抛开凡俗肉身参悟生命本质，我以为我的灵魂永恒不灭；神造之物，地位再低同样永恒不灭。

《巴布致米拉书信集》，第147页，1931年1月12日

"掌管学识的萨拉斯瓦提女神，愿你保佑我。你是愚昧无知的破除者，你白璧无瑕，如茉莉，似朗月，胜冰雪，身着白衣裳，手持精美竹制七弦琴，白莲宝座高高盘坐，直令梵天、毗湿奴、湿婆等一干神仙爱慕不已。"

我觉得此段文思极美。学识指的自是智慧。其中三度强调女神白璧无瑕——先以雪、月、花比拟，再描绘其白裳和莲座——意在说明智慧或学识至纯至洁。当你进一步领会类似晨祷词的深意，你会发现各种德行都以拟人手法描述，活灵活现，不再是干巴巴的辞藻。比起那些我们用五官感受到的所谓真实之物，这些想象出来的神备感真实。比方说，背诵这段晨祷词之时，我从未觉得自己是对着一幅想象的画面说话。背诵是很神奇的一件事。理性分析起来，我知道这位女神是想象出来的，但这丝毫不影响我祈祷背诵所产生的效果。

《巴布致米拉书信集》，第151页，1931年1月14日

"古鲁（导师）是梵天，是毗湿奴，是摩诃提婆，他亦即伟大

的大梵天。我向这位古鲁鞠躬。"

此处所指自是精神导师。这并非一种机械的或人为的关系。现实中的导师自然没有这么伟大，但对其信徒而言，导师很伟大，有求必应，至善至美，让信徒对永生之神抱着鲜活的信仰。至少今时今日，这样的导师凤毛麟角。因此，我们最好将神的本尊想象成自己的古鲁，虔信地等待圣光。

《巴布致米拉书信集》，第 153 页，1931 年 1 月 25 日

向神祷告之时，可能我们要说的只有这一句："愿神的旨意得以成就。"或许有的人会问，这么祷告意义何在。答案是：不能单从字面理解祈祷文。我们在心中感到神的存在，但为了摆脱情感干扰，我们暂且将神与自己剥离，对他祈祷。换言之，我们不希望被自己任性的意愿牵着鼻子到处跑，而只愿跟随神的指引。人不知生死孰好孰坏，故不应以生为乐，亦不应念及死就焦虑不安。对生死我们应等同视之。这是最理想的境界。或许我们始终难以抵达此境界，真正有此境界之人亦寥寥无几。纵然如此，我们亦当时时心系此境界。越是看着困难，就越要付出更大努力。

《马哈德夫·德赛日记》，第一卷，第 118—119 页，
1932 年 5 月 19 日

我并不反对别人对着偶像祈祷，只是我更偏向于崇拜不具人形之神。我这么做可能并不妥。但萝卜青菜各有所爱，各人喜好无从比较。你对商羯罗和罗摩奴阇[1]的看法没错。灵性体验比环境对人的影响更大。追求真理之人不应受环境影响，而是要克服环境。以

---

[1] 罗摩奴阇（Ramanuja，1017—1127，一说 1055—1137），印度吠檀多学派宗教家、哲学家。早年师从商羯罗学习该派的不二论，后因主张不一，离开自创"无差别不二论"，并创立罗摩奴阇派。

环境为基础的观点常被证明是错误的。就以肉身和灵魂为例。当下灵魂与肉体密切关联,我们一时无法区分二者。所以当某个人克服环境制约,道出"此(灵魂)非彼(肉身)",此人确实伟大。我们不应单从字面上理解圣贤之语,例如图卡拉姆的诗。我建议你读他写的几首诗,如《阿帕格——克拉玛偍查帕殊帕缇》[1]。我要说的是,我们必须领会这些圣人的话中深意。他们就算把神描绘成某个形象,但没准自己私底下崇拜的仍是不具人形之神。只是我们这些凡夫俗子多半学不来,所以我们要深入理解圣人之言的含义,以免过后悔之莫及。

《马哈德夫·德赛日记》,第一卷,第168—169页,
1932年6月17日

毋庸置疑,神的律法掌管着整个有情众生宇宙。若不谈神而单论神的律法,我会说律法就等于其制定者,就是神。当我们对着神的律法祈祷,我们只是渴望了解它、遵循它。求仁得仁。所以必须祈祷。虽然我们今生受前世影响,但依着因果报应之律,当下所为必会影响到未来。故而在面临两个或更多选择之时,我们必须选择遵循神的律法。
《马哈德夫·德赛日记》,第一卷,第227页,1932年7月13日

祈祷之时必须去除精神上的污垢。让人看见自己做了失德之事,我们会感到羞愧,在神的面前也应有此自觉。而神洞悉我们每个举动、每个念头。无论何时我们的一举一念皆为神知。凡诚心祈祷者,来日必身心充满圣灵,变得清白无罪。
《马哈德夫·德赛日记》,第一卷,第232页,1932年7月17日

---

[1] 音译,意为《泥塑的神像》。——原注

我们可以为某人或某物向神祷告，我们甚至会得偿所愿。但如果祷告不带任何目的性，神则会赐予世间和我们更大的福分。祈祷能影响我们。它让我们的灵魂变得更加警醒，而灵魂越是警醒，祈祷的影响面越大。祈祷关乎心。为了唤醒心灵，我们高声祈祷。宇宙之间神无处不在，神亦在人心之中。人的肉身阻隔不了神。有阻隔也是我们自己造成的，但祈祷能清除阻隔。我们永远也不知道祈祷了是否就能如愿以偿……但祈祷永不会落空，只是结果不为人知。也不要以为祈祷后得偿所愿就是件好事。我们祈祷时也要身体力行《薄伽梵歌》的教诲。我们可以向神祈求某样东西，但始终要放得下。我们可以求神拯救某个人，但不要担心此人是否能蒙神救赎，我们是否愿望落空。即便事与愿违，也不能就据此得出祈祷无用的结论。
《马哈德夫·德赛日记》，第一卷，第233页，1932年7月17日

祈祷时断食很有必要，但这不是最重要的。最重要的还是祈祷——与神交流。祈祷能替代食物，让人有饱腹之感。
《巴布致米拉书信集》，第263页，1933年5月8日

真理和非暴力

动机不纯,非真理变不成真理。据说有钱人只有一只眼睛,只盯着自己的财物,而小偷则东张西望,四处打量他人的宝贝;同样,通往真理的道路只有一条,通往非真理的道路则有很多条。人要在这些错综复杂的道路上迷失自己,那他就毁了;如果此人刚好负责保卫他人,抑或受托维护他人利益,那他也会毁掉自己本该保护之人,令他人利益受损。

《圣雄甘地全集》,第十五卷,第23页,1918年9月17日

蒙蔽无知也是一种罪过,是一种虚伪。故它经不起知识和真理之光的考验。

《圣雄甘地全集》,第十六卷,第87页,1918年9月3日

我唯愿终此一生追寻真理,实践真理,思考真理,别无他求。还请国民赐福,让我如愿以偿。

《圣雄甘地全集》,第十六卷,第175页,1919年9月28日

真理本无形。故各人按自己心意理解真理,勾画真理。世上有多少人,就有多少种有形的真理。信之,则为真。概因这类信念让人得偿所愿。其实我们怎么称呼神都无意义,梵天、毗湿奴、自在天、薄伽梵,统统无关紧要,但"萨提亚"(真理)确实是神的

最佳名号。谁要说自己愿为神赴死,究竟何意却说不清道不明,他人闻之亦是不甚了了。但若说自己愿为真理献身,不仅言者自知其意,他人闻之泰半亦是了然于胸。
《马哈德夫·德赛日记》,第一卷,第120页,1932年5月20日

  我觉得我们虽可饶恕作恶之人,但绝对得不遗余力谴责邪恶。知其为恶者,自当义正词严谴责,这与大慈大悲并不相悖;确定是恶的,就当谴责,日后若发现判断有误,亦不必抱憾。在努力接近终极真理的过程中,我们始终要满足于阶段性的相对真理,因为对我们而言,每个阶段的相对真理就是终极真理。人若无此自信,就无法进步,要证明这一点并不难。不过我们若对自己立场的正确性有所存疑,自当谨言慎行。
《马哈德夫·德赛日记》,第一卷,第129页,1932年5月25日

  为人虚伪且满心个人好恶者,无论其怀着什么目的,永远都不会达到至尊神的境界。
《马哈德夫·德赛日记》,第一卷,第250页,1932年7月24日

  沿着真理之路前行意味着要在人世间积极生活。若脱离生活,就谈不上追寻真理或违背真理。《薄伽梵歌》早已道明:人须臾都停不下来。虔诚信神之人与不信之徒的区别在于,前者勤勤恳恳服务他人,做事永不放弃真理,在此过程中逐渐克服个人好恶,而后者只为个人私利营营役役,为达目的不择手段。这个世界本身并不坏,因我们只有在今世积极生活方可修炼成神。我们的所作所为必须造福于人。自私自利的行为只会遭人谴责唾弃。
《马哈德夫·德赛日记》,第一卷,第251页,1932年7月24日

  凡涉及真理,无论代价再高都要直言不讳。
         《书信选集》,第一卷,第45页

热爱真理之人只发正当愿望,而神必成全。只要灵魂立足于真理,我们的祈祷必为世间结出果实。

《书信选集》,第一卷,第55页

"非暴力"和"真理"为同义词。俗话说"人得说实话,实话才招人爱",说的大概就是这个意思。真理不会让人难过,因为它本身不含暴力。真话可能不好听,但绝不会造成痛苦。说实话常会得罪人,但听的人自知别人说的没错,这么说是出于好心。此处诠释的是最广义的真理。真理不仅意味着说实话,"真理"的词义与《箴言》中梵天即为真神的说法分毫不差。英文中"truth"(真理)一词也有同样意思。

《圣雄甘地全集》,第十四卷,第97页,1917年11月22日

真理与非暴力是一回事,二者相互兼容。立誓坚持非暴力之人若是撒谎,或行为失实,即为背叛誓言。而献身真理之人若动用暴力,则已然舍弃真理。拒绝回应真理的召唤,哪怕是出于害怕,也是背叛非暴力的誓言。

《圣雄甘地全集》,第十四卷,第157页,1918年2月17日

对不会动手杀生之人,你教不来阿希姆萨(不杀不害)。你也无法让聋子感受到寂静的美与好处。虽然我知道守静极好,但我会不遗余力让聋子学会开口说话。我不相信任何形式的政府,——不过议会制政府可能聊胜于反复无常的人治。

《圣雄甘地全集》,第十五卷,第444页,1918年6月23日

我自己身体力行阿希姆萨(不杀不害),但我甚至无法让国民理解其首要原则。我发现不是所有杀生都是希姆萨(暴力、杀害),有时践行阿希姆萨甚至必须杀生,而印度举国上下皆已丧失杀生能

力。已经丧失杀生能力之人自是无法践行阿希姆萨。阿希姆萨是最高层次的弃绝。赢弱之国实难能有此等大作为，就像老鼠无法夸口自己饶过老猫一命。情况听起来似乎很糟糕，但确实如此。我们需通过长期自觉努力，重获杀生能力，而后坚持弃而不用，最终让全世界摆脱希姆萨之苦。以前我无法传播自己对阿希姆萨的信念，连静修院的学员都听不进去，那时我常常伤心难过，真是难以言表。也不是说他们不愿听我说，但现在回头想想，我在说的时候已经感觉到，他们能力不足，理解不了真理。就像对牛弹琴。不过现在几乎每个静修院成员都领悟到了，个个都激动地向往着有朝一日自身有了实力再摒弃暴力，而非因为无能为力才行非暴力。在有组织的战争与个人私斗之间很难划清界限。即便恶棍斗殴也不乏有组织的对抗，也会出现集体流血事件。最高贵的勇士临危不惧。那一刻他内心感受的并非杀戮之力，虽然他明知自己逃掉就可轻易自保，却要毅然赴死，还以此为终极胜利。我确实认为我们要教会孩子自卫之术。
《圣雄甘地全集》，第十四卷，第485页，1918年7月17日

我越来越相信非暴力主义无比正确。人拥有的蛮力越大，胆子就变得越小。
《圣雄甘地全集》，第十六卷，第58页，1919年8月22日

无论我们的努力成败与否，都应坚持非暴力。这是证明非暴力原则唯一的必然方法。更确切地说，阿希姆萨永远都只会结出善果。坚持这一信念，我们不在意自己付出的努力何时方能获得成功。
《圣雄甘地全集》，第二十五卷，第273页，1924年6月21日

人有义务说出自己历尽千辛万苦上下求索后寻得的真理，哪怕全世界都觉得你错了。唯其如此，人方可无所畏惧。除了摩诃萨

（解脱），我想不出还有什么对我更为宝贵。可要是解脱有违真理，有违非暴力，我也会毅然放弃。

《圣雄甘地全集》，第二十五卷，第127页，1924年8月2日

  唯有纯之又纯的非暴力方能战胜暴力。我曾说过，任何言行上的暴力，甚至是思想上的暴力都会干扰非暴力行动的进展。如果大家对我苦口婆心的告诫充耳不闻，仍要诉诸暴力，那么我自会负起应有的责任，但那也仅限于个人能为他人行为所应担负的责任范围之内。撇开责任的问题不谈，如果非暴力真如世上先知所言那般威力无穷，而且我也忠于自己亲身体验过的非暴力功效，那无论有何理由，我都断断不敢再推迟行动。

《圣雄甘地著名书信集》，第74页

  凡人希望神惩罚作恶之人，这并没有错。非暴力是个新鲜事物。非暴力之士求神或让人动怒是错的。但受迫害之人还手反击，求人相助，非暴力之士不必觉得有何不妥。

《致拉吉库马瑞·阿姆瑞特·考尔书信集》，第247页

萨提亚格拉哈之道

我们认为,所有虔诚的信徒,所有真正的爱国者,乃至所有通情达理的正直人士,自会赞同我们的消极抵抗运动。正是因为我们不抵抗,甘于吃苦受罪,整个运动产生了巨大的影响,就连对手也不得不为之折服;现在我们更为坚定地向所有被压迫的民族和个人献上这个抵抗的法宝,因为我们认为,尽管我们在南非殖民地消极抵抗的例子微不足道,但与以前相比,我们为匡扶正义、平反昭雪所采用的手段更为牢靠,更值得借鉴。

《圣雄甘地全集》,第十二卷,第333—334页,1907年11月4日

那么,谁才是真正的萨提亚格拉哈之士?自是那些德行高尚之人,心怀慈悲之人。都说人生来就是吃苦。但苦究竟意味着什么?《薄伽梵歌》说,苦在人心,因人为其心束缚,不得自由。苏丹瓦[1]被人投入沸腾的油锅。行刑之人本想让他受苦,不料却给了他个大好机会,让他展现自己的无比虔诚。

《圣雄甘地全集》,第十卷,第206页,1910年4月2日

暴力旨在通过外在手段逼人改变;消极抵抗则靠内在灵魂力量让人成长,靠的是自己吃苦,自我净化。暴力必败,消极抵抗恒

---

[1] 苏丹瓦(Sudhanva),克里希纳神的忠实信徒。

胜。消极抵抗者虽然求胜，但其抗争仍不失高尚。事实上，他不得不奋力求胜，因为胜利就是自己当家作主。消极抵抗始终讲求道义，永远不会残酷无情；任何思想言行，只要通不过这项测试，就算不得消极抵抗。

《圣雄甘地全集》，第十卷，第248页，1910年5月10日

消极抵抗试着让政治与宗教重新联手，用道德准则检验我们的一言一行。耶稣拒绝用灵力把石头变成面包，用这个故事来支持我的观点再合适不过。眼下，现代文明正是试着把不可能变为可能。在以前，用灵力把石头变成面包会被人当作黑巫术，今天仍有很多人这么认为。

《圣雄甘地全集》，第十卷，第248页，1910年5月10日

一位无知的母亲可能真是出于好心才让自己的孩子服下鸦片。可她再怎么好心，也是愚昧，道德上也难赎其弑子之罪。认准了这条原则，消极抵抗者深知，不管个人动机再纯洁，行动起来也可能会大错特错。故而他将审判权交给神，在行动上则努力抵制自认为不对之事，宁可自己受苦也绝不明知故犯。

《圣雄甘地全集》，第十卷，第248页，1910年5月10日

纯粹的消极抵抗者不会让自己成为别人眼中的殉道者，他不会对牢狱之苦或其他困难怨天尤人，也不会把自己所受的看似不公的待遇或虐待当成政治资本，更不会让人大肆宣扬。

《圣雄甘地全集》，第十卷，第248页，1910年5月10日

古吉拉特语中，"消极抵抗"意为"真理的力量"。我曾多次用"真理的力量"、"爱的力量"或"灵魂的力量"来界定"消极抵抗"。然而语言何其空洞。放眼四周，仇恨遍野，人要做的是凭着

爱生活，而这需要我们坚定不移地相信爱，相信爱的绝对效力。两三百年前，印度曾有一位名叫米拉巴依的伟大女王。她抛下丈夫，舍弃一切，把生命奉献给绝对之爱。最终她的丈夫也成了她的信徒。

《致我亲爱的孩子》，第13页，1917年6月11日

我谨用自己的方式向印度青年和大众献上一个更好、更有效的法门，靠的是灵魂的力量、真理的力量或爱的力量。只因一时找不到合适的叫法，姑且将其称作"消极抵抗"。眼下值此紧要关头，我恳请各位领导人大胆地全面采用这个方法。消极抵抗需要牺牲自我，由始至终要做的就是这个。不断囚禁或折磨无辜之人，这种做法全世界没有哪个政府能扛得住，包括大英政府。大英政府最大的秘密及其本性就是，即便做错了，它也要找道德理由向全世界证明自己没错。

《圣雄甘地全集》，第十三卷，第465页，1917年7月7日

萨提亚格拉哈意味着心甘情愿受苦受难，与不公平抗争。

《圣雄甘地全集》，第十四卷，第172页，1918年1月24日

萨提亚格拉哈的目的不是让我们保全颜面，而是让人民鼓起勇气，让民众精神独立。谁要因为胆怯或因为信不过我们就气馁，就把钱全数缴清，那是他该当（受人强迫）支付这笔钱。我们则应继续努力，让自己更当得起大家的信任。这就是萨提亚格拉哈的光明大道。

《圣雄甘地全集》，第十五卷，第179页，1918年1月31日

镇压只有在能唬住人的时候才管用。但人人皆知，面临巨大的压力，有时就连懦夫也会展现出无比的勇气。我倡导的萨提亚格拉哈旨在以自我受苦救国救民。在此，我遵循的是我国的文明精神，

为印度青年提供一剂良方,让他们断不致绝望。

《圣雄甘地全集》,第十五卷,第106页,1919年2月25日

"消极抵抗"一词无法准确地表达"萨提亚格拉哈"的含义。

《圣雄甘地全集》,第十五卷,第96页,1919年2月23日

萨提亚格拉哈就是将家庭中各成员忍让互爱的原则拓展运用到政治领域内。

《圣雄甘地全集》,第十五卷,第176页,1919年4月3日

无疑,《薄伽梵歌》旨在教人只事耕耘,不问收获。我是据此推导出萨提亚格拉哈原则的。放下得失之人不会杀敌,只会牺牲自我。杀敌乃因自己急不可耐,而性急则是因为在意得失。

《圣雄甘地全集》,第十五卷,第312页,1919年5月19日

早在1889年初读《薄伽梵歌》,该书就已对我隐约点出萨提亚格拉哈。之后我一读再读,隐约的提点变成了明明白白的启示。大神克里希纳如此聪慧,岂会为了让凡人阿周那获益就滥用《薄伽梵歌》中包含的智慧?那样岂非得不偿失?谁要认为克里希纳竟会如此行事,就是玷污了至尊之神的名号,这对身经百战、有自己判断力的勇士阿周那也有失公允。

《圣雄甘地全集》,第十五卷,第313页,1919年5月19日

萨提亚格拉哈(非暴力不合作运动)一经启动,不达目标绝不罢休。有时运动貌似已经结束,其实不然。有时人们会把萨提亚格拉哈与杜拉尔拉哈[1]混为一谈,出现这种情况就要暂停运动,方能

---

[1] 坚持恶。——原注

发起真正的运动。此事甚是微妙，我们只有靠经验，通过不断思考方能渐渐略知一二。

《圣雄甘地全集》，第十五卷，第314页，1919年5月20日

萨提亚格拉哈之士永远都是自己的主人……

事实是，一个组织发起非暴力抵抗运动之际，人人皆应遵从萨提亚格拉哈之道。个人一旦成为萨提亚格拉哈之士，就总能找到机会坚持真理……

要成长为一名萨提亚格拉哈之士，一如踏着利刃行走。

《圣雄甘地全集》，第十五卷，第315页，1919年5月20日

我过去常说："哪怕只有一名真正的萨提亚格拉哈之士，也足以取胜。"日渐一日，我对这点看得愈发清晰。正如一枚真币能买来等价之物，一名真正的萨提亚格拉哈之士也能充分体现自己的价值，能获得预期的结果。但要是掺上假币，或混上价值较低的货币，真币就会贬值，在我看来，一个鱼龙混杂的萨提亚格拉哈组织软弱无力，达不到标准。

《圣雄甘地全集》，第十五卷，第389页，1919年6月25日

公民抵抗已深入人心。这是一条永恒的生命信条，我们应在生活的方方面面自觉或不自觉地遵循。

《圣雄甘地全集》，第十六卷，第6页，1919年8月4日

政府军械库里任何一件武器都无法打败或摧毁公民抵抗的永恒力量。事实上，终有一日人们会承认，最有效也是最无害的平怨雪耻法门非公民抵抗莫属。

《圣雄甘地全集》，第十六卷，第314页，1919年8月4日

我们要成为令英国人敬重的朋友,不然就做让他们敬佩的敌人。不过这都需要我们勇敢无畏,独立自强。(……)说一不二,无惧后果。如此方为纯粹的非暴力公民抵抗、真正的友善友谊之道。另一条道就是按照古往今来的荣誉标准公然使用暴力,如果暴力能被视作荣誉的话。但我认为,暴力毫无荣誉可言。因此,我斗胆为印度提供第一条道路,这条道路始终根植于荣誉,统称为"萨提亚格拉哈"。

《圣雄甘地全集》,第十六卷,第7页,1919年8月4日

萨提亚格拉哈已为正在崛起的这代人提供了一个新的希望,一条宽阔的道路,一个能纠正生命中大多数弊病的正确方法。它用一种坚不可摧的无敌力量将这代人武装起来,谁都可以放心大胆地用。萨提亚格拉哈告诉印度青年,自身受苦是确保救赎的唯一道路——无论在经济层面、政治层面,还是精神层面都是如此。

大多数时候,萨提亚格拉哈是"抵抗邪恶""公民援助",但有时也必须是"公民抵抗"。

《圣雄甘地全集》,第十六卷,第50页,1919年8月20日

梭罗在他流芳百世的散文中证明,真正的良方乃公民不服从,而非暴力。抵抗者运用公民不服从,需承受抗命的后果。《圣经》中但以理违背玛代人和波斯人的律法之时是这么做的,约翰·班扬[1]也是这么做的,而印度佃农从古至今都是这么做的。人生来就是受苦的。暴力是我们身上的动物法则。让自身受苦,即公民抵抗,是我们心中的人性法则。国家井然有序,则鲜有公民抗命。但若有公民抗命,任何视个人荣誉(即良知)重于一切之人都应义不

---

[1] 约翰·班扬(John Bunyan, 1628—1688),英国著名作家、布道家,代表作品为《天路历程》(*The Pilgrim's Progress*)。

容辞，担起责任。

《圣雄甘地全集》，第十六卷，第 51 页，1919 年 8 月 20 日

我觉得真诚是我的一个特性。此外我强烈认为不应杀生（阿希姆萨）。我身上的这两种特质相结合，始有萨提亚格拉哈，确实难以名状。

《圣雄甘地全集》，第十六卷，第 147 页，1919 年 9 月 15 日

在外人看来萨提亚格拉哈之士显得羸弱之际，其实正是他最强大之时。

《圣雄甘地全集》，第十六卷，第 249 页，1919 年 10 月 20 日

我在把萨提亚格拉哈演化为一套逻辑周密的精神学说之前，就已将其与西方人所知并付诸实践的消极抵抗区别开来。最初我常把"消极抵抗"和"萨提亚格拉哈"当作同义词，互换使用，但随着萨提亚格拉哈学说的发展，我不再将"消极抵抗"当作同义词。之所以如此，一则是英国妇女争取选举权的消极抵抗运动动用了暴力，再则是人们普遍认为消极抵抗是弱者的武器。除此之外，消极抵抗不见得会教导人们在任何情况下都彻底坚持真理。因此在以下三个方面萨提亚格拉哈与消极抵抗有着本质上的不同：萨提亚格拉哈是强者的武器；无论在任何情况下，萨提亚格拉哈都严禁动用暴力；萨提亚格拉哈始终坚持真理。我想二者的区别这么解释就一目了然了。

《圣雄甘地全集》，第十六卷，第 509 页，1920 年 1 月 25 日

如果不需要动用暴力就能组织好不合作运动，我们就必须这么做；事实上，我们有义务要这么做。

《圣雄甘地全集》，第十七卷，第 368—369 页，1920 年 1 月 5 日

当暴力再也激不起对方任何反应，它就失灵了。非暴力是不合作运动的基石。

《圣雄甘地著名书信集》，第42页，1921年1月

不宽容也是一种暴力，所以有违我们的信条。非暴力不合作是一次民主的示范教学。不管外部环境再多刺激，我们但凡能够确保非暴力，其时业已达到了自己的目标，因为在那一刻我们能做到彻底的不合作。

《圣雄甘地著名书信集》，第42页，1921年1月

即便目标一致，但凡其他地区的公民不服从运动带有犯罪性质，巴多利地区的运动就无法给全国留下深刻印象。公民不服从的整体构想是建立在彻底坚持非暴力的基础之上。或许是我不了解人性，竟会相信在印度这样一个泱泱大国能营造非暴力的氛围，但这不能成为谴责我没有合理判断能力的理由，也不是坚持一场注定失败的运动的借口。反正我个人绝不会参与一场暴力与非暴力各占一半的运动，即便这场运动最后可能会为印度赢得所谓"司瓦拉吉"（自治），但那绝对不是我所想象的真正的司瓦拉吉。

《圣雄甘地全集》，第二十二卷，第350—351页，
1922年2月8日

手段与目的如此密不可分，很难说何者更重要。或者我们可以把手段比作肉身，把目的比作灵魂。目的像灵魂一样，肉眼看不见，而手段和肉身是看得到的。接下来我们就能论证手段与目的的关系了。

《圣雄甘地全集》，第二十三卷，第69页，1922年3月9日

萨提亚格拉哈中没有既定事实。不管在哪个阶段，只要发现自

己错了,从头再来,亡羊补牢为时未晚。特拉凡科王国[1]的公众舆论要是表示反对,你们也不能用境外示威游行来震慑民众。你们必须耐心等待,忍受痛苦。把自己摆到受压迫阶层的位置。和他们一起生活,承受他们受到的羞辱。您还是头一个告诉我特拉凡科民众不支持你们的人。

您要是以开明的印度教徒身份反对本教其他盲从的教友,那就不得谋求非印度教徒的支持,而应恭敬地予以回绝。当然,这个道理很简单,用不着我多说。我想我把您书稿中提到的观点都仔细地看了一遍。谨向您提供我对萨提亚格拉哈的理解,供您参考;此词既是我所创,定义就得由我来下,您若无法接受,最好另觅一词,更好表达自己的意思。当然,这就是个技术问题。就算是造词者也不能完全控制何词可造,造出来后何意。话一说出或写下,就不再属于说话者了。

《圣雄甘地全集》,第二十三卷,第 544—545 页,
1924 年 5 月 6 日

认为真理遭到践踏之人会对萨提亚格拉哈感兴趣。这样的人反对谬误,仰仗的只是神的支持,不求其他外援。神的支持适时而现,只要正当合理,他就接受。一名萨提亚格拉哈之士立誓单枪匹马抗争,就算绝食至死甚至结局更坏也决不退缩。

《圣雄甘地全集》,第二十三卷,第 544—545 页,
1924 年 5 月 6 日

我一如既往地坚守萨提亚格拉哈和非暴力信念。
《圣雄甘地全集》,第二十六卷,第 208 页,1925 年 2 月 28 日

---

[1] 特拉凡科(Travancore),印度南部地区,1729—1949 年为印度土邦王国之一。印度独立后与土邦柯钦王国合并,成为如今的喀拉拉邦。

萨提亚格拉哈绝食之法

我把绝食和祈祷都做成了精密的科学，从中收获甚丰，这点就我所知，当代无人能及。我真希望用我的亲身体验感染全国，让国人能明智地、实实在在地、专心致志地借助绝食和祈祷之力。虽然看似不可思议，但单是这样就能让我们做成很多利国利民的事情，既不用费心组织，也无须反复检查。不过，自身的经验告诉我，要让绝食和祈祷发挥作用，就不能视其为机械操作，而要清楚它们本是精神行为。绝食是将肉身钉上十字架，从而获得精神自由；祈祷是明确地、有意识地渴望获得灵魂的彻底净化，——再将以此获得的纯净灵魂献给某个特定的纯洁目标。

《圣雄甘地全集》，第十七卷，第104页，1920年3月20日

萨提亚格拉哈过程中对绝食有明确的限定。不得以暴力反抗暴君，因为这么一来就变成你对他施暴。对暴君，你抗命不从，欣然接受任何处罚；但若对方拒不处置你，好令你无法抗命，这时你不得以绝食自罚，逼其惩罚你。我们只能用绝食来对付爱我们的人，但那么做为的不是索取权利，而是改变对方，就像儿子绝食是为了让父母戒酒。我先后在孟买和巴多利的绝食之举，都是这种性质。我绝食是为了改变那些爱我的人。但我不会用绝食来改变那些不爱我之人，比方说视我为敌的戴尔将军。

《圣雄甘地全集》，第十八卷，第420页，1924年4月12日

关于绝食，你说的挺对的。绝食本身并无绝对价值，如果不是出于精神动机才这么做，是不会有任何灵性效果的。动机不纯，绝食只能获得物质性结果。为发展灵性而绝食却是一种磨炼，我认为个人有必要在某个成长阶段让自己经历这种磨炼。我始终觉得在这方面基督教新教有所欠缺。但凡其他重要的宗教都重视绝食的灵性价值。人不去自愿忍饥挨饿，就谈不上把肉身钉上十字架。没有亲自挨过饿，也说不上什么和饥肠辘辘的穷人同甘苦。但就算绝食上八十天，可能也改不掉傲慢、自私或野心这些坏毛病。绝食提供的不过是种扶持。不过，对一幢摇摇欲坠的房子，有支架扶持着无比重要。同理，绝食给挣扎的灵魂所提供的扶持也万分可贵。

《致我亲爱的孩子》，第85页，1926年8月20日

绝食应是内心受真理和非暴力理想感召的自发之举，而非效仿他人。永远不要为了自私自利的目的绝食，而是为了替他人谋福祉。心怀怨恨之人根本做不到绝食。但什么是心灵之声？是任谁都能听得到的吗？这都是些大问题。心灵之声在我们每个人心中，但内心蒙蔽之人是听不到的，就像聋子，歌声再美妙也听不到。只有自我约束，方能打开心扉，听到神的声音。

《书信选集》，第二卷，第46—47页，1932年10月30日

我一生之中绝食已是常态。它是一剂精神良药，我时不时就得对症下药。不过不是谁都有这份本事，也不是一夜就学得会的。如果我多少算得上有点儿能耐，那也是多年锻炼出来的。

《巴布致米拉书信集》，第228页，1932年12月8日

"致后来者"

我对印度的极度贫困有过切身的体验,所以觉得自己每次乱花钱,都是对穷人的一次剥夺。那些给我发电报的人要能把这钱都拿来买手工织的司瓦德西土布[1],买粮食,让衣不蔽体之人有衣可穿,潦倒无助之人有饭可吃,穷人们又怎能不对他们感恩戴德呢?多少国家灭亡,王者丢掉皇冠,富人倾家荡产,都是因为遭到穷人诅咒。正义的果报在劫难逃。穷人感恩戴德,则国家兴盛。

《圣雄甘地全集》,第十六卷,第174页,1919年9月28日

如果说我觉得自己对他人有什么义务可言,那一定是在我面对赤身裸体的穷人之时。人身上真有慈悲、怜悯或大爱这些品质吗?要有的话,对着那些因长期挨饿奄奄一息、几乎衣不蔽体的男男女女,我能说自己对他们毫无义务吗?难道我要说他们这样都是前世因果报应吗?各人自扫门前雪,莫管他人瓦上霜。冷血地写下这些话,我再三踌躇。如果因果报应的定律是这个意思,那我必起而反之。万幸的是,这条定律给我的是另一个教训。一方面它要我一定要有耐心,另一方面它不由分说地命我重新安排当下,抹掉过去。

《圣雄甘地全集》,第二十三卷,第422页,1924年4月12日

---

[1] 司瓦德西土布(Swadeshi Khadi),自产土布,手工纺织土布。

很高兴你能意识到百万大众都一贫如洗。你要向大神克里希纳真心祈祷，就以他的名号为那些比我们不幸的人略尽绵薄之力；当我们在日常生活中展现为人服务的精神，原本心存不信的邻人也会开始信神。

《书信选集》，第二卷，第25页，1932年11月14日

印度土布和农村产业

在我的设想中，以手工纺织土布的斯瓦代希运动不仅要生产足以满足印度国内需求的布匹，还要对外分销；为刺激国内生产，我们要说服大家立誓只用斯瓦代希棉布，只穿斯瓦代希棉布衣服。不过谁要是现在手头上还有外国衣服或布料，立誓之后也有权在必要之时穿用。斯瓦代希运动的创立仅是出于宗教目的和经济需要；虽然运动本身带有崇高的政治和道德意义，但为了让人人参与，对其宣传应严格限于宗教和经济两个方面。

《圣雄甘地全集》，第十六卷，第60页，1919年8月25日

一百年前，大多数印度妇女纺纱是为了赚钱或打发时间，各家各户用的布都是这些千千万万的纺织能手织出来的。今天还能不能做到这样，值得探究。但有一点可以肯定，我们要能说服几百万农民从事纺纱织布，必能极大减少国家经济外流，也能让他们增加收入。

《圣雄甘地全集》，第十六卷，第60—61页，1919年8月25日

若无手摇纺车，穷人干再多活儿都谈不上收益，也失去了宗教意义。我们必须帮着穷人丰衣足食。但只有重新引入手摇纺车的使用，才有可能成功。其他任何产业都解决不了印度普遍存在的贫困现象。

《圣雄甘地全集》，第十九卷，第395页，1920年3月2日

两百年前，印度妇女手工纺出来的纱不但足以满足国内需求，还行销海外。她们纺出来的可不是粗糙的棉纱，而是举世无双的上等细纱。我们祖先纺出来的纱无比精细，还没有哪台纺纱机能与之媲美。

《圣雄甘地全集》，第二十卷，第496页，1921年8月11日

不管神赐给我们怎样的孩子，我们都应心怀感激；同理，不管印度能生产出怎样的布匹，我们也要心满意足。我还未见过哪个母亲会因为外人觉得自己孩子丑就弃之不顾；同理，爱国的印度妇女也该如此对待本国工人制造出来的产品。

《圣雄甘地全集》，第二十卷，第496页，1921年8月11日

在我看来，进口服装不仅会让国家变穷，还让成千上万的妇女变得不知廉耻。而这些衣服我们自己穿不着了，就随手扔给穷人，更是没脸没皮。我们突然大发善心，可穷人却搞不懂这些衣服管什么用，真丝头巾、又轻又薄的莎丽、更轻更薄的衬衣，还有一大堆讨厌的帽子。之前我们没心没肺地拿这些垃圾来打扮穷人，现在把它们一把火都烧了，就是要让我们对自己深恶痛绝。没错，我就是要让人觉得，穿戴这些令印度低人一等的服饰就是一种罪过。眼下我正试着像外科医生一样冷静地一刀切除这个恶瘤。

《圣雄甘地全集》，第二十卷，第499页，1921年8月13日

印度不需要现代意义上的工业化。在我们南北纵贯1900英里、东西横跨1500英里的广袤国土上，共有75万座农村。我们人民的根儿是土地，大多数人还过着勉强糊口的日子。不管别人说得如何天花乱坠，毫无疑问，印度正在变得越来越穷，这是我跑遍全国各地，和上百万民众打交道的亲眼所见。同样确凿无疑的是，一年

里至少有四个月，数以百万计的民众迫于无奈，无所事事。务农之余，印度农民需要副业。最顺理成章的就是推广手纺车，而非纺织机。不是谁家都能买得起纺织机，但手纺车却能走进千家万户。一个世纪以前印度家家户户都有手纺车，但后来却不用了。经济压力并不是原因，而是外力有意压制，这点有真实记录可查。所以说，恢复手纺车就能一举解决印度的经济问题。

《圣雄甘地全集》，第二十二卷，第401页，1922年2月15日

在我所有的对外活动中，我确实相信自己对手纺车推广的时间最长，获益也最大。我说过手纺车能解决上百万个印度家庭的经济困难，也能有效保障印度不再闹饥荒。手头大量的证据能证明此言非虚。

《圣雄甘地全集》，第二十二卷，第401页，1922年2月15日

我并不反对印度在其他行业发展机械化生产，但是我坚持，无论是从国外进口服装还是在国内发展大规模纺织制造业，都是大错特错。同样，也不能让中心城市的大型西饼厂给全国供应便宜面包，毁掉家庭面包坊。

《圣雄甘地全集》，第二十二卷，第401—402页，
1922年2月15日

我希望你能认清手纺车蕴含的真理。唯有手纺车才能具体地表达我们内心的人性。我们真要心疼忍饥挨饿的印度民众，就一定要把手纺车推广到各家各户。所以我们自己也得成为纺纱高手，必须把纺纱变成每日必行的圣礼，好让民众认识到手纺车的必要性。你要能悟到手纺车的秘密，能认识到它是热爱人类的象征，你就会放下其他俗事，专心纺纱。要是没几个人跟着你纺纱，你会有更多闲暇时间，一个人静静地纺纱，梳理棉纱，或是织布。

《圣雄甘地全集》，第二十三卷，第99页，1922年3月17日

单从经济角度而言,我敢说要解决我国最大的问题,即温饱问题,唯一的办法就是布匹服装进口商停止从外国进口,而民众也不再痴迷于洋装。希望每一位商人都能全力以赴,为推广土布和手纺车做出贡献。

《致一位甘地式资本家》,第50页,1922年3月18日

我越来越喜欢纺纱。唧唧复唧唧,它让我觉得自己愈发亲近最底层的穷人,也愈发亲近神。我觉得每天纺纱的四个小时是一天中最有益的时段。自己的劳动果实就摆在眼前。那四个小时里我心无杂念。平日里就连看《薄伽梵歌》《古兰经》《罗摩衍那》这些圣书,我的思想都会开小差。可当我转动纺车轮或操作纺车椎弓时,我的心是定住的。我知道也不是谁都会这样。手纺车对我而言就是让印度脱贫的救命良方,所以让我如此着迷。我想一下一下地纺着纱,梳理纺出的纱,又想安安静静地看书写字,内心真是纠结得紧。

《圣雄甘地全集》,第二十三卷,第134页,1922年4月14日

印度教徒若能铲除贱民制这个祸根,就能赎清他们对两成的教徒犯下的罪。禁酒禁毒不仅能净化国民,也能阻止道德败坏的政府从中牟取高达两亿五千万卢比的不义税收。振兴手工纺织业不仅让印度几百万家庭恢复副业,让古老的手艺重现生机,还能让国家摆脱可耻的贫困状态,自会确保人民再不受饥荒之苦。与此同时,这么做也能打消英国剥削印度的最强动机,因为要是印度纺织业能自给自足,无须进口国外服装和设备,英国和印度的关系就会变得很自然,几乎算得上是理想的关系。两国将自愿建立伙伴关系,互惠互利,甚至可能惠泽全人类。印度各教派若能团结,英国就无法再实行"分而治之"的缺德政策。再有就是我们反剥削、反国格受辱的非暴力实践,如果成功的话,很可能成为全世界效仿的榜样。

《圣雄甘地全集》,第二十三卷,第244页,1924年3月14日

这些村民靠的就是勤劳的双手双脚和几件自制的木头工具,但他们赛过了世上所有的机器。

《圣雄甘地全集》,第二十三卷,第327页,1924年3月28日

我主张推广土布,主张使用手纺车。推广手纺土布运动有不好的一面,也有好的一面。

不好的一面是,这是我们为了民族独立有计划地开展的唯一一场抵制运动,即抵制洋服……

好的一面则是它为村民带来新生和希望。土布纺织能解决几百万人的温饱问题。单是运动本身就让我们接触到村民,与他们步调一致。这是几百万印度人急需的最好的国民教育。它赋予我们生命。

《圣雄甘地全集》,第二十四卷,第286页,1924年6月26日

在我们这个时代,神住在手纺车里。饥饿如森林野火在全国肆虐。除了手纺车,我看不到其他任何解救办法。神总会以某种有形方式向我们显灵。于是,我们高唱着歌颂朵巴蒂[1]的赞美诗,为了她,"神化作衣裳"。今日渴望见神之人能在手纺车中看到神。

《巴布致静修院姊妹书信集》,第7页,1926年12月20日

在旅途中,我时刻都意识到,国家需要有个性的女性教人纺纱。

《甘地致玛尼贝恩·帕帖尔书信集》[2],第31页,1927年2月6日

---

[1] 朵巴蒂(Draupadi)是《摩诃婆罗多》中一名纯洁无瑕、极为虔诚的女子。她在大会上被难敌强行脱光,克里希纳大神化作衣裳保护她。——原注
[2] 玛尼贝恩·帕帖尔(1904—?),印度首任副总理兼内政部长瓦拉巴依·帕帖尔(Vallabhai Patel, 1875—1950)之女。

手纺车慢慢摇，让我着迷，我要转世很多次才会不再沉迷其中。手纺车最吸引我的大概就是它的慢。不过它还有那么多地方吸引我，让我永不生厌，兴趣历久弥新。它的含义对我影响越来越大，几乎每一天我都对它的美有新的发现。
《马哈德夫·德赛日记》，第一卷，第154页，1932年6月8日

　　研读经济学书籍让我进一步印证了自己的想法，书中提到的那些让印度脱贫的方法都行不通。正确的做法在于农村产业复兴，即组织好生产与消费的关系，让它们同步自发性展开。
《马哈德夫·德赛日记》，第一卷，第154页，1932年6月8日

　　凡是有用的工作，我们都应等同视之，都可以从事。工作不分高低贵贱，都有价值，无论是做皮革、做木工、扫厕所、种地、织布、煮饭，还是喂牛。我要能说服大家认同这一点，那么各行各业都应获得同等的报酬，不论文化程度高低，不管是当老师还是做清道夫。
《马哈德夫·德赛日记》，第一卷，第277页，1932年8月4日

　　你[1]也犯不着在意自己现在在那边用不上村里自制的土纸。对贫困之人你要有一定的热情，也要有强烈的同情心。等到那份热情和同情心成了你天性的一部分，就会变得自然而然。你只要回应自己的内心冲动，顺势而为，这样就很真诚，也会让你有所收获。
　　现在你既然人在英国，也不用介怀自己用的是本国货还是英国货了。
　　《致一位甘地式资本家》，第142页，1935年9月4日

---

[1] 此信是写给卡玛纳扬·巴佳吉（Kamalnayan Bajaj）的，当时他人在英国。——原注

你用英语把土布比作"自由的制服"（livery of freedom），未来只要印度还用英语，你的这个说法就会沿用下去。我们需要一位一流诗人，把这个绝妙词语背后的全部思想译成印地语。我认为你这个表达不仅极富诗意，更道出了一个伟大的真理，而我们尚未彻底把握它的意义。

《甘地旧书信集》，第245页，1937年7月30日

在着装方面，有一点我要说清楚。你在英国期间要是无意坚持，也可以不穿土布衣服。要穿什么样式的衣服，让人用什么布料做衣服，你自己看着办吧，只要你觉得合适就好。我这么说应该回答了你的所有问题。

我的意思是，你要是愿意，可以穿西式大衣、穿袜子，也可以穿印度长袍，料子是外国生产的还是印度棉纺厂生产的都行。你要想办法让人用手工纺织的布料做衣服也无甚不妥，要不这么做也算不上罪过。

《致一位甘地式资本家》，第143页，1935年9月4日

一百五十年前，我们的布全是自产的。女人在家纺出精细的棉纱，赚钱贴补家用。村里的织匠再把棉纱织成布。在印度这样的农业大国，手工纺织是国民经济中必不可少的组成部分。手工纺织也能悠然自在地打发闲暇时间。可是印度如今受国外纺织业冲击，我们的女人不再心灵手巧，几百万人无所事事，国家陷入赤贫。很多织匠都改行去扫地。有的成了雇佣兵。手艺精湛的织匠死了一半，剩下的一半也找不着精细的手织棉纱，只能拿进口棉纱织布。

《圣雄甘地著名书信集》，第36页

东方和西方

我们既然摆脱不了西方现代文明，也不妨对其中如邮政系统之类的便利设施善加利用。但在使用过程中，要始终清醒意识到不可恋物成癖，不要过度依赖，反要逐步减少。懂得这个道理的人就不会受到迷惑，不会想着给尚未现代化的村子建邮局、铺路轨。你和我一样担心人们不会马上停止使用汽轮船以及其他邪恶的现代化工具，担心总有人不愿弃之不用，但我们不能因此就变得消极，自己用得也越来越频繁。哪怕只有一个人少用甚至不用，日后自会有他人效仿。相信这么做没错之人自会坚持，不消理会他人如何。这是传播真理的唯一方法；除此之外，世间别无他法。

《圣雄甘地全集》，第十卷，第204页，1910年4月2日

我曾冒天下之大不韪声讨西方现代文明，因为我认为它的精神是邪恶的。虽然人们可以举例说明西方现代文明也有其长处，但我是将其整体趋势放到道德天平上进行检验分析。不过我区别对待那些超越环境的个人理想与他们所处的环境，也不把基督教和现代文明混为一谈。基督教的活动范围绝非仅限于欧洲。

《圣雄甘地全集》，第十卷，第247页，1910年5月10日

欧洲人的所作所为对印度毫无益处。那些跑到印度的欧洲人非但没能让自己的德行发挥影响，反而染上东方的恶习。不过这也不

出奇。单从今日我们就能看出，宗教对欧洲人的影响不够深远。我的理论是，现代文明无疑是反基督教的。欧洲人带到印度的是现代文明，而非耶稣的教义。你和为数不多的一些欧洲人追求的则是传播基督教。此举必会在印度留下印记。只是要花上些时日。"神的磨盘转得慢。"你和你的同道中人正视西方现代文明中的恶，丝毫不为所动，去其糟粕，将其中的精华与基督教完美地结合在一起。我希望在印度做的也是类似的工作。所以也欢迎你来静修院参观。我在此间接待过很多欧洲朋友，他们既忠于自身的优良传统，又有足够开放的心态吸纳印度文明的精华。

《致我亲爱的孩子》，第11—12页，1917年6月9日

我给那些美国商人发的电文内容如下：我知道很多美国人都真诚期盼世界和平。你们若能理解手纺车的内在意义，或许就找到了为世界带来和平的方法。

《圣雄甘地全集》，第二十三卷，第382页

我的个人动机是倾尽全力拯救古老的印度文化，让它不被西方强加于印度的现代文化毁于一旦。古印度文化的精髓是建立在致力奉行非暴力的基础之上。其信条是善待众生，不光是善待人，而是善待所有生灵。但西方文化说白了却是建立在暴力的基础之上。因此它并不尊重生命，在其进步的过程中，动辄大肆涂炭生灵，包括人在内。西方人信奉的格言是：强权即真理。在本质上这是一种个人主义文化。不过，这并不意味着印度就没什么可以向西方讨教，因为西方虽奉"强权即真理"为圭臬，却仍不失其人性的一面。西方人素来孜孜以求真理，在此过程中，现在很多人已经认识到他们所追求的真理其实是错的。我希望印度能效仿西方那种追寻真理的精神，不要因循守旧，故步自封。但首先印度要独立自主，要意识到本国文化在全球有着极为重要的地位，要不惜一切代价予以捍

卫。英国人向印度输入西方文化,意在榨取印度资源,以为这样于英国有益。他们这种做法不仅让百万印度民众濒于饥饿边缘,也让整个印度民族变得羸弱不堪。

  《圣雄甘地全集》,第二十三卷,第243—244页,
             1924年3月14日

  西方有很多精致的发明,社会朝着这个方向全面进步,这些都让我钦佩。

  《巴布致米拉书信集》,第112页,1930年7月7日

印度教徒与穆斯林大团结

我不认为神造出比人低等的动物，就是为了供人随意支配。人成为最高等造物，靠的不是随心所欲，而是自我节制。我要是光吃蔬菜水果就能健康活着，那我就无权屠宰动物。我也不能因为觉得有宰杀某些动物的必要，就认为自己有权杀死所有的动物。所以，要是我只吃羊肉、鱼肉和禽肉就活得好好的（按理说吃这些就够了），却还要宰杀母牛，那就是罪过了。正是出于这个道理，印度古代圣贤都认为母牛是神圣的，特别是当他们发现母牛是国民经济生活中最重要的一笔财富。印度人崇拜母牛这么吃苦耐劳的动物，这在我看来毫无不妥之处。我们只要不把牛当作神来敬拜，就算不上失德或罪过。有个观念我极为欣赏（伊斯兰教就很强调这点），那就是人敬拜的对象只能是创造万物的神。不过我不能把母牛崇拜和母牛屠宰混在一起说……

在道义层面上，屠宰母牛的行为无论如何都站不住脚。

《圣雄甘地全集》，第十六卷，第 508—509 页，1920 年 1 月 25 日

我经过深思得出以下个人结论，那就是，如果有什么东西能有效且具体地象征印度教徒和穆斯林之间的团结，那就是两派信徒都用的手纺车、都穿的纯土布衣服。只有全民接受手纺车，穿用土布，我们才会有一个共同理念，一个共同的行动基础。

如果两派信徒都参与，就能普及土布的使用。全民都用手纺车，都穿土布衣服，印度的觉醒指日可待。这么做也能证明我们有

能力满足自己的全部需求。我们自发起非暴力抵抗斗争以来，一直感到有必要抵制洋装。我敢说，等到全民普遍使用土布，洋装自会受到抵制。就我而言，手纺车和土布有着特殊的宗教意义，因为它们象征着印度教和伊斯兰教两派教徒与饥肠辘辘、疾病缠身的劳苦大众亲如一家。正因为我们的运动与劳苦大众立场一致，所以今天才堪称一场道义的政治经济运动。我敢断言，小小的土布运动一日不成功，我们就无任何胜利可言。再有就是，我们要想让土布运动成功，就必须承认非暴力是获得司瓦拉吉和基拉法特[1]的必要前提条件。所以眼下我能提供给国民的唯一一行之有效的计划就是土布运动计划。

《圣雄甘地全集》，第二十三卷，第92页，1922年3月12日

在我看来，保护母牛之举大有深意。母牛不过是众多生灵之一。保护母牛意味着保护无助的弱者和残障者。人这么做，就不再是万物的主宰，而是甘为万物的奴仆。慈悲为怀是我从母牛身上得到的训诫。可是现在我们只是单对母牛保护小打小闹。不过用不了多久我们就会认清现实。

《甘地旧书信集》，第43页，1925年4月25日

印度教徒和穆斯林正在变得渐行渐远。不过这并未令我感到不安。不知为何，我觉得眼下双方不断加深的隔阂只是为了日后更为亲近。

《甘地旧书信集》，第47页，1925年4月23日

---

[1] 基拉法特（Khilafat）：亦译基拉法或哈里发，是印度穆斯林发动的反对英国等西方国家企图废除伊斯兰世界最高领袖奥斯曼土耳其帝国首脑哈里发的运动，亦称基拉法运动或哈里发运动。甘地将基拉法运动与非暴力不合作运动结合起来，使印度穆斯林和印度教徒团结起来，共同反对英国殖民统治。

提升女性地位

女性就是服务的化身,可眼下她们只能管管自己的小家。为什么不能把她们的职责范围扩大到印度这个大家庭?虔心诚信之人能成为世界公民,为国效力则是走向为人类效力的垫脚石。当个人为国效力始终符合世界福祉,最终你就能实现摩诃萨(自我)。

《书信选集》,第 6 页,1926 年 12 月 13 日

女性多半不活跃。谁能让她们变得活跃积极?母亲打小就溺爱孩子。谁能让她们别这么做?母亲们用各种服饰打扮年幼的女儿,让她们早早就嫁人,嫁给老男人。我看着女人满身的首饰,只会感到悲伤。谁能告诉她们真正的美在于心灵,而非这些首饰?类似的话我还能接着写,但要怎样才能纠正这一切呢?只有女人中再出一个光彩照人、虔诚无比的朵巴蒂,这一切才能有所改变。

《巴布致静修院姊妹书信集》,第 19 页,1927 年 2 月 28 日

男人一直让女人处于软弱无助、依赖他人的状态,这样他就能继续尽到保护者的义务。

《巴布致静修院姊妹书信集》,第 27 页,1927 年 5 月 9 日

如果我们下意识里还是为华丽的服饰所吸引,那么光在行动上自觉放弃锦衣华服,或者效仿他人着装朴素,都不管用。我们得先

让自己不再醉心于这些服饰,就算一时半会还放不下,然后再靠自己的内疚感或他人的约束做出必要的外在改变,最后彻底打消这种渴求。迷恋身外之物这样的欲望是我们的大敌;欲望扰人之甚,我们要不惜一切手段保证自己不受影响。我这些话是写给诚实真挚的人看的。

《巴布致静修院姊妹书信集》,第59页,1927年12月19日

我们的女性拒绝接受男医生检查身体,或是做手术。这是假正经,说到底还是在性上庸人自扰。在这方面我赞成西方的做法。我当然知道有时这么做会有不良后果。碰上容易上当受骗,或者放荡不羁的女病人,寡廉鲜耻的男医生会有失德之举。但别的情况下照样会出这种丑事,所以不能因噎废食。我们得对自己有信心。

《巴布致静修院姊妹书信集》,第88页,1929年12月9日

贬低女性地位的往往是男性的欲望,是男人教会女人各种挑拨撩人的妆饰仪态。女人却看不出这其中自己受人奴役、受人侮辱之处。她还满怀欲望,把鼻子和耳垂扎上孔,在双足戴上镣铐(脚镯),让自己沦为奴隶。无耻之徒能轻而易举地拿一副鼻环或耳环诱惑女人。我一直搞不懂女人为什么要戴上这些让她们丧失人格的玩意儿。真正的美是心灵美。

《巴布致静修院姊妹书信集》,第88页,1929年12月9日

要让自甘堕落的女子洗心革面,男人就必须停止兽行。只要还有人面兽心的男人,就有人面兽心的女人。这些女子若能放弃可耻的营生,重新做人,可敬的男人自会迎娶她们。一日为娼,终身为妓——这种说法不对。

《马哈德夫·德赛日记》,第一卷,第315页,1932年3月28日

人天生渴求美好之物。只是美并没有绝对的标准。所以我渐渐觉得人并不需要拥有他所渴求的美好之物，而是要学会看到事物的内在美。这么做的时候，美景尽显我们眼底，而占有之心却消失殆尽。

《马哈德夫·德赛日记》，第一卷，第184页，1932年6月21日

你告诉我说B君家里没个女人，看着很冷清。可我向来觉得造成这种情形是男主外女主内的错误观念。男女是该有分工。但是这方面印度人没有西方人做得好，那是因为我们打小的教育就错了，结果男人对着家务一筹莫展，女人碰上要保护自己之时束手无策。要是家里没个女人收拾，男人为什么就懒得保持窗明几净呢？女人又凭什么总觉得自己需要男人保护呢？我认为，这种反常现象是因为我们一贯认为女人就该操持家务，就该柔弱无力、要人保护。在静修院我们正试着营造一种不同的氛围。做起来并不容易，但我觉得很值得。

《致我亲爱的孩子》，第892页，1932年7月18日

女人啊，你们要是能认识到自己的尊严和优越性，并且充分加以利用，造福人类，就会变得更好。可是男人乐于奴役你们，而你们也甘于为奴，到最后奴隶和奴隶主一道犯下有违人道的罪。可以说，我打小就特别尽心尽力要让女性认识到自己的尊严。我自己也曾当过奴隶主，但结果证明巴[1]并不是一个听话的奴隶，是她让我认识到了自己的使命。她的任务结束了。现在我在找一位有志女性来实现她的使命。那位女性会是你吗？你愿意加入吗？

《致拉吉库马瑞·阿姆瑞特·考尔书信集》，第100页，
1936年10月21日

---

[1] 巴（Ba），甘地妻子嘉斯杜白。

打二十几岁起,我就在女性中开展工作。南非的女性人人都识得我。但是我的工作总是在最贫困的群体中开展。那些有学问的人和我保持距离。我的感染力在于以心换心。在有学问的人身边,我觉得自己就像离开水的鱼儿。所以你劈头盖脸地提了那么多意见都不对。我没能把有学识的女性组织起来,这你怨不得我。我没那个天分。而且我的组织方法与众不同,虽然我的方法未必更好。我的意思是,我没有什么舞文弄墨的东西可以显摆。我在接近穷人、接近贫困妇女的时候,从不担心对方会冷淡待我。我和他们之间有着一条无形的纽带。再说了,为何你只字不提我正在经历的痛苦呢?我是那么痛苦,难道为的不是女性吗?我正压榨着自己的灵魂,好让内心变得足够纯洁,让自己能更好为女性服务,再通过她们为全人类服务。阿希姆萨(无害)是我的精神支柱,它命我如此行事。

《致拉吉库马瑞·阿姆瑞特·考尔书信集》,第146页,
1938年7月8日

每位女性只要尽力工作,就已完成了自己的使命。但是在工作中必须培养《薄伽梵歌》所谆谆教诲的那种心态。那就是不管做什么,都要想着为人服务,向神奉上祭祀。如果你的行动是献给神的祭品,你就永远不会想着"做这事的是我"。你也不会对任何人心怀恶意,而会慷慨待人。你要时时扪心自问,有没有用这些原则指导自己的一举一动,哪怕那举动再微不足道。

《书信选集》,第一卷,第16页

万民之福

你大可不必满脑子只挂着解放印度的重责大任。先解放自我。光是这个责任就够大的。让自己关注一切。灵魂之高贵在于认识到你自己就是印度。解放自我就是解放印度。其他都是虚的。自己感兴趣的，务必坚持到底。他人无须你我操心。我们要是太在意他人，会忘掉自己的任务，会失去一切。对我这个建议，还请从利他主义而非自私自利的角度来思考。

《圣雄甘地全集》，第十卷，第 206 页，1910 年 4 月 2 日

人只有无所畏惧，不怕（失去）地位、钱财、种姓、娇妻、家人，甚至生命，方能真正为民服务。再者，人只有矢志摩诃萨（解脱），方能实现生命的终极目标。

《圣雄甘地全集》，第十卷，第 350 页，1910 年 11 月 11 日

我们有义务帮助各阶层工人。对此我确信无疑。我不太相信所谓"合作"。我认为我们的首要任务是认真调查工人阶级的情况。每个工人收入情况如何？住在哪里？住的条件如何？花销有多大？能存下多少钱？背了多少债？有几个孩子？怎么养育孩子？之前是干什么的？是什么让他的生活发生变化？现在情况如何？以上这些问题的答案都还没有，就立马成立合作社，似乎欠妥。我们必须和工人阶级打成一片。这样能让我们在很短时间内

解决很多问题。

《圣雄甘地全集》,第十四卷,第147页,1918年1月3日

我之所以反对广告,是因为它们大多失实。任何好的报纸都该免费向读者推介值得一读的好书。在我看来,这是报纸必须发挥的功能之一。我是觉得我们应该设一个综合广告部,收取一定费用,为有用的东西做广告。但是我深恶痛绝报社靠广告挣钱这种想法。这是对公众的欺诈行为。

《圣雄甘地全集》,第十六卷,第250页,1919年10月22日

借助法律让人们放弃旧习,算不上动用蛮力或暴力——通过立法禁止贩售烈酒,逼着瘾君子戒酒,这不是暴力。但是如果法律规定酗酒之人应受鞭刑,那肯定是蛮不讲理的。销售烈酒并不是国家的责任。

《圣雄甘地全集》,第二十四卷,第274页,1924年6月21日

始终坚持真理。我们无论做什么都要坚持非暴力。无论是为了国家,还是为了自己,我们都应坚持使用手纺车,穿土布衣服;印度教徒和穆斯林应和睦共处,前者还应废除贱民制,视贱民为手足;酒鬼应戒酒,瘾君子应戒掉恶习。坚持真理,坚持非暴力,人人有责。

《圣雄甘地全集》,第二十五卷,第256页,1924年10月22日

背诵"आत्मवत् सर्वभूतेषु"[1]之时,我们说的不就是视万物如己吗?我们若是这么想,这么感受,那么看到别家孩子脏兮兮的,就会觉得是自家孩子邋遢,会觉得不好意思;看到别人不幸,自己就会觉得痛苦,会开始想方设法消除这份痛苦。

《巴布致静修院姊妹书信集》,第13页,1927年1月17日

---

[1] "आत्मवत् सर्वभूतेषु":梵文,意思是"视一切生命如己出,在一切生命中发现自我"。

统治者只有在获得最高公仆资格后方有权发号施令。而他发的号令也只能是为了造福社会，而非谋一己私利。今时今日，统治者皆对自身职责视而不见，他们本该树立无私奉献的榜样，却个个耽于享乐，利用手中权力放纵自我。

《书信选集》，第一卷，第8页，1927年1月

我们必须遵从《薄伽梵歌》的训导，培养自身品格，做到平等对待众生。

《巴布致静修院姊妹书信集》，第42页，1927年8月22日

就算有再多意见分歧，再心烦气躁，该做的工作还是得做。我们干的活肯定不能比别人少。

《巴布致静修院姊妹书信集》，第52页，1927年10月13日

世上总免不了有鸡鸣狗盗之徒。提防这类人有以下三种办法：（1）不留任何身外之物。这种办法最理想，但基本上做不到。（2）不得已有了身外之物，就得保持警惕。（3）以法律制裁吓退偷盗之徒，我们也要参与制裁。最后一种办法已为我们弃而不用。第一种办法应成为我们的理想。第二种办法我们已付诸实践——尽量不积攒身外之物，实在需要之物就随身带着，保持万分警惕。

《巴布致静修院姊妹书信集》，第85页，1932年5月8日

多学技能，就能花更少的体力和脑力干更多的活儿。

《书信选集》，第二卷，第13页，1932年5月8日

为大多数的人谋最大的福利……这种主张说白了意思就是，为替百分之五十一的人谋福利，就可以甚至是应该牺牲百分之四十九的人的利益。这种主张没良心，对人类危害匪浅。唯一光明正大、

真正符合人道主义的主张是为万民谋求最大福祉,只有最大限度的自我牺牲方能做得到。
《马哈德夫·德赛日记》,第一卷,第149页,1932年6月4日

我不相信什么"为大多数人谋最大的福利",也无法认同"强权就是真理"。为人就应着眼于万民的福祉,首要之举就是为最弱势者服务。我们都是直立行走的人,但仍要除掉身上残留的四足野兽的天性。
《马哈德夫·德赛日记》,第一卷,第221页,1932年7月10日

监狱应是让人改过自新的地方,而非惩罚的场所。既是如此,为何狱中伪造罪的犯人双足戴着镣铐?镣铐又不能改好他的品行。在我看来,给犯人上脚镣的做法令人发指,除非是犯人可能越狱,或者不服管教。
《马哈德夫·德赛日记》,第一卷,第170页,1932年6月17日

结果再好也不证明暴力有理,更抵消不掉暴力造成的恶。有时,暴力造成的恶说不清道不明。杀人犯被处以绞刑,行刑之际人们都松了一口气,但这一暴行的恶果实难估量。我们要是什么都解释得清楚,就用不着信仰了。
《致拉吉库马瑞·阿姆瑞特·考尔书信集》,第116页,
1937年6月2日

是神的恩典让再苦难的地方也有幸运之人。要是人人不幸,谁还顾得上他人呢?所以我们外出事工,必须保护好自己。虽然我们不该依赖他人,但得人勉力相助之时要心存感激。
《书信选集》,第一卷,第22页

印度的自由

苛政猛于虎，古有暴君如成吉思汗、帖木儿，活剥人皮，把人活活烧死，割耳剜鼻，自是野蛮之至；议会制政府的暴政更是有过之而无不及。尽管如此，我们仍是难以割舍对议会制的钟情。

《圣雄甘地全集》，第十卷，第204页，1910年4月2日

司瓦拉吉（自治）属于那些深谙其意之人。即便值此时局，你我皆已享有精神上的独立。其他人也要通过学习让自己独立起来。同理，仰仗他人，不管是印度人还是英国人，我们都无法获得司瓦拉吉，只能得到帕拉拉吉，即异族统治。

《圣雄甘地全集》，第十卷，第205页，1910年4月2日

我经历越多，就越发意识到那种机制会让我们永世为奴，而且我发现自己当年在《印度司瓦拉吉》中对这一点所言不差。对萨提亚格拉哈的真理性，我也有了更深的领悟。我认识到，无论是对弱者还是对强者，这都是一件最纯洁的武器。

《圣雄甘地全集》，第十五卷，第340页，1919年6月1日

要将印度打造成一个伟大的民族，我们必须在国家政治生活中推行最高标准的诚信。先决条件就是从现在起奉行真理的信条，不

计代价，坚定不移。

《圣雄甘地全集》，第十七卷，第97页，1920年3月18日

我坚信，印度只有在自身变得纯净之际，才会获得自由，早一刻都不可能。

《圣雄甘地全集》，第十九卷，第15页，1920年9月23日

我正在汇聚所有的怨力，引导它们通过适当的途径宣泄。仇恨是软弱的标志，正如蔑视透着傲慢。我要能让国人看清我们无须惧怕英国人就好了，这样我们就不会再恨他们。勇敢的男人和女人心中从无恨意。仇恨本就是懦夫的恶弊。不合作就是自我净化。炼糖的时候，渣滓自会浮到表面；自我净化的过程中，我们的弱点也会显现出来。

《圣雄甘地全集》，第十九卷，第137页，1920年12月17日

让学生们认识到，要让印度获得司瓦拉吉，光读书不行，得靠他们在各自生命中体现各种不可或缺的独立品质，即虚心、真诚、勇敢、团结、友爱和自我牺牲。如果他们具备了这些品质，就要回到各自的村里推而广之。

《圣雄甘地全集》，第十九卷，第292页，1921年1月29日

印度的经济和道德救赎……靠的主要是你们。印度的未来在于你们，因为你们担负这培养下一代的责任。你们可以把孩子培养成朴素敬神又不失勇气的男人和女人，也可以把他们宠成意志薄弱的弱者，无力直面生活的暴风骤雨，迷恋进口的锦衣华服，难以割舍。

《圣雄甘地全集》，第二十卷，第497页，1921年8月11日

如果人人都真诚地认为小我不足道,民族大业方为重中之重,那么印度实现司瓦拉吉(自治),成立自治政府真是再好不过了。
《圣雄甘地全集》,第二十三卷,第330页,1924年3月28日

我的目标是让印度获得自治政府。为达目的,我所用的手段是非暴力和真理。如果我们单凭这两个手段让印度获得自治,非但不会对世界造成威胁,还会极大造福人类。手纺车是印度国内变革的外在象征物,全民重新摇起手纺车既能确保国家经济自救,也能让几百万农民摆脱不断加剧的贫困状况。
《圣雄甘地全集》,第二十三卷,第361页,1924年4月5日

我认为向国旗敬礼的做法无可厚非。看不出有什么不对。民族生存需要民族精神。国旗以有形的方式帮着培养这种精神。
《圣雄甘地全集》,第二十六卷,第544页,1925年4月25日

教 育

教育不只是传授知识,还是培养性格,是培养责任心。在印度语言中,教育一词的字面意思就是"训练"。

《圣雄甘地全集》,第九卷,第 208 页,1919 年 3 月 25 日

为什么非得个个孩子懂英语?各省都有一批受过英语专业培训的人,由他们翻译国外新的研究和发现,向国人传播知识,不就够了吗?这么一来,我们的孩子能学到大量新知识,我们大可期盼民族重新焕发六十年来从未有过的勃勃生机。我越发觉得,让我们的男孩子吸收不同学科知识的唯一途径就是母语学习。英语教育不取消就无法推动势在必行的教育改革。改革尚未成功之前,只怕我们还是得把思考方面的工作交由英国人代劳,而我们只能继续盲从地有样学样。要避免大祸临头,不同版本的自治政府方案都要涉及迫切需要改变的教育问题。

《圣雄甘地全集》,第十四卷,第 153 页,1918 年 1 月 16 日

我深信马德拉斯管区的人民热爱祖国,大公无私,富有远见卓识,所以我知道当地凡有意为国效力者都会本着牺牲奉献的精神学习印地语,与其他各邦人民交往。但我建议他们不要把这么做当作牺牲,而是要引以为荣,因为学习印地语能让他们走进几百万同胞的心田。

《圣雄甘地全集》,第十四卷,第 301 页,1918 年 3 月 31 日

所谓学生就是渴求学习之人。但学的得是值得学习的知识。唯一值得学习的知识就是阿特曼（解脱）。真正的知识就是了解自我。不过为了了解自我，我们要学文学、历史、地理、数学等方面的知识。这些知识都是认识自我的手段。要掌握这些学科的知识，首先还得学语言。但是经验也告诉我们，有的人知识面很广却不会识文断字。意识到这一点，人们就不会一味沉迷于语言文学或其他学科的知识；人孜孜求学只为认识自我。无论何事，但凡阻碍人追寻自我、认识自我，就当弃而不为；我们只应专注于有助认识自我之事。认识到这一点，人就会活到老学到老，无论在做什么——吃饭、喝水、睡觉、玩耍、挖地、纺纱、织布——始终都是在加深对自我的认识。要认识自我，我们也需培养观察能力。这样我们就用不着一大群老师时时常伴左右，而是把整个世界当成自己的老师，从中吸收一切好的东西。

《圣雄甘地全集》，第二十六卷，第 362 页

我认为梵文是世界上最科学、最完美的文字，所以也最适于拿来做全国的通用文字。但是眼下穆斯林都不接受梵文，我还没找到解决办法。我觉得各个教派的知识阶层都该精通梵文。特别是现在印度教徒、穆斯林和（其他）阶层已不再彼此猜疑，大家都已学会只从国家的角度来考虑宗教之外的问题。知识阶层学好梵文后，这门生命力旺盛而且易于学会的文字就能成为国家通用文字。

《圣雄甘地全集》，第十九卷，第 1 页，1920 年 1 月 19 日

文化教育只有一个目的，那就是激发我们的奉献精神。现在你既有机会奉献自我，就要全心投入，学会乐在其中。任何时候，切忌骄傲自满，不要说"这是我做的"。骄傲自满之人的奉献毫无价值。《薄伽梵歌》的教诲就是，人的一辈子一事无成，也成不了事。我们不过是神实现其意志的工具而已。

《书信选集》，第一卷，第 23 页

种姓制和贱民制

……我认为我们把整整一个阶层的人当作贱民对待,犯下了滔天大罪。正是因为贱民阶层的存在,一些令人作呕的做法延续至今。不跟某人同席进餐与不可接触这个人,这是截然不同的两回事。现如今谁也不是贱民。如果我们不介意和基督徒或穆斯林打交道,那我们为什么还要介意,拒不接触与我们同属一个教派的人呢?今天无论是从正义还是从实际常识的角度而言,不可接触制度都是站不住脚的。

《圣雄甘地全集》,第十三卷,第120页,1915年7月26日

我平生热心于为贱民效力,因为我一直认为不可接触制度要真是印度教的一部分,我就无法继续做印度教徒。

《圣雄甘地全集》,第十九卷,第289页,1921年1月29日

贱民们遭罪,百万同胞默默忍受剥削,这一切我都感同身受,但我更清楚地认识到人类对低等动物界肩负的责任。佛把羊扛在背上,斥责婆罗门,这一刻佛所展现的是无上大爱。印度教中对牛的崇拜就象征着那种爱。

《圣雄甘地全集》,第十九卷,第395页,1921年3月2日

各个种姓自是有权革除违规之人。但到目前为止你并未做过任

何令自己羞愧难当、痛悔莫及的事。毫无疑问，你在自己种姓内的影响力会下跌，你能募集到的经费也会减少；但这些我一点都不担心。要是事态发展到令你最终沦为穷人，你别难过，也不要后悔。如果坚持自己珍视的原则，结果弄到一贫如洗，我们亦当甘之如饴。与你同种姓的其他人终会认清你的坚定和好意，会软化立场，放下身段。种姓制度改革势在必行，这次的事件甚至可能会起到铺垫作用。

《致一位甘地式资本家》，第64页，1926年7月16日

贱民制度是毁人灵魂的大罪。种姓是一种社会恶习……
《书信选集》，第二卷，第34页，1932年10月10日

纯洁是心灵的纯洁。每个人的内心都应纯洁无瑕。在当今这个启蒙时代，女子若想安守自己的达磨（本分），就得服务神（Daridranarayan），教化自己。服务神意味着推广土布，安心纺纱，诸如此类。服务哈里真则意味着剔除贱民制的污点。这两件事情，都是神的工作。教育与恪守深闺制[1]水火不容。
《致一位甘地式资本家》，第139页，1933年10月25日

当此举国自我净化之时，凡哈里真皆应明了，自己要避免沾染上印度教种姓的各种恶习。因此他们要废除童婚。只是改革家也不宜操之过急。我认为《萨达法》[2]是一项明智的举措。但是此法既然

---

[1] 原文为"布达（purdah）"，源自波斯语，本意为"帷幕"，此处指南亚部分印度教和伊斯兰教地区规定女性居于深闺、与世隔绝的习俗。
[2]《萨达法》(Sarda Act)，即1929年8月28日英属印度立法会通过的《1929年童婚限制法》(Child Marriage Restraint Act 1929)。该法限定女性最低婚龄为14岁，男性为18岁。因立法发起者为印度著名学者、大法官哈尔·比拉斯·萨达（Har Bilas Sarda, 1867—1955)，故又名《萨达法》。

在执行过程中对印度教种姓极为宽大，对哈里真也不应过于严苛。哈里真应在内部开展有效的启蒙宣传，自发认识童婚之恶，了解《萨达法》的意义。等到确保大家不再有意针对该法之时，可以起诉几起案件。但就算到了那一步，哈里真也只应关注自身。在废除童婚这个问题上，他们不该向印度教种姓伸手要钱或接受资助。无论如何，至少要花上一年的时间集中精力做好宣传。

《致拉吉库马瑞·阿姆瑞特·考尔书信集》，第 11 页，
1935 年 2 月 2 日

印度种姓之多，不计其数，而目前种姓状况是印度教的大碍……

四大瓦尔纳（Varna）[1]的来源则不同，因为"瓦尔纳"一词原指的是职业。它完全不禁止共同进餐或相互通婚。以前从事这四种职业的人常常同席进餐，甚至相互通婚，他们这么做自是无法摆脱其瓦尔纳的身份，事实也是如此。此点在《薄伽梵歌》对不同瓦尔纳的界定中明白无误。一个人要是放弃了祖传的行当，就降格成了别的种姓。然而，如今瓦尔纳体系（Varnashram）已经成为遗失的珍宝，让人无所适从。

《书信选集》，第二卷，第 40 页

---

[1] 瓦尔纳（Varna），梵语，意为"等级""阶级"。瓦尔纳制度为古印度后吠陀时代形成的观念性社会等级制度。该制度将人分为四个等级，即婆罗门、刹帝利、吠舍和首陀罗，四个等级在地位、权利、职业、义务等方面有严格的规定。

节 制

禁欲[1]的誓言和其他誓言一样神圣,只在立誓人用于训练精神之时方能带来幸福。人若是受恶魔诱惑方立下誓言,只会让痛苦加剧。

《圣雄甘地全集》,第九卷,第117页,1908年12月28日

我们有道德顾虑之时,可以无视长辈之命,我们甚至有义务置若罔闻。要是确实存在道德问题,那么即便是父母之命也不能从;非但如此,我们必须抗命不从。如果我的父亲让我去偷东西,我绝不会偷。如果我想恪守禁欲,但父母命我开枝散叶,我必须礼貌地不听从他们。

《圣雄甘地全集》,第十卷,第406页,1911年2月8日

我们必须全力压制欲望。人总免不了动欲。我们每次把欲望压制下去,内心就会变得更坚定,会获得更多灵性力量。

《圣雄甘地全集》,第十二卷,第389页,1914年3月17日

万物转瞬即逝,不朽唯有阿特曼。我们不仅要时时提醒自己牢记这点,还需依此修炼自我。我越是反思,就越发坚定地感受到

---

[1] 禁欲(Brahmacharya),亦译"梵行""独身"。

"真理"与"禁欲"至为重要。禁欲及其他道德规范构成真理。不过，我禁不住觉得，禁欲是如此之重要，可与真理并驾齐驱。我坚信，二者兼具则无往不利。真正阻碍我们的是内心的邪恶欲望。如果我们不再把自己的幸福寄于自己与他人的关系之上，就会一心想着自己该做些什么，而不在意别人会说些什么。

《圣雄甘地全集》，第十二卷，第396页，1914年3月22日

　　真诚、禁欲、非暴力、不偷盗、不聚敛财物，任何有上进心的人都要遵守这五条生活准则。每个人都该力求上进。所以，人的品性建立在这些纪律基础之上。毋庸置疑，世人都该遵守这些准则。从商之人，不能偷奸耍滑；成家之人，要节制欲望；为了保命，也不得动用暴力。身处花花世界，我们很难做到完全不偷不占，不积攒钱财或其他身外之物。即便如此，我们也要力争实现不偷盗、不聚敛财物的理想，在这些方面有所节制；等心里不再想着这些东西，人才有可能臻至弃绝的化境。

《圣雄甘地全集》，第十三卷，第17—18页，1915年2月7日

　　沉溺于感官之乐，然后口口声声说怨不得自己，都是感官各行其道，自己只是旁观者而已，这种说法纯属一派胡言。这话只有做得到完全控制自己的感官之人才配说，感官对这样的人只起到维系肉体存活的作用。同理，我们谁都没有资格说这种话，在我们变得彻底一贫如洗之前，谁都不配这么说。也没有理由认为，王者之所以称王是因其功德[1]。可以说，王者乃靠其行动成王。不过鉴于阿特曼（自我）的天性，说王者所行必为善行，似乎是大错特错。

《圣雄甘地全集》，第十一卷，第150页，1917年8月23日

---

[1] 印度教和佛教用语中为 punya。

我坚信，培养人格需要立誓。誓言于人就像锚之于船。无锚之船随波逐流，终将撞上岩石，支离破碎；没有誓言，人生亦会惨淡收场。只要立誓信守真理就包含了其他一切誓言。因为信守真理之人怎么会破戒纵欲或偷盗呢？"唯梵为真，万物皆空。"如果这句经文不假，恪守真理就暗含着梵觉。

《圣雄甘地全集》，第十四卷，第97页，1917年11月22日

口腹之欲最难克制。正因为这样，我们对此关注甚少。在我看来，管得住自己的口腹之欲就管得住一切。

《圣雄甘地全集》，第十五卷，第34页，1918年8月29日

为了恪守禁欲，需谨遵以下几项：（1）甘于寂寞；（2）饮食有度；（3）阅读好书；（4）定时冥想；（5）勤于劳动身心；（6）忌辛辣或刺激性饮食；（7）不看刺激性欲的演出或其他东西；（8）弃绝性交的欲望；（9）避免与女子独处；（10）反复诵念罗摩名号或其他咒语（信条）。

《圣雄甘地全集》，第二十五卷，第133—134页，
1924年9月13日

不论任何情况，面对任何诱惑，都不动心，方是真的禁欲。佳人走近一座大理石男性雕像，那雕像毫无反应。同样情形下，禁欲者当如大理石雕像。石像有眼不能看，有耳不能听，禁欲者亦自当视而不见，听而不闻。

《马哈德夫·德赛日记》，第一卷，第80页，1932年4月19日

不让女性相伴左右，哪怕对方只是在生活上照顾自己，这种禁欲名不符实。肉欲虽戒，心瘾未断，关键时刻还是会犯错误。《薄伽梵歌》卷二第五十九行所云不差：既见天国美景，便打消恋栈尘

世欢愉之心。但这话也能反过来说：贪恋享受之人别指望悟道。意思是，两者相辅相成。人得见至高神，便打消向往红尘之心。虽然情欲的对象已消失，但人并未彻底断掉对其渴望之心。人一日未见到神，情欲总有可能抬头。人一旦见到了神，就不会再动情欲；实际上，他已不再是男人，而成了无性之人。他也再算不上什么人物，而是消减为零。换言之，神性消融了他的人性。如果我们把"至上"[1]、"神"或"梵天"这些词换成"萨提亚"或"真理"，这层意思就更清楚了。真理容不下自欺欺人。静修院里要有谁口口声声说着四海一家，心里却藏着邪念，这人就是《薄伽梵歌》卷三第六行中所说的"米斯亚查理"（伪君子），众人还以为他是名"萨提亚查理"（真君子），还想着他会如何行事呢。

《马哈德夫·德赛日记》，第一卷，第80—81页，1932年4月19日

觉得别人不如自己，或是比自己优越，都是一种罪过。每个人都是平等的。玷污我们的是罪，而非其他人。致力为人服务之人，没有高低贵贱之分。将人分为三六九等是印度教一大污点，必须彻底铲除。

《马哈德夫·德赛日记》，第一卷，第286—287页，1932年8月14日

胡思乱想不属于精神发展的任何一个阶段。瞎想只会令人徒增烦恼，故此方有强调聚精会神一说。我们得把这一点牢记于心。耽于声色消耗精力，同理，杂念丛生浪费脑力。体力衰弱影响心智，心智软弱也会影响身体。所以我是从全面的角度理解禁欲，我认为胡思乱想也算破戒。以前我们只把禁欲狭义理解为克制情欲，难以身体力行。要是接受这个更宽泛的定义，试着克制全身十一个器官

---

[1]"至上"（param），意即神。

的感受，控制自身的兽性激情就会变得相对容易得多。

《马哈德夫·德赛日记》，第一卷，第 305 页，
1932 年 8 月 23 日

记着我对禁欲的定义。它意味着全面掌控所有的感官和意识，而非压制其中一两种感官。这两种状态有着天壤之别。今天我能克制住所有的感官，但要降伏它们却要经年累月。降伏感官意味着让它们为我随心所用。我可以用一个简单的无痛手术刺破耳膜，压制自己的听觉。但这么做徒劳无益。我要做的是训练自己的双耳，让它们听不进流言蜚语、淫秽之词，或渎神之语，但我要用双耳聆听天籁之音，不管相隔多远都能听到那救赎之声。

《巴布致米拉书信集》，第 257 页，1932 年 4 月 27 日

禁欲是一种精神状态。在生活各方面都有节制无疑有助达到这种状态。不过控制饮食能起到的作用最小。这并不是说饮食不当就不会有负面影响。我要说的是，恪守禁欲的戒律固然需要正确的适度饮食，但单靠这个还不够。贪恋口腹之欲的人必定意志薄弱，有违禁欲之规。守住禁欲誓言的最好办法就是认识到自己的灵魂是神的一部分，而神就驻在我们心田。内心把握好这一事实就能灵台澄净，意志坚定。

《书信选集》，第二卷，第 3 页

大无畏

究其本质，一切恐惧皆属道德软弱，所以我们一旦向恐惧低头，就会大祸临头。

《圣雄甘地全集》，第十二卷，第93页，
1913年5月30日

我们不应害怕死亡，而该因之念及自己的责任，对肉身嗤之以鼻。据说一个人就算被活活烧死其实也没遭多大罪。因为疼到受不了的时候，他会失去知觉。那些因为怕死而苦苦挣扎之人遭的罪反而更大。懂得死是生的解脱之人无所畏惧。

《圣雄甘地全集》，第十二卷，第365—366页，
1914年3月1日

谁都不能让我早死一刻或多活一会儿。让自己摆脱死亡的最好办法就是向死而生。我们当然有义务好好活着。但也不应贪生怕死。时候到了，我们反要欢迎死亡的到来。

《圣雄甘地全集》，第十二卷，第386页，1914年3月14日

如果我们一生敬神畏神，未做任何违背自己良知之事，那么我们就不应畏惧死亡。实际上，死带来的是更好的变化，因此应欣然相迎，不必有任何悲伤。

《圣雄甘地全集》，第十二卷，第390页，1914年3月18日

内心深知肉身随时可能消亡之人始终准备着迎接死亡。他会主宰自己的身体，收敛外部活动，扩充内心世界，自然而然地生活。

《圣雄甘地全集》，第十三卷，第30页，1915年2月27日

尽管思考了很久，我还是未能消除自己对死亡的恐惧。但我并不急于求成。我相信坚持努力，终有一日必定能无畏死亡。我们不应放过任何一个考验自己的机会。考验自己乃为人之本分。谋事在人，成事在神。那还担心什么呢？母亲哺育宝宝之时并未想着日后如何。该来的总会来。要打消对死亡的恐惧，赶跑欲望，就尽力而为，保持乐观，恐惧和欲望自会烟消云散。人愈怕死，恐惧愈甚，结果就成了那个不断说着千万别想猴子的人，满脑子想的都是猴子。

我们生于罪恶，又因自己的种种罪行受肉身奴役；既如此，又岂能指望转眼就洗心革面，变得白璧无瑕呢？

"你尽可随心所欲地生活，
但无论如何你要认识神。"

这是阿卡·巴加特[1]的训诫。

用杜勒西达斯的话来说：

"无论顺境逆境，都要反复诵念罗摩的名号，自能达成一切心愿。"

《圣雄甘地全集》，第十二卷，第375页，1917年3月7日

---

[1] 阿卡·巴加特（Akha Bhagat），17世纪以讽刺诗著称的古吉拉特神秘诗人。他也是一位虔诚的吠檀多信徒（vedantist）。——原注

我对事物观察研究得越多，就越发相信，为了生离死别感到悲伤，也许是个天大的错觉。能意识到这一点，人就解脱了。事物的本质不死不灭，没有离别。可悲的是，我们本是因为看到朋友身上的品质才爱他们，却会为他们外在的脆弱肉身消亡而悲痛不已。而真正的朋友应该窥一斑而知全豹。看来眼下你已悟出了这个真理。就让真理始终驻在你心里吧。

《巴布致米拉书信集》，第41页，1927年4月27日

期望亲人们长命百岁是一种自私的愿望，这源于缺乏肉身消逝后灵魂仍然健在的信念，或源于这一信念太脆弱。有形的肉身变化不止，总会消亡，但无形的精神既不变化也不消亡。真正的爱在于由肉体转向内心，然后必然会认识到由无数肉身构成的所有生命万体归一。

《巴布致米拉书信集》，第156页，1931年7月6日

我对死亡本身无动于衷，我只同情那些痛失亲人的活人。为已死之人哀伤痛苦再愚昧不过。

《马哈德夫·德赛日记》，第一卷，第213页，
1932年7月5日

我们有生之日，该照料好自己的肉身，保持洁净健康，到了撒手人寰之际，就毫无遗憾地弃之而去。肉身是让人拿来用的。只要造物主愿意，就让他收了去。我们的身体只应用于侍神，不应拿来享乐。

《马哈德夫·德赛日记》，第一卷，第276页，
1932年8月7日

人的肉身脆弱无比，甚至不如一只琉璃镯子，镯子保养得好，

可能几百年都不坏。身体保养得再好，人也不可能永生，随时都可能撒手人寰。我们不应过于依赖肉体。

　　《马哈德夫·德赛日记》，第一卷，第276—277页，
1932年8月7日

　　你所爱的那个精神永远与你同在。虽然你是靠着肉身学着爱上那个精神的，但你并不需要肉身来延续这份爱。肉身尚存固然好，因它对你有用。但肉身消亡同样好，因你已不需要它。我们既然不知什么时候肉身不再有用，那我们便可以得出结论，一旦人死了，不管因何而死，这就意味着肉身已经不再有用。

　　《巴布致米拉书信集》，第210页，1932年9月20日

　　这些年我个人早已看破生死，完全不会伤心难过。当死神从我身边夺去某位战友，我会感到震惊，但这完全是因为个人情感羁绊，换言之，是出于私心。不过我会很快恢复正常，认识到对于辞世之人死是解脱，自己就应像喜迎好友到来那样欣然接受他的辞世。我知道死只意味着战友肉体的消亡，但他的内心精神万古长青。

　　《书信选集》，第二卷，第28页，1932年11月24日

　　有生必有死，死后方能重生。这是老生常谈，但我们得接受其中的道理。可不知何故，人能接受生，却无法接受死。尽管我们的感官都能证明，没有灵魂之人对躯壳毫无眷恋，也没有任何证据能说明，肉体消亡，灵魂亦随之消逝，但我们还是拒不相信其中的道理。

　　《巴布致米拉书信集》，第260页，1933年5月4日

　　坦承自己确实无能为力并非懦弱之举，倒可能让人开始变得

勇敢。

《致拉吉库马瑞·阿姆瑞特·考尔书信集》，第29页，
1935年6月19日

只要神还想让我用这副躯壳在世上工作，他自会照看我。等时辰到了，世上再高超的神医圣手也不能让我起死回生。

《致拉吉库马瑞·阿姆瑞特·考尔书信集》，第99页，
1936年10月16日

有生必有死，死是为了重生。故生亦何欢，死亦何悲？但有一件事必须要做。我们必须清楚自己的人生职责，有生之年始终尽到为人本分。

《书信选集》，第一卷，第18页

害怕死亡就像怕扔掉一件破破烂烂的旧衣服。我经常思考死亡，理性让我深信人怕死是因为对其一无所知。

《书信选集》，第一卷，第24页

眼下我投入地做事，因为我认为这些事是生命之本。如果在忘情工作之际死亡降临，我将安然赴死。现在我已毫无畏惧。

《书信选集》，第一卷，第32页

"死其实是入睡，是忘却。"[1] 死是如此甜美的酣睡，睡去的身体再不必醒来，沉重的记忆亦被抛之脑后。

《书信选集》，第二卷，第5页

---

[1] 典出英国诗人威廉·华兹华斯诗句，此处甘地略作修改，原诗为"我们的诞生不过是入睡，是忘却"（Our birth is but a sleep and a forgetting）。

死亡是一件值得庆祝之事,甚至比诞生更让人额手称庆。这是因为人在出生之前先要在母亲胎中独自待上九个月,而降生之后又有种种不幸接踵而至。反之,对一些人而言,死则意味着生命的圆满终结。人若想死得其所,就当穷其一生用一种超脱的心态努力工作。

《书信选集》,第二卷,第49页

健康和保健

一支由医生组成的大军如何能够为国家效力？医科生花上五到七年的时间解剖尸体、解剖动物，死记硬背一大堆无用的权威观点，又能成何大事？只会医治身体疾病于国家何益之有？这么做只会让人越发眷恋肉身。我们就算不靠医学知识，也可以制定出一套预防疾病增长的计划。这并不是说以后就不会再有医生。医生总会有的。关键是现在太多年轻人不该过于重视医生这个行业，不该为了取得行医资格花费重金，浪费几年的光阴。我们必须清楚，我们没有从头疼医头脚疼医脚的医生那里得到任何益处，将来也不会。

《圣雄甘地全集》，第十卷，第 206 页，1910 年 4 月 2 日

牛奶……只不过是另一种形式的荤腥，所以人也无权饮用。[狡辩说] 宝宝喝母乳长大，所以人也能喝牛奶，这种说法很无知。

《圣雄甘地全集》，第十二卷，第 127 页，1913 年 7 月 2 日

[食物] 尽量不要吃得过杂，也要尽量少吃，满足身体所需即可。饮食习惯中最好牢记这一点。

《圣雄甘地全集》，第十二卷，第 387 页，1914 年 3 月 17 日

每每看到医者自己体弱多病，我都感到难过。这种情形时时提醒我们，医学不过是一门经验性学科，极不完善，不可靠。我们要

是能用较为超然的态度看待医学,就能一眼看穿其内在弱点,就会明白世上并无灵丹妙药。最有效的药也有很多副作用。再成功的手术也会在病人身上和心里留下疤痕。

《致我亲爱的孩子》,第 84 页,1926 年 8 月 20 日

我们……只需认识到百病皆因自然规律遭到破坏,努力掌握自然规律,祈祷自己能顺势而为。所以在生病之时虔心祈祷,既是侍神也是良药。

《巴布致米拉书信集》,第 58 页,1927 年 7 月 9 日

要是喜欢美食,又何必藏着掖着?喜欢美食并非罪过。表面装着不喜欢,私底下却放纵口腹之欲,这才是罪过。每个人,不论男女,尽可以想吃什么就吃什么……只是每个人都得遵守公共厨房的规定,方能备好佳肴以慰自己对美食之爱。谁都不得为了满足个人口味偏好而在自己的住处公开或私下开小灶。各位可以外出或去朋友家进餐,用不着偷偷摸摸的,吃什么也不受限制。你们也可以在自己房间放些干果之类的吃食。你们若能放弃这种自由自是更好,但我绝不强求。对你们,我最诚挚的要求就是:表里如一。不管做什么,都大大方方的。永远也不要让自己过多受他人影响。但如果你们因为不好意思,答应了别人做某件事,过后千万不要出尔反尔。

《巴布致静修院姊妹书信集》,第 64 页,1928 年 12 月 10 日

让感冒的孩子晒太阳。阳光相当于热敷,能让孩子变得更皮实,能治好感冒。

《书信选集》,第二卷,第 21 页,1930 年 11 月 28 日

要不让病人彻底养好身体,化解心中郁结,任何病症都会留

下体虚的后遗症。我想最难做到的还是心理调控。对付这个，最管用的灵丹妙药就是在生活中运用《薄伽梵歌》的智慧。人每次心灵受到打击，都是因为运用不当。喜讯也好，噩耗也罢，统统当作水过鸭背，无须介怀。不管听到什么消息，我们的义务只在于知道自己是否要有所作为，当为则为，谋事在人，成事在天，不必在意结果。从科学的角度而言，我们也需要有这种超然的心态，因为我们知道任何一个结果都不是由单一因素促成的。有谁敢说"是我成就了此事"呢？……大脑不管接收到什么真相，都要即刻传到心里；否则真相就会夭折，存在大脑里变成至毒之物。毒害大脑之物也会毒害全身。所以我们只需把大脑作为一个信号站来用。不管大脑接收到什么信号，或是将其转发到心，及时采取行动，或是即时判断不宜转发，拒绝接收。生病泰半都是因为大脑无法发挥这项功能，导致心力交瘁，体力下降。只需大脑正常发挥功能，就不会精神衰弱。所以，大多数人生病……不光是因为饮食不当，还因为大脑无法正常运转。《薄伽梵歌》的作者对此显然早有洞见，还用最明晰的话语为世人开出了灵丹妙药。

《巴布致米拉书信集》，第139页，1930年12月13日

我坚信肯定有某些植物能有效替代牛奶，同时又不带来喝牛奶的种种坏处。只是有这方面研究能力的医生从来都对这个课题不闻不问。

《致一位甘地式资本家》，第75页，1932年4月9日

别再认为你的身体就是你的。你的身体属于神，神不过是暂时把它赐给你，让你保持它洁净健康，用来为神效力。所以你只是自己身体的托管人，而非主人。主人可以滥用或乱用自己的财产，但托管人或看护人则要万分小心，尽量善用自己替人看护之物。所以你不必为自己的身体担忧，但也要尽力照顾好它。只要神愿意，随

时就会把你的身体收了去。

《书信选集》，第二卷，第27页，1932年11月5日

体弱多病之人泰半是因为暴饮暴食或饮食不当，而非营养不良。若饮食得当，我们只需摄入极少量的食物。要做得到有多好啊！

《巴布致米拉书信集》，第254页，1933年3月13日

美味珍馐就是青菜、面包或薄饼、牛奶，再加点水果。喝了牛奶，再吃豆制品就是有害的多余之举。光喝牛奶就能获取人体所需的蛋白质。

《书信选集》，第二卷，第24页，1933年3月21日

身为自然生活方式的忠实信徒，我认为遵循自然法则能让我们修复自己残破的身体。我认识不少病人药石无灵，但按照自然方式生活后逐步好转。不过这并不说明医者无用。

《致拉吉库马瑞·阿姆瑞特·考尔书信集》，第10页，
1935年1月17日

我们可以，也应该把肉体上的痛苦转化为精神上的快乐。转化的过程很艰辛，但这是让人生真正有意义的必经之途。人要拿缠身的疾病丰富自己的思想。

《致拉吉库马瑞·阿姆瑞特·考尔书信集》，第232页，
1946年10月21日

你要把饭当作药来吃，吃饭为的不是满足口腹之欲。要把全副身心都投入到服务性行动中。感悟真理，感悟神。

《书信选集》，第一卷，第37页

打小我就学过,人的灵性乃神赐之物,不能拿来治愈身体疾病。后来的经验也印证了这一点。不过我也确实认为要尽量避免用药,但纯粹是基于身体和卫生的缘故。我还认为一切靠的是神,但我信神并非指望神治愈我,而是为了完全顺从他的意愿,也是为了与千百万有心无力、无法获得医学救治的人分担同样的命运。

《书信选集》,第一卷,第 45 页

让穷人和受苦之人免费得益于你的医学知识吧。

《书信选集》,第二卷,第 31 页

好好照看神托给你的这具身体。不要宠惯它,不要让它塞满不洁之物,也不给它过多的负担。

《书信选集》,第二卷,第 33 页

自 制

过去的就让它过去,不必有憾,关键是要从中汲取教训。
《圣雄甘地全集》,第十二卷,第420—421页,1914年5月28日

不论受到怎样的情感驱动,凡是善举皆有善果。一个人哪怕是出于害怕或羞耻感才选择遵循真理,克制自我,过后也能从中获益。这就是善举的力量。
《圣雄甘地全集》,第十二卷,第369页,1920年5月1日

因为反感某人,就不与他同席进餐,此乃罪过。但若为克制自我方不与此人一道用膳,却是德行。
《圣雄甘地全集》,第十二卷,第500页,1920年6月20日

培养自制力方能争取到和平与自由。要学会自制,就必须放弃尘世的享受。
《圣雄甘地全集》,第二十六卷,第45页,1925年1月25日

《薄伽梵歌》某处写道,只在行动上控制自我,内心却仍渴求感官享受之人愚不可及,自欺欺人。这话是专门说给伪君子听的。但对诚实的真君子,《薄伽梵歌》同样提醒他们要时时控制扰乱心神的各种本能。
《巴布致静修院姊妹书信集》,第59页,1927年12月19日

谁要担心自己因为别人一个抚摸就心神激荡，得先坦然承认，然后得待在自己可控的范围内。天生多情是一种病，这类人要避免与他人有肌肤之亲。时间长了，这病多半能好。
《巴布致静修院姊妹书信集》，第89页，1929年12月9日

有些男子单被异性抚摸一下就情欲高涨。同样，有的女子接触到异性也是激动不已。像这种人就该避免与他人有任何肢体接触，哪怕这意味着某种程度的自我强迫，甚至会让自己生病。
《巴布致静修院姊妹书信集》，第89页，1929年12月9日

对于入狱之人及其亲朋好友来说，自我克制是最好的做法。但真要做到自我克制，需要振作精神。精神不振或伤心不已之人做的只是表面功夫，只是机械地克制自我。
《巴布致米拉书信集》，第170页，1932年2月4日

人的寿命可以不止百岁。但不管人能活多久，在永恒的时间之海，一生甚至不及一滴海水的百万分之一。恋恋此生，费尽心思，毫无意义。花费再多心机，也无法确保长命百岁。自己到底最多能活几年，我们只能猜测揣摩。其他一切尽皆枉然。生死无常，健康的孩子也会夭折。我们也无法断言纵情声色之人必定短命。我们唯一能说的是，生活简朴有度之人多半更长寿。但修身养性只为了长命百岁，纯属庸人自扰。我们必须克制自己的种种激情，为的是获得自我实现。在这个过程中，要是发现修炼没能保得自己长命百岁，反倒让自己折寿，也不必在意。自我克制的目的不是健康长寿。
《马哈德夫·德赛日记》，第一卷，第119页，1932年5月19日

应逐日简化生活，而非变得愈加复杂。我们应逐步地增强自制力。
《巴布致米拉书信集》，第257页，1933年4月27日

只有明确意识到神与我们同在，意识到神在不顾一切地看护我们……才能做到自我控制。我也不知道怎样才能意识到这一点。但我确确实实意识到了。虔心信神之人卸下了肩负的全部重担。
《巴布致米拉书信集》，第 267 页，1933 年 6 月 5 日

自觉自愿的服从来自坚定的信念。
《致拉吉库马瑞·阿姆瑞特·考尔书信集》，第 85 页，
1936 年 8 月 30 日

在执行自我克制计划的过程中，必须时时谨记我们都是神之光芒，故都有神性。既然神从不恣意妄为，放纵自我必也有违人的天性。
《书信选集》，第一卷，第 35 页

自我发展

我们最大的资本不是自己拥有的钱财,而是勇气、信心、真诚和能力。

《圣雄甘地全集》,第六卷,第302页,1907年1月28日

要赢得神的恩典,办法只有一个,很简单——将真理和其他美德付诸实践,日复一日,谨言慎行,全心全意,[爱神,]排除一切杂念。

噢!乌鸦!吃光这具躯体吧!
啄去我身上的肉;
但请留下我的双眼,
我还想再看看我的爱人。

字面上这首诗写的是一个情郎和他的爱人,实际上展现的是灵魂渴望见到被比作爱人的神。肉体消亡无所谓,只要象征激情的乌鸦不吃掉代表智慧的双眼,爱人必能重逢,灵魂必得见神。

《圣雄甘地全集》,第十卷,第311页,1910年8月31日

我们有义务遵从长辈,只要长辈之命与自身的道德生活不相抵触。这其中蕴含着为人至善。

《圣雄甘地全集》,第十卷,第406页,1911年2月8日

我们应慈悲为怀,待万物如己,视万物如己,警诫自己勿因一己私念涂炭生灵。

我们不应恋栈肉身,应对死无惧无畏。

我们既知肉身轻易会让自己失望,应从此刻就开始追求摩诃萨(解脱)。

《圣雄甘地全集》,第十二卷,第366页,
1914年3月1日

心若纯洁无瑕,自然容不下肉身的低俗冲动。但所谓"心"是什么?何时方能确信心是洁净的?心就是阿特曼(自我),或是阿特曼的所在。所谓心地无瑕,意味着完美地实现阿特曼(自我),当此情形,人不会再有任何感官上的欲求不满。但平日里我们在追求纯洁之时想的只是心灵纯洁。

《圣雄甘地全集》,第十二卷,第376页,
1914年3月7日

若能生生不息地爱,我就大彻大悟了,但我还到不了这个境界。真心爱一个人,他便不会误解我的意图,不会曲解我的话,也不会对我心存恶意。由此可以推断,当别人视我们为敌,过错主要在我们。这点同样适用于我们与欧洲人的关系。因此,最高境界是内心一尘不染。在修炼到最高境界之前,随着自身内心变得愈来愈纯净,感官的欲念自会相应消减。因为这些欲念源于心,而非感官。

真正束缚人或让人自由的,就是人心。

人的各种感官无非是内心种种冲动的外在表现。我们通过感官意识到自己的内心冲动。

众所周知,阉人亦会有各种欲望;因此,单靠毁掉外部感官是无法消除内心冲动的。天生有某种缺陷的人仍是欲望不减,甚至

会做出种种变态之事。比方说，我先天嗅觉不好，明明什么也闻不到，却会情不自禁想要感受香气的甜美，以至于我一听到别人说玫瑰花有多香，两只耳朵都竖起来了，情不自禁满心向往。

我们都听说过，有些信念坚定的信徒发现自己控制不了内心的情欲，就干脆挥刀自宫。某些情况下，他们那么做可能是负责任。假设我是那人，被自己的欲望冲昏了头脑，对亲姐妹都动了邪念；只是我虽色欲熏心，还不至于丧尽天良。在我看来，遇到这种情况，如果别无他法，挥刀自宫是神圣的义务。一个不断精进的修行者不会做出这种事。但一个人本来过得就不太好，突然间万念俱灰，多半会有此种举动。找个立竿见影的办法，好让自己能摆脱迫切的感官欲望。可这么做简直就是叫先天不孕的女人生个大胖小子。人只有通过极度的忍耐才能摆脱欲望的控制。魔术变出来的枞果树不过是幻象而已，突然之间大彻大悟也是骗人。的确，这种情况也不是不可能，但会顿悟的人内心早已做好了净化的准备，只差遇上圣人点化，圣人一点，顽石就变成了金子。得到圣人点化，他即刻就感到内心澄净，从前种种宛如大梦一场。毋庸置疑，这［转变］不是瞬间发生的。不过，最简单便捷，也是最快的法门就是：

遗世独居，结交圣人，唱诵神的名号，讲宗教故事，读发人深省的好书，不断改造自己的肉体，饮食清淡，只吃水果，尽量少睡，放弃享受。

不管是谁，只要做到这些，就能轻而易举地管住自己的心，就像老话说的，"唾手可得的藏青果"。对这些事身体力行，对其他诸事沉思冥想。任何时候，如果欲令心乱，就应该遵守像禁食之类的宗教戒律。

《圣雄甘地全集》，第十二卷，第 376—377 页，
1914 年 3 月 7 日

惯于早起之人星期天也不应偷懒，因为那样他就会心心念念地盼着下一个星期天。

《圣雄甘地全集》，第十二卷，第 409 页，
1914 年 4 月 17 日

有了健康的身体才能有健全的心智，这话没错，只是人们在解读的时候加上了太多限定条件。健美运动创始人，著名的德国大力士山道（Sandow）就是个例子。此人自是身强体健，举世罕见。但我不确定他是不是也很聪明。在我看来，有个健康的身体意味着我们能让它服从精神，身体是工具，随时准备着为精神效力。我认为，只有劳动才能锻炼出这种健康的体魄，体育锻炼不管用。

《圣雄甘地全集》，第十三卷，第 49 页，
1915 年 4 月 17 日

由始至终我们只需要做一件事情，那就是改造自我。可我们试着这么做的时候，似乎总在反复权衡。

《圣雄甘地全集》，第十三卷，第 452 页，
1917 年 7 月 7 日

不要为了面子不懂装懂。

《书信选集》，第二卷，第 18 页，1919 年 6 月 2 日

被人当成傻子没关系，但千万不要因为自己无知而行差踏错。

《书信选集》，第二卷，第 19 页，1919 年 6 月 2 日

要表达最纯粹的爱，就像脚踩着刀口行走。"完全忘我，一心为你"，唱着轻巧做起来难。就算是我们自以为全情投入之时，也难免

有私心，只是自己没意识到而已。我对此思考得越多，就越觉得自己之前常说的话没错。爱与真理是同一枚硬币的两面，都很难做到，但人生的意义也就在于此。只有爱万物之人，才是真正的人。真理和爱就意味着彻底牺牲小我。所以我会祈祷，愿你我都能尽力去爱，尽力追寻真理。

《致我亲爱的孩子》，第 53—54 页，1920 年

我们的身体就像圣洁的庙宇，得悉心照顾好——骄奢淫逸肯定不对，但自轻自贱，甚至自暴自弃也不对。

《致我亲爱的孩子》，第 57 页

人们要服从自律的良心，因为它是神的声音。不自律的良心会导致毁灭，因为它是魔鬼的声音。

《致我亲爱的孩子》，第 56 页，1917 年 6 月 11 日

忍让并不意味着放弃个人判断力。真正的忍让不是出于惯性，而是一种能量，因为知道无论如何都可以依靠神，就算自身能力再有限，也会试着一忍再忍。只是这样的忍让是出于谦卑、源于知识和明辨是非。

《圣雄甘地全集》，第二十卷，第 500—501 页，
1921 年 8 月 13 日

真正的自信是即便失望重重也绝不动摇。我若坚信真理和非暴力，那么再艰难的逆境也会坚持到底。

《甘地致玛尼贝恩·帕帖尔书信集》，第 11 页，1924 年 5 月 11 日

傲慢之人往往固执。如果我们不断提升内在高尚品质，自会渐渐变得谦虚。克服傲慢最好的办法就是试着克制自己，不要一有异

议就付诸言行。

《圣雄甘地全集》，第二十四卷，第87页，1924年5月20日

纯洁和克己都是值得珍惜的品德。
《甘地致玛尼贝恩·帕帖尔书信集》，第12页，1924年5月20日

我们和自己的心亦敌亦友。我们有义务管住自己的心。这么做用不着从医生那儿开药。

《圣雄甘地全集》，第二十四卷，第284页，
1924年6月23日

心灵的力量方是真正的力量。头脑倒显得无关紧要。如果大脑说"我爱你"，但心里却不情不愿，说了也是白说。

《圣雄甘地全集》，第二十五卷，第257页，
1924年10月22日

有的习惯一旦养成，换种方式都不行。如果养成的是好习惯，就是好品德。真正信奉非暴力之人最后会变得无法施暴。这不仅体现在行动上，也体现在思想上。毕竟行动源于思想。有什么样的想法，自会有什么样的行动。

《甘地致玛尼贝恩·帕帖尔书信集》，第25页，1926年

全心全意就是信仰——信上帝，信自己。如此坚定的信仰能让人牺牲一切。人很难做到为了牺牲而牺牲，为服务他人而牺牲自我则容易得多。湿的地方谁也不愿睡，但母亲会心甘情愿地把干的地方让出来给孩子睡。

《巴布致静修院姊妹书信集》，第14页，1927年1月24日

我们要待人如己。真做得到这样,看到别人的孩子脏兮兮的,自己也会感到羞愧难当。同样,看到别人遭罪,我们也会感同身受,会试着减轻对方的痛苦。

《书信选集》,第一卷,第 7 页,1927 年 1 月

我们要打定主意,绝不自杀。会自杀的那种人不是过于忧心身外之事,就是企图隐瞒自己的缺陷。我们永远都不要装模作样,也不要好高骛远。

《巴布致静修院姊妹书信集》,第 39 页,1927 年 8 月 1 日

净化自我的第一步就是坦承并消除自己对别人的反感。我们若不尽力打消对他人的恶意或猜疑,就永远也学不到爱人如己。

《巴布致静修院姊妹书信集》,第 48 页,1927 年 10 月 3 日

人并不想自欺,也不想骗人或欺骗全世界。所以不管心里有什么事,都要开诚布公。心地一旦变得纯洁,再变脏得花不少时间。可如果心里还藏着污垢,再好的想法也会被玷污,就像容器不干净,清水倒进去也变污浊了。如果我们怀疑过某人一次,以后多半处处都信不过此人。

《巴布致静修院姊妹书信集》,第 49 页,1927 年 10 月 10 日

为人大度就是觉得别人错了也不动怒,还是爱他们,为他们服务。我们如果只在别人的思想和行动与自己一致的时候,才对其心怀好感,那不是大度,也不是爱。那仅能称为友谊,或情投意合。把它称作"爱"是不对的。"爱"是对敌人心存友善。

《巴布致静修院姊妹书信集》,第 50 页,1927 年 10 月 17 日

没有勇气,就永远没有真理。做错了事是罪过,但错了还瞒着则是更大的罪过。有错之人诚心认错,就洗刷掉了自己的罪过,可以沿着正确的道路再次出发。但谁要错了,却因为虚妄的羞愧,拒不承认,只会错上加错。这种情况我见多了,概无例外,所以我要求你们不要有虚妄的羞愧感。不管是有心还是无意,只要错了,就立刻公开,并决意不再重蹈覆辙。

《巴布致静修院姊妹书信集》,第 71 页,1929 年 4 月 8 日

乐观主义者就是不管失望多少次,始终怀抱希望的人。他心无城府,随便遇上个人,听些甜言蜜语就深信不疑。不过,这样轻信于人并不是什么好的品质。

乐观靠的是内心的声音,而轻信则是在外部环境基础上修筑城堡。

《马哈德夫·德赛日记》,第一卷,第 133 页,

1932 年 5 月 27 日

情感属于心。我们要保持心地纯洁,否则很容易误入歧途。要像打扫房间一样时时净化心灵,让它一尘不染。对神的了解源于心。源头要被玷污了,任何别的办法都无法补救。只要能确保心灵纯洁,其他一切都不需要。

《致我亲爱的孩子》,第 91 页,1932 年 5 月 29 日

你千万不要失去自信。心里是会冒出邪念。但人心就像一幢房子,房子只要时时打扫,丢掉垃圾,就会窗明几净;邪念冒出来,只要内心抵制,努力自我净化,自会战胜邪念。不该把这样谨小慎微的人视为伪君子。要想不虚伪,就要遵守这条黄金法则:动了邪念不要遮遮掩掩,而要公开承认。不过也不必大张旗鼓,但必须要让一个朋友知道你的缺陷。过后要是人尽皆知也无

关紧要。

《马哈德夫·德赛日记》,第一卷,第169—170页,1932年6月17日

错误是坏事,所以我们错了,就要感到羞愧。但承认自己错误,请求他人原谅是件好事,所以我们应该大大方方地这么做。请人原谅自己的过错意味着你决心不再重蹈覆辙。这样的决心有什么见不得人呢?真理和非暴力不相上下。如果非要分个高下的话,我会说真理至上,甚至要高于非暴力,而谬误则不亚于暴力。或迟或晚,热爱真理之人总会发现非暴力的。

《马哈德夫·德赛日记》,第一卷,第177页,1932年6月19日

自信意味着对自己的工作有坚定的信念。谁都难免偶尔犯下无心之过,一旦有自信,犯了错就不必感到焦虑不安。绝不能因为害怕自己可能出错就萎靡不振。

《马哈德夫·德赛日记》,第一卷,第178页,1932年6月19日

我们爱的不是某个人本身,而是他身上的美德。每个人的德行都会化作具体的行动。我们要是欣赏别人身上的美德,就要推广能展现这些美德的活动。

《马哈德夫·德赛日记》,第一卷,第262页,1932年7月31日

学习只有一个目的,就是为人服务。而为人服务,其乐无穷。因此可以说学习能让人幸福。光学习却不为人服务就能带来永恒极乐,这我还闻所未闻。

《马哈德夫·德赛日记》,第一卷,第276页,1932年8月7日

与其想着改善世界,不如集中精力提升自我。我们很难看清世道曲直。但如果我们走的是笔直而又狭窄的真理之路,就会发现大家都是同道中人,或者会发现引导其他人走上真理之路的办法。认识自我就是忘记这具皮囊,让自己归零。

《马哈德夫·德赛日记》,第一卷,第276页,
1932年8月7日

以前和现在我都有过对头,但我从不对他们动怒,即便在梦里也从未对他们心怀恶意,结果很多对头都成了我的朋友。直到今时今日,反对我的人还没谁成功过。我虽曾三度遭人袭击,今天还是好好活着。也不是说我的对头永远都不会得手,只是无论结果如何,都与我无干。我的职责只是祝福对手,并在适当的场合为他服务。我一直都尽力依此信条行事。我认为这个信条是我整个思想体系的一部分。成千上万的人对我顶礼膜拜之时,我忧心忡忡。我从来不觉得自己有什么值得让人如此敬仰,这让我感到高处不胜寒。相反,我一直觉得自己不够资格。我不记得自己何时渴求过荣耀。但我始终渴望工作。我一直试着把那些敬重我的人当作同事。当他们抗拒这种角色转换,我就拒绝与他们进一步深交。如果有朝一日我的目标能实现,我会开心得像只小鸟,但现在这目标还只是个理想。

《马哈德夫·德赛日记》,第一卷,第284页,
1932年8月12日

以一己之力对抗全世界,也犯不着傲慢无礼。耶稣、佛陀,还有坚信毗湿奴的魔王小儿子普拉拉德都曾独自面对全世界。但他们全都虚怀若谷。唯一不可或缺的是自信和信神。所有与世为敌的傲慢之人最终都败得一塌糊涂。

《马哈德夫·德赛日记》,第一卷,第284页,
1932年8月12日

只要你心里觉得自己没错,就不要瞎想。毕竟心才是我们唯一的评判标准。故而我们要试着保持心地纯洁。罪人内心不洁,才会把罪过当作善事。他一日不辨善恶,就会继续错下去。所以除了你自己,谁也不能告诉你什么是善。我唯一能说的就是,我们一定要走真理和非暴力之路,坚持奉行真理和非暴力的法则。

《马哈德夫·德赛日记》,第一卷,第286页,
1932年8月14日

人要怎样才能做到始终不动怒?宽以待人,心里要意识到自己与世间众生不分彼此。每个生命都是一滴水,汇集起来,就是海洋。涓滴汇成海洋,宇宙亦然。这么一想,哪还容你对他人动怒呢?

《马哈德夫·德赛日记》,第一卷,第286页,
1932年8月14日

内心不洁,行动上就做不到无私。所以,看一个人的外在行动,就能估测出他的心地有多纯洁。谁要只顾着净化心灵,却不管外在行为,极有可能会误入歧途。

《马哈德夫·德赛日记》,第一卷,第305页,
1932年8月23日

不要试着证明思想如何发挥作用。你只要相信思想确实有用而且成效极大就好。所以你只要始终保持心灵纯洁,不管身体好坏,都能做到从容不迫。

《书信选集》,第二卷,第26页,1932年10月20日

要做到天人合一,就要遵守四条法则:呼吸最清新的空气,饮用最纯净的水,食用最简朴的食物,保持最清晰的思维。而前三条

法则都源自最后一条。按你们英国人直白的说法，就是生活简朴，思想高尚。我想说得更简洁一些——纯洁地思想，纯洁地生活。照我这种说法，出疹子就是生活不洁的症状。

《书信选集》，第二卷，第 25 页，1932 年 11 月 13 日

纯粹的虔诚定能让人变得阿纳萨克提（超然），让人获得吉纳纳（智慧）。否则，那就不是真正的信仰，而是感情用事。智慧让人有明辨是非的能力。饱览群书，却学不会明辨是非，只不过是卖弄学问而已。

《书信选集》，第二卷，第 52 页，1932 年 12 月 6 日

不要胡乱猜测事情的原委，而是耐心等候水落石出，再怎样也不要往最坏处瞎想。既然神大慈大悲，我们非得胡思乱想的话，就往最好处想。《薄伽梵歌》的信徒自然从不胡思乱想。善恶终归都是相对的概念。真的信徒不会一出了事，就做出本能反应；他会按着神的意志，尽到自己的本分。宇宙就是神掌控的一台机器，信徒是其中的一个零件，按着机械师的指令自动运转。人有智慧，做到像台机器确实难之又难。不过只要把自己归零就行了，而归零正是人所追求的完美状态。机器和人的最大区别在于，机器无生命，人则是活生生的，是有意识地把自己变得像台机器，把自己交付到神这位机械大师手中。

《巴布致米拉书信集》，第 228 页，1933 年 1 月 19 日

好啦，不管心里还是身上有多苦，你都得甘之如饴。现在你就做些最符合自己心意的事情。最后一切都会安好。我们都在上帝的掌控之中。没有上帝的命令，连小草都不会晃动。要是人人都随心所欲，这个世界就会分崩离析。所以我们的愿望时时落空，也未尝不是件好事。神不成全我们的心愿之时，正是在考验我们的忠诚和

信仰。所以，就算现在看似诸事不如意，我还是希望你能保持平静的心态。

《致我亲爱的孩子》，第 102 页，1933 年 12 月 15 日

我最近刚好读了一句英文的"每日箴言"，大意是要人反复思量自身的美德，而非缺点，因为有什么样的思考，就能成为什么样的人。当然这并不是说人就该对自己的缺点视而不见。人要正视自己的缺点。可人要光想着自己的缺点，会疯掉的。我们印度的经书中也有类似的格言。所以你要有自信，要相信自己只会去做善事。

《致一位甘地式资本家》，第 105 页，1938 年 12 月 26 日

信仰不是靠逻辑思维推导出来的。它是通过深层冥想和不断实践慢慢培养起来的。为了获得信仰，我们祈祷，唱赞美诗，看书，结交虔诚的信徒，用纺纱来祭拜神。

《书信选集》，第二卷，第 22 页

心满意足是最大的福分。

《书信选集》，第二卷，第 42 页

虚荣之人腹中空空，自尊之人方肚里有料。自尊心只有自己才能伤得到，虚荣心却总是受外人所伤。

《书信选集》，第一卷，第 42 页

坚持非真理的人往往伪善。我不知道还有什么东西的危害大得过伪善。

《书信选集》，第一卷，第 46 页

你中有我，我中有你，我们的行为会相互影响。这里所说的行

为也包括思想，因为每个想法都会有后果。所以我们必须养成始终心存善念的好习惯。

《书信选集》，第一卷，第 55 页

诗歌修辞优美。巴克提（虔信）本身就是诗。诗歌可不是什么不得体、上不得档次，或可有可无的东西。恰恰相反，诗歌不可或缺。科学能告诉我们水是氧气和氢气的化合物，但在诗的语言里，水是上帝的礼物。人生必须要懂得这样的诗，知不知道水的化合结构倒无关紧要。无论发生什么，都是行动的结果，这么说很合乎逻辑。但《薄伽梵歌》（4：17）亦有云，"有为之道确很深奥"。哪怕是很平常的一件事，单凭肉眼凡胎无法洞察所有的诱因。所以说，不管发生什么，都是神的意志和恩典，这话一点儿没错。肉体拘禁着灵魂，就像罐子封着空气。罐子里的空气与大气层分离，毫无用处。同理，禁锢在肉体里的灵魂并无行动力。我们要不意识到这一点，就无法从神的力量源泉汲取能量。所以，一切皆是神的意志使然，道出的是事实。追寻真理的人就该虚心承认这点。

《书信选集》，第一卷，第 54 页

事情不管有多大，对个人影响有多深，都不必担忧。这就是宗教，特别是《薄伽梵歌》教给我们的道理。我们要训练自己，既要超然物外，又要事事上心，把神所交付的任务当作自己唯一的要务，全情投入。

《书信选集》，第一卷，第 20 页

你要决心向善。始终祈祷神让你良善，便会如愿以偿。

《书信选集》，第二卷，第 31 页

尽管放宽心，如果我们自己是好的，其他人也都是好人。你发现坏人并不多，而事实如此。人的天性本不坏。很多人看着像坏人，那是因为我们的肉眼看不到他们身上的好。

《书信选集》，第二卷，第 33 页

没错，风暴过后方会风平浪静，冲突结束才能安享和平。冲突与和平相辅相成。没有冲突，我们就不会懂得和平。人生就是一场持久战，和自己内心及身外种种矛盾抗争不休。

《致我亲爱的孩子》，第 90 页

无私奉献

经书所言不虚，若无雅吉纳（祭祀），整个世界都会消逝。但祭祀仪式不光是烧上一堆柴火，往上洒些酥油和其他东西。也许火能净化空气，但它肯定净化不了灵魂。真正的祭祀是献上我们的骨头，让它们像柴火一样燃烧；再洒上我们的热血，像酥油一样，让火烧得更旺；最后也把我们的皮肉一并付诸烈焰。只有这样的祭祀才能让地球长存。

唯有如此祭祀，如此自我牺牲，世界方可延续长存。

《圣雄甘地全集》，第十二卷，第319页，1914年1月5日

工作是祈祷，但也可能是狂热。

《马哈德夫·德赛日记》，第二十五卷，第38页，1924年8月25日

谋事在人，成事在天。只要尽了全力，就可心安理得，永不言败。

《甘地致玛尼贝恩·帕帖尔书信集》，第23页，1926年1月11日

工作，投身于工作，才是真正的活着。肉体易朽，只有将其作为当下可用的工具，方能身心合一。

《巴布致米拉书信集》，第41页，1927年4月27日

为拥有之物营营役役,得多?失多?谁人能知?没准得就是失,失倒是得。但人人都想得,所以得神救赎之时,感恩戴德。事实上,我们要感谢神让万物有生有死。安之若素说的就是这种心态。

《巴布致静修院姊妹书信集》,第39页,1927年8月1日

唯有专心致志,尽忠职守之人方可事事超脱。顽石或许无情,但它亦无生命,与之相较,人却有生命。所以人只有全情投入当下职责,超然物外,方算得上不枉此生。如此坚定的心意,并非一朝一夕之功。

《巴布致静修院姊妹书信集》,第40页,1927年8月8日

全力以赴工作之人必不孚众望。不过,我们在工作中应培养自己孜孜以求的《薄伽梵歌》式心态。即以奉献精神无私地去完成一切工作。奉献精神意味着一心向神。如此工作之人不会再有"做事的可是我呢"这种念头。他对谁都毫无恶意。相反,他待人慷慨大方。哪怕提供的服务再小,你们都要不断扪心自问,是否实现了这些理想。

《巴布致静修院姊妹书信集》,第46页,1927年9月19日

努力本身就是成功。神已做出承诺,努力向善者,必有果报,而这一点我们每个人多少都曾亲身体验过。

《巴布致静修院姊妹书信集》,第52页,1927年9月31日

我们要以忠于职守为乐,努力成功或环境好转皆不足以乐。诗圣梅赫塔[1]曾云:"人若无所不能,则世间再无不幸之人,概因他已

---

[1] 纳尔辛赫·梅赫塔(Narsinh Mehta, 1414—1481),又名纳尔西·梅赫塔(Narsi Mehta),古吉拉特语诗歌之父,代表作多为毗湿奴派拜赞歌。

除尽敌人,余者尽皆朋友。"可是人天生卑微。人只有放下傲慢,与神融为一体,方能伟大。单是汪洋大海中的一滴水毫无用处;但涓滴之水汇成大海,就能载起万吨巨轮。同理,我们若能学会把小我融入静修院,融入全世界,乃至与神合一,就能担负起全世界的重责大任。只是到了那个境界,再无"你""我"之分,唯有"神"长存。
《巴布致静修院姊妹书信集》,第 53 页,1927 年 11 月 7 日

唱诵《薄伽梵歌》中定慧诗句之人必须养成默默工作的习惯。不论是擀面饼还是淘米,都应一言不发,全身心地投入。
《巴布致静修院姊妹书信集》,第 60 页,1928 年 8 月 6 日

不管是什么工作,都要有始有终,不能因为自己不想做就半途而废。如果有时自己确实不得不离开,就必须安排其他人接着完成;要是没安排其他人接手,就得自己坚持完成。
《巴布致静修院姊妹书信集》,第 61 页,1928 年 11 月 26 日

有的事可能我们压根就不会去做,可一旦要做,就得坚持到底。凭着这种干劲不懈工作之人永远得蒙神助。
《巴布致静修院姊妹书信集》,第 85 页,1929 年 11 月 11 日

一心想着自己,只念着自己利益的人,最终必会失足。全心投入尽忠职守之人根本没空变坏。我一向觉得,只有反对真理的人才会步入歧途。恶行要掩人耳目,往往是偷着做的。但有的人确实恬不知耻,光天化日之下就作恶多端。更有人把恶习当作德行。不过现在我们考虑的不是这类人。我们很多活动倒退,都是因为上面说到的这几类人。自私自利会让我们堕落,也会危及整个社会。你们要对此深入思考,每个人都要立足于此审视自己的人生。
《巴布致静修院姊妹书信集》,第 92 页,1929 年 12 月 23 日

要是我一早就学会只用这副躯壳服务他人，侍奉神的圣殿，临老了就能像枚美丽的熟透的果实，集同类最好的精华于一身。现在醒悟虽然晚了点，但也算不幸中的万幸。

《巴布致米拉书信集》，第177页，1932年4月8日

骑士都是侠肝义胆之士。真正侠义的骑士向陌路人施以援手，举手投足无不周全妥当，他们不计任何回报，甚至不要对方说句道谢的话。
《马哈德夫·德赛日记》，第一卷，第102页，1932年5月6日

大家都觉得我有本事让人全力以赴地干活。果真如此的话，那也是因为我从不怀疑谁偷奸耍滑，不管每个人付出努力多少，我都心满意足。有些人甚至说我这个人很好骗，谁都骗不了但肯定能骗过我。就算他们说的没错，我也无怨无悔。要是人能夸我童叟无欺，于愿足矣。要是别人不愿给我颁发这么一份奖状，我就自我嘉奖。伤我最深的莫过于谎言。

《马哈德夫·德赛日记》，第一卷，第220—221页，
1932年6月10日

如果工作时大伙儿亲如一家，人人都有责任心，就根本没法统一规定最长工作时限，统一规定工作时间甚至不合适。有的人身强体壮，心智健全，也没有别的义务要完成，如果这样的人想超时工作，为什么要明令禁止呢？总而言之，工作中只要区别对待，态度正确，不紧不慢，谁也不会把工作当成负担。被人逼着干的活儿才会让人觉得是负担。自觉自愿，开开心心完成的工作从来就不会让人觉得难以忍受。但是，心术不正之人会因为私心在工作中备感压力，过后弄得人都垮掉。这种人无法安享内心的祥和，我们绝不能拿来做榜样。

《马哈德夫·德赛日记》，第一卷，第166—167页，
1932年6月16日

什么也比不上在日常工作中感到心满意足，哪怕做的事有多么微不足道。对那些一边耐心守望一边虔诚祈祷的人，神总会交给更重的任务、更大的职责。
《马哈德夫·德赛日记》，第一卷，第167页，1932年6月11日

爱神之人不会拿八小时制来计算自己的工作量。他时时都在工作，从不离岗。一有机会他就会行善。无论何时何地，他都能找到为神效力的机会。他无论到哪儿都处处留有余香。
《马哈德夫·德赛日记》，第一卷，第169页，1932年6月17日

做事全情投入之人，不会以工作为苦，所以也不会被工作拖垮。可是如果做得不开心，工作再少他都嫌多。坐牢之人觉得度日如年，感性之人却说一年短暂如一日。我以前听西洋音乐，听一会儿就烦了，现在多少懂了点儿，也能品出些韵味来。
《马哈德夫·德赛日记》，第一卷，第169页，1932年6月17日

实证科学家无比自信，所以从不灰心丧气。同时他也虚怀若谷，对自己的工作精益求精，从不轻易乱下结论。他还时时检验自己的进展，着重强调事物之间的因果关系。我们同事身上普遍缺乏严谨的科学家身上的这种谦虚。
《马哈德夫·德赛日记》，第一卷，第178页，1932年6月19日

超然的人做起事来，比斤斤计较之人要努力百倍。他看上去轻轻松松的，总也不觉得累。事实上，这种人的理想状态是丝毫不感到累，不过那是不可能的。
《马哈德夫·德赛日记》，第一卷，第189页，1932年6月22日

若不能及时化作某种事人侍神的爱的行动，人类的全部哲学就

只是枯燥的尘土。
《马哈德夫·德赛日记》，第一卷，第 261 页，1932 年 6 月 31 日

"力不从心之事不为，但力所能及之事就得尽力而为。"安分守己之人能做到这样就够了。眼高手低之人既傲慢又瞻前顾后；而另一方面，不尽全力就是偷奸耍滑。这后一种罪过有时自己犯了都意识不到。照着时间表工作或可不犯这种罪过。我没说"不犯"，而是"或可不犯"，因为就算你按时做事，却做得不情不愿，或笨手笨脚，也不会有最好的结果。
《马哈德夫·德赛日记》，第一卷，第 221 页，1932 年 7 月 10 日

我肯定死不了。只要还有一位姊妹接着做我的工作，谁能说我已死掉？高兴的话，我们大可把《薄伽梵歌》中灵魂不朽的哲思束之高阁。不过我现在所说的不朽，是肉眼看得到的。所以你犯不上觉着自己精神错乱。我是真的希望你能好好记下自己的生平，这既是对自己的肯定，也是对你身边人的赞誉。把你的身心财富全都供奉到神的足下，你只管自在自得就好。
《致一位甘地式资本家》，第 137 页，1932 年 9 月 19 日

可你为什么认为我们只有靠着身体才能事人侍神呢？我们的心才更强大。心地纯洁之人能做到最好。而事人侍神为的就是让自己变得纯洁无瑕。比起一具具内心腐化的血肉之躯，内心纯净之人的思想更大有可为。
《书信选集》，第二卷，第 26 页

保持笔耕不辍的好习惯，始终试着提高写作水平。不过，这些才能本身并非目的，它们只是实现目的的手段。人生的目的在于完成自己应尽的职责。人的责任就是心存善念，与人为善。要做到这

样,你们首先就得学着彼此相亲相爱,亲如手足,同甘共苦。

《书信选集》,第一卷,第 5 页

让我们只为了善而行善,而不是为了赢得什么奖赏。

《书信选集》,第二卷,第 56 页

《薄伽梵歌》首先点明何谓人生至善[1],然后告诉我们该如何生活,方能朝着至善不断精进。其全篇训诫或可概述如下:"向善而行,全力以赴,尽职尽责,只管耕耘,莫问结果。"我们也是用这条原则来解决静修院所面临的种种问题。要是力所能及,我们也会请有小偷小摸毛病的人加入静修院,不过目前我们还没有能力感化这些顽劣之徒,只能借着自身有限的灵性,用自己觉得合适的方式对待他们。至于那些迷了路祸害我们庄稼的牛,还有昆虫,我们还找不到无害的处理办法。束手无策,我们或多或少还是得对它们暴力相向。吆喝或鞭打赶开迷路的牛,向小鸟扔石头,或装作扔石头把它们吓跑,犁地的时候或干其他农活的时候弄死昆虫,抓了蛇再拿到别处放生,或者实在没办法,让人给杀了,——凡此种种,我知道都违背了静修院的理念。但是静修院和院内的成员还很不完美。所以他们会做出这些不对的举动。但也只有这样,他们才能找到通往永恒天国的道路。我坚信,和我们现在的所作所为相比,完全无所作为更要不得。《薄伽梵歌》的笔者有云:"但凡有所作为必有瑕疵,正如火焰必有烟雾笼罩。"(18:48)因此,我们要保持谦卑,秉着事人侍神的精神做好分内的事,要认识到我们不过是"伟大的木匠"手中的工具。

《书信选集》,第二卷,第 16—17 页

---

[1] 至善(summum bonum),这个拉丁词语是古罗马哲学家西塞罗在他的著作中首次使用的,既指众善之终,又含众善在内。

人生来就要抗争。如果我们在尽力坚持斗争的时候,被敌人打趴下,不要垂头丧气。爬起来,斗下去。只要我们不是败在自己手上,就没什么见不得人,因为那根本算不上失败。

《书信选集》,第二卷,第32页

信仰或为外部衍生,或由内心显露。你可从古往今来各国诸位大师先知所做的见证中得出这一点推论,概无例外。真正的祈祷并非只在嘴上说说。无私服务方是祈祷。

《书信选集》,第二卷,第33页

自甘守贫

请记着,从今往后我们注定一贫如洗。我对此思量得越多,就越觉得穷人比富人有福。清贫远比财富更于人有益。
《圣雄甘地全集》,第九卷,第206页,1919年3月25日

人人都一样富有或同样贫穷是不可能的。要是考虑到[各行各业的]好处与坏处,那么农民才是整个世界的顶梁柱。农民当然都很穷。哪个律师要敢夸口自己大公无私,精神高尚,就让他尝一尝靠干体力活谋生的滋味,让他试着分文不取地做法律业务看看。
《圣雄甘地全集》,第十卷,第206页,1910年4月2日

善男善女无心种种世俗的追求。他们渴望的是超凡脱俗,即摩克萨(解脱)。
《圣雄甘地全集》,第十三卷,第34页,1915年3月4日

凡为国为民安于清贫,一心一意为他人服务之人始终父母双全,因为所有年龄相当的长者都是他的父母。他既已立志终生服务他人,又岂会孤独终老?放眼四海,人人皆是他的兄弟姐妹。所以说,祭奠凭吊先母,无非形式而已。有必要随大流,浪费金钱吗?
《圣雄甘地全集》,第十四卷,第466—467页,1918年7月2日

纺纱于我象征着我们和赤贫的同胞之间的情谊。日日纺纱，我们的纽带历久弥新。如此想来，我觉着纺纱永远都是一件既美好又愉快的事情。我宁愿少吃一顿饭，也不愿一日不纺纱。希望你们能懂得摇着纺车轮的深意。

《致我亲爱的孩子》，第79页，1926年6月10日

自甘守贫的理想极富吸引力。虽然我们在静修院已经小有所成，但由于我无法在自己的生活中一以贯之，以至于其他人也做不了更多。他们都有心，却苦于没有现成的经验教训可借鉴。

《巴布致米拉书信集》，第182页，1932年5月6日

日复一日，我意识到大自然时刻都在生产，产出之物既应时又适量。有意无意间，我们把这一点看作理所当然。因为我们的无视，方有"朱门酒肉臭，路有冻死骨"的人间奇观。现状是，一方在闹着饥荒，另一方又有美国生产商烧掉所谓过剩的小麦。我们正在设法补偏救弊。诚然，眼下我们确实做不到完全遵循自然法则，不过对这一点倒也不必过于忧虑。

《马哈德夫·德赛日记》，第一卷，第168页，1932年6月17日

参考文献

ABDUL GAFAR KHAN（《阿卜杜拉·贾法尔·汗》），D. G. Tendulkar,（published for Gandhi Peace Foundation）Popular Prakashan, Bombay，1967.

A BUNCH OF OLD LETTERS（《甘地旧书信集》），Jawaharlal Nehru, Asia Publishing House, Bombay，1960.

BAPU'S LETTERS TO ASHRAM SISTERS（《巴布致静修院姊妹书信集》），M. K. Gandhi, Navajivan Publishing House, Ahmedabad, 1960.

BAPU'S LETTERS TO MIRA（《巴布致米拉书信集》），M. K. Gandhi, Navajivan Publishing House, Ahmedabad, 1959.

THE COLLECTED WORKS OF MAHATMA GANDHI（《圣雄甘地全集》），Vols. Ⅰ, Ⅳ, Ⅶ, Ⅷ, Ⅸ to ⅩⅩ, ⅩⅩⅡ to ⅩⅩⅧ, Publications Division, Govt, of India, Delhi.

FAMOUS LETTERS OF MAHATMA GANDHI（《圣雄甘地著名信件集》），Compiled and Edited by R. L. Khipple, Indian Printing Works, Lahore, 1947.

GANDHI-JINNAH TALKS（《甘地—真纳会谈录》），The Hindustan Times, New Delhi, 1944.

GANDHIJI'S CORRESPONDENCE WITH THE GOVERNMENT (1942-'44)（《甘地与政府书信集——1942—1944年》），Navajivan Publishing

House, Ahmedabad, 1957.

MAHATMA GANDHI—CORRESPONDENCE WITH THE GOVERNMENT (1944-'47)(《甘地与政府书信集——1944—1947年》), Navajivan Publishing House, Ahmedabad, 1959.

LETTERS TO SRINIVAS SASTRI(《甘地致斯里尼瓦沙·萨斯崔书信集》), Edited by T. N. Jagadisan, Rochouse & Sons Ltd., Madras, 1944.

LETTERS TO MANIBEHN PATEL(《甘地致玛尼贝恩·帕帖尔书信集》), M. K. Gandhi, Navajivan Publishing House, Ahmedabad, 1963.

LETTERS TO RAJKUMARI AMRIT KAUR(《致拉吉库马瑞·阿姆瑞特·考尔书信集》), M. K. Gandhi, Navajivan Publishing House, Ahmedabad, 1961.

LETTERS TO SARDAR VALLABHBHAI PATEL(《甘地致萨达尔·瓦拉巴依·帕帖尔书信集》), M. K. Gandhi, Navajivan Publishing House, Ahmedabad, 1957.

THE DIARY OF MAHADEV DESAI: Vol. I(《马哈德夫·德赛日记》第一卷), Translated and Edited by Valji Govindji Desai, Navajivan Publishing House, Ahmedabad, 1953.

MAHATMA (LIFE OF MOHANDAS KARAMCHAND GANDHI)(《圣雄甘地》, 第一卷、第三卷、第五卷), Vols. 1, 3 & 5, D. G. Tendulkar, Published by Vithalbhai K. Jhaveri and D. G. Tendulkar, Bombay, 1952.

MY DEAR CHILD(《致我亲爱的孩子》), M. K. Gandhi, Navajivan Publishing House, Ahmedabad, 1959.

NETAJI SUBHASHCHANDRA BOSE: HIS LIFE AND WORK(《敬爱的领袖苏巴斯·钱德拉·鲍斯》), Sopan, Bombay, 1946.

NON-VIOLENCE IN PEACE AND WAR(《和平与战争中的非暴力》), Vol. 1, M. K. Gandhi, Navajivan Publishing House, Ahmedabad, 1962.

THE STORY OF MY LIFE(《我追求真理的故事》), Vol. 1, M. R.

Jayakar, Asia Publishing House, Bombay, 1958.

SELECTED LETTERS, I, II（《书信选集》第1、2卷）, M. K. Gandhi, Chosen and Translated by V. G. Desai, Navajivan Publishing House, Ahmedabad.

TO A GANDHIAN CAPITALIST（《致一位甘地式资本家》）, M. K. Gandhi, Edited by Kakasaheb Kalelkar, Jamnalal Seva Trust, Wardha, 1951.

TOLSTOY AND GANDHI（《托尔斯泰与甘地》）, Dr. Kalidas Nag, Pustak Bhandar, Patna, 1950.

TRUTH CALLED THEM DIFFERENTLY（《和而不同》）, M. K. Gandhi, Compiled and Edited by R. K. Prabhu, Ravindra Kelekar, Navajivan Publishing House, Ahmedabad, 1961.

下列信件皆为影印件，编号与日期如下表（萨巴玛蒂甘地博物馆馆藏）：

编号	日期	编号	日期
1536-37	1940年2月19日	14378	1928年9月7日
7973	1922年3月4日	14942	1928年2月15日
7977	1922年3月4日	15663	1929年10月12日
12350	1927年5月13日	16424	1930年2月2日
13197	1928年4月20日	16948	1931年2月23日
13275	1927年9月1日	17023	1931年4月29日
14120	1927年4月28日	18565	1932年9月30日
14130	1927年5月28日	18622	1932年11月15日
18622	1932年11月24日	23905	1932年10月9日
19127	1932年11月24日	23961	1947年11月29日
20348	1933年2月24日	26400	1932年9月20日
21535	1933年7月26日	26409	1934年11月15日
22641	1934年12月10日	26412	1937年2月19日
21642	1935年1月3日	26413	1937年4月9日
22663	1941年1月25日	26415	1937年9月23日
22666	1947年7月26日	29503	1933年9月30日
23126	1939年7月23日		

译后记

甘地是印度国父、印度民族独立运动的最高领袖和精神导师，也是具有世界影响的伟大历史人物。他身后留下的珍贵而丰富的历史文献，包括论著、书信、演讲、报刊言论等，是研究甘地和印度现代史乃至世界现代史不可多得的史料。

甘地历史文献在我国的翻译和传播，迄今为止主要有三种。一是著名中印文化传播使者谭云山先生以及其他学者20世纪20—30年代翻译的甘地经典短篇名著《印度自治》等。二是甘地自传，20世纪20—30年代国内翻译出版了几种《甘地自传》节选本，1959年商务印书馆出版了国内第一部《甘地自传》全译本（杜危、吴耀宗合译）。到目前为止，《甘地自传》至少有十几个翻译版本。三是围绕甘地的部分思想编译而成的《圣雄箴言录》和《圣雄修身录》（吴蓓编译）等。上述三种翻译成果成为我国重要的汉译甘地历史文献资料，在甘地研究方面发挥了重要作用。但第一种目前已经很难获得，国内一些著名图书馆也没有收藏；第二种译文良莠不齐，存在误译漏译；第三种内容不全面不系统，无法体现甘地的主体思想。

国外关于甘地历史文献的编撰自20世纪20年代开始，一直持续不断，可以分为四类。第一类是根据甘地思想的某个主题编撰的单卷本，比如《和平与战争中的非暴力》(*Non-violence in Peace and War*)、《萨沃达亚》(*Sarvodaya*)、《甘地论神灵》(*Gandhi on God*)

等。第二类是普遍收集甘地各方面思想的单卷本,比如《人人皆兄弟》(All Men are Brothers)、《甘地基本作品集》(Gandhi: Essential Writings)等。第三类是精炼涵盖甘地经典著述,全面反映甘地社会、政治、经济、文化、宗教等思想的多卷本选集,比如五卷本《圣雄甘地选集》(Selected Works of Mahatma Gandhi)。第四类是非常系统全面涵盖甘地所有著述、言论、书信的多卷本全集,比如一百卷《圣雄甘地全集》(Collected Works of Mahatma Gandhi)。在上述四类甘地文献中,第三类即五卷本《圣雄甘地选集》是当前最流行、最有影响力的甘地经典历史文献,迄今为止已经七次重印,两次再版,并被翻译成泰卢固语、孟加拉语、泰米尔语等印度语言和德语等他国语言,但尚无汉语译本。

近百年来,中国的甘地研究经历了由浅入深、由感性认识到理性探讨的发展历程,逐渐成为世界历史学科中不可或缺的组成部分。国内对甘地感兴趣的人也越来越多,然而,甘地历史文献的翻译与研究一直是国内学术研究中的一个薄弱环节,前面提到的汉译甘地文献远远不能满足学术研究与社会各界渴望全面了解甘地的需求,也无法适应我国世界历史学科发展的需要。

《圣雄甘地选集》第四卷《书信选集》收录了一百封甘地与印度和世界重要历史人物之间的来往书信,包括泰戈尔、尼赫鲁、真纳、托尔斯泰、罗曼·罗兰、丘吉尔、希特勒、蒋介石、蒙巴顿等;此外,还收录了近百篇书信摘录。这些书信和摘录蕴含着丰富的历史信息,涉及印度和世界重大历史事件,包括印度第一次非暴力不合作运动、手工纺织运动、"退出印度"运动、印巴分治、第二次世界大战等,为深入探讨这些问题提供了难得的独特的史料。

此汉译本采用《甘地书信选集》为名,译者以"功能主义翻译理论"为指导,综合凯瑟琳娜·莱斯(Katherine Reiss)和克里斯蒂安·诺德(Christiane Nord)的文本(语篇)类型分析原则,对文献本身进行细致研读,判定文本类型,并遵循汉斯·弗米尔(Hans

J. Vermeer)的"目的法则"、"连贯性法则"和"忠实性法则",采用相应的翻译策略和技巧,将"源语文本"转化成"目标语文本",以期高质量地完成该文献的翻译。

《甘地书信选集》不仅涉及甘地与世界重要历史人物的通信,而且涉及甘地在英国、南非和印度不同历史时期的重大事件,还包含大量梵文、印地文、古吉拉特文等词语以及印度特有的文化概念等,所有这些对于中国读者而言都构成了难以逾越的阅读障碍。故此,译者查阅大量相关资料并结合相关研究成果,对该文献中的"阅读障碍"及其他各种问题做出恰如其分的注释,力争使该文献更易理解、更充实、更丰富、更完善。

译者学识和水平有限,不足之处在所难免,敬请读者批评指正。

2019 年 3 月 1 日
于拉脱维亚大学 / 华南师范大学